Das Buch

Alle Krieger seines Clans haben übernatürliche Kräfte. Um dem dunklen Schicksal seiner Vorfahren entgehen zu können, verlässt Gavrael McIllioch sein Schloss in den Highlands. Damit seine wahre Identität vor den bösen Mächten verborgen bleibt, legt er seinen Familiennamen ab und nennt sich fortan Grimm Roderick. Selbst seine Liebe für die hinreißende Jillian St. Clair wagt er ihr nicht zu gestehen. Doch aus der Ferne wacht er über sie, und als ihr Vater ihm den dringenden Ruf schickt: »Komm wegen Jillian«, stürmt er an ihre Seite – mitten hinein in das Ränkespiel von Jillians Vater, der die Hand seiner Tochter als höchsten Preis ausgesetzt hat. Als Jillian klar wird, was ihr Vater vorhat, schwört sie, keinen der Bewerber zu heiraten. Doch Grimm übt eine unglaubliche Anziehungskraft auf sie aus, der sie sich nur schwer widersetzen kann.

Die Autorin

Karen Marie Moning ist nicht nur in den USA eine Bestsellerautorin. Auch in Deutschland hat sie sich eine riesige Fangemeinde geschaffen. *Das Herz eines Highlanders* ist der zweite Band ihrer erfolgreichen Highlander-Saga. Karen Marie Moning verbringt eine Hälfte des Jahres in den Bergen Georgias, die andere an den Stränden Floridas. Besuchen Sie die Homepage der Autorin: www.karenmoning.com

Von Karen Marie Moning sind in unserem Hause
bereits erschienen:

Das Geheimnis der Highlands
Das Herz eines Highlanders
Küss mich, Highlander!
Die Liebe des Highlanders
Der dunkle Highlander
Der unsterbliche Highlander
Im Zauber des Highlanders

Im Bann des Vampirs
Im Reich des Vampirs
Im Schatten dunkler Mächte
Gefangene der Dunkelheit
Shadowfever

Karen Marie Moning

Das Herz eines Highlanders

Roman

Aus dem Amerikanischen
von Thomas Mück

Ullstein

Besuchen Sie uns im Internet:
www.ullstein-taschenbuch.de

MIX
Papier aus verantwortungsvollen Quellen
FSC® C006701

Neuausgabe im Ullstein Taschenbuch
1. Auflage Januar 2013

Titel der amerikanischen Originalausgabe: *To Tame A Highland Warrior*
(Dell Publishing, a division of Random House, Inc., New York)
Umschlaggestaltung: ZERO Werbeagentur, München
Titelabbildung: FinePic®, München (Ornament und Vogel);
GettyImages/© 2010 Luis Montemayor (Landschaft)
Satz: Hanseatensatz, Bremen
Gesetzt aus der Sabon
Papier: Pamo Super von Arctic Paper Mochenwangen GmbH
Druck und Bindearbeiten: CPI – Ebner & Spiegel, Ulm
Printed in Germany
ISBN 978-3-548-28507-8

Keltische Legende

Der Legende nach können die Kräfte des Berserkers – übernatürliche Stärke, Tapferkeit, Männlichkeit und Klugheit – von einem Mann für den Preis seiner Seele erworben werden. Auf den Heidekrauthügeln des Hochlands verbirgt sich Odin, der Wikingergott, und lauscht dem schmerzerfüllten Heulen eines Mannes, der, gepeinigt von unerträglichen Seelenqualen, ihn um Hilfe anruft.
Die Legende besagt, dass der Odem der Götter das Herz des Mannes erfüllen und ihn zu einem unbesiegbaren Krieger machen wird, wenn er es wert ist.
Die Frauen flüstern, dass der Berserker ein unvergleichlicher Liebhaber sei; die Legende besagt, dass es nur *eine* wahre Gefährtin für ihn gibt. Wie der Wolf liebt er nur einmal und für alle Zeiten.
Hoch in den Bergen Schottlands spricht der Rat der Weisen, dass ein Mann, einmal zum Berserker geworden, niemals wieder aus diesem Zustand entlassen werden kann – und wenn er nicht lernt, mit seinen niederen Instinkten zu leben, wird er sterben.

Die Legende erzählt von einem solchen Mann ...

Prolog

Selbst der Tod ist besser als ein Leben in Schmach.
Beowulf

Maldebann Castle,
Schottische Highlands
1499

Das Schreien *musste* aufhören.

Er konnte es nicht länger ertragen, obwohl er wusste, dass er sie nicht retten konnte. Seine Familie, seinen Clan, seinen besten Freund Arron, mit dem er noch gestern über die Heidefelder geritten war, und seine Mutter – oh, aber das mit seiner Mutter war eine andere Geschichte; ihre Ermordung war die Vorankündigung dieses ... dieses ... barbarischen ...

Er wandte sich ab und verfluchte sich selbst als Feigling. Wenn er sie nicht retten und auch nicht mit ihnen sterben konnte, so schuldete er ihnen zumindest die Ehre, diese Vorgänge in sein Gedächtnis einzumeißeln. Um ihre Tode zu rächen.

Jeden einzeln, wenn nötig.

... *Rache bringt die Toten nicht wieder zurück*. Wie viele Male hatte sein Vater diese Worte gesprochen? Damals hatte

Gavrael ihm geglaubt, hatte an ihn geglaubt, aber das war zu einer Zeit gewesen, bevor er seinen mächtigen, weisen und wundervollen Vater an jenem Morgen über der Leiche seiner Mutter hatte kauern sehen, mit blutverschmiertem Hemd und einem tropfenden Dolch in der Faust.

Gavrael McIllioch, der einzige Sohn des Herrn von Maldebann, stand reglos hoch oben auf Wotan's Cleft und blickte von den steilen Klippen hinab auf das Dorf Tuluth, das sich tief unter ihm in das Tal schmiegte. Er fragte sich, wie dieser Tag nur so furchtbar hatte werden können. Gestern war ein schöner Tag gewesen, erfüllt von den schlichten Vergnügungen eines Jungen, der eines Tages über diese üppigen Highlands herrschen würde. Dann war der grausige Morgen angebrochen und hatte ihm das Herz zerrissen. Nachdem er seinen Vater kauernd über dem übel zugerichteten Leichnam von Jolyn McIllioch entdeckt hatte, war Gavrael in den Schutz des dichten Hochlandwaldes geflüchtet, wo er fast den ganzen Tag zwischen Trauer und Wut hin- und hergerissen worden war.

Schließlich waren beide Gefühle abgeklungen und hatten ihn seltsam kalt zurückgelassen. Bei Einbruch der Dämmerung war er dem Pfad zurück zur Burg Maldebann gefolgt, um seinen Herrn und Vater mit dem Vorwurf des Mordes zu konfrontieren. Es war ein letzter Versuch, in dem, was er als Zeuge beobachtet hatte, einen Sinn zu finden – wenn es denn einen Sinn gab. Nun aber, als er von hoch oben auf Tuluth hinabblickte, erkannte der vierzehnjährige Sohn des Ronin McIllioch, dass sein Alptraum gerade erst begonnen hatte. Schloss Maldebann wurde belagert, das Dorf stand in Flammen und völlig außer sich liefen die Menschen zwischen den Feuersäulen und den Toten umher. Hilflos musste Gavrael mit ansehen, wie ein kleiner Junge von einer Hütte wegrannte, geradewegs in das offene Schwert eines wartenden McKane. Er fuhr zusammen; es war nur ein Kind, aber Kinder würden erwachsen werden und Rache üben, und der fanatische McKane hatte es sich zur Regel gemacht, niemals Samen des Hasses zu hinterlassen, die aufkeimen und vernichtende Früchte hervorbringen könnten.

Im hellen Schein des Feuers, das die Hütten verschlang, konnte er sehen, dass die McKane seinen Leuten zahlenmäßig weit überlegen waren. Die charakteristischen grüngrau karierten Plaids des verhassten Feindes standen zwölf zu eins gegen die McIllioch. *Fast scheint es, als hätten sie gewusst, dass wir verwundbar sind,* dachte Gavrael. Mehr als die Hälfte der McIllioch waren im Norden, um an einer Hochzeit teilzunehmen.

Gavrael verwünschte sich dafür, dass er erst vierzehn war. Obwohl für sein Alter groß und kräftig gebaut, mit Schultern, die außergewöhnliche künftige Kräfte ahnen ließen, wusste er, dass er für die stämmigen McKane kein Gegner war. Sie waren Krieger mit kraftvoll entwickelten, ausgereiften Körpern, getrieben von blankem Hass. Tag und Nacht übten sie sich im Kampf und lebten nur, um zu plündern und zu morden. Gavrael hätte gegen sie genauso viel ausrichten können wie ein kläffender Welpe gegen einen Bären. Er hätte sich in die Schlacht stürzen können, die zu seinen Füßen tobte, und er würde genauso sinnlos sterben wie der Junge wenige Augenblicke zuvor. Wenn er schon in dieser Nacht sterben sollte, so schwor er sich, seinem Tod einen Sinn zu geben.

Berserker, schien der Wind zu flüstern. Gavrael legte den Kopf auf die Seite und lauschte. Nicht nur, dass sein Leben gerade zerstört wurde, jetzt hörte er auch noch Stimmen. War er dabei, den Verstand zu verlieren, noch bevor dieser furchtbare Tag zu Ende ging? Er wusste, dass die Legende von den Berserkern nichts anderes war als eine Legende.

Flehe die Götter an, zischelten die raschelnden Zweige der Kiefer.

»Natürlich«, murmelte Gavrael. Hatte er nicht immer schon so reagiert, seit er im Alter von neun Jahren zum ersten Mal die Furcht erregende Geschichte gehört hatte? Es gab keine Berserker. Es war nur eine dumme Geschichte, die erzählt wurde, um ungehorsame Kinder einzuschüchtern.

Ber… ser… ker. Dieses Mal war das Geräusch klarer, zu laut, um seiner Phantasie entsprungen zu sein.

Gavrael fuhr herum und suchte die massiven Felsen hinter sich ab. Wotan's Cleft bestand aus einer Anhäufung von Felsblöcken und aufgerichteten Steinen, die im Licht des Vollmondes seltsame Schatten warfen. Es ging das Gerücht um, dass es ein heiliger Platz sei, an dem in alten Zeiten die Häuptlinge Schlachtpläne entworfen und über Schicksale entschieden hatten. Es war ein Platz, der einen unerfahrenen Jungen sehr wohl an böse Geister glauben lassen konnte. Er lauschte aufmerksam, doch der Wind trug nur die Schreie seiner Leute zu ihm.

Zu schade, dass die heidnischen Geschichten nur erfunden waren. Die Legende besagte, dass die Berserker sich mit einer solchen Geschwindigkeit bewegen konnten, dass sie für das menschliche Auge unsichtbar waren, bis zu dem Moment, in dem sie angriffen. Sie besaßen übernatürliche Fähigkeiten: den feinen Geruchssinn eines Wolfes, das scharfe Gehör einer Fledermaus, die Kraft von zwanzig Männern, die durchdringende Sehkraft eines Adlers. Dereinst, vor fast siebenhundert Jahren, waren die Berserker die furchtlosesten und gefürchtetsten Krieger gewesen, die über Schottlands Erde wandelten. Sie waren die Elite von Odins Wikingerarmee gewesen. Der Legende nach konnten sie die Gestalt eines Wolfes oder eines Bären ebenso leicht annehmen wie die eines Mannes. Und sie hatten ein gemeinsames Merkmal – unheilige blaue Augen, die wie weiß glühende Kohlen loderten.

Berserker, seufzte der Wind.

»Es gibt keine Berserker«, ließ Gavrael erzürnt die Nacht wissen. Er war nicht länger der dumme Junge, der sich von der Aussicht auf unbesiegbare Kraft blenden ließ; nicht länger der Halbwüchsige, der einstmals gewillt gewesen war, seine unsterbliche Seele gegen absolute Macht und Herrschaft einzutauschen. Außerdem waren seine Augen tiefbraun und waren es immer gewesen. Niemals zuvor in der Geschichte hatte es einen braunäugigen Berserker gegeben.

Rufe mich.

Gavrael zuckte zusammen. Diese letzte Einbildung seines vom Schrecken benebelten Verstandes war ein Befehl gewesen, unüberhörbar, unwiderstehlich. Seine Nackenhaare richteten sich auf und seine Haut kribbelte. Nicht ein einziges Mal in all den Jahren, in denen er im Spiel einen Berserker angerufen hatte, hatte er sich so sonderbar gefühlt. Das Blut hämmerte durch seine Adern und ihm war, als schwanke er am Rande eines Abgrunds, der ihn zugleich anzog und abstieß.

Schreie erfüllten das Tal. Ein Kind nach dem anderen wurde niedergestreckt, während er sich weit oberhalb der Schlacht befand, ohne eingreifen zu können. Er würde alles tun, sie zu retten: tauschen, feilschen, stehlen, morden – *alles*.

Tränen strömten über sein Gesicht, als ein kleines Mädchen mit blonden Ringellocken wimmernd seinen letzten Atemzug tat. Für sie würde es keine mütterlichen Arme mehr geben, keinen schmucken Freier, keine Hochzeit, keine Kinder – nicht einen weiteren Atemzug kostbaren Lebens. Blut färbte die Vorderseite ihres Kleidchens und er starrte es an, hypnotisiert. Er nahm nichts mehr wahr außer dem Blut, das sich über ihre Brust ergoss und zu einem gewaltigen, scharlachroten Strudel anschwoll, der ihn tiefer und tiefer hinunterzog.

Etwas in ihm zerbrach.

Er warf den Kopf zurück und heulte auf und seine Worte hallten von den Felsen von Wotan's Cleft wider. »*Höre mich,*

Odin, ich rufe den Berserker! Ich, Gavrael Roderick Icarus McIllioch, biete mein Leben – nein, meine Seele – für Vergeltung. Ich fordere den Berserker!«

Der leichte Wind brauste plötzlich auf und wirbelte Blätter und Erde durch die Luft. Gavrael riss die Arme hoch, um sein Gesicht vor den nadelspitzen Steinchen zu schützen, die ihn umpeitschten. Zweige, die dem Sturmwind nicht standhalten konnten, brachen und schlugen gegen seinen Körper wie schwerfällige Speere, die von den Bäumen herabgeschleudert wurden. Schwarze Wolken jagten über den Nachthimmel und verdeckten für einen Augenblick den Mond. Der unnatürliche Wind pfiff durch die Felsenkanäle auf Wotan's Cleft und übertönte für kurze Zeit die Schreie unten aus dem Tal. Plötzlich explodierte die Nacht in einem Blitz aus gleißendem Blau und Gavrael spürte, wie sein Körper ... sich veränderte.

Er knurrte und bleckte die Zähne, als er fühlte, dass tief in seinem Innern eine unwiderrufliche Veränderung mit ihm vorging.

Er konnte die unterschiedlichsten Gerüche der Schlacht, die unter ihm tobte, wahrnehmen – das rostige, metallische Gemisch aus Blut, Stahl und Hass.

Er vernahm Flüstern aus dem weit entfernt am Horizont liegenden Lager der McKane.

Zum ersten Mal sah er, dass die Krieger der McKane sich wie in Zeitlupe bewegten. Wie hatte ihm das nur entgehen können? Es würde lächerlich einfach sein, hinabzusteigen und sie alle niederzumetzeln, während sie sich bewegten, als ob sie durch nassen Sand stapften. So einfach, alle niederzumachen. So einfach ...

Gavrael tat ein paar schnelle Atemzüge und pumpte seine Brust voll, bevor er in das Tal hinabstürmte. Als er in die Schlacht eintauchte, hallte Gelächter von den steinernen Wänden wider, die das Tal umgaben. Er bemerkte, dass es aus seinem eigenen Munde kam, während die McKane unter seinem Schwert fielen.

☆ ☆ ☆

Stunden später taumelte Gavrael durch die brennenden Überreste von Tuluth. Die McKane waren fort, entweder tot oder vertrieben. Die überlebenden Dorfbewohner versorgten die Verwundeten und machten einen großen, vorsichtigen Bogen um den jungen Sohn des McIllioch.

»Fast sechzig von ihnen hast du getötet, Junge«, flüsterte ein alter Mann mit hellen Augen, als Gavrael vorbeiging. »Nicht einmal dein Vater in seinen besten Jahren wäre dazu fähig gewesen. Du bist ein noch größerer Berserker.«

Verwirrt sah Gavrael ihn an. Doch bevor er fragen konnte, was es mit dieser Bemerkung auf sich hatte, war der alte Mann in den Rauchschwaden verschwunden.

»Mit einem Schwertstreich hast du drei auf einmal erledigt, Junge«, rief ein anderer Mann.

Ein Kind schlang seine Arme um Gavraels Knie. »Du hast mir das Leben gerettet!«, rief der Junge weinend. »Dieser alte McKane hätte mich zum Abendessen verspeist. Dank dir! Meine Mutter dankt dir ebenfalls.«

Gavrael lächelte den Jungen an und wandte sich dann an dessen Mutter, die sich bekreuzigte und nicht im Entferntesten erfreut zu sein schien. Sein Lächeln erstarb. »Ich bin kein Monster ...«

»Ich weiß, was du bist, Junge.« Sie wandte den Blick nicht von ihm ab. In Gavraels Ohren klangen ihre Worte schroff und abfällig. »Ich weiß genau, was du bist, und glaube nicht, du könntest uns täuschen. Und jetzt scher dich weiter! Deinem Vater geht es nicht gut.« Sie zeigte mit zitternden Fingern hinter die letzte Reihe rauchender Hütten.

Gavrael versuchte, mit den Augen den Rauch zu durchdringen, und stolperte vorwärts. Er hatte sich in seinem ganzen Leben nicht so ausgelaugt gefühlt. Mit unsicheren Schritten ging er um eine der wenigen noch heilen Hütten herum und blieb wie angewurzelt stehen.

Sein Vater lag zusammengekrümmt auf dem Boden, blutüberströmt, sein Schwert neben ihm im Schmutz.

Schmerz und Wut wetteiferten in Gavraels Herz und hinterließen ein seltsames Gefühl der Leere. Als er auf seinen Vater hinabblickte, drängte sich ihm das Bild der Leiche seiner Mutter auf, und die letzte seiner jugendlichen Illusionen zerbarst; die heutige Nacht hatte nicht nur einen außergewöhnlichen Krieger hervorgebracht, sondern auch einen Mann von Fleisch und Blut, unzulänglich und hilflos. »Warum, Vater? Warum?« Seine Stimme überschlug sich. Nie wieder würde er seine Mutter lächeln sehen, nie wieder sie singen hören, nicht an ihrem Begräbnis teilnehmen – denn er würde Maldebann verlassen, sobald sein Vater geantwortet hatte, es sei denn, er würde seine Wut gegen den eigenen Vater wenden. Aber was wäre er dann? Nicht besser als er.

Ronin McIllioch stöhnte. Langsam öffnete er die blutverkrusteten Augen und sah seinen Sohn an. Ein scharlachrotes Rinnsal rann von seinen Lippen, als er sich bemühte zu sprechen. »Wir sind so ... geboren ...« Er brach ab, von einem tiefen, quälenden Husten geschüttelt.

Gavrael krallte sich in das Hemd seines Vaters und schüttelte ihn grob, ohne Ronins schmerzverzerrtes Gesicht zu beachten. Er wollte eine Antwort, bevor er ging; er wollte erfahren, welcher Wahn seinen Vater getrieben hatte, seine Mutter zu töten, oder er würde für den Rest seines Lebens von ungelösten Fragen gequält werden. »Warum, Vater? Sag es! Sag mir, warum!«

Ronins vernebelter Blick suchte Gavraels. Seine Brust hob

und senkte sich, als er mit hastigen, flachen Zügen die rauchgeschwängerte Luft einatmete. Mit einem seltsamen Unterton der Sympathie sprach er: »Sohn, wir können es nicht ändern ... die Männer der McIllioch ... wir werden immer ... so geboren.«

Voller Entsetzen blickte Gavrael auf seinen Vater. »Du wagst es, mir das zu sagen? Denkst du, du könntest mich davon überzeugen, dass ich ebenso wahnsinnig bin wie du? Ich bin nicht wie du! Ich werde dir nicht glauben. Du lügst. Du *lügst!*« Er sprang auf die Füße und ging hastig einige Schritte davon.

Ronin McIllioch stützte sich mühevoll auf die Ellbogen und deutete ruckartig mit dem Kopf auf die Beweise für Gavraels Wüten: die Überreste der McKane-Krieger, die wortwörtlich in Stücke gehauen worden waren. »Das hast du getan, Sohn.«

»Ich bin kein skrupelloser Mörder!« Gavrael betrachtete die verstümmelten Leichen und zweifelte an seinen eigenen Worten.

»Es gehört dazu ... ein McIllioch zu sein. Du kannst es nicht ändern, Sohn.«

»Nenn mich nicht Sohn! Ich werde nie wieder dein Sohn sein. Und ich leide nicht an deiner Krankheit. Ich bin nicht wie du. Ich werde *niemals* sein wie du!«

Ronin sank zurück zu Boden und murmelte unzusammenhängende Worte. Gavrael hörte nicht hin. Er wollte den Lügen seines Vaters keinen Augenblick länger zuhören. Er drehte ihm den Rücken zu und ließ seinen Blick über das schweifen, was von Tuluth übrig geblieben war. Die überlebenden Dorfbewohner drängten sich schweigend in kleinen Grüppchen zusammen und beobachteten ihn. Er wandte sich ab und wusste, dass ihm dieser Anblick ihrer missbilligenden Ehrerbietung für immer im Gedächtnis haften bleiben würde, und hob den Blick zu den dunklen Steinen von Schloss Maldebann. Eingelassen in die Flanke des Berges stand es hoch über dem Dorf. Bis zum heutigen Tag hatte er sich nichts sehnlicher gewünscht, als erwachsen zu werden und an der Seite seines Vaters zu helfen, Maldebann zu regieren und es schließlich als Clanführer zu übernehmen. Er hatte sich gewünscht, stets das lieblich trällernde Lachen seiner Mutter zu hören, das die geräumigen Hallen erfüllte, und als Antwort das Grummeln seines Vaters, wenn sie scherzten und miteinander sprachen. Er hatte davon geträumt, voller Klugheit die Belange seiner Leute wahrzunehmen, eines Tages zu heiraten und eigene Söhne zu haben. Jawohl, bis heute hatte er daran geglaubt, dass all diese Dinge eintreffen würden. Aber schneller, als der Mond den Himmel über Tuluth erklommen hatte, waren alle seine Träume und der allerletzte Teil von ihm, der noch menschlich gewesen war, zerstört worden.

☆ ☆ ☆

Gavrael benötigte fast einen Tag, um seinen zerschundenen Körper zurück in den Schutz der dichten Wälder des Hochlandes zu schleppen. Er würde nie wieder nach Hause zurückkehren können. Seine Mutter war tot, das Schloss geplündert und die Dorfbewohner waren ihm mit Furcht begegnet. Die Worte seines Vaters verfolgten ihn – *wir werden so geboren*. Mörder, fähig, selbst die zu morden, die sie vorgeben zu lieben. Gavrael hielt es für eine Krankheit des Geistes, von der sein Vater behauptet hatte, dass auch er sie in sich trug.

Durstiger, als er je zuvor gewesen war, schleppte er sich zu dem kleinen See, der unterhalb von Wotan's Cleft eingebettet in einem Tal lag. Für eine kurze Zeit verlor er auf dem feuchten Boden der Tundra das Bewusstsein, doch sobald er etwas weniger benebelt und schwach war, robbte er auf den Ellbogen vorwärts, um zu trinken. Als er die Hände zum Trinken zusammenführte und sich über das prickelnde, klare Wasser beugte, erstarrte er, paralysiert von seinem Spiegelbild in den sanften Wellen.

Eisblaue Augen starrten ihn an.

Kapitel 1

Dalkeith-upon-the-Sea,
Schottische Highlands
1515

Grimm blieb an den geöffneten Türen des Arbeitszimmers stehen und sah in die Nacht hinaus. Die Spiegelbilder der Sterne sprenkelten den ruhelosen Ozean und krönten als winzige Lichtpunkte die Wellen. Für gewöhnlich empfand er das Geräusch des Meeres, wenn es gegen die Felsen krachte, als wohltuend, seit kurzem jedoch schien es in ihm eine suchende Ruhelosigkeit zu entfachen.

Während er gemessenen Schrittes weiterging, grübelte er über mögliche Gründe für seine Unruhe nach und stand am Ende mit leeren Händen da. Es war seine eigene Wahl gewesen, als Hauptmann der Garde der Douglas auf Dalkeith zu bleiben, nachdem er und sein bester Freund, Hawk Douglas, vor zwei Jahren Edinburgh und den Dienst bei König James hinter sich gelassen hatten. Grimm bewunderte Hawks Ehefrau Adrienne – wenn sie nicht gerade versuchte, ihn unter die Haube zu bringen – und er war vernarrt in ihren kleinen Sohn Carthian. Wenn auch nicht gerade ausgesprochen glücklich, so war er doch zufrieden gewesen. Zumindest bis vor kurzem. Was also bedrückte ihn?

»Mit deiner Rastlosigkeit läufst du noch Löcher in meinen Lieblingsteppich, Grimm. Und der Maler wird dieses Porträt niemals vollenden können, wenn du dich nicht hinsetzt«, neckte ihn Adrienne und riss ihn aus seiner melancholischen Träumerei.

Grimm atmete tief durch und fuhr sich mit der Hand durch sein dichtes Haar. Geistesabwesend spielte er mit ein paar Strähnen an seiner Schläfe und verzwirbelte sie zu einem Zopf, während er fortfuhr, die See zu betrachten.

»Du suchst nicht zufällig nach einer Sternschnuppe da draußen, oder etwa doch?« Hawk Douglas' schwarze Augen tanzten vor Heiterkeit.

»Kaum. Doch wann immer deine boshafte Gattin bereit ist, mir zu offenbaren, welchen Fluch sie mir durch ihren unüberlegten Wunsch auferlegt hat, werde ich mich glücklich schätzen, davon zu erfahren.« Vor einiger Zeit hatte Adrienne bei einer Sternschnuppe einen Wunsch getan und sich seither standhaft geweigert, den beiden zu erzählen, worum es sich dabei gehandelt hatte, bis sie absolut sicher sein würde, dass ihr Wunsch gehört und erfüllt wurde. Sie hatte lediglich zugegeben, dass sich ihr Wunsch auf Grimm bezog, was ihn ziemlich nervös machte. Zwar hielt er sich nicht für abergläubisch, doch hatte er genügend seltsame Begebenheiten erlebt, um zu wissen, dass Dinge, die unwahrscheinlich schienen, noch lange nicht unmöglich waren.

»Ich ebenso, Grimm«, meinte Hawk trocken. »Aber auch mir will sie es nicht sagen.«

Adrienne lachte. »Kommt schon, ihr beiden. Erzählt mir nicht, dass sich zwei so furchtlose Krieger auch nur einen Augenblick lang über den unbedeutenden Sternschnuppenwunsch einer Frau den Kopf zerbrechen.«

»Ich halte nichts, was du tust, für unbedeutend, Adrienne«, entgegnete Hawk mit schiefem Grinsen. »Das Universum verhält sich nicht normal, wenn es um dich geht.«

Grimm lächelte schwach. Wie Recht er hatte. Als Opfer einer heimtückischen Verschwörung, ausgeheckt von einem rachsüchtigen Feenwesen, um Hawk zu vernichten, war Adrienne aus dem zwanzigsten Jahrhundert durch die Zeit katapultiert worden. Unmögliche Dinge ereigneten sich in ihrem Dunstkreis und das war der Grund, weshalb er verdammt noch mal wissen wollte, was sie sich gewünscht hatte. Er wollte vorbereitet sein, wenn die Hölle losbrach.

»Setz dich hin, Grimm«, drängte Adrienne. »Ich möchte, dass dieses Porträt spätestens zu Weihnachten fertig ist, und Albert braucht Monate, um es nach seinen Skizzen zu vollenden.«

»Weil mein Werk eben schiere Perfektion ist«, sagte der Maler leicht verstimmt.

Grimm wandte der Nacht den Rücken zu und nahm wieder seinen Platz neben Hawk vor dem Kaminfeuer ein. »Ich verstehe immer noch nicht so ganz, was das überhaupt soll«, murmelte er. »Porträts sind was für Mädchen und kleine Kinder.«

Adrienne schnaufte. »Ich beauftrage einen Maler, zwei der großartigsten Männer zu verewigen, denen ich je begegnet bin«, sie schenkte ihnen ein umwerfendes Lächeln, und Grimm verdrehte die Augen, denn er wusste, dass er der liebreizenden Adrienne keinen Wunsch abschlagen konnte, wenn sie so lächelte, »und alles, was sie tun, ist nörgeln. Eines Tages werdet ihr mir noch dankbar sein.«

Grimm und Hawk sahen sich amüsiert an und nahmen wieder ihre Pose ein, die Adrienne gewählt hatte, da sie ihre muskulösen Körper und die verwegen schönen Gesichtszüge am vorteilhaftesten zur Geltung brachte.

»Achte darauf, dass du seine Augen farblich ebenso brillant wiedergibst, wie sie sind«, instruierte sie Albert.

»Als ob ich nicht wüsste, wie man malt«, grummelte er. »*Ich* bin hier der Künstler. Es sei denn natürlich, Ihr wolltet selbst Hand anlegen.«

»Ich dachte, du magst *meine* Augen.« Hawk runzelte die Stirn und sah Adrienne an.

»Allerdings. Ich habe dich geheiratet, erinnerst du dich?«, neckte ihn Adrienne mit einem Lächeln. »Kann ich etwas dafür, dass sämtliche Bedienstete auf Dalkeith, bis hinunter zur jüngsten Magd im zarten Alter von zwölf Jahren, von den Augen deines besten Freundes schwärmen? Sie sehen genauso aus wie meine Saphire, wenn ich sie ins Sonnenlicht halte, sie leuchten mit irisierendem blauem Feuer.«

»Und was sind meine? Belanglose schwarze Walnüsse?«

Adrienne lachte. »Dummkopf, so hatte ich dein Herz beschrieben, als ich dich das erste Mal traf. Und hör auf, an deinen Haaren herumzufummeln, Grimm«, tadelte sie. »Oder gibt es einen bestimmten Grund, weshalb du diese Flechten an deinen Schläfen auf dem Porträt haben möchtest?«

Grimm erstarrte und berührte dann langsam und ungläubig sein Haar.

Hawk starrte ihn an. »Woran denkst du, Grimm?«, fragte er voll Verwunderung.

Grimm schluckte. Es war ihm nicht einmal bewusst gewesen, dass er die Kriegszöpfe in sein Haar geflochten hatte. Ein Mann trug sie nur in den dunkelsten Zeiten seines Lebens – wenn er seine verstorbene Gemahlin betrauerte oder sich zur Schlacht rüstete. Bis zum heutigen Tag hatte er sie zweimal getragen. Woran hatte er gedacht? Grimm starrte blicklos auf den Boden, verwirrt, unfähig, seinen Gedanken Ausdruck zu verleihen. Seit kurzem quälten ihn Geister aus der Vergangenheit, Erinnerungen, die er vor Jahren wutschnaubend in ein flaches Grab geworfen und unter einer dünnen Schicht des Verdrängens begraben hatte. Doch in seinen Träumen wandelten die Schattenleichen wieder umher und hinterließen auf ihren Spuren ein Gefühl des Unwohlseins, das ihn den ganzen Tag nicht losließ.

Grimm suchte noch immer nach einer Antwort, als eine Wache durch die Türen des Arbeitszimmers stürmte.

»Mylord. Mylady.« Der Soldat nickte ehrerbietig zu Hawk und Adrienne, während er eiligen Schrittes den Raum durchquerte. Er trat mit ernstem Blick zu Grimm. »Das hier ist soeben für Euch abgegeben worden, Hauptmann.« Er übergab Grimm ein offiziell aussehendes Stück Pergament. »Der Überbringer beharrte darauf, dass es dringend sei und nur Euch persönlich ausgehändigt werden dürfe.«

Grimm drehte das Schriftstück langsam in der Hand. Das elegante Wappen von Gibraltar St. Clair war in das rote Wachs gedrückt. Verdrängte Erinnerungen kamen in ihm hoch: *Jillian.* Eine Frau wie die Verheißung von Schönheit und Freude, die er niemals besitzen würde; eine Erinnerung, die er eben jenem ungeeigneten, flachen Grab überantwortet hatte, das nun entschlossen schien, seine Toten wieder von sich zu geben.

»Nun los, Grimm, mach es auf«, drängelte Adrienne.

Langsam, als hielte er ein verwundetes Tier, das mit scharfen Zähnen auf ihn losgehen könnte, brach Grimm das Siegel und öffnete die Nachricht. Regungslos las er den knappen, aus drei Worten bestehenden Befehl. Seine Hand ballte sich reflexartig zur Faust und zerknüllte das dicke Pergament.

Er erhob sich und wandte sich an die Wache. »Sattle mein Pferd. Ich mache mich in einer Stunde auf den Weg.« Der Soldat nickte und verließ das Arbeitszimmer.

»Und?«, fragte Hawk. »Was steht drin?«

»Nichts, womit du dich beschäftigen müsstest, Hawk. Mach dir keine Gedanken. Es betrifft dich nicht.«

»Alles, was meinen besten Freund betrifft, betrifft auch mich«, sagte Hawk. »Also hör schon auf. Was ist los?«

»Nichts, habe ich gesagt. Belass es dabei.« Grimms Stimme hatte einen warnenden Unterton, der die Hand eines geringeren Mannes gebannt hätte. Doch Hawk war niemals ein geringer Mann gewesen und würde es niemals sein, und er bewegte sich so rasch, dass Grimm nicht schnell genug reagieren konnte, als er ihm das Pergament aus der Hand fegte. Schelmisch grinsend sprang Hawk zurück und entknitterte das Pergament. Sein Grinsen wurde noch breiter und er zwinkerte Adrienne zu.

»›Komm wegen Jillian‹, steht hier. Eine Frau, nicht wahr? Die Geschichte nimmt Konturen an. Ich dachte, du hättest den Frauen abgeschworen, mein wankelmütiger Freund. Also, wer ist Jillian?«

»Eine Frau?«, rief Adrienne entzückt aus. »Eine junge, heiratsfähige Frau?«

»Hört auf, ihr beiden. So ist es nicht.«

»Und weshalb hast du dann versucht, es geheim zu halten?«, insistierte Hawk.

»Weil es Dinge gibt in meinem Leben, von denen du nichts weißt, und es würde viel zu lange dauern, alles zu erklären. Da ich jetzt nicht die Muße habe, dir die ganze Geschichte zu erzählen, werde ich dir in ein paar Monaten eine Nachricht zukommen lassen«, wich er kühl aus.

»So einfach kommst du mir nicht davon, Grimm Roderick.«

Nachdenklich rieb sich Hawk die Bartstoppeln an seinem störrischen Kinn. »Wer ist Jillian und woher kennst du Gibraltar St. Clair? Ich dachte, du seist direkt aus England an den Hof gekommen. Ich dachte, du würdest in Schottland niemanden kennen, außer denen, die du bei Hofe getroffen hattest.«

»Ich habe dir nicht die ganze Geschichte erzählt, Hawk, und jetzt habe ich keine Zeit dafür, aber ich werde dir alles erzählen, sobald es mir möglich ist.«

»Du erzählst es mir jetzt oder ich komme mit dir«, drohte Hawk. »Was bedeutet, dass Adrienne und Carthian ebenfalls mitkommen. Also, entweder du redest, oder du kannst dich auf Begleitung gefasst machen, und man kann nie wissen, was passiert, wenn Adrienne mitmischt.«

Grimm sah ihn finster an. »Du kannst wirklich eine Plage sein, Hawk.«

»Gnadenlos. Fürchterlich«, stimmte Adrienne süßlich zu. »Du kannst gleich aufgeben, Grimm. Mein Gatte erkennt ein Nein als Antwort niemals an. Glaub mir, ich weiß, wovon ich spreche.«

»Komm schon, Grimm, wenn du mir nicht vertraust, wem sonst könntest du trauen?«, redete Hawk ihm zu. »Wohin gehst du?«

»Es ist keine Frage des Vertrauens, Hawk.« Doch Hawk sah ihn nur mit erwartungsvollem Gesichtsausdruck an, und er wusste, dass er nicht vorhatte nachzugeben. Hawk würde bohren und graben und letztendlich genau das tun, was er angedroht hatte – mitkommen. Es sei denn, Grimm würde ihm eine zufrieden stellende Antwort geben. Vielleicht war es an der Zeit, dass er mit der Wahrheit herausrückte, obwohl er, sobald er es getan hatte, auf Dalkeith nicht mehr willkommen sein würde. »Ich gehe nach Hause, mehr oder weniger«, räumte Grimm schließlich ein.

»Caithness ist dein Zuhause?«

»Tuluth«, murmelte Grimm.

»Was?«

»Tuluth«, sagte Grimm ausdruckslos. »Ich bin in Tuluth geboren.«

»Du sagtest, du wärst in Edinburgh geboren!«

»Das war eine Lüge.«

»Warum? Du hast mir erzählt, deine ganze Familie sei tot! War das auch eine Lüge?«

»Nein! Sie sind alle tot. Da habe ich nicht gelogen. Nun ja ... ein bisschen vielleicht«, verbesserte er sich hastig. »Mein Vater ist noch am Leben, aber ich habe seit mehr als fünfzehn Jahren nicht mehr mit ihm gesprochen.«

Ein Muskel zuckte an Hawks Kiefer. »Setz dich, Grimm. Du wirst nirgendwo hingehen, bis du mir nicht alles erzählt hast. Und ich vermute, dass die Geschichte ohnehin längst überfällig ist.«

»Ich habe nicht die Zeit, Hawk. Wenn St. Clair sagt, dass es dringend sei, so wurde ich schon vor Wochen auf Caithness gebraucht.«

»Was hat Caithness mit diesen Dingen zu tun oder mit dir? Setz dich! Rede! *Jetzt!*«

Als er einsehen musste, dass ihm kein Aufschub gewährt wurde, ging er im Raum auf und ab und begann mit seiner Geschichte. Er erzählte ihnen, wie er im Alter von vierzehn Jahren in der Nacht des Massakers Tuluth verlassen und zwei Jahre lang die Wälder der Highlands durchstreift hatte, mit den Kriegsflechten im Haar und die Menschheit hassend, seinen Vater hassend, sich selbst hassend. Er übersprang die brutalen Teile – die Ermordung seiner Mutter, die Hungerqualen, die er erleiden musste, die wiederholten Anschläge auf sein Leben. Er erzählte ihnen, wie er im Alter von sechzehn Jahren bei Gibraltar St. Clair Unterschlupf gefunden hatte; dass er seinen Namen in Grimm geändert hatte, um sich und diejenigen, die ihm etwas bedeuteten, zu schützen. Er erzählte ihnen, wie die McKane ihn erneut in

Caithness aufgespürt und seine Pflegefamilie angegriffen hatten. Und schließlich, im Tonfall eines fürchterlichen Geständnisses, erzählte er ihnen, wie sein richtiger Name lautete.

»Was hast du da gerade gesagt?«, fragte Hawk bestürzt.

Grimm sog einen tiefen Atemzug in seine Lungen und schnaubte dann verärgert. »Ich sagte Gavrael. Mein wirklicher Name ist Gavrael.« Es gab nur einen Gavrael in ganz Schottland; kein Mann würde sich willentlich diesen Namen und diesen Fluch zu Eigen machen. Er wappnete sich für Hawks Explosion. Er brauchte nicht lange zu warten.

»McIllioch?« Hawks Augen verengten sich ungläubig.

»McIllioch«, bestätigte Grimm.

»Und Grimm?«

»Grimm steht für Gavrael Roderick Icarus McIllioch.«

Grimms Hochlandakzent grollte so unverkennbar bei diesem Namen, dass es fast wie eine unartikulierte Anhäufung von rollenden *R*s und *L*s und stakkatoscharfen *K*s klang. »Nimm den ersten Buchstaben von jedem Namen und du hast es. G-R-I-M.«

»Gavrael McIllioch war ein Berserker!«, donnerte Hawk.

»Ich sagte ja, dass du nicht allzu viel von mir weißt«, sagte Grimm düster.

Mit drei Riesensätzen hatte Hawk das Arbeitszimmer durchquert, baute sich bedrohlich nur Zentimeter von Grimm entfernt auf und betrachtete ihn eingehend, als könnte er irgendwelche verräterischen Spuren eines Untiers entdecken, die Grimms Geheimnis schon vor Jahren hätten aufdecken können. »Wie konnte es mir nur verborgen bleiben?«, murmelte Hawk. »Jahrelang habe ich mich über einige deiner besonderen ... Talente gewundert. Bei den verfluchten Heiligen, allein schon wegen deiner Augen hätte ich darauf kommen müssen –«

»Viele Menschen haben blaue Augen, Hawk«, sagte Grimm lakonisch.

»Nicht so wie *deine*, Grimm«, bemerkte Adrienne.

»Das erklärt alles«, sagte Hawk langsam. »Du bist kein Mensch.«

Grimm zuckte zusammen.

Adrienne warf ihrem Mann einen finsteren Blick zu und hakte sich bei Grimm unter. »Natürlich ist er ein Mensch, Hawk. Er ist ein Mensch ... und noch etwas mehr.«

»Ein Berserker.« Hawk schüttelte den Kopf. »Ein verfluchter Berserker. Du weißt, man sagt, dass William Wallace ein Berserker war.«

»Und was für ein schönes Leben er hatte, eh?«, sagte Grimm voller Bitterkeit.

☆ ☆ ☆

Kurz darauf reiste Grimm ab, ohne weitere Fragen zu beantworten, und hinterließ einen zutiefst unzufriedenen Hawk. In aller Eile machte er sich auf die Reise, denn die Erinnerungen kamen unkontrolliert und mit aller Macht zurück. Grimm wusste, dass er allein sein musste, wenn schließlich sämtliche Erinnerungen sich seiner bemächtigten. Er dachte nicht mehr gerne an Tuluth. Hölle, er dachte überhaupt nicht mehr gern, nicht, wenn es sich verhindern ließ.

Tuluth: in seiner Erinnerung ein qualmendes Tal, schwarze Rauchwolken, so dicht, dass seine Augen von dem beißenden Gestank brennender Häuser und brennenden Fleisches tränten. Schreiende Kinder. *Ach, Christus!*

Grimm musste schlucken, als er Occam die Sporen gab und ihn im Galopp über die Hügelkette trieb. Er war unempfänglich für die Schönheit der Hochlandnacht, verloren in einer anderen Zeit, umgeben allein von der Farbe des Blutes und der Schwärze seelenentstellender Trostlosigkeit – mit einem einzigen golden schimmernden Lichtblick.

Jillian.

Ist er ein wildes Tier, Papa? Darf ich ihn behalten? Bitte! Er ist ein so wundervolles Geschöpf!

Und in seinen Gedanken war er wieder sechzehn Jahre alt und blickte auf das kleine goldene Mädchen. Die Erinnerung übermannte ihn und ließ die Scham zäher herabtropfen als geronnenen Honig aus der Wabe. Sie hatte ihn im Wald gefunden, während er wie ein Tier nach Nahrung suchte.

Er ist noch wilder als mein Savanna TeaGarden, Papa!

Savanna TeaGarden war ihr Schoßhund, ein Schoßhund mit den geballten siebzig Kilo eines Irischen Wolfshundes.

Er wird mich beschützen, Papi, ich weiß es!

In dem Augenblick, als sie diese Worte gesprochen hatte, hatte er sich in seinem tiefsten Inneren geschworen, genau das zu tun. Doch er hätte sich nie träumen lassen, dass er sie eines Tages vor sich selbst würde schützen müssen.

Grimm rieb sich das glatt rasierte Kinn und warf den Kopf in den Nacken. Für einen kurzen Moment spürte er wieder das verfilzte Haar, den Dreck und den Schweiß und die Kriegsflechten, die wilden, hasserfüllten Augen. Und das reine, liebliche Kind hatte ihm beim ersten Anblick vertraut.

Doch er hatte sie schnell eines Besseren belehrt.

Kapitel 2

Gibraltar und Elizabeth St. Clair waren bereits seit über einer Woche zum Heim ihres Sohnes in den Highlands unterwegs, bevor Gibraltar schließlich seinen Plan beichtete. Am liebsten hätte er ihr überhaupt nichts erzählt, aber er ertrug es nicht, seine Frau verstimmt zu sehen.

»Hast du das gehört?«, fragte Elizabeth anklagend ihren Mann, während sie ihre Stute wendete und in einem kurzen Galopp an seine Seite zurückkehrte. »Also?«

»Was gehört? Ich konnte überhaupt nichts hören. Du warst zu weit weg«, neckte er sie.

»Es reicht, Gibraltar. Ich habe genug!«

Gibraltar hob fragend eine Augenbraue. »Was ist los, meine Liebe?« Gerötet von einem leidenschaftlichen Ausbruch war seine Frau sogar noch anziehender als gewöhnlich. Er konnte kaum widerstehen, sie sanft zu provozieren, um das Schauspiel zu genießen.

Elizabeth warf energisch den Kopf zurück. »Ich bin es leid zu hören, wie Männer über unsere makellose, fromme, unverheiratete – was so viel heißt wie altjüngferliche – Tochter reden, Gibraltar.«

»Du hast schon wieder gelauscht, nicht wahr, Elizabeth?«, fragte er milde.

»Gelauscht, gelauscht. Wenn über meine Tochter geredet

wird, und seien es auch nur die Wachen«, sie gestikulierte gereizt in deren Richtung, »so habe ich jedes Recht zuzuhören. Unsere Furcht erregenden Beschützer, die, so möchte ich betonen, gesunde, ausgewachsene Männer sind, haben sich über ihre Vorzüge unterhalten. Aber mit Vorzügen meinen sie nicht etwa ihre Brüste oder andere ihrer reizenden Kurven, sondern ihr fröhliches Gemüt, ihre Geduld, ihre Berufung zum Kloster – um Himmels willen! Hat sie dir gegenüber auch nur andeutungsweise etwas von dieser plötzlichen Eingebung verlauten lassen, in ein Kloster zu gehen?« Ohne eine Antwort abzuwarten, zügelte sie ihr Pferd und sah ihn durchdringend an. »Ununterbrochen reden sie davon, wie makellos sie sei, und nicht einer von ihnen spricht davon, sie in sein Bett zu holen.«

Gibraltar lachte, als er seinen Hengst neben ihrer Stute zum Stehen brachte.

»Wie kannst du es wagen, das komisch zu finden?«

Gibraltar schüttelte den Kopf und seine Augen funkelten. Nur Elizabeth konnte Anstoß daran nehmen, dass Männer nicht davon sprachen, ihre Tochter zu verführen.

»Gibraltar, ich muss dich bitten, für einen Augenblick ernst zu sein. Jillian ist einundzwanzig Jahre alt und noch kein Mann hat ernsthaft versucht, um sie zu werben. Ich könnte schwören, dass sie das vorzüglichste Mädchen in ganz Schottland ist, und die Männer machen einen vergötternden Bogen um sie. *Tu* etwas, Gibraltar. Ich fange an, mir Sorgen zu machen.«

Sein Lächeln verschwand. Elizabeth hatte Recht. Es war langsam nicht mehr zum Lachen. Gibraltar war selbst schon zu diesem Schluss gekommen. Es war nicht fair zuzulassen, dass Elizabeth sich weiter Sorgen machte, wenn er bereits Maßnahmen getroffen hatte, die ihrer beider Befürchtungen bald schon ein Ende bereiten sollten. »Ich habe schon alles in die Wege geleitet, Elizabeth.«

»Was meinst du? Was hast du diesmal angestellt?«

Gibraltar sah sie forschend an. Im Augenblick war er sich nicht so ganz sicher, was Elizabeth mehr aufregen würde: die fortgesetzte Sorge über den unverheirateten Zustand ihrer Tochter oder die Einzelheiten dessen, was er, ohne sie vorher zu konsultieren, arrangiert hatte. Ein kurzer Moment des Nachdenkens ließ ihn zu der Überzeugung kommen, dass sie von seinem Geniestreich entzückt sein würde. »Ich habe dafür gesorgt, dass in unserer Abwesenheit drei Männer Caithness besuchen werden, Elizabeth. Wenn wir nach Caithness zurückkehren, wird entweder Jillian einen von ihnen gewählt haben, oder einer von ihnen wird Jillian gewählt haben. Sie gehören nicht zu der Art von Männern, die angesichts eines bisschen Widerstands aufgeben. Noch gehören sie zu der Art von Männern, die auf ihre Nonnengeschichten reinfallen.«

Elizabeths entsetzter Gesichtsausdruck machte seine selbstgefällige Pose zunichte. »Einer von ihnen wird sie wählen? Willst du damit sagen, dass einer dieser Männer, die du ausgewählt hast, sie kompromittieren könnte, wenn sie nicht wählt?«

»Verführen, Elizabeth, nicht kompromittieren«, protestierte Gibraltar. »Sie würden sie nicht ruinieren. Es handelt sich um ehrenhafte, hoch geachtete Fürsten.« Beschwichtigend senkte er die Stimme. »Außerdem habe ich diese drei auch unter dem Gesichtspunkt ausgewählt, dass sie alle sehr ... äh ...« – er suchte nach einem Wort, das harmlos genug war, seine Gattin nicht in Aufregung zu versetzen, denn die Männer, die er ausgewählt hatte, hatten bekanntermaßen beunruhigende Qualitäten – »... maskulin sind.« Sein beiläufiges Nicken sollte ihre Besorgnis ausräumen. Doch das Gegenteil war der Fall. »Genau das, was Jillian braucht«, versicherte er ihr.

»Maskulin! Du meinst wollüstige Erzschurken! Wahrscheinlich despotisch und skrupellos noch dazu. Keine Ausflüchte, Gibraltar!«

Gibraltar seufzte vernehmlich, jegliche Hoffnung auf seine besänftigenden Überredungskünste war dahin. »Hast du eine bessere Idee, Elizabeth? Offen gestanden, ich denke, das Problem ist, dass Jillian noch kein Mann über den Weg gelaufen ist, den sie nicht eingeschüchtert hätte. Ich garantiere dafür, dass nicht einer der Männer, die ich eingeladen habe, auch nur im Entferntesten eingeschüchtert sein wird. In ihren Bann gezogen? Ja. Fasziniert? Ja. Unnachgiebig und hartnäckig? Ja. Genau das, was eine Sacheron braucht. Einen Mann, der Manns genug ist, etwas zu *unternehmen.*«

Elizabeth St. Clair, geborene Sacheron, knabberte schweigend an ihrer Unterlippe.

»Du weißt, wie sehr du dich danach gesehnt hast, unseren neuen Enkelsohn kennen zu lernen«, erinnerte er sie. »Lass uns einfach unseren Besuch machen und sehen, was passiert. Ich verspreche dir, dass keiner der Männer, die ich ausgewählt habe, unserer kostbaren Tochter auch nur ein Haar krümmen wird. Sie werden es vielleicht ein wenig zerwühlen, aber das wird ihr nur gut tun. Für unsere unfehlbare Jillian ist ein wenig Durcheinander längst überfällig.«

»Du erwartest von mir, dass ich einfach fortgehe und sie mit drei Männern allein lasse? Mit *dieser* Art von Männern?«

»Elizabeth, diese Art von Männern ist die einzige Art von Männern, die nicht vor ihr auf die Knie fallen wird. Davon abgesehen, auch ich war einst einer von dieser Art von Männern, wie du dich erinnern wirst. Es bedarf eines außergewöhnlichen Mannes für unsere außergewöhnliche Tochter«, fügte er etwas sanfter hinzu. »Ich beabsichtige, diesen außergewöhnlichen Mann für sie zu finden.«

Elizabeth seufzte und blies sich eine Haarsträhne aus dem Gesicht. »Du hast vermutlich Recht«, murmelte sie. »Sie hat wahrhaftig noch keinen Mann getroffen, der ihr nicht zu Füßen gelegen hätte. Wie, glaubst du, wird sie reagieren, wenn sie einem solchen begegnet?«

»Ich vermute, dass sie zuerst nicht wissen wird, wie sie sich verhalten soll. Es wird sie ziemlich aus dem Gleichgewicht bringen. Aber ich wette, einer der Männer, die ich gewählt habe, wird ihr helfen, es wieder zu finden«, sagte Gibraltar ruhig.

Bei diesen Worten verwandelte sich Elizabeths Verzagtheit in Bestürzung. »Also gut. Wir werden umkehren. Ich kann nicht irgendwo anders sein, wenn meine Tochter zum ersten Mal Erfahrung mit diesen Frauendingen macht. Gott allein weiß, was diese Kerle versuchen werden, meiner Tochter beizubringen, und auf welche Art sie versuchen werden, es ihr beizubringen, ganz abgesehen davon, wie schockiert sie mit Sicherheit sein wird. Ich kann nicht irgendwo zu Besuch sein, während meine Tochter bedrängt und um ihre Jungfernschaft gebracht wird – es geht einfach nicht! Wir müssen nach Hause.« Erwartungsvoll sah sie zu ihrem Mann hinüber und wartete auf sein zustimmendes Kopfnicken.

»Elizabeth«, sagte Gibraltar mit ruhiger Stimme.

»Gibraltar?«, fragte sie vorsichtig.

»Wir werden nicht umkehren. Wir besuchen unseren Sohn, um an der Taufe unseres Enkels teilzunehmen, und werden wie geplant ein paar Monate dort verbringen.«

»Weiß Jillian, was du getan hast?«, fragte Elizabeth eisig.

Gibraltar schüttelte den Kopf. »Sie hat nicht die leiseste Ahnung.«

»Was ist mit den Männern? Glaubst du nicht, sie werden es ihr erzählen?«

Gibraltar grinste durchtrieben. »Ich habe sie nicht eingeweiht. Ich habe einfach nur ihre Anwesenheit befohlen. Aber Hatchard weiß Bescheid und ist darauf vorbereitet, es ihnen zu gegebenem Zeitpunkt mitzuteilen.«

Elizabeth war schockiert. »Du hast es niemandem erzählt, außer unserem Oberbefehlshaber?«

»Hatchard ist ein weiser Mann. So ist es das Beste für sie, Elizabeth. Sie muss ihren eigenen Weg finden. Außerdem«, provozierte er, »welcher Mann würde es wagen, einem Mädchen die Unschuld zu rauben, solange ihre Mutter an ihrem Ellbogen klebt?«

»Ach! Die Anwesenheit meiner Mutter, meines Papas, meiner sieben Brüder und meiner Großeltern hat dich nicht davon abgehalten, mir die Unschuld zu stehlen. Und mich zu entführen.«

Gibraltar kicherte. »Tut es dir Leid?«

Unter niedergeschlagenen Wimpern warf Elizabeth ihm einen tiefen Blick zu, der ihm das Gegenteil versicherte.

»Du siehst also, manchmal weiß ein Mann am besten, was das Richtige ist, nicht wahr, mein Schatz?«

Sie antwortete nicht sofort, dennoch wusste Gibraltar, dass Elizabeth ihm blind vertraute. Sie brauchte eben ein wenig Zeit, um sich mit seinem Plan anzufreunden und um die Tatsache zu akzeptieren, dass ihre Tochter einen liebevollen Schubs über die Nestkante brauchte.

Als Elizabeth schließlich sprach, dämpfte Resignation ihre Stimme. »Und welche drei Männer hast du ohne mein scharfsinniges Urteil und ohne meine Zustimmung auserkoren?«

»Nun, da ist einmal Quinn de Moncreiffe.« Gibraltars Augen wichen keine Sekunde von ihrem Gesicht.

Quinn war blond, gut aussehend und verwegen. Er war unter schwarzer Flagge für den König gesegelt, bevor er seine Titel geerbt hatte, und kommandierte jetzt eine Flotte von

Handelsschiffen, durch die er das ohnehin beträchtliche Vermögen seines Clans verdreifacht hatte. Gibraltar hatte Quinn bei sich aufgenommen, als er ein junger Bursche war, und Elizabeth hatte ihn immer bevorzugt behandelt.

»Ein guter Mann.« Sie hob ihre perfekte goldene Augenbraue und verriet damit gegen ihren Willen ihre Bewunderung für die Weisheit ihres Gatten. »Und?«

»Ramsay Logan.«

»Oh!« Elizabeths Augen wurden rund. »Als ich ihn bei Hofe sah, war er von Kopf bis Fuß in Schwarz gekleidet. Er sah so gefährlich attraktiv aus, wie ein Mann nur aussehen kann. Wie ist es möglich, dass noch keine Frau ihn sich gegriffen hat? Weiter, Gibraltar. Das klingt alles schon recht viel versprechend. Wer ist der Dritte?«

»Wir bleiben zu weit hinter den Wachen zurück, Elizabeth«, wich Gibraltar geschickt aus. »In letzter Zeit waren die Highlands zwar friedlich, aber man kann nicht vorsichtig genug sein. Wir müssen aufholen.« Er drehte sich im Sattel, griff ihre Zügel und nötigte sie zu folgen.

Elizabeth nahm ihm mit finsterem Blick die Zügel aus der Hand. »Wir werden sie später einholen. Wer ist der Dritte?«

Gibraltar runzelte die Stirn und sah den Wachen nach, die hinter einer Wegbiegung verschwanden. »Elizabeth, wir dürfen uns nicht aufhalten. Du hast keine Ahnung ...«

»Der Dritte, Gibraltar«, wiederholte seine Frau.

»Du siehst heute besonders bezaubernd aus, Elizabeth«, sagte Gibraltar mit heiserer Stimme. »Habe ich dir das schon gesagt?« Als seine Worte außer einem kühlen, herablassenden Blick keine Wirkung zeigten, legte er die Stirn in Falten.

»Sagte ich drei?«

Elizabeths Gesichtsausdruck wurde noch kühler.

Gibraltar seufzte. Er murmelte einen Namen und gab seinem Pferd die Sporen.

»Was hast du gesagt?«, rief sie hinter ihm her und trieb ihre Stute an, um aufzuholen.

»Oh, zur Hölle, Elizabeth! Lass es gut sein! Lass uns einfach nur reiten.«

»Wiederhole es bitte, Gibraltar.«

Wieder gab er eine unverständliche Antwort.

»Ich kann kein Wort verstehen, wenn du dir in den Bart murmelst«, sagte Elizabeth süßlich.

Süß wie Sirenengesang, dachte er, *und ebenso tödlich*. »Ich sagte Gavrael McIllioch. In Ordnung? Lass es gut sein, ja?« Scharf wendete er seinen Hengst, sah sie bohrend an und genoss die Tatsache, dass er es zumindest für den Moment geschafft hatte, Elizabeth St. Clair sprachlos zu machen.

Ungläubig starrte sie ihren Gatten an. »Lieber Gott im Himmel, er hat den Berserker gerufen!«

☆ ☆ ☆

Trotz der Wärme der hell scheinenden Sonne lief Jillian St. Clair ein kalter Schauer über den Rücken. Nicht eine Wolke bedeckte den Himmel und der schattige Wald, der an das südliche Ende der abschüssigen Wiese von Caithness angrenzte, war zig Meter entfernt – nicht nah genug, um für ihr plötzliches Frösteln verantwortlich zu sein.

Eine unerklärliche Vorahnung kroch ihr den Nacken hinauf. Sie schüttelte sie brüsk ab und schimpfte auf ihre übersteigerte Einbildungskraft. Ihr Leben war so wenig von Wolken überschattet wie der endlos blaue Himmel; ihre Phantasie ging mit ihr durch, das war alles.

»Jillian, Jemmie soll aufhören, an meinen Haaren zu ziehen!«, schrie Mallory und rannte Schutz suchend an Jillians Seite. Das üppige grüne Gras der Wiese war mit einem Dutzend Kindern gesprenkelt, die sich jeden Nachmittag hier einfanden, um Jillian Geschichten und Süßigkeiten zu entlocken.

Mallory schützend in den Armen haltend, sah Jillian den Jungen tadelnd an. »Es gibt bessere Wege, einem Mädchen zu zeigen, dass du es gern hast, als es an den Haaren zu ziehen, Jemmie MacBean. Und ich habe die Erfahrung gemacht, dass die Mädchen, die du jetzt an den Haaren ziehst, dieselben sind, um die du später einmal werben wirst.«

»Ich habe sie nicht an den Haaren gezogen, weil ich sie *mag*!« Jemmies Gesicht lief rot an und seine Hände ballten sich zu trotzigen Fäusten. »Sie ist ein *Mädchen.*«

»Jawohl, das ist sie. Und ein reizendes noch dazu.« Jillian streichelte über Mallorys üppiges, langes, kastanienbraunes Haar. Dem jungen Mädchen war bereits anzusehen, was für eine Schönheit es einmal werden würde. »Dann verrat mir doch bitte, warum du sie an den Haaren ziehst, Jemmie«, sagte Jillian gelassen.

Jemmie stampfte mit dem Fuß auf. »Weil, wenn ich sie genauso hauen würde, wie ich die Jungen haue, würde sie wahrscheinlich weinen«, murmelte er.

»Warum musst du ihr überhaupt etwas tun? Warum kannst du nicht einfach mit ihr reden?«

»Was könnte ein Mädchen schon zu sagen haben?« Er rollte die Augen und blickte finster zu den anderen hinüber, um mit wütendem Blick wortlos Unterstützung einzufordern.

Nur Zeke blieb von dieser Drohgebärde unbeeindruckt. »Jillian hat interessante Dinge zu sagen«, sagte er. »Du kommst jeden Nachmittag hierher, um ihr zuzuhören, und auch sie ist ein Mädchen.«

»Das ist was anderes. Sie ist kein Mädchen. Sie ist ... na ja, sie ist fast wie eine Mutter zu uns, nur viel hübscher.«

Mit einem stillen Seufzer wischte Jillian sich eine blonde

Haarsträhne aus dem Gesicht. Was hatte dieses »hübscher« ihr je eingebracht? Sie sehnte sich nach eigenen Kindern, doch für Kinder brauchte sie einen Ehemann, und ein solcher schien für sie nicht in Sicht zu sein, hübsch oder nicht. *Nun, du könntest aufhören, so wählerisch zu sein*, riet ihr Gewissen trocken.

»Soll ich euch eine Geschichte erzählen?« Geschwind wechselte sie das Thema.

»Ja, erzähl uns eine Geschichte, Jillian!«

»Eine romantische!«, rief ein älteres Mädchen.

»Eine blutige«, verlangte Jemmie.

Mallory rümpfte die Nase. »Ich will eine Fabel. Ich liebe Fabeln. Sie lehren uns, was gut und was böse ist. Und einige von uns«, sie sah zu Jemmie, »müssen das ja noch lernen.«

»Fabeln sind doof ...«

»Sind sie nicht!«

»Eine Fabel! Eine Fabel!«, schrien die Kinder.

»Ihr sollt eine Fabel bekommen. Ich werde euch von dem Streit zwischen dem Wind und der Sonne erzählen«, sagte Jillian. »Es ist meine Lieblingsfabel.« Als sie sich hinsetzte, um die Geschichte zu erzählen, drängelten die Kinder um die besten Plätze. Zeke, der kleinste von ihnen, wurde ganz nach hinten geschubst.

»Nicht blinzeln, Zeke«, ermahnte ihn Jillian liebevoll. »Hier, komm näher.« Sie zog den Jungen auf ihren Schoß und strich ihm das Haar aus den Augen. Zeke war der Sohn ihrer Lieblingsmagd, Kaley Twillow. Er war mit so schlechten Augen geboren worden, dass er kaum weiter sehen konnte, als seine Hand reichte. Er blinzelte unentwegt, als könnte dadurch eines Tages ein Wunder geschehen, das die Welt für ihn sichtbar machte. Jillian fand es unvorstellbar traurig, die prächtige Landschaft Schottlands nicht sehen zu können, und ihr Herz beweinte Zekes Behinderung, die ihn daran hinderte, die Spiele zu spielen, die die anderen Kinder so liebten. Es war sehr viel wahrscheinlicher, dass er von dem Ball getroffen wurde als umgekehrt, und um das auszugleichen, hatte Jillian ihm das Lesen beigebracht. Zwar musste er seine Nase tief in das Buch stecken, aber er konnte darin Welten erforschen, die er niemals mit eigenen Augen würde sehen können.

Nachdem er sich in ihren Schoß gekuschelt hatte, fing sie an. »Eines Tages stritten sich die Sonne und der Wind darüber, wer wohl der Stärkere sei, als sie einen Kesselflicker die Straße entlangkommen sahen. Die Sonne sagte: ›Lass uns jetzt unseren Streit entscheiden. Derjenige von uns, der dem Kesselflicker seinen Mantel auszieht, soll als der Stärkere gelten.‹

Der Wind stimmte dem Wettstreit zu. ›Du fängst an‹, sagte die Sonne und verschwand hinter einer Wolke, um sich nicht einzumischen. Der Wind fing an, so stark er nur konnte auf den Kesselflicker zu pusten, doch je mehr er blies, umso fester zog der Kesselflicker seinen Mantel um den Körper. Das spornte den Wind nur noch mehr an, alles zu geben, was er hatte; doch der Kesselflicker kämpfte dagegen an, seinen Mantel zu verlieren. Schließlich gab der Wind verzweifelt auf.

Dann kam die Sonne hervor und erstrahlte in ihrer ganzen Herrlichkeit über dem Kesselflicker, der es bald zu warm fand, um im Mantel weiterzulaufen. Er zog ihn aus, warf sich das gute Stück über die Schulter und ging fröhlich pfeifend seines Weges.«

»Juchhuu!«, freuten sich die Mädchen. »Die Sonne hat gewonnen! Wir mögen die Sonne auch lieber!«

»Das ist eine doofe Mädchengeschichte«, maulte Jemmie.

»Mir hat sie gefallen«, entgegnete Zeke.

»Na klar, Zeke. Du bist viel zu blind, um Krieger und Drachen und Schwerter zu sehen. Ich mag Geschichten mit Abenteuern.«

»Diese Geschichte hat einen tieferen Sinn. Genau denselben wie das, was ich dir über das Haareziehen bei Mallory gesagt habe«, sagte Jillian sanft.

Jemmie blickte verwirrt drein. »Wirklich? Was hat die Sonne mit Mals Haaren zu tun?«

Zeke schüttelte den Kopf über Jemmies Begriffsstutzigkeit. »Sie hat uns erzählt, dass der Wind versucht hat, dem Kesselflicker zu schaden, also musste der Kesselflicker sich verteidigen. Die Sonne machte, dass der Kesselflicker sich wohl fühlte und warm und sicher genug, sich frei zu bewegen.«

Mallory strahlte Zeke bewundernd an, als ob er der schlaueste Junge der Welt wäre. Zeke fuhr ernst fort: »Sei also nett zu Mallory und sie wird nett zu dir sein.«

»Wie kommst du nur auf so schwachsinniges Zeug?«, fragte Jemmie irritiert.

»Er hört zu, Jemmie«, sagte Jillian. »Die Moral von der Geschichte ist, dass Freundlichkeit mehr bewirkt als Gemeinheit. Zeke hat begriffen, dass es nicht doof ist, nett zu den Mädchen zu sein. Eines Tages wird es dir Leid tun, dass du nicht netter gewesen bist.« *Wenn am Ende die Hälfte aller Mädchen des Dorfes hoffnungslos in Zeke verliebt sein wird, trotz seiner schlechten Augen*, dachte Jillian amüsiert. Zeke war ein hübscher Junge und würde eines Tages ein attraktiver Mann sein und diese einzigartige Sensibilität besitzen, die diejenigen, die mit einer Behinderung geboren werden, oft entwickeln.

»Sie hat Recht, Junge.« Eine tiefe Stimme mischte sich in ihre Unterhaltung, als ein Mann sein Pferd aus dem Schutz der nahen Bäume herantrieb. »Es tut mir immer noch Leid, dass ich nicht netter zu den Mädchen war.«

Das Blut erstarrte Jillian in den Adern und dicke schwarze Gewitterwolken überschatteten plötzlich ihr sorgloses Leben. Es war doch nicht möglich, dass *dieser* Mann dumm genug war, nach Caithness zurückzukehren! Sie presste ihre Wange in Zekes Haar und versteckte ihr Gesicht, wünschte sich, im Erdboden zu versinken, wünschte sich, an diesem Morgen ein eleganteres Kleid angezogen zu haben – wie immer, wenn dieser Mann im Spiel war, wünschte sie sich unmögliche Dinge. Obwohl sie seine Stimme seit Jahren nicht gehört hatte, wusste sie, dass er es war.

»Ich erinnere mich an ein Mädchen, zu dem ich gemein war, als ich ein Junge war, und heute, wo ich weiß, was ich weiß, gäbe ich eine Menge dafür, alles wieder zurücknehmen zu können.«

Grimm Roderick. Jillian fühlte sich, als ob die Muskeln unter ihrer Haut geschmolzen wären, geschmolzen in der Hitze seiner Stimme. Zwei volle Klangfarben tiefer als jede andere Stimme, die sie jemals gehört hatte, und so präzise moduliert, dass sie eine beängstigende Selbstdisziplin verriet, war seine Stimme die eines Herrschers.

Sie hob den Kopf und starrte ihn an, die Augen geweitet vor Schreck und Entsetzen. Der Atem stockte ihr. Gleichgültig, wie die Jahre ihn verändert hatten, sie würde ihn immer erkennen. Er stieg ab und bewegte sich mit der Arroganz und Anmut eines Eroberers auf sie zu und sein ungezwungenes Selbstvertrauen war ihm so selbstverständlich wie das Atmen. Grimm Roderick war immer schon eine wandelnde Waffe gewesen, sein Körper trainiert und gehärtet mit instinktiver Präzision. Würde sie versuchen, schnell auf die Beine zu springen und nach links auszuweichen, Jillian wusste, er würde vor ihr dort sein. Würde sie versuchen, sich zurückzubewegen, er wäre hinter ihr. Würde sie versuchen zu schreien, er würde ihr den Mund zuhalten, noch bevor sie Luft holen konnte. Nur einmal zuvor hatte sie ein Lebewesen gesehen, das sich mit einer solchen Geschwindigkeit und solch kontrollierter Kraft bewegte: einen Berglöwen, dessen Muskeln sich in geschmeidigem Spiel bündelten, während er sich auf gefährlichen Pfoten federnd vorpirschte.

Zitternd atmete sie ein. Er war sogar noch umwerfender als vor Jahren. Sein schwarzes Haar war mit einem Lederriemen zusammengebunden, der Winkel seines Kiefers wirkte sogar noch arroganter, als sie ihn in Erinnerung hatte – soweit das überhaupt möglich war. Der Anwesenden ungeachtet, bedachte er Jillian mit einem sinnlichen Lächeln.

Selbst die Luft fühlte sich anders an, wenn Grimm Roderick sich in ihr bewegte; die Umgebung trat zurück, bis nichts mehr existierte außer ihm. Niemals würde sie diese Augen verwechseln! Spöttisch und von einem eisigen Blau, verschmolz sein Blick mit ihrem über den Köpfen der neugierigen, vergessenen Kinder. Mit unergründlichem Gesichtsausdruck betrachtete er sie. Sie sprang auf und ließ den erschrockenen Zeke zu Boden fallen. Bei diesem wortlosen Blick tauchten Erinnerungen in ihr auf und beinahe ertrank sie in der bitteren Galle der Erniedrigung. Nur zu gut erinnerte sie sich an den Tag, an dem sie geschworen hatte, nie wieder mit Grimm Roderick zu sprechen. Sie hatte gelobt, ihn nie wieder in die Nähe von Caithness – oder in die Nähe ihres verwundbaren Herzens zu lassen, solange sie lebte. Und er wagte es, hier einfach so aufzutauchen? Als ob nichts geschehen wäre? Die Möglichkeit der Versöhnung wurde sofort unter den unnachgiebigen Sohlen ihres Stolzes zermalmt. Sie wollte seine Anwesenheit nicht mit Worten würdigen. Sie wollte nicht nett sein. Sie wollte ihm nicht ein Quäntchen Höflichkeit zugestehen.

Grimm strich sich mit der Hand durchs Haar und holte tief Luft. »Du bist ... gewachsen, Mädchen.«

Jillian bemühte sich zu sprechen. Als sie endlich ihre Zunge wieder fand, klirrten ihre Worte wie Eis. »Wie kannst du es wagen, hierher zurückzukommen? Du bist nicht willkommen. Verlasse mein Heim!«

»Das kann ich nicht, Jillian.« Seine sanfte Stimme machte sie nervös.

Mit jagendem Herzen atmete sie langsam tief durch. »Wenn du nicht von selbst gehst, werde ich die Wachen rufen, um dich entfernen zu lassen.«

»Das werden sie nicht tun, Jillian.«

Sie klatschte in die Hände. »Wachen!«, schrie sie.

Grimm bewegte sich keinen Millimeter. »Das wird nichts nützen, Jillian.«

»Und hör auf, meinen Namen so auszusprechen!«

»Wie auszusprechen, Jillian?« Er klang wirklich neugierig.

»Wie ... wie ... ein Gebet oder so was.«

»Wie du wünschst.« Zwei Herzschläge lang hielt er inne – und sie staunte, dass er vor ihrem Willen kapituliert hatte, denn das war noch nie zuvor geschehen –, dann fügte er mit solch durchdringender Tiefe hinzu, dass es ihr unwillkürlich ins Herz drang: »Jillian.«

Verflucht sei der Mann! »Wachen. Wachen!«

Ihre Wachen erschienen im Laufschritt, hielten dann abrupt an und betrachteten den Mann, der vor ihrer Herrin stand.

»Ihr habt gerufen, Mylady?«, fragte Hatchard.

»Entfernt diesen widerlichen Mistkerl von Caithness, bevor er zeugt ... *zeigt*«, korrigierte sie sich hastig, »dass er nur seine Verderbtheit und bösartige Aufsässigkeit in mein Heim bringen will.«

Die Wachen blickten von ihr zu Grimm und rührten sich nicht.

»Jetzt! Entfernt ihn unverzüglich von dem Anwesen!«

Als sich die Wachen noch immer nicht rührten, stieg ihre Gereiztheit um eine Stufe. »Hatchard, ich sagte, dass ihr ihm Beine machen sollt. Bei den geliebten Heiligen, werft ihn aus meinem Leben. Schickt ihn in die Verbannung. Entfernt ihn einfach von dieser *Welt*, sofort, ja?«

Mit vor Erstaunen geöffneten Mündern starrten die Wachleute Jillian an. »Fühlt Ihr Euch wohl, Mylady?«, fragte Hatchard. »Sollen wir Kaley holen, um zu sehen, ob Ihr vielleicht einen leichten Fieberanfall habt?«

»Ich habe keinen Anfall von gar nichts. Da befindet sich ein degenerierter Spitzbube auf meinem Anwesen und ich will ihn von hier entfernt sehen«, sagte Jillian zähneknirschend.

»Habt Ihr soeben geknirscht?«

»Wie bitte?«

»Geknirscht. Das bedeutet, mit zusammengepressten Zähnen zu sprechen ...«

»Ich werde gleich mit zusammengepressten Zähnen schreien, wenn ihr ungehorsamen Halunken nicht unverzüglich diesen verkommenen, potenten«, Jillian räusperte sich, »*potentiellen* Betrüger von Caithness entfernt.«

»Schreien?«, wiederholte Hatchard leise. »Jillian St. Clair schreit nicht, sie knirscht nicht mit den Zähnen und auf gar keinen Fall hat sie Wutanfälle. Was zum Teufel geht hier eigentlich vor?«

»Er ist der Teufel«, kochte Jillian und deutete auf Grimm.

»Nennt ihn, wie Ihr wollt, Mylady. Ich kann ihn dennoch nicht entfernen«, sagte Hatchard ernst.

Jillian fuhr zusammen, als habe er sie geschlagen. »Du verweigerst mir den Gehorsam?«

»Er verweigert dir nicht den Gehorsam, Jillian«, sagte Grimm ruhig. »Er gehorcht deinem Vater.«

»Was?« Sie wandte ihm ihr aschfahles Gesicht zu. Er hielt ihr ein zerknittertes, verschmutztes Stück Pergament hin.

»Was ist das?«, fragte sie eisig und weigerte sich, auch nur einen Zentimeter näher zu kommen.

»Komm und sieh es dir an, Jillian«, lachte er mit einem seltsamen Funkeln in den Augen.

»Hatchard, hol es mir.«

Hatchard rührte sich nicht. »Ich weiß, was da drinsteht.«

»Also gut, was steht drin?«, fauchte sie Hatchard an. »Und woher weißt du davon?«

Es war Grimm, der antwortete. »Darin steht: ›Komm wegen Jillian‹ ... Jillian.«

Er hatte es wieder getan. Er hatte nach einer Pause ihren Namen mit dieser heiseren Verehrung ausgesprochen, die sie seltsam atemlos und ängstlich machte. Es lag eine Warnung in der Art, wie er ihren Namen aussprach, etwas, was sie verstehen sollte, aber nicht ganz erfassen konnte. Etwas hatte sich verändert, seit sie sich das letzte Mal so bitter bekämpft hatten, etwas in ihm, aber sie konnte es nicht genau bezeichnen. »Komm wegen Jillian?«, wiederholte sie verblüfft. »Mein Vater hat dir das geschickt?«

Als er nickte, schluckte Jillian und wäre fast in Tränen ausgebrochen. Solch ein öffentliches Zurschaustellen von Gefühlen wäre für sie das erste Mal gewesen. Stattdessen tat sie etwas, was ebenso unerwartet und bis zu diesem Zeitpunkt ebenso ungewohnt war wie Zähneknirschen und Fluchen: Jillian machte auf dem Absatz kehrt und stürzte zum Schloss, als ob sämtliche Todesfeen Schottlands ihr auf den Fersen wären – dabei war es in Wahrheit einzig und allein Grimm Roderick. Was weitaus schlimmer war.

Einen verstohlenen Blick über die Schulter zurückwerfend, wurde sie der Kinder gewahr, die sie ganz vergessen hatte. Sie standen im Halbkreis und gafften ungläubig hinter ihr her.

Zu Tode gekränkt, stürmte sie ins Schloss. Die Türe zuzuknallen war ein bisschen schwierig, da sie viermal so groß war wie sie selbst, aber in ihrer momentanen Gemütsverfassung schaffte sie es.

Kapitel 3

»Unfassbar!« Jillian kochte, während sie in ihren Gemächern auf und ab lief. Sie versuchte sich zu beruhigen, kam aber widerwillig zu der Erkenntnis, dass an Ruhe nicht zu denken war, solange sie sich *ihn* nicht vom Hals geschafft hatte.

So tigerte sie hin und her und wünschte sich, irgendetwas an die Wand zu schmettern, nur leider mochte sie alles in ihrem Gemach und wollte nicht wirklich ihre eigenen Sachen zerstören. Doch wenn sie ihn in die Finger bekäme, oh – dann würden schon ein, zwei Teile zu Bruch gehen!

Verärgert grummelte sie vor sich hin, während sie schnell aus ihrem Kleid schlüpfte. Sie weigerte sich, darüber nachzudenken, weshalb sie es so eilig hatte, ihr schlichtes Kleid und Leibchen auszutauschen, die noch vor einer Stunde absolut passend gewesen waren. Nackt stolzierte sie zu ihrem Kleiderschrank am Fenster, wo zwei Reiter ihre Aufmerksamkeit erregten, die sich dem Hof näherten. Sie sah zu der hohen Öffnung hinaus. Zwei Männer ritten durch das Tor. Sie betrachtete sie neugierig und lehnte sich dabei leicht zum Fenster hinaus. Wie auf Kommando hoben die Männer die Köpfe und ihr stockte der Atem. Ein Lächeln überflog das Gesicht des Blonden, so dass sie vermuten musste, er habe sie im Fenster gesehen, bekleidet mit nichts außer ihrer zorngeröteten Haut. Instinktiv ging sie hinter dem Kleiderschrank in Deckung und griff sich ein Kleid in leuchtendem Grün, wobei sie sich versicherte, dass die Tatsache, dass sie die beiden klar sehen konnte, nicht bedeuten musste, dass die beiden auch sie erkannten. Bestimmt hatte das Fenster die Sonne reflektiert und nur wenig Durchsicht zugelassen.

Wer würde denn noch nach Caithness kommen?, brodelte sie. *Er* war schon schlimm genug. Wie konnte er nur wagen, hierher zu kommen, und außerdem, wie konnte ihr Papa es wagen, ihn herzubestellen? *Komm wegen Jillian.* Was hatte ihr Vater nur mit dieser Nachricht bezweckt? Ein Schauer lief ihr über den Rücken, als sie über den Befehlston jener Worte nachdachte. Warum wohl sollte Grimm auf eine so seltsame Nachricht reagieren? Als Kind hatte er sie unablässig gequält und als junger Mann hatte er sie abgewiesen. Er war ein anmaßender Rüpel – der einstmals der Held all ihrer Phantasien gewesen war.

Nun war er nach Caithness zurückgekehrt und das würde sie nicht dulden. Gleichgültig, welche Gründe ihr Vater gehabt haben mochte, ihn herzubeordern, er musste einfach verschwinden. Und wenn ihre Wachen ihn nicht entfernen wollten, sie würde es tun – wenn nötig mit vorgehaltener Waffe. Sie wusste genau, wo sie eine finden konnte: Über dem Kamin im Hauptsaal hing ein mächtiges Breitschwert, das wunderbar geeignet war.

Ihr Entschluss stand fest, sie strich sich übers Kleid und marschierte aus ihren Gemächern. Sie war bereit, ihm entgegenzutreten; ihr Körper bebte vor Entrüstung. Er hatte kein Recht, hier zu sein, und genau das würde sie ihm klar machen. Vor Jahren hatte er sie verlassen, als sie ihn angefleht hatte zu bleiben – er konnte jetzt nicht eigenmächtig entscheiden zurückzukommen. Sie warf das Haar zurück, fixierte es mit einem Samtband und machte sich energischen

Schrittes über den langen Korridor auf den Weg in den Hauptsaal.

An der Balustrade zum Lichthof blieb sie jäh stehen, als sie das Poltern männlicher Stimmen zu ihren Füßen hörte.

»Was stand in deiner Nachricht, Ramsay?«, hörte Jillian Grimm fragen.

Ihre Stimmen waren in dem offenen Saal deutlich vernehmbar. Da die Wandbehänge vorübergehend zum Säubern abgenommen worden waren, hallten die Worte von den Steinwänden wider.

»Dass der Lord mit seiner Lady Caithness verlassen würde, und er bat mich, eine alte Schuld zu begleichen. Er wünschte, dass ich seinen Besitz beaufsichtige, solange er nicht hier sei, um es selbst zu tun.«

Verstohlen lugte Jillian über die Brüstung und sah Grimm mit zwei Männern in der Nähe des Hauptkamins sitzen. Einen endlosen Augenblick lang konnte sie einfach nicht die Augen von ihm wenden. Verärgert riss sie den Blick los und betrachtete die anderen Neuankömmlinge. Einer der Männer hatte es sich so einnehmend in seinem Sessel bequem gemacht, als gehörten ihm die Festung und die halbe Umgebung. Auf einem Gemälde würde er eine interessante Studie in Schwarz abgeben: schwarzes Haar, sonnengebräunte Haut, von Kopf bis Fuß in schwarze Wolle gehüllt, die von keinem einzigen bunten Faden durchbrochen wurde. Definitiv ungeschlachtes Hochlandblut, schlussfolgerte sie. Eine dünne Narbe zog sich von seinem Kinn bis kurz unter sein Auge.

Ihr Blick wanderte zu dem zweiten Mann hinüber. »Quinn«, flüsterte sie. Sie hatte Quinn de Moncreiffe nicht mehr gesehen, seit er vor Jahren zusammen mit Grimm auf dem Gut ihres Vaters gelebt hatte. Er war hoch gewachsen, goldblond und atemberaubend gut aussehend, und er hatte sie bei vielen Gelegenheiten getröstet, wenn Grimm sie weggejagt hatte. Seit sie ihn zuletzt gesehen hatte, war er zu einem stattlichen Mann herangewachsen, mit breiten Schultern, einer schlanken Taille und langem blondem Haar, das er zum Zopf gebunden trug.

»Man möchte meinen, dass fast jeder Mann in Schottland und halb England Gibraltar St. Clair auf die eine oder andere Art einen Gefallen schuldig ist«, bemerkte Quinn.

Ramsay Logan faltete die Hände hinter dem Kopf, lehnte sich in seinem Sessel zurück und nickte. »So ist es. Er hat mir aus mehr als einer vertrackten Situation herausgeholfen, als ich noch ein junger Bursche war und eher geneigt, nicht allzu viel nachzudenken.«

»Ach was, du meinst also, du hättest dich verändert, Logan?«, stichelte ihn Quinn.

»Nicht genug, als dass ich dich nicht immer noch niederstrecken könnte, de Moncreiffe«, schoss Ramsay zurück.

Ramsay Logan. Jillian hatte also richtig gelegen, was seine Herkunft betraf. Die Logans waren in der Tat Highlander. Und Ramsay sah ohne Zweifel aus wie einer dieser wilden Männer aus den Bergen, deren schlechter Ruf nur noch von ihren gewaltigen Besitztümern übertroffen wurde. Sein Clan war reich an Ländereien, er besaß einen großen Teil des südlichen Hochlands. Trotz ihrer besten Vorsätze wanderten ihre Augen zurück zu Grimm. In königlicher Haltung saß er in seinem Sessel, gelassen wie ein Herrscher und in einer Manier, als habe er jedes Recht der Welt, hier zu sein. Ihre Augen verengten sich.

Grimms Mundwinkel zuckten leicht. »Es ist wie in alten Zeiten, wenn ihr zwei so aufeinander losgeht. Aber erspart mir eure Streitereien. Es gibt hier ein Rätsel zu lösen. Warum hat Gibraltar St. Clair uns drei nach Caithness beordert? Ich habe seit Jahren von keinerlei Unruhen in diesem Gebiet gehört. Quinn, was stand in deiner Nachricht? Dass er dich benötigt, um Caithness in seiner Abwesenheit zu verwalten?«

Über ihren Köpfen legte Jillian die Stirn in Falten. Das war eine gute Frage – *welchen Grund* konnten ihre Eltern gehabt haben, diese drei Männer nach Caithness zu rufen, während sie an der Taufe ihres Enkels teilnahmen? Hatchard, der Kommandant von Caithness, befahl eine schlagkräftige Truppe und in diesem Teil des Tieflands hatte es seit Jahren keine Aufstände gegeben.

»Es stand darin, dass er wünsche, dass ich mich in seiner Abwesenheit um Caithness kümmere, und wenn ich nicht die Zeit fände, meine Schiffe um seinetwillen zu vernachlässigen, so solle ich wegen Jillian kommen. Ich fand seine Nachricht ziemlich merkwürdig, hatte aber den Eindruck, dass er sich wegen Jillian Sorgen machte und, um die Wahrheit zu sagen, ich habe das Mädchen vermisst«, antwortete Quinn.

Jillian zuckte zusammen. Was führte ihr hinterlistiger Vater nur im Schilde?

»Jillian – die göttliche Kaiserin.« Ramsay ließ ein gieriges Grinsen aufblitzen.

Jillians Nasenflügel bebten und ihr Rückgrat versteifte sich.

»Was?« Grimm blickte verwirrt drein.

»Er bezieht sich auf ihre hochgelobte Reputation. Hast du nicht an den Stallungen angehalten, bevor du eingeritten bist?« Als Grimm den Kopf schüttelte, lachte Quinn höhnisch auf. »Da ist deinen Ohren einiges entgangen. Die Burschen dort plapperten unaufhörlich von ihr, bevor wir überhaupt eine Chance hatten abzusteigen, und warnten uns, ihren ›heiligen‹ Lebenswandel nicht zu stören. Die ›göttliche Kaiserin‹ nannte sie einer der jungen Burschen und meinte, das einfache ›Königin‹ sei eine zu niedrige Bezeichnung für sie.«

»Jillian?«, hakte Grimm zweifelnd nach.

Zornig starrte Jillian ihn von oben an.

»Verhext«, bestätigte Ramsay. »Der ganze Haufen. Einer der Burschen erzählte mir, sie sei die zweite Madonna und er glaube, wenn sie Kinder bekommen sollte, wären sie ganz bestimmt das Ergebnis göttlicher Einmischung.«

»Ich kann nur sagen, dass jegliche Einmischung bei Jillian göttlich wäre«, sagte Quinn grinsend.

»Allerdings, und zwar genau zwischen jenen göttlichen Schenkeln. Hast du jemals ein Mädchen gesehen, das für das Vergnügen eines Mannes besser ausgestattet wäre?« Ramsay setzte seine Füße gegen den Kamin, rutschte in seinem Sessel hinab und ließ die Hände in seinen Schoß sinken.

Jillians Augenbrauen kletterten auf ihre Stirn und sie hielt sich die Hand vor den Mund.

Grimm sah Ramsay und Quinn scharf an. »Moment mal – was meinst du mit ›ihre göttlichen Schenkel‹? Du hast Jillian nie kennen gelernt, nicht wahr? Du weißt noch nicht einmal, wie sie aussieht. Und Quinn, *du* hast sie nicht mehr gesehen, seit sie ein kleines Mädchen war.«

Peinlich berührt sah Quinn zur Seite.

»Hat sie goldenes Haar?«, konterte Ramsay. »Eine richtige Mähne, die in Wellen über ihre Hüften fällt? Makelloses Gesicht und ungefähr so groß?« Im Sitzen hielt er seine Hand etwas über seinen Kopf, um ihre Größe anzudeuten. »Befindet sich ihr Schlafzimmer im ersten Stock und ist gen Osten gerichtet?«

Grimm nickte vorsichtig.

»Ich *weiß*, wie sie aussieht. Quinn und ich sahen sie im Fenster, als wir einritten«, klärte ihn Ramsay auf.

Jillian seufzte leise und hoffte, er würde nicht fortfahren.

Ramsay fuhr fort: »Wenn sie die Frau ist, die ihre Kleider gewechselt hat, die mit den Brüsten, bei denen ein Mann ...«

Jillians Hände flogen schützend an ihr Leibchen. *Dafür ist es jetzt wohl ein bisschen zu spät*, schalt sie sich.

»Ihr habt *nicht* gesehen, wie sie die Kleider wechselte«, knurrte Grimm und sah fragend zu Quinn hinüber.

»Nein«, sprang Ramsay helfend ein, »wir sahen sie unbekleidet. Eingerahmt im Fenster, und die Sonne schien auf das herrlichste Gewand aus rosiger Haut, das ich je gesehen habe. Das Gesicht eines Engels, cremefarbene Schenkel und dazwischen alles voller Gold.«

Die Erniedrigung ließ Jillian vor Zornesröte erglühen, vom Scheitel bis zu den kürzlich betrachteten Brüsten. Sie *hatten* sie gesehen; alles von ihr.

»Ist das wahr, Quinn?«, wollte Grimm wissen.

Quinn nickte verlegen. »Zur Hölle, Grimm, was hätte ich denn deiner Meinung nach tun sollen? Wegsehen? Sie ist umwerfend. Ich hatte schon immer vermutet, dass das kleine Mädchen zu einer schönen Frau heranreifen würde, aber mit solch vollkommenen weiblichen Reizen hatte ich nicht gerechnet. Obwohl ich Jillian immer wie eine kleine Schwester geliebt habe, nachdem ich sie heute sah ...« Er schüttelte den Kopf und flüsterte bewundernd. »Nun, Gefühle können sich ändern.«

»Ich wusste gar nicht, dass Gibraltar eine solche Tochter hat«, beeilte sich Ramsay hinzuzufügen, »sonst hätte ich schon vor Jahren einmal vorbeigeschaut ...«

»Sie ist keine Frau zum Vorbeischauen. Sie ist die Frau zum Heiraten«, fuhr Grimm ihn an.

»In Ordnung, sie ist die Frau zum Heiraten und die Frau zum Festhalten und die Frau fürs Bett«, sagte Ramsay kühl. »Die Tölpel auf Caithness mögen sich von ihrer Schönheit einschüchtern lassen, ich aber nicht. Eine Frau wie diese braucht einen Mann aus Fleisch und Blut.«

Quinn schleuderte Ramsay einen zornigen Blick entgegen

und erhob sich. »Was genau willst du damit sagen, Logan? Wenn irgendein Mann sie beanspruchen kann, so bin ich das. Ich kenne Jillian seit ihrer Kindheit. Meine Nachricht beinhaltet ausdrücklich, dass ich wegen Jillian kommen sollte, und nachdem ich sie gesehen habe, habe ich *genau das* vor.«

Ramsay erhob sich langsam und richtete sich zu voller Größe auf, bis er, gute fünf Zentimeter größer als Quinn mit seinen über einsachtzig, vor ihm stand. »Wahrscheinlich hat *meine* Nachricht nur deshalb nicht denselben Wortlaut, weil St. Clair wusste, dass ich sie noch nie gesehen hatte. Davon abgesehen ist es allerhöchste Zeit, dass ich mir ein Weib nehme, und ich beabsichtige, dem bezaubernden Mädel eine bessere Option zu bieten, als ihr Nachthemd – wenn sie überhaupt eines trägt, worauf ich keinen großen Wert legen würde – neben einen gewöhnlichen Tieflandbauern zu hängen.«

»Wer nennt hier wen einen Bauern? Ich bin ein erfolgreicher Kaufmann und mehr wert als all deine armseligen, dünnarschigen, zotteligen Kühe zusammen.«

»Pah! Meine dünnarschigen Kühe sind nicht die Quelle meines Reichtums, du Tieflandschrulle ...«

»Na klar, wahrscheinlich eher das Ausplündern harmloser Tieflandbewohner!«, fiel Quinn ihm ins Wort. »Und was zum Teufel ist eine Schrulle?«

»Kein Wort, das ein *Flachländer* kennen könnte«, schnauzte Ramsay.

»Meine Herren, bitte.« Mit sorgenvoller Miene betrat Hatchard den Hauptsaal. Seit mehr als zwanzig Jahren war er nun Oberbefehlshaber und er konnte eine Schlacht vorhersehen, die sich Hunderte von Meilen entfernt zusammenbraute, und diese hier schwelte unter seiner Nase. »Es gibt keinen Grund zum Streit. Haltet Eure Zungen im Zaum und harrt ein wenig aus, denn ich habe eine Nachricht von

Gibraltar St. Clair für Euch. Und bitte nehmt Platz.« Er wies auf die Stühle, die um den Kamin herum postiert waren. »Ich habe die Erfahrung gemacht, dass Männer, die aufeinander losgehen wollen, selten gute Zuhörer sind.«

Ramsay und Quinn stierten sich weiter zornig an.

Voller Spannung hätte Jillian beinahe den Kopf durch das Geländer gesteckt. Was hatte ihr Vater dieses Mal vor? Der gerissene rothaarige Hatchard war der engste Vertraute ihres Vaters und ein langjähriger Freund. Seine fuchsähnlichen Gesichtszüge waren eine exakte Spiegelung seiner Schläue; er war umsichtig und gewandt wie Reineke Fuchs. Mit langen, schlanken Fingern trommelte er gegen den Griff seines Schwertes, während er ungeduldig darauf wartete, dass die Männer seinem Befehl gehorchten. »*Setzen*«, wiederholte Hatchard nachdrücklich.

Widerwillig nahmen Ramsay und Quinn ihre Plätze ein.

»Ich bin erfreut zu sehen, dass Ihr alle so prompt erschienen seid«, sagte Hatchard in ruhigerem Tonfall. »Aber Grimm, warum wandert dein Pferd auf dem Außenhof herum?«

Grimm antwortete mit leiser Stimme: »Es mag es nicht, eingesperrt zu sein. Gibt es damit ein Problem?«

Wie der Mann, so das Pferd. Jillian verdrehte die Augen.

»Nein, ich denke nicht. Aber wenn es anfängt, Jillians Blumen zu fressen, kannst du dich auf etwas gefasst machen.« Amüsiert lächelnd setzte Hatchard sich auf einen freien Platz.

»Um ehrlich zu sein, ich vermute, dass du dich so oder so auf etwas gefasst machen kannst, egal, wie dein Pferd sich benimmt, Grimm Roderick.« Er feixte. »Es tut gut, dich wiederzusehen. Es ist schon viel zu lange her. Vielleicht könntest du während deiner Anwesenheit mit meinen Männern trainieren.«

Grimm nickte knapp. »Also, warum hat Gibraltar uns herbeordert, Hatchard?«

»Ich hatte vor, Euch allen erst einmal Zeit zur Eingewöhnung zu lassen, bevor ich seine Botschaft weitergebe, aber Ihr seid ja schon auf der richtigen Fährte. St. Clair hat Euch wegen seiner Tochter herbeordert«, gestand Hatchard und rieb sich nachdenklich den kurzen roten Bart.

»Ich wusste es«, sagte Ramsay selbstgefällig.

Jillian zischte leise. *Wie konnte er es wagen?* Noch mehr Freier, und unter ihnen genau der Mann, den bis an ihr Lebensende zu hassen sie sich geschworen hatte. Wie viele Männer wollte ihr Papa ihr noch vorführen, bevor er endlich einsah, dass sie nicht heiraten würde, solange sie nicht eine solche Liebe fand wie die, die ihre Eltern verband?

Hatchard lehnte sich in seinem Stuhl zurück und sah den Männern in die Augen. »Er erwartet, dass sie einen von euch wählt, bevor er von seinem Besuch zurückkehrt, was euch allen bis zum Spätherbst Zeit gibt, um sie zu werben.«

»Und wenn sie es nicht tut?«, fragte Grimm.

»Sie wird.« Ramsay verschränkte die Arme vor der Brust, ein Bildnis der Arroganz.

»Weiß Jillian davon?«, fragte Grimm ruhig.

»Genau, ist sie Komplizin oder ist sie unschuldig?«, witzelte Quinn.

»Und wenn sie unschuldig ist, bis zu welchem Grade?«, fragte Ramsay anzüglich. »Ich für meinen Teil habe vor, das bei der ersten Gelegenheit herauszufinden.«

»Nur über meine Leiche, Logan«, knurrte Quinn.

»Wie du willst.« Ramsay zuckte mit den Schultern.

»Nun, was auch immer er im Sinn hatte, ich denke nicht, dass er wollte, dass Ihr drei Euch gegenseitig umbringt.« Hatchard lächelte schwach. »Er wünscht sich nichts weiter, als dass sie vor ihrem nächsten Geburtstag verheiratet ist, und einer von Euch soll der Bräutigam sein. Und nein, Grimm, Jillian weiß nichts davon. Sie würde wahrscheinlich auf der Stelle von Caithness flüchten, wenn sie auch nur die leiseste Ahnung hätte, was ihr Vater im Schilde führt. Gibraltar hat Jillian im Verlauf des vergangenen Jahres Dutzende von Freiern zugeführt und sie hat sie alle mit dem einen oder anderen Mumpitz vertrieben. Sie und ihr Vater fanden Gefallen daran, sich gegenseitig eins auszuwischen; je ungewöhnlicher seine List, umso einfallsreicher ihre Antwort. Wobei ich sagen muss, dass sie die Dinge stets mit einer gewissen Feinfühligkeit und Finesse geregelt hat, zu der nur eine Sacheron fähig ist. Die meisten der Männer hatten keine Ahnung, dass sie ... äh ... in Ermangelung eines besseren Wortes ... vorgeführt wurden. Wie ihr Vater kann auch Jillian das Abbild von Schicklichkeit sein, während sie mit unbeteiligter Miene im Stillen einen Aufstand ausbrütet. Einer von Euch muss ihr den Hof machen und sie für sich gewinnen, denn Ihr drei seid Gibraltars letzte Hoffnung.«

Unmöglich, sagte sich Jillian im Stillen halbherzig. Ihr Papa würde ihr das niemals antun. Oder etwa doch? Sie wollte es nicht wahrhaben, und dennoch tauchte in ihrem Kopf die Erinnerung an die langen, nachdenklichen Blicke auf, mit denen ihr Vater sie vor seiner Abreise angesehen hatte. Plötzlich ergaben sein irgendwie schuldbewusster Gesichtsausdruck und die Umarmungen in letzter Minute einen Sinn. Bei allen Heiligen, so unbefangen, wie er seine Zuchtstuten verkuppelte, hatte ihr Papa sie mit drei heißblütigen Hengsten in den Stall gesperrt und sich auf Reisen begeben.

Sagen wir lieber zwei heißblütige Hengste und ein kalter, arroganter, unerträglicher Barbar, fügte sie lautlos hinzu. Denn so sicher, wie die Sonne auf- und unterging, würde Grimm Roderick sich niemals dazu herablassen, sich zu ändern. Jillians Schultern sackten nach vorn.

Als habe er ihre Gedanken gelesen, ertönten Grimm Rodericks Worte und entfachten noch mehr von dieser geistlosen Wut, die sie in seiner Gegenwart verspürte.

»Nun, ihr braucht euch wegen mir keine Gedanken zu machen, Jungs, denn ich würde die Frau nicht heiraten, und wenn sie die letzte in ganz Schottland wäre. Es liegt also an euch beiden, Jillian zur Ehefrau zu machen.«

Jillian biss sich auf die Zunge und floh den Korridor entlang, bevor sie einem wahnsinnigen Bedürfnis nachgeben konnte, sich als zischendes weibliches Katapult aus Zähnen und Fingernägeln über die Balustrade zu stürzen.

Kapitel 4

Maldebann Castle,
Schottische Highlands oberhalb von Tuluth

»Mylord, Euer Sohn ist nahe.«

Ronin McIllioch sprang auf und seine blauen Augen glänzten. »Er kommt hierher? Jetzt?«

»Nein, Mylord. Vergebt mir, ich wollte Euch nicht beunruhigen«, korrigierte sich Gilles hastig. »Er ist auf Caithness.«

»Caithness«, wiederholte Ronin. Er tauschte mit seinen Männern einen kurzen Blick. Ihre Augen verrieten Besorgnis, Vorsicht und unverkennbar Hoffnung. »Hast du eine Vermutung, weshalb er dort ist?«, fragte Ronin.

»Nein. Sollen wir es herausfinden?«

»Schick Elliot, er ist der Gewandteste. Achte darauf, dass es diskret geschieht«, sagte Ronin. Leise fügte er hinzu: »So nahe ist mein Sohn seit Jahren nicht mehr gewesen.«

»Ja, Mylord. Denkt Ihr, dass er vielleicht nach Hause kommt?«

Ronin McIllioch lächelte, aber das Lächeln erhellte nicht seine Augen. »Die Zeit ist noch nicht reif für seine Rückkehr. Wir haben noch zu arbeiten. Der Junge, der so gut zeichnet, soll Elliott begleiten. Ich möchte Bilder mit größter Genauigkeit.«

»Ja, Mylord.«

»Und, Gilles?«

Gilles blieb im Türrahmen stehen.

»Hat sich irgendetwas ... verändert?«

Gilles seufzte und schüttelte den Kopf. »Er nennt sich immer noch Grimm. Und soweit unsere Männer in Erfahrung bringen konnten, hat er sich nie die Mühe gemacht zu fragen, ob Ihr noch am Leben seid. Noch hat er jemals den Blick gen Westen nach Maldebann gerichtet.«

Ronin senkte den Kopf. »Danke. Das wäre alles, Gilles.«

☆ ☆ ☆

Jillian fand Kaley beim Kartoffelschälen in der Küche. Kaley Twillow war eine mütterliche Frau Ende dreißig und ihr üppiger Körper beherbergte ein ebenso großes Herz. Ursprünglich aus England stammend, war sie auf Empfehlung eines Freundes von Gibraltar nach Caithness gekommen, nachdem ihr Ehemann gestorben war. Dienstmagd, Küchenhilfe, Vertraute anstelle einer Ränke schmiedenden Mutter – Kaley war für alles zu gebrauchen. Jillian ließ sich auf einen Stuhl plumpsen und sagte ohne große Vorrede: »Kaley, es gibt da eine Sache, über die ich mir Gedanken mache.«

»Und was wäre das, Liebes?«, fragte Kaley mit einem zärtlichen Lächeln. Sie legte ihr Messer beiseite. »Für gewöhnlich sind deine Fragen sehr eigentümlich, aber doch immer interessant.«

Jillian rutschte mit ihrem Stuhl näher an das Schneidebrett heran, an dem Kaley stand, damit die anderen Dienstboten in der geschäftigen Küche nicht mithören konnten. »Was bedeutet es, wenn ein Mann ›wegen einer Frau kommt‹?«, flüsterte sie verschwörerisch.

Kaley blinzelte einige Male. »Kommt?«, wiederholte sie.

»Kommt!«, bestätigte Jillian.

Kaley ergriff erneut ihr Messer und hielt es wie ein kleines Schwert. »In genau welchem Zusammenhang hast du diese Worte gehört?«, fragte sie steif. »Bezog es sich auf dich? War es eine der Wachen? Wer war der Mann?«

Jillian zuckte mit den Schultern. »Ich habe mit angehört, wie ein Mann sagte, dass man ihn aufgefordert habe, er solle ›wegen Jillian kommen‹, und dass er plane, genau das zu tun, wortwörtlich. Ich verstehe das nicht. Er hat es bereits getan – er ist hergekommen.«

Kaley dachte einen Moment nach, dann lachte sie froh und entspannte sich sichtlich. »Es war nicht zufällig der mächtige goldene Quinn, oder, Jillian?«

Jillians Erröten war Antwort genug für Kaley.

Ruhig legte sie ihr Messer wieder zurück auf das Schneidebrett. »Es bedeutet, mein liebes Mädchen«, Kaley beugte ihren Kopf nah an Jillians, »dass er vorhat, mit dir ins Bett zu gehen.«

»Oh!« Jillian zuckte zusammen, die Augen weit aufgerissen. »Danke, Kaley.« Sie verabschiedete sich knapp.

Kaleys Augen leuchteten, als Jillian sich Hals über Kopf aus der Küche zurückzog. »Ein feiner Mann. Glückliches Mädel.«

☆ ☆ ☆

Während sie zu ihren Gemächern eilte, kochte Jillian vor Wut. Obwohl sie den Wunsch ihrer Eltern verstehen konnte, sie verheiratet zu sehen, so war es doch genauso gut deren Schuld wie auch ihre eigene, dass sie es noch nicht war. Sie hatten erst vor einem Jahr damit begonnen, sie zu ermutigen, und kurze Zeit später hatten sie ohne Vorwarnung eine ungeheure Anzahl von Kandidaten auf sie losgelassen. Jillian hatte einen nach dem anderen brillant entmutigt, indem sie sie davon überzeugte, ein unerreichbarer Ausbund an Tugend zu sein, der nicht in fleischlichem, weltlichem Sinne zu betrachten sei – eine Frau, die eher in ein Kloster als in ein Hochzeitsbett passte. Eine Aussage solchen Inhalts hatte die Glut mehrerer ihrer Freier zum Erlöschen gebracht.

Wenn kühle Höflichkeit und unnahbare Zurückhaltung nicht reichten, hatte sie auf eine Veranlagung ihrer Familie zum Wahnsinn hingewiesen, was auch die hartnäckigsten Männer in die Flucht geschlagen hatte. Sie hatte nur zweimal darauf zurückgreifen müssen; offensichtlich war ihre vorherige Vorstellung ausgesprochen überzeugend gewesen. Und warum auch nicht?, brütete sie. In ihrem ganzen Leben hatte sie noch niemals etwas besonders Anmaßendes oder Unanständiges getan und sich so den Ruf eines »wahrhaft guten Menschen« erworben. »Eklig«, ließ sie die Wand wissen. »Meißelt das auf meinen Grabstein: ›Sie war ein wahrhaft guter Mensch, aber jetzt ist sie tot.‹«

Obwohl die Bemühungen, sich ihrer Freier zu entledigen, erfolgreich waren, war es ihr offensichtlich nicht gelungen, ihre Eltern von ihren Heiratsplänen abzubringen; sie hatten drei weitere Freier nach Caithness beordert und ihre Tochter ihrem Schicksal überlassen. Einem harten Schicksal, denn Jillian wusste, dass es sich bei diesen Freiern nicht um die Art von Männern handelte, die man mit ein paar kühlen Worten und reserviertem Auftreten abwimmeln konnte. Noch würde Jillians Gerede von erblichem Wahnsinn sie abschrecken. Diese Männer waren zu selbstbewusst, zu verwegen, zu ... *oh, Höllengebell,* entstaubte sie einen weiteren Kindheitsfluch, diese Männer waren viel zu männlich für den Seelenfrieden einer jeglichen Frau. Und wenn sie nicht aufpasste, könnten diese drei sie dazu bringen, all jene Kraftausdrücke aus Kindheitstagen wieder auszupacken, die sie gelernt hatte, während sie Quinn und Grimm hinterhergesprungen war. Jillian war sanfte, bescheidene Männer gewohnt, solche, die sich durch ihre eigenen Unsicherheiten entmannten, nicht prahlerische, unbeschnittene Bullen, die dachten, »unsicher« bezöge sich auf leicht einnehmbare Festungen oder morsche Balken im Fundament.

Von den drei Männern, die gegenwärtig in ihr Heim eingefallen waren, war Quinn der Einzige, den sie vielleicht würde überreden können, ihre Notsituation nicht auszunutzen, und das war mehr als ungewiss. Der Junge, den sie vor Jahren gekannt hatte, war so ganz anders gewesen als der überwältigende Mann, der aus ihm geworden war. Selbst in der Abgeschiedenheit von Caithness hatte sie von seinem in ganz Schottland verbreiteten Ruf eines unbarmherzigen Eroberers gehört, ob als Geschäftsmann oder bei den Frauen. Um dem ganzen die Krone aufzusetzen – vorausgesetzt, man konnte Kaleys Interpretation trauen und Quinn hatte wirklich darauf angespielt, mit ihr zu schlafen –, hatte sich sein jugendlicher Beschützergeist in männliche Besitzgier verwandelt.

Dann war da der unerschrockene Ramsay Logan. Niemand musste Jillian davon überzeugen, dass der schwarz gekleidete Ramsay gefährlich war. Die Gefahr tropfte aus jeder seiner Poren.

Grimm Roderick war eine andere Sache. Er würde sich mit Sicherheit nicht um ihre Hand bemühen, aber seine bloße Anwesenheit war schlimm genug. Er würde sie ständig an die schmerzvollsten und erniedrigendsten Tage ihres Lebens erinnern.

Drei Barbaren, die von ihrem eigenen Vater handverlesen worden waren, um sie zu verführen und zu heiraten, lauerten in ihrem Heim. Was sollte sie nur tun? Obwohl sie sehr damit liebäugelte, ergab eine Flucht nicht viel Sinn. Sie würden ihr einfach folgen und sie bezweifelte, dass sie sich bis zu einer der Besitzungen ihrer Brüder durchschlagen konnte, bevor Hatchards Männer sie eingeholt hatten. Außerdem, so brütete sie, würde sie nicht ihr Heim verlassen, nur um von *ihm* wegzukommen.

Wie konnten ihre Eltern ihr das nur antun? Schlimmer noch, wie konnte sie jemals wieder nach unten gehen? Nicht nur, dass zwei der Kerle sie ohne jeden Faden am Leib gesehen hatten, sie planten offensichtlich, die – wie ihre Eltern befunden hatten, ohne sie auch nur nach ihrer Meinung zu fragen – überreife Frucht ihrer Jungfräulichkeit zu pflücken. Jillian presste schützend die Beine zusammen, ließ den Kopf auf die Knie sinken und kam zu dem Schluss, dass es nicht schlimmer hätte kommen können.

☆ ☆ ☆

Es war nicht leicht für Jillian, sich den ganzen Tag in ihren Gemächern zu verstecken. Sie war kein Duckmäuser. Allerdings war sie auch nicht närrisch und sie wusste, dass sie einen Plan brauchte, bevor sie sich den Gefahren des ruchlosen Spiels ihrer Eltern stellen konnte. Als der Nachmittag in den Abend überging und sie immer noch auf eine Eingebung hoffte, wurde ihr bewusst, wie gereizt sie war. Sie hasste es, in ihren Gemächern gefangen zu sein. Sie wollte Cembalo spielen, sie wollte den erstbesten Menschen treten, der ihr über den Weg lief, sie wollte Zeke besuchen, sie wollte essen. Sie hatte damit gerechnet, dass irgendwer sie zum Mittagessen holen würde, sie war sicher gewesen, dass die loyale Kaley nach ihr sehen würde, wenn sie nicht zum Abendessen erschiene, aber die Mägde waren nicht einmal aufgetaucht, um sauber zu machen oder das Feuer zu entzünden. Während die einsamen Stunden vergingen, stieg ihre Wut. Je wütender sie wurde, umso unbedachter betrachtete sie ihre vertrackte Lage, bis sie zu guter Letzt zu dem Schluss kam, dass sie die drei Männer einfach ignorieren und ihr Leben weiterführen würde, als sei nichts geschehen.

Essen war jetzt ihre vordringlichste Aufgabe. In der kühlen Abendluft fröstelnd, griff sie sich einen leichten, aber voluminösen Umhang und zog sich die Kapuze tief ins Gesicht. Vielleicht würden Dunkelheit und verhüllende Kleidung ihr Anonymität geben, sollte ihr eines dieser überdimensionierten Untiere über den Weg laufen. Grimm würde sie so nicht überlisten können, aber die beiden anderen hatten sie noch nicht *mit* Kleidern gesehen. Leise schloss Jillian die Tür und schlüpfte hinaus auf den Flur. Sie entschied sich für den Dienstbotenaufgang und machte sich vorsichtig auf den Weg, die spärlich beleuchteten, gewundenen Stufen hinab. Caithness war riesig, aber Jillian hatte in jedem Winkel und jeder Ecke gespielt und kannte das Schloss wie ihre Westentasche; neun Türen weiter auf der linken Seite war die Küche, direkt hinter der Vorratskammer. Sie lugte den langen Korridor entlang. Erleuchtet von flackernden Öllampen war er wie leer gefegt, das Schloss war totenstill. Wo steckten sie nur alle?

Als sie weiterging, vernahm sie hinter sich eine Stimme aus der Dunkelheit. »Verzeihung, Mädchen, aber könntest du mir vielleicht sagen, wo ich die Vorratskammer finde? Wir haben keinen Whisky mehr und es ist keine Dienstmagd in der Nähe.«

Jillian erstarrte in der Bewegung, momentan ihrer Stimme beraubt. Wie war es möglich, dass alle Dienstmädchen verschwunden waren und dieser Mann in genau dem Augenblick auftauchte, als sie beschlossen hatte, sich aus ihren Gemächern zu stehlen?

»Ich hatte dich gebeten zu gehen, Grimm Roderick. Was tust du immer noch hier?«, fragte sie kühl.

»Bist du das, Jillian?« Er trat näher und spähte aus dem Dunkel hervor.

»Haben so viele Frauen auf Caithness dich gebeten zu verschwinden, dass du dir über meine Identität nicht im Klaren bist?«, fragte sie süßlich und versteckte ihre zitternden Hände in den Falten ihres Umhangs.

»Ich habe dich unter der Kapuze nicht erkannt, bis ich dich sprechen hörte. Und was die Frauen angeht – du weißt ja, was die Frauen hier für mich empfanden. Ich nehme an, dass sich daran nichts geändert hat.«

Jillian musste fast würgen. Er war so arrogant, wie er es immer gewesen war. Gereizt schob sie ihre Kapuze zurück. Als er hier gelebt hatte, waren sämtliche Frauen über ihn hergefallen, angezogen von seiner geheimnisvollen, gefährlichen Schönheit, seinem muskulösen Körper und seiner absoluten Gleichgültigkeit. Dienstmädchen hatten sich ihm zu Füßen geworfen, Damen auf Besuch hatten ihm Juwelen und Unterkunft geboten. Ein abstoßendes Schauspiel. »Nun, du bist älter geworden«, parierte sie schwach. »Und du weißt, wenn ein Mann älter wird, kann sein gutes Aussehen leiden.«

Grimms Mundwinkel zogen sich leicht nach oben, als er nach vorn in das flackernde Licht einer Wandlampe trat. Die winzigen Fältchen in seinen Augenwinkeln waren heller als sein hochlandgebräuntes Gesicht. Wenn überhaupt, so machten sie ihn nur noch schöner.

»Auch du bist älter geworden.« Er studierte sie mit schmalen Augen.

»Es gehört sich nicht, eine Frau wegen ihres Alters aufzuziehen. Ich bin *keine* alte Jungfer.«

»Das habe ich auch nicht gesagt«, sagte er freundlich. »Die Jahre haben dich zu einer bezaubernden Frau werden lassen.«

»Und?«, fragte Jillian.

»Und was?«

»Nun mach schon. Lass mich hier nicht so hängen und auf die Unverschämtheit warten, die du mir an den Kopf werfen wirst. Sag es einfach und bring's hinter dich.«

»Was für eine Unverschämtheit?«

»Grimm Roderick, in meinem ganzen Leben hast du mir nicht ein einziges Mal etwas Nettes gesagt. Also fang jetzt nicht an, dich zu verstellen.«

Grimms Mundwinkel verzog sich nach oben und Jillian stellte fest, dass er es immer noch hasste zu lächeln. Er kämpfte dagegen an, ließ es ungern zu und nur selten gelang es jemandem, seine eherne Selbstkontrolle zu durchbrechen. Was für ein Jammer, denn wenn er lächelte, sah er sogar noch besser aus – soweit das überhaupt möglich war.

Er kam näher.

»Bleib stehen!«

Grimm ignorierte ihren Befehl und ging weiter auf sie zu.

»Ich sagte: *Bleib stehen.*«

»Sonst was, Jillian?« Seine Stimme klang sanft und amüsiert. Er legte den Kopf auf die Seite und verschränkte die Arme vor der Brust.

»Also, ich werde ...« Mit Verspätung musste sie eingestehen, dass es nicht allzu viel gab, was sie tun konnte, um ihn davon abzuhalten, dorthin zu gehen, wohin er wollte und wie er es wollte. Er war doppelt so groß wie sie und körperlich wäre sie für ihn niemals ein Gegner. Die einzige Waffe, die sie jemals gegen ihn besessen hatte, war ihre scharfe Zunge; rasiermesserscharf geschliffen durch jahrelange Verteidigungsübungen gegen diesen Mann.

Er zuckte ungeduldig mit den Schultern. »Sag mir, Mädchen, was wirst du tun?«

Jillian antwortete nicht, hypnotisiert von seinen gekreuzten Armen, den goldenen Strängen seiner Muskeln, die sich bei der kleinsten Bewegung spannten. Sie hatte die plötzliche Vision seines harten Körpers, der sich seiner ganzen Länge nach über ihren streckte, seine Lippen aufgeworfen, allerdings nicht mit der üblichen entnervenden Herablassung, sondern voller Leidenschaft.

Er schlenderte näher, bis er nur noch Zentimeter von ihr entfernt stand. Sie schluckte hart und krallte die Hände in ihr Cape.

Er neigte den Kopf zu ihr hinab.

Und wenn die steinernen Mauern um sie herum zerbröckelt wären, Jillian hätte sich nicht bewegen können. Hätte sich plötzlich der Boden unter ihren Füßen aufgetan, sie hätte dort gehangen, auf Wolken von träumerischer Phantasie schwebend. Hypnotisiert starrte sie in seine funkelnden Augen, fasziniert von den seidenweichen, dunklen Wimpern, der gleichmäßigen Tönung seiner Haut, der arroganten Adlernase, den lustvoll gewölbten Lippen, dem Grübchen in seinem Kinn. Er lehnte sich näher zu ihr, sein Atem fächelte über ihre Wange. *Hatte er vor, sie zu küssen? War es möglich, dass Grimm Roderick sie tatsächlich küsste? Wollte er dem Ruf ihres Papas im wahrsten Sinne folgen – wegen ihr?* Ihre Knie wurden weich. Er räusperte sich und sie zitterte vor Erwartung. Was hatte er vor? Wollte er sie um Erlaubnis fragen?

»Wo also, Mylady, finde ich bitte die Vorratskammer?« Seine Lippen berührten ihr Ohr. »Ich glaube, diese lächerliche Konversation fing damit an, dass ich sagte, wir hätten keinen Whisky mehr und dass keine Dienstmagd zu finden sei. Whisky, Mädchen«, wiederholte er in seltsam hartem Tonfall. »Wir Männer brauchen etwas zu trinken. Zehn Minuten sind vergangen und ich bin noch keinen Schritt weiter.«

Sie küssen, fürwahr. Wenn Baummarder sich wie schläfri-

ge Katzen auf dem Kamin zusammenrollen. Jillian blitzte ihn an. »Eines hat sich nicht verändert, Grimm Roderick, und vergiss es niemals. Ich hasse dich noch immer.«

Jillian stürmte an ihm vorbei und zog sich erneut in die Sicherheit ihrer Gemächer zurück.

Kapitel 5

In dem Augenblick, als Jillian am nächsten Morgen ihre Augen öffnete, wurde sie von Panik ergriffen. War er fort, weil sie ihm gegenüber so voller Hass gewesen war?

Er soll ja auch gehen, ermahnte sie sich grimmig. Sie wollte, dass er fortging. Wollte sie das wirklich? Sie runzelte die Stirn, als sie über das unlogische Durcheinander ihrer Gefühle nachdachte. So weit sie sich zurückerinnern konnte, hatte sie stets an diesem Wankelmut gelitten, wenn Grimm im Spiel war: in einem Augenblick hasste sie ihn und bewunderte ihn im nächsten, doch immer wollte sie ihn in ihrer Nähe haben. Wäre er nicht so unfreundlich zu ihr gewesen, sie hätte ihn durchweg bewundert, aber er hatte ihr schmerzlich klar gemacht, dass ihre Bewunderung das Letzte war, was er wollte. Und daran hatte sich offensichtlich nichts geändert. Seit sie Grimm Roderick zum ersten Mal gesehen hatte, war sie ihm hoffnungslos verfallen. Doch nach Jahren, in denen sie weggeschubst, ignoriert und schließlich verlassen worden war, hatte sie ihre Kindheitsphantasien aufgegeben.

Hatte sie wirklich? Vielleicht bestand genau darin ihre Furcht: dass sie nun, da er wieder da war, dieselben Fehler erneut machen und sich gegenüber diesem beeindruckenden Krieger, der aus ihm geworden war, wie eine pubertierende Närrin verhalten würde.

Sie zog sich rasch an, griff sich ihre Pantoffeln und eilte zum Hauptsaal. Sie betrat den Raum und blieb wie angewurzelt stehen. »Au weia«, murmelte sie. Irgendwie war es ihr gelungen zu vergessen, dass da drei Männer in ihrem Haus waren, so sehr hatte sie sich ihren Gedanken an Grimm hingegeben. Sie standen in der Nähe des Feuers, während mehrere Dienstmädchen Dutzende Platten und Teller von dem massigen Tisch in der Mitte des Saales abräumten. Gestern, von ihrem sicheren Versteck hinter der Balustrade aus, war Jillian von der Größe und dem Körperbau der drei erschlagen gewesen. Heute, nur ein paar Schritte von ihnen entfernt, fühlte sie sich wie eine Zwergweide in einem mächtigen Eichenwald. Jeder der Männer war mindestens einen Kopf größer als sie. Es war regelrecht einschüchternd für eine Frau, die sonst nicht so leicht einzuschüchtern war. Ihr Blick wanderte von einem Mann zum nächsten.

Ramsay Logan war beinahe zum Fürchten. Quinn war nicht mehr der grünschnäblige Sohn eines Tieflandclanführers, sondern ein mächtiger Fürst von eigenen Gnaden. Und Grimm war der Einzige, der nicht zu ihr hinsah; er stand da und sah angestrengt ins Feuer. Sie nutzte sein Desinteresse aus und betrachtete mit gierigen Blicken sein Profil.

»Jillian.« Quinn kam auf sie zu, um sie zu begrüßen.

Sie zwang sich, ihren Blick von Grimm zu lösen und sich auf Quinns Worte zu besinnen. »Willkommen, Quinn.« Sie setzte ein freundliches Lächeln auf.

»Es ist so schön, dich wiederzusehen, Mädchen.« Quinn nahm ihre Hände und lächelte auf sie hinunter. »Es ist Jahre her und ... ach, aber die Jahre haben es gut mit dir gemeint – du siehst atemberaubend aus!«

Jillian errötete und sah zu Grimm hinüber, der dem Gespräch keine Beachtung schenkte. Sie unterdrückte den dringenden Wunsch, ihn zu treten und ihn darauf aufmerksam zu machen, dass es jemanden gab, der sie für atemberaubend hielt. »Auch du hast dich verändert, Quinn«, sagte sie fröhlich. »Es ist kein Wunder, dass ich deinen Namen in Verbindung mit einer schönen Frau nach der anderen gehört habe.«

»Und wo solltest du davon gehört haben, Mädchen?«, fragte Quinn mit sanfter Stimme.

»Caithness ist nicht gerade das Ende der Welt, Quinn. Es kommen gelegentlich Besucher hierher.«

»Und du hast sie nach mir gefragt?«, sondierte Quinn voller Interesse.

Hinter ihm räusperte sich Ramsay ungeduldig.

Verstohlen warf Jillian einen weiteren Blick zu Grimm hinüber. »Aber natürlich habe ich das. Und Papa hört immer gern von seinen Pflegekindern«, fügte sie hinzu.

»Nun, obwohl ich nicht hier aufgewachsen bin, hat dein Vater mich gebeten zu kommen. Das muss etwas zu bedeuten haben«, brummte Ramsay und versuchte, Quinn zur Seite zu schieben. »Und wenn dieser Einfaltspinsel sich seiner guten Manieren erinnern könnte, würde er sich vielleicht in der Lage sehen, mich der bezauberndsten Frau ganz Schottlands vorzustellen.«

Jillian meinte, aus Grimms Richtung ein würgendes Geräusch gehört zu haben. Ihr Blick flog zu ihm, aber er hatte keinen Muskel bewegt und schien noch immer taub für das Gespräch.

Quinn schnaufte. »Nicht, dass ich nicht mit seiner Einschätzung deiner Person übereinstimmte, Jillian, aber hüte dich vor der Zunge dieses Highlanders. Er hat selbst einen ziemlichen Ruf bei den Frauen.« Widerwillig wandte er sich zu Ramsay. »Jillian, erlaube mir, dir –«

»Ramsay Logan«, unterbrach ihn Ramsay und drängte nach vorn. »Häuptling des größten Besitztums der Highlands und –«

»Dass ich nicht lache«, knurrte Quinn. »Die Logans haben kaum eine Schüssel zum« – er brach ab und räusperte sich – »Kochen.«

Ramsay schob ihn zur Seite und trat an seinen Platz.

»Gib's auf, de Moncreiffe, sie hat kein Interesse an einem aus dem Tiefland.«

»Ich lebe selbst im Tiefland«, erinnerte Jillian.

»Nur von Geburt, nicht durch freie Wahl, und eine Heirat könnte das korrigieren.« Ramsay trat so nah an Jillian heran, wie er nur konnte, ohne ihr auf den Füßen zu stehen.

»Tiefländer sind die zivilisierte Mehrheit der Schotten, Logan. Und hör auf, sie zu bedrängen, du schiebst sie noch aus dem Saal.«

Jillian lächelte Quinn dankbar an und zuckte dann zusammen, als Grimm sie endlich aus dem Augenwinkel ansah.

»Jillian«, sagte er ruhig und nickte vage in ihre Richtung, bevor er sich wieder dem Feuer zuwandte.

Wie war es möglich, dass er sie so intensiv berührte? Alles, was der Mann zu tun brauchte, war, ihren Namen auszusprechen – ein einziges Wort, und Jillian war unfähig, einen zusammenhängenden Satz zu bilden. Und da waren so viele Dinge, die sie ihn fragen wollte – Jahre über Jahre voller »Warums«. *Warum hast du mich verlassen? Warum hast du mich gehasst? Warum konntest du mich nicht anbeten, wie ich dich anbete?*

»Warum?«, fragte Jillian, noch bevor sie wusste, dass sie ihren Mund geöffnet hatte.

Ramsay und Quinn sahen sie verwirrt an, doch sie hatte nur Augen für Grimm.

Sie stapfte hinüber zum Feuer und knuffte Grimm gegen die Schulter. »Warum? Könntest du mir nur das erklären? Ein für alle Mal, warum?«

»Warum was, Jillian?« Grimm drehte sich nicht um.

Sie knuffte ihn härter. »Du weißt ›warum was‹.«

Grimm sah widerwillig über die Schulter. »Wirklich, Jillian, ich habe nicht die leiseste Ahnung, wovon du faselst.« Eisblaue Augen trafen auf ihre und für einen Moment glaubte sie, darin die blanke Herausforderung zu sehen. Es traf sie bis ins Mark.

»Mach dich nicht lächerlich, Grimm. Das ist doch wohl eine einfache Frage. Warum seid ihr drei nach Caithness gekommen?«, rettete Jillian hastig die Überbleibsel ihres Stolzes. Sie wussten nicht, dass sie den durchtriebenen Plan ihres Vaters mit angehört hatte, und bald schon würde sie herausfinden, ob einer von ihnen ehrlich zu ihr war.

Ein seltsames Funkeln trat in Grimms Augen; bei einem anderen Mann hätte Jillian das als Enttäuschung gedeutet, nicht jedoch bei ihm. Er betrachtete sie von Kopf bis Fuß und bemerkte die Pantoffeln in ihrer Hand. Als er auf ihre blanken Zehen blickte, versteckte sie sie unter ihrem Kleid und fühlte sich seltsam verwundbar, als ob sie wieder sechs Jahre alt wäre.

»Zieh deine Pantoffeln an, Mädchen. Du wirst dich erkälten.«

Jillian durchbohrte ihn mit einem Blick.

Quinn trat an ihre Seite und bot seinen Arm, damit sie sich anlehnen konnte, um die Pantoffeln anzuziehen. »Er hat Recht. Die Steine sind kalt, Mädchen. Und um auf das Warum zurückzukommen, dein Papa hat uns gebeten, uns in seiner Abwesenheit um Caithness zu kümmern, Jillian.«

»Wirklich?«, sagte Jillian süßlich und fügte der Liste der gehässigen Namen, mit denen sie die Männer in der Heimlichkeit ihrer Gedanken bedachte, das Wort ›Lügner‹ hinzu. Sie stopfte einen Fuß in den Pantoffel, dann den nächsten. Sie bezweifelte, dass es Grimm etwas ausmachen würde, wenn sie an einer Erkältung stürbe. *Zieh deine Pantoffeln an,* hatte er befohlen, als sei sie ein unartiges Kleinkind, das sich nicht einmal allein anziehen konnte. »Rechnet man mit Ärger in diesem Teil des Tieflands?«

»Sicher ist sicher, Mädchen.« Ramsay hatte sein charmantestes Lächeln auf den Lippen.

Sicher, wer's glaubt, wird selig, dachte sie störrisch. Sicher war sie hier wirklich nicht, umkreist von Kriegern, die von dem bloßen Duft einer Frau erhitzt wurden.

»Dein Papa wollte sichergehen, dass während seiner Abwesenheit keine Schwierigkeiten über Caithness hereinbrechen, und nachdem ich dich jetzt gesehen habe, Mädchen, kann ich seine Besorgnis verstehen«, fügte Ramsay schmeichlerisch hinzu. »Auch ich hätte nur die Edelsten gewählt, um dich zu beschützen.«

»Ich bin der einzige Schutz, den sie braucht, Logan«, sagte Quinn trocken. Er nahm sie bei der Hand und führte sie zum Tisch. »Bring Frühstück für die Lady«, wies er eine Magd an.

»Schutz wovor?«, fragte Jillian.

»Höchstwahrscheinlich vor dir selbst.« Grimms Stimme war zwar leise, aber klar und deutlich in den steinernen Mauern zu vernehmen.

»*Was* hast du gesagt?« Jillian wirbelte auf ihrem Platz herum. Jeder Anlass für einen Streit mit ihm war ein willkommener Anlass.

»Ich sagte, Schutz vor dir selbst, Göre.« Grimm erwiderte ihren erzürnten Blick. »Du begibst dich ständig in Gefahr. Wie damals, als du mit den Kesselflickern losgezogen bist. Wir konnten dich *zwei Tage lang* nicht finden.«

Quinn lachte. »Bei Odins Speer, das hatte ich ganz vergessen. Wir waren fast wahnsinnig vor Sorge. Ich fand dich schließlich nördlich von Dunrieffe –«

»Ich hätte sie gefunden, wenn du nicht darauf bestanden hättest, dass ich nach Süden gehen sollte, Quinn. Ich sagte dir, sie seien nach Norden gegangen«, erinnerte ihn Grimm.

Quinn warf Grimm einen kurzen Blick zu. »Höllengebell, Mann, was soll's? Sie wurde gefunden, das ist alles, was zählt.«

»Zuerst einmal war ich nicht verloren gegangen«, ließ Jillian sie wissen. »Ich wusste genau, wo ich war.«

Die Männer lachten.

»Und ich begebe mich nicht ständig in Gefahr. Ich wollte nur die Freiheit der Kesselflicker erleben. Ich war alt genug –«

»Du warst dreizehn!«, fuhr Grimm sie an.

»Ich wusste genau, was ich tat.«

»Du warst ungezogen wie immer«, neckte Quinn.

»Jillian ist niemals ungezogen«, murmelte Kaley, als sie eintrat und den letzten Satz mithörte. Sie stellte eine dampfende Schüssel mit Wurst und Kartoffeln vor Jillian.

»Eine Schande, wenn es wahr ist«, schnurrte Ramsay.

»Und dann saß sie einmal im Schweinestall fest. Kannst du dich daran erinnern, Grimm?« Quinn lachte und selbst Grimm konnte sich ein Lächeln nicht verkneifen. »Erinnerst du dich, wie sie aussah, in die Ecke gedrängt und auf die wütende Schweinemutter einplappernd?« Quinn feixte. »Ich schwöre, Jillian quiekte lauter als die Sau.«

Jillian sprang auf. »Das reicht jetzt. Und hör auf zu grinsen, Kaley.«

»Ich hatte diese Geschichte ganz vergessen, Jillian.« Kaley kicherte. »Du warst wirklich eine Nervensäge.«

Jillian verzog das Gesicht. »Ich bin kein Kind mehr. Ich bin einundzwanzig Jahre alt ...«

»Und wie kommt es, dass du noch nicht geheiratet hast, Mädchen?«, fragte Ramsay laut.

Stille senkte sich herab, als sich aller Augen, einschließlich der einiger neugieriger Dienstmädchen, auf Jillian richteten. Sie versteifte sich und ein Anflug von Schamesröte legte sich über ihre Wangen. Bei allen Heiligen, diese Männer hielten sich in keinster Weise zurück. Nicht einer ihrer verflossenen Freier hätte sich einen derartigen Frontalangriff erlaubt, doch diese Männer, ermahnte sie sich grimmig, hatten nichts mit jenen Männern gemeinsam, die sie zuvor kennen gelernt hatte. Selbst Quinn und Grimm waren Unbekannte geworden; gefährlich und unberechenbar.

»Nun, warum nicht?«, fragte Quinn sanft. »Du bist schön, geistreich und gut betucht. Wo sind all deine Freier?«

Ja, wo sind sie, grübelte Jillian.

Grimm wandte sich langsam vom Feuer ab. »Ja, Jillian, erzähl es uns. Warum hast du nicht geheiratet?«

Jillians Augen flogen zu seinen. Für einen langen Augenblick konnte sie sich nicht aus der Schlinge seines Blickes und den seltsamen Gefühlen, die er in ihr entfachte, befreien. Mit ungeheurer Willensanstrengung riss sie sich schließlich von ihm los. »Weil ich ins Kloster gehen werde. Hat Papa euch nicht davon erzählt?«, sagte sie fröhlich. »Das ist wahrscheinlich der Grund, weshalb er euch alle hergebracht hat, um mich kommenden Herbst sicher zu den Schwestern von Gethsemane zu geleiten.« Geflissentlich übersah sie Kaleys tadelnden Blick, ließ sich in ihren Sitz zurückplumpsen und machte sich mit wiedererlangtem Heißhunger über ihr Frühstück her. Da haben sie was zu beißen. Wenn sie nicht die Wahrheit sagten, warum sollte sie es dann tun?

»Kloster?«, fragte Quinn nach einer verblüfften Stille.

»Nonnenkloster«, klärte sie ihn auf.

»Sozusagen als Christi Braut und niemandes anderen?«, brachte Ramsay mit einem Stöhnen hervor.

»Sozusagen«, bestätigte Jillian mit vollem Mund.

Grimm sagte keinen Ton, als er den Hauptsaal verließ.

☆ ☆ ☆

Ein paar Stunden später schlenderte Jillian mehr oder weniger ziellos über den Außenhof, gewiss nicht in der Stimmung, auch nur einen Gedanken daran zu verschwenden, wohin sich ein ganz bestimmter Mann verzogen haben könnte, als just in dem Moment, als sie vorbeiging, Kaley aus dem Hintereingang trat.

»Das Kloster also? Wirklich, Jillian«, tadelte Kaley sie.

»Bei allen Heiligen, Kaley, sie haben Geschichten über mich erzählt!«

»Entzückende Geschichten.«

»Erniedrigende Geschichten.« Jillians Wangen röteten sich.

»Reizende Geschichten. Wahre Geschichten, nicht so unerhörte Flunkereien, wie du sie erzählt hast.«

»Kaley, es sind Männer«, sagte Jillian, als erklärte das alles.

»Und zwar mächtig feine Männer, Mädchen. Dein Papa bringt die *crème de la crème* hierher, damit du dir einen Ehemann aussuchst, und du gehst hin und erzählst ihnen, dass du fürs Kloster bestimmt bist.«

»Du wusstest, dass mein Papa sie deshalb hergeholt hat?«

Kaley errötete.

»Woher wusstest du es?«

Kaley blickte verlegen drein. »Ich habe vom Lichthof aus gelauscht, als du hinter der Balustrade spioniertest. Du musst wirklich damit aufhören, deine Kleider vor dem Fenster auszuziehen, Jillian«, rügte sie.

»Ich habe es nicht mit Absicht getan, Kaley.« Jillian spitzte die Lippen und blickte finster. »Für einen Augenblick dachte ich, dass Mutter und Papa dich eingeweiht hätten, obwohl sie mir nichts gesagt haben.«

»Nein, Mädchen, sie haben niemandem etwas davon erzählt. Und vielleicht haben sie sich nicht sehr geschickt verhalten, aber du hast jetzt zwei Möglichkeiten: Du kannst wütend und gehässig sein und deine Chancen verspielen, oder du kannst der Vorsehung und deinem Papa danken, dass er nur die Besten der Besten für dich geholt hat, Jillian.«

Jillian verdrehte die Augen. »Wenn diese Männer das Beste sind, dann ist das Kloster sicher.«

»Jillian, komm schon, Mädchen. Bekämpfe nicht, was für dich das Beste ist. Wähle einen Mann und hör auf, so störrisch zu sein.«

»Ich will keinen Mann«, schäumte Jillian.

Kaley sah sie einen langen Augenblick prüfend an. »Was läufst du überhaupt hier draußen so herum?«

»Ich genieße die Blumen.« Nonchalant zuckte Jillian mit den Schultern.

»Reitest du nicht für gewöhnlich morgens aus, bevor du ins Dorf gehst?«

»Mir war heute Morgen nicht danach. Ist das ein Verbrechen?«, fragte Jillian schnippisch.

Kaleys Lippen verzogen sich zu einem Lächeln. »Da wir gerade vom Reiten sprechen, ich glaube, ich habe diesen gut aussehenden Highlander, Ramsay, unten bei den Ställen gesehen.«

»Gut. Ich hoffe, er wird niedergetrampelt. Obwohl ich mir nicht sicher bin, ob es ein Pferd gibt, das groß genug dafür wäre. Vielleicht könnte er sich auf den Boden legen, um es einfacher zu machen.«

Kaley betrachtete aufmerksam Jillians Gesicht. »Quinn erzählte mir, dass er ins Dorf wollte, um Whisky von MacBean zu besorgen.«

»Ich hoffe, er ersäuft darin«, sagte Jillian und blickte Kaley erwartungsvoll an.

»Nun ja«, sagte Kaley betont beiläufig, »ich denke, ich werde mich mal wieder auf den Weg in die Küche machen. Es gibt eine Menge zu kochen für diese Männer.« Die wohl beleibte Magd drehte Jillian den Rücken zu und machte sich auf zu gehen.

»Kaley!«

»Was?« Über die Schulter hinweg warf Kaley ihr einen unschuldigen Blick zu.

Jillians Augen verengten sich. »Unschuldig steht dir nicht, Kaley.«

»Schnippisch steht dir nicht, Jillian.«

Jillian errötete. »Es tut mir Leid. Nun?«, ermunterte sie sie.

Kopfschüttelnd gab Kaley ein leises Kichern von sich. »Ich bin sicher, dass es dich nicht interessiert, aber Grimm ist zum See gegangen. Ich hatte den Eindruck, dass er etwas waschen wollte.«

Sobald Kaley fort war, blickte Jillian um sich, um sicherzugehen, dass niemand sie beobachtete, dann entledigte sie sich ihrer Pantoffeln und rannte zum See.

☆ ☆ ☆

Jillian duckte sich hinter einem Felsen und beobachtete ihn.

Grimm hockte am Ufer des Sees und scheuerte sein Hemd mit zwei weichen Steinen. Mit einem Schloss voller Diener und Mägde, die für ihn waschen, flicken, ihm jederzeit zur Verfügung stehen würden – selbst um in sein Bett zu huschen, sollte er auch nur einen verführerischen Finger krümmen –, ging Grimm Roderick an den See, suchte sich Steine und wusch selbst sein Hemd. Was für ein Stolz. Was für eine Unabhängigkeit. Was für eine ... Einsamkeit.

Sie wollte das abgetragene Leinen für ihn waschen. Nein, sie wollte die muskulöse Brust waschen, die von dem weichen Stoff liebkost wurde. Sie wollte ihre Hände über die Muskelstränge an seinem Bauch gleiten lassen und diesem seidigen Pfad dunklen Haares dorthin folgen, wo er unter seinem Kilt verschwand. Sie wollte in seiner Einzelhaft willkommen geheißen werden und den Mann befreien, von dem sie überzeugt war, dass er sich vorsätzlich hinter einer Fassade kühler Gleichgültigkeit verschanzt hatte.

Ein Knie im Gras, das Bein untergelegt, scheuerte er sanft sein Hemd. Jillian beobachtete das Muskelspiel seiner Schulter. Er war schöner, als irgendein Mann das Recht hatte zu sein, mit seiner Größe und diesem perfekt gebauten Körper, dem schwarzen Haar, zusammengehalten von einem Lederriemen, den stechenden Augen.

Ich bete dich an, Grimm Roderick. Wie viele Male hatte sie diese Worte heimlich in den Privatgemächern ihres Kopfes ausgesprochen? *Liebe dich seit dem Tag, an dem ich dich zum ersten Mal sah. Warte seitdem darauf, dass du mich wahrnimmst.* Jillian ließ sich auf das Moos hinter dem Felsen sinken, faltete die Arme auf dem Stein, legte ihr Kinn darauf und beobachtete ihn sehnsüchtig. Sein Rücken wurde vom goldenen Licht der Sonne beschienen und seine breiten Schultern verjüngten sich zu einer schlanken Taille, wo der Kilt seine Hüften umschmeichelte. Er fuhr sich mit der Hand durch das dichte schwarze Haar, um es aus dem Gesicht zu streichen, und Jillian entfuhr ein leises Seufzen, als sich seine Muskeln spannten.

Er drehte sich um und sah sie unmittelbar an. Jillian erstarrte. Verflucht sei sein feines Gehör! Er hatte immer schon übernatürliche Sinne gehabt. Wie hatte sie das nur vergessen können?

»Geh weg, Pfauhenne.« Er wandte seine Aufmerksamkeit erneut dem Hemd zu.

Jillian schloss die Augen und ließ verzweifelt den Kopf auf ihre Hände sinken. Sie konnte sich nicht einmal zu dem Versuch durchringen, mit ihm zu reden, ihn zu erreichen. Sobald sie sentimentale Gedanken hegte, machte der Bastard eine völlig abwegige und beißende Bemerkung und nahm ihr so den Wind aus den Segeln, noch bevor sie überhaupt den Anker gelichtet hatte. Sie seufzte lauter und gab sich einer großzügigen Prise Selbstmitleids hin.

Er drehte sich um und sah sie wieder an. »Was?«, fragte er grob.

Gereizt hob Jillian den Kopf. »Was meinst du mit ›was‹? Ich habe nichts gesagt.«

»Du sitzt herum und seufzt, als würde die Welt untergehen. Du machst so viel Lärm, dass ich noch nicht einmal in Ruhe mein Hemd scheuern kann, und dann besitzt du noch die Unverschämtheit, mich anzufahren, wenn ich höflich nachfrage, weswegen du so herumjammerst.«

»Höflich nachfragen?«, wiederholte sie. »Du nennst ein fast gegrunztes, völlig niederschmetternd klingendes ›was‹ eine höfliche Nachfrage? Ein ›was‹, das sagt, ›wie kannst du es wagen, mit deinen jämmerlichen Geräuschen in meinen Bereich einzudringen?‹ Ein ›was‹, das sagt, ›könntest du irgendwo anders sterben gehen, Pfauhenne?‹ Grimm Roderick, du hast nicht die leiseste verfluchte Ahnung von Höflichkeit.«

»Es gibt keinen Grund zu fluchen, Pfauhenne«, sagte er nachsichtig.

»Ich bin *keine* Pfauhenne.«

Er warf ihr einen vernichtenden Blick über die Schulter hinweg zu. »Doch, das bist du. Immer zupfst du an etwas herum. Zupf-zupf, zupf-zupf.«

»Zupfen?« Jillian schoss hoch, machte einen Satz über den Stein und stand vor Grimm. »Ich werde dir Zupfen zeigen.« Schnell wie eine Katze riss sie ihm das Hemd aus den Händen, krallte ihre Finger in den Stoff und zerriss es der Länge nach. Sie empfand das Geräusch des reißenden Stoffes als geradezu pervers befriedigend. »Das ist es, wonach mir wirklich ist. Wie gefällt dir *das* als Eindringen in deinen Bereich? Und warum wäschst du dein blödes Hemd überhaupt selbst?« Sie stierte ihn an und wedelte mit den Überresten seines Hemdes, um ihren Worten Ausdruck zu verleihen.

Grimm setzte sich auf und musterte sie aufmerksam. »Fühlst du dich wohl?«

»Nein, ich fühle mich nicht wohl. Ich habe mich den ganzen Morgen nicht wohl gefühlt. Und hör auf zu versuchen, das Thema zu wechseln und auf mich umzuschwenken, wie du es immer tust. Beantworte meine Frage. Warum wäschst du dein Hemd selbst?«

»Weil es schmutzig war«, antwortete er mit kalkulierter Herablassung, die sie mit bewundernswerter Zurückhaltung ignorierte.

»Es gibt Dienstmädchen, die die Hemden –«

»Ich wollte keine Unannehmlichkeiten bereiten –«

»Von Männern waschen, die –«

»Ein Dienstmädchen darum zu bitten, mein Hemd –«

»Und ich hätte das blöde Ding sowieso für dich gewaschen!«

Grimms Mund klappte zu.

»Ich meine, das heißt ... na ja, ich hätte, wenn ... wenn alle Dienstmädchen tot wären oder schwerkrank und niemand da wäre, der es könnte« –, sie zuckte mit den Schultern –, »und es wäre das einzige Hemd, das du hättest ... und bitterkalt ... und du wärst krank oder so.« Sie schloss den Mund, als sie erkannte, dass es keinen Ausweg aus dem verbalen Sumpf gab, in den sie hineingeraten war. Fasziniert sah Grimm sie an.

Mit einer einzigen schnellen, anmutigen Bewegung erhob er sich. Es trennten sie nur Zentimeter.

Jillian ärgerte sich, dass sie den Kopf in den Nacken legen musste, um zu ihm aufzusehen, aber ihr Groll legte sich sofort, als sie sich atemlos der Nähe dieses Mannes bewusst wurde. Sie war wie hypnotisiert, gefesselt durch den intensiven Blick, mit dem er sie musterte. War er sogar noch näher gekommen? Oder hatte sie sich ihm entgegengelehnt?

»*Du* hättest mein Hemd gewaschen?« Seine Augen erforschten eindringlich die ihren.

Wortlos sah Jillian ihn an, wagte es nicht zu sprechen. Wenn sie ihren Mund öffnete – Gott allein wusste, was herauskommen würde. *Küss mich, du großer schöner Krieger.*

Als er mit seinen Fingerknöcheln über ihren angespannten Kiefer strich, fiel sie fast in Ohnmacht. Ihre Haut prickelte, wo seine Finger sie berührt hatten. Seine Lippen waren einen Atemzug von ihren entfernt, seine Augen blickten unergründlich unter schweren Lidern hervor.

Er wollte sie küssen. Jillian fühlte es genau.

Sie neigte den Kopf, um seinen Kuss zu empfangen. Ihre Augenlider flatterten zu und sie ergab sich voll und ganz der Phantasie. Sein Atem fächelte über ihre Wange und sie wartete, wagte es nicht, auch nur einen Muskel zu bewegen.

»Nun, dafür ist es jetzt zu spät.«

Ihre Augen flogen auf. *Nein, ist es nicht,* entfuhr es ihr beinahe. *Küss mich.*

»Es zu waschen, meine ich.« Sein Blick fiel auf das zerrissene Hemd, das sie immer noch festhielt. »Außerdem«, fügte er hinzu, »brauche ich keine dusseligen Pfauhennen um mich herum, die sich wichtig machen wollen. Zumindest zerreißen die Dienstmädchen nicht meine Hemden, es sei denn natürlich, sie reißen sie mir vom Leib, aber das ist eine völlig andere Geschichte, die weder hier noch dort erörtert werden muss, und außerdem eine, von der ich sicher bin, dass du ohnehin nicht daran interessiert wärest, sie mit mir zu erörtern ...«

»Grimm?«, sagte Jillian knapp.

Er blickte auf den See hinaus. »Hmm?«

»Ich hasse dich.«

»Ich weiß, Mädchen«, sagte er leise. »Du hast mir das schon letzte Nacht gesagt. Wie es scheint, enden alle unsere kleinen ›Gespräche‹ mit diesen Worten. Versuch, ein wenig kreativer zu sein, wärst du so gut?«

Er bewegte keinen Muskel, als sie ihm die Überbleibsel seines Hemdes ins Gesicht klatschte und davonstapfte.

☆ ☆ ☆

Als Grimm zum Abendessen erschien, trug er einen sauberen Tartan. Sein Haar war nach einem kürzlichen Bad noch nass und glatt zurückgekämmt und sein Hemd war in der Mitte des Rückens säuberlich in zwei Hälften zerrissen. Die losen Enden flatterten über dem Tartan und für Jillians Wohlbefinden war eindeutig zu viel seines muskulösen Rückens sichtbar.

»Was ist mit deinem Hemd passiert, Grimm?«, fragte Quinn neugierig.

Grimm blickte über den Tisch zu Jillian.

Jillian hob den Kopf und versuchte, selbstgerecht finster dreinzublicken, was ihr nicht gelang. Er sah sie mit jenem seltsamen Ausdruck an, den sie nicht deuten konnte, mit demselben Ausdruck, den sie schon bei seiner Ankunft bemerkt hatte, als er immer wieder ihren Namen ausgesprochen hatte – und sie verschluckte ihren Zorn mit einem Bissen Brot, das unglaublich trocken geworden war. Das Gesicht des Mannes war makellos symmetrisch. Dunkle Bartstoppeln unterstrichen die Höhlung unter seinen Wangenknochen und betonten sein arrogantes Kinn. Das nasse Haar, mit einem Lederriemen zusammengehalten, glänzte wie Ebenholz im flackernden Licht. Seine blauen Augen leuchteten in dem gebräunten Gesicht und die weißen Zähne blitzten, wenn er sprach. Seine Lippen waren fest, rosafarben, sinnlich und momentan zu einem höhnischen Lächeln verzogen.

»Ich hatte Krach mit einer schlecht gelaunten Katze«, sagte Grimm und hielt ihrem Blick stand.

»Nun, wieso wechselst du es nicht?«, fragte Ramsay.

»Ich habe nur das eine mitgenommen«, sagte Grimm zu Jillian.

»Du hast nur ein Hemd mitgenommen?«, schnaubte Ramsay ungläubig. »Bei Odins Speer, Grimm, du kannst dir tausend Hemden leisten. Wirst wohl zum Geizhals, wie?«

»Es ist nicht das Hemd, was den Mann ausmacht, Logan.«

»Da hast du verdammt Recht.« Behutsam glättete Ramsay die Falten seines schneeweißen Leinens. »Hast du daran gedacht, dass es ihn widerspiegelt?«

»Ich bin sicher, eine Magd kann es dir flicken«, sagte Quinn. »Oder ich kann dir eins leihen.«

»Mir macht es nichts aus, es so zu tragen. Und was das Widerspiegeln angeht, wer sieht es schon?«

»Du siehst aus wie ein Leibeigener, Roderick.« Ramsay lächelte höhnisch.

Jillian gab ein resignierendes Geräusch von sich. »Ich werde es flicken«, murmelte sie und blickte auf ihren Teller, um die verblüfften Gesichter der Männer nicht sehen zu müssen.

»Du kannst nähen, Mädchen?«, fragte Ramsay zweifelnd.

»Natürlich kann ich nähen. Ich bin als Frau kein kompletter Fehlschlag, nur weil ich alt und unverheiratet bin«, schnauzte Jillian.

»Aber machen das nicht die Dienstmädchen?«

»Manchmal tun sie es und manchmal nicht«, antwortete Jillian geheimnisvoll.

»Fühlst du dich wohl, Jillian?«, fragte Quinn.

»Oh, würdest du bitte einfach den Mund halten?«

Kapitel 6

Es machte sie wütend. Jedes Mal, wenn sie die schiefen Stiche betrachtete, die Grimms Hemd zusammenhielten, fühlte sie, wie sie zu einem reizbaren, kleinäugigen Stachelschwein wurde. Es war so erniedrigend, als hätte sie ihm die Worte »Jillian hat die Kontrolle verloren und ich werde sie es niemals vergessen lassen« auf den Rücken gestickt. Sie konnte selbst nicht glauben, dass sie es zerrissen hatte, aber jahrelanges Erleiden seiner Quälereien als Kind hatten das Unglück heraufbeschworen, und sie hatte sich einfach vergessen.

Er war wieder auf Caithness. Er war unverbesserlich attraktiv und er behandelte sie immer noch genauso, wie er es getan hatte, als sie noch ein Kind gewesen war. Wie könnte sie ihn nur dazu bringen zu erkennen, dass sie kein Kind mehr war? *Na, hör zuerst einmal auf, dich so zu verhalten,* hielt sie sich vor. Seit dem Moment, als sie zärtlich sein Hemd geflickt hatte, trachtete sie danach, ihm aufzulauern, ihn des verruchten Erinnerungsstückes zu berauben und es fröhlich zu verbrennen. Eine solche Tat hätte ihn jedoch in seiner Annahme bestärkt, dass sie eine Vorliebe für geistlose Handlungen hegte, also hatte sie sich drei Hemden aus feinerem Stoff besorgt, makellos genäht und hatte die Dienstmädchen angewiesen, sie in sein Zimmer zu legen. Trug er sie?

Nicht eines davon.

Jeden Tag aufs Neue zog er dasselbe Hemd mit der lächerlichen Falte im Rücken an. Sie hatte erwogen, ihn zu fragen, weshalb er die neuen nicht tragen wolle, aber dann konnte sie auch gleich eingestehen, dass sein Unterfangen, ihr ein schlechtes Gewissen zu machen, erfolgreich war. Lieber würde sie sterben, als diesem gefühllosen Mann, der ihre untadelige Lebensart sabotierte, auch nur eine weitere Winzigkeit von Gefühl zu offenbaren.

Jillian riss ihre Augen los von dem dunklen, verführerischen Mann, der über den Außenhof wandelte, und zwang sich zu einem tiefen, beruhigenden Atemzug. *Jillian Allana Roderick,* ihr Flüstern klang wie ein ausgehauchter Atemzug, die Silben purzelten wohlklingend. *Ich wünsche nur ...*

»Es ist also das Kloster für dich, he, Mädchen?«

Jillian verkrampfte sich. Das kehlige Poltern von Ramsay Logan war nicht das, was sie im Augenblick brauchte. »Hmhmm«, murmelte sie in Richtung Fenster.

»Du bleibst keine zwei Wochen«, sagte er mit Überzeugung.

»Was bildest du dir ein?« Jillian wirbelte herum, um ihn zur Rede zu stellen. »Du weißt überhaupt nichts von mir!«

Ramsay lächelte selbstgefällig.

Jillian erbleichte, als ihr einfiel, dass er sie am Tag seiner Ankunft nackt am Fenster gesehen hatte. »Nimm hiermit zur Kenntnis, dass ich berufen bin.«

»Ich bin sicher, dass du das bist, Mädchen«, schnurrte Ramsay. »Nur denke ich, dass deine Ohren verstopft sind oder du falsch hörst. Eine Frau wie du hat eine Berufung zu einem Mann aus Fleisch und Blut, nicht zu einem Gott, der dir nie das Vergnügen bereiten wird, dich wie eine Frau zu fühlen.«

»Es gibt edlere Dinge im Leben als die Zuchtstute eines Mannes zu sein, Logan.«

»Meine Frau wäre niemals eine Zuchtstute. Versteh mich nicht falsch: Ich möchte die Kirche und die Auserwählten Christi keineswegs herabstufen, ich kann nur nicht erkennen, wie du einem solchen Reiz erliegen kannst. Du bist zu leidenschaftlich.«

»Ich bin kühl und gefasst«, beharrte sie.

»Nicht in Grimms Nähe«, bemerkte Ramsay spitzfindig.

»Weil er mich irritiert«, fauchte Jillian.

Grinsend zog Ramsay eine Augenbraue hoch.

»Was findest du daran so komisch, Logan?«

»›Irritiert‹ ist ein interessantes Wort dafür. Nicht das, was ich gewählt hätte. Eher, lass mich überlegen ... ›erregt?‹, ›entzückt?‹ Deine Augen brennen wie Bernstein im Sonnenlicht, wenn er den Raum betritt.«

»Fein.« Jillian drehte sich zurück zum Fenster. »Nun, da wir unsere Wahl der passenden Worte diskutiert haben und du all die falschen gewählt hast und offensichtlich nicht das Geringste von Frauen verstehst, kannst du dich wieder deinem Tagwerk widmen. Husch, husch.« Sie wedelte mit der Hand in seine Richtung.

Ramsays Grinsen verbreiterte sich. »Du fühlst dich von mir kein bisschen eingeschüchtert, nicht wahr, Mädchen?«

»Abgesehen von deiner anmaßenden Art und der Tatsache, dass du deine Körpergröße einsetzt, damit eine Frau sich in die Enge getrieben fühlt, glaube ich, dass du eher ein Bulle als eine Bulldogge bist«, murmelte sie.

»Die meisten Frauen mögen den Bullen in mir.« Er kam näher.

Jillian schoss ihm über die Schulter hinweg einen angewiderten Blick zu. »Ich bin nicht die meisten Frauen. Und steh mir nicht auf den Füßen herum, Logan, da ist nur Platz für mich allein. Du kannst dich zurück nach Hause in das Land des mächtigen Logan trollen, wo die Männer Männer sind und die Frauen ihnen gehören. Ich bin nicht die Art von Frau, die du gewohnt bist.«

Ramsay lachte.

Langsam drehte Jillian sich um, die Kiefer zusammengepresst.

»Hättest du gerne etwas Hilfe bei Roderick?« Er sah über ihre Schulter zum Fenster hinaus.

»Ich dachte, wir hätten soeben festgestellt, dass du kein kaltblütiger Mörder bist, also kannst du mir auch nicht von Nutzen sein.«

»Ich glaube, du brauchst Hilfe. Dieser Mann kann ja so begriffsstutzig sein.«

Als sich einen kurzen Augenblick später die Tür zum Hauptsaal öffnete, bewegte sich Ramsay so schnell, dass Jillian keine Zeit hatte zu protestieren. Sein Kuss war schnell platziert und wurde ausgiebig in die Länge gezogen. Er hob sie auf die Zehenspitzen und ließ sie seltsam atemlos zurück, als er sie losließ.

Fassungslos starrte Jillian ihn an. Um die Wahrheit zu sagen, sie hatte so selten geküsst, dass sie ganz und gar unvorbereitet war auf den gekonnten Kuss eines erwachsenen Mannes und erfahrenen Liebhabers. Sie blinzelte.

Das Knallen der Tür ließ die Balken beben und Jillian verstand. »War das Grimm?«, hechelte sie.

Ramsay nickte und grinste. Als er seinen Kopf erneut senkte, hielt sich Jillian hastig die Hand über den Mund.

»Komm schon, Mädchen«, drängte er und ergriff ihre Hand. »Gewähre mir einen Kuss als Dank dafür, dass ich Grimm gezeigt habe, dass ein anderer dich nehmen wird, wenn er zu dumm ist, es zu tun.«

»Wie kommst du auf die Idee, dass ich etwas darauf gebe, was dieser Mann denkt?«, fauchte sie. »Und *er* gibt bestimmt nichts darauf, wenn du mich küsst.«

»Nach meinem Geschmack erholst du dich zu schnell von meinem Kuss, Mädchen. Und was Grimm angeht, ich sah, wie du ihn durch dieses Fenster beobachtetest. Wenn du dein Herz nicht sprechen lässt –«

»Er hat kein Herz, zu dem man sprechen könnte.«

»Nach dem zu urteilen, was ich bei Hofe gesehen habe, würde ich dir Recht geben, aber du wirst es niemals mit Sicherheit wissen, wenn du es nicht versuchst«, fuhr Ramsay fort. »Ich wünschte mir natürlich, dass du es versuchst, Schiffbruch erleidest und darüber hinwegkommst, damit du beginnen kannst, mich mit solchem Verlangen anzusehen.«

»Ich danke dir für solch einen ausgezeichneten Rat, Logan. Ich kann an deinem eigenen glücklich verheirateten Status erkennen, dass du weißt, wovon du redest.«

»Der einzige Grund, weswegen ich noch nicht glücklich verheiratet bin, ist, dass ich nach einer gutherzigen Frau Ausschau halte. Sie sind selten geworden.«

»Es braucht einen gutherzigen Mann, um eine gutherzige Frau anzuziehen, und du hast wahrscheinlich an den falschen Stellen gesucht. Du findest das Herz einer Frau nicht zwischen ihren ...« Jillian hielt hastig inne, beschämt über das, was sie beinahe gesagt hätte.

Ramsay lachte dröhnend. »Sag mir, ich könnte dich Grimm Roderick vergessen lassen, und ich werde dir einen gutherzigen Mann zeigen. Ich würde dich wie eine Königin behandeln. Roderick verdient dich nicht.«

Jillian seufzte verdrießlich. »Er will mich nicht. Und wenn du ihm gegenüber auch nur einen Hauch von dem erwähnst, was du glaubst, das ich empfinde, wobei ich dir versichern kann, dass du dich irrst, werde ich einen Weg finden, dass du es bereust.«

»Zerreiß mir nur nicht meine Hemden.« Ramsay hob seine Hände in einer Geste der Verteidigung. »Ich verschwinde ins Dorf, Mädchen.« Er verdrückte sich schnell durch die Tür.

Noch lange, nachdem er gegangen war, blickte Jillian finster auf die geschlossene Türe. Bei allen Heiligen, in Anwesenheit dieser Männer fühlte sie sich, wie sie sich mit dreizehn gefühlt hatte, und dreizehn war kein gutes Jahr gewesen. Ein fürchterliches Jahr, genau genommen. Das Jahr, in dem sie Grimm im Stall mit einer Magd gesehen hatte und dann in ihr Zimmer gegangen war und traurig ihren Körper betrachtet hatte. Dreizehn war ein jämmerliches Jahr von unmöglicher Dualität gewesen, von weiblichen Gefühlen in einem kindlichen Körper. Nun legte sie kindliche Gefühle in einem weiblichen Körper an den Tag. Würde sie, was diesen Mann betraf, jemals ihr Gleichgewicht finden?

☆ ☆ ☆

Caithness. Einst war der Name für Grimm gleichbedeutend gewesen mit »Himmel«. Als er im Alter von sechzehn Jahren zum ersten Mal nach Caithness gekommen war, hatten dem goldenen Kind, das ihn adoptiert hatte, nur hauchdünne Flügel gefehlt, um die Illusion perfekt zu machen, sie könnte ihm die Absolution eines Engels erteilen. Caithness war ein Ort des Friedens und der Freude gewesen, doch die Freude wurde getrübt durch ein bodenloses Verlangen nach Dingen, von denen er wusste, dass er sie niemals besitzen würde. Obwohl Gibraltar und Elizabeth ihm ihr Haus und ihre Herzen geöffnet hatten, gab es eine unsichtbare Barriere, die er nicht überwinden konnte. Beim Essen im Hauptsaal hörte er zu, wie die St. Clairs, ihre fünf Söhne und ihre einzige Tochter scherzten und lachten. Sie hatten ein so offensichtliches Vergnügen an jedem Schritt ihres Lebensweges und genossen jede Phase der Entwicklung ihrer Kinder. Grimm war sich zutiefst der Tatsache bewusst gewesen, dass Caithness nicht sein Zuhause war, sondern das einer anderen Familie, und dass er nur durch ihre Großzügigkeit geschützt war, nicht aufgrund seiner Geburt.

Grimm gab einen Seufzer von sich. *Warum?*, wollte er schreien und zeigte dem Himmel die Fäuste. Warum musste es Ramsay sein? Ramsay Logan war ein unverbesserlicher Weiberheld, der die Zärtlichkeit und Aufrichtigkeit vermissen ließ, die eine Frau wie Jillian brauchte. Er hatte Ramsay vor Jahren bei Hofe kennen gelernt und hatte mehr als nur ein paar gebrochene Herzen gesehen, die der wilde Highlander in seinem charmanten Kielwasser über Bord geworfen hatte. Warum Ramsay? Diesem Gedanken folgte ein stummes Aufheulen: *Warum nicht ich?* Doch er wusste, dass es nie sein konnte. *Wir können es nicht ändern, Sohn ... wir werden so geboren.* Gefühllose Mörder – und schlimmer noch, obendrein war er ein Berserker. Selbst ohne den Berserker heraufzubeschwören, hatte sein Vater seine eigene Frau getötet. Wozu würde er mit der ererbten Geisteskrankheit, gekoppelt mit seinem Berserkertum, fähig sein? Das Einzige, was er mit absoluter Sicherheit wusste, war, dass er es nie herausfinden wollte.

Grimm vergrub beide Hände in seinem Haar und hörte auf, sinnlos auf und ab zu laufen. Er ließ seine Finger durchs Haar gleiten, löste den Riemen und versicherte sich, dass es sauber war, nicht verdreckt vom Leben im Wald. Er trug keine Kriegsflechten, er war nicht braun wie ein Mohr von Monaten in der Sonne und seltenem Baden, er sah nicht mehr so barbarisch aus wie an dem Tag, an dem Jillian ihn im Wald gefunden hatte. Doch manchmal fühlte er sich, als könne er niemals die Spuren jener Jahre abwaschen, als er in den Wäldern der Highlands gelebt und sein ganzes Geschick gegen die erbarmungslosesten Raubtiere in die Waagschale geworfen hatte, um genug Nahrung zum Überleben zu finden. Vielleicht war es die Erinnerung an das Zittern in den eisigen Wintern, als er für die Dreckschicht auf seiner Haut dankbar gewesen war, weil sie einen weiteren Schutz vor der klirrenden Kälte darstellte. Vielleicht war es das Blut an seinen Händen und die Gewissheit, dass, sollte er einmal dumm genug sein, etwas für jemanden zu empfinden, er an der Reihe wäre, mit einem Messer in der Hand zur Besinnung zu kommen und seinem eigenen Sohn in die Augen sehen zu müssen.

Niemals. Er würde Jillian niemals verletzen.

Sie war noch schöner, als er sie in Erinnerung hatte. Jillian war jetzt eine erwachsene Frau und er hatte kein Mittel gegen sie außer seinen Willen. Und es war allein sein übermenschlicher Wille gewesen, der ihn so weit gebracht hatte. Er hatte sich selbst geübt, sich diszipliniert, gelernt, den Berserker zu kontrollieren ... größtenteils.

Als er vor ein paar Tagen auf den Schlosshof geritten war und die goldene, lachende Frau gesehen hatte, umringt von begeisterten Kindern, hatte ihn der Schmerz um seine verlorene Kindheit fast erstickt. Es war ihm ein Bedürfnis gewesen, sich in das Bild der sanft abfallenden Wiese einzufügen, sowohl als Kind als auch als Mann. Nur zu gern hätte er sich zu ihren Füßen zusammengerollt und zugehört, nur zu gern sie in die Arme genommen und ihr eigene Kinder geschenkt.

Voller Schmerz, da er weder das eine noch das andere tun konnte, hatte er sich mit ihr angelegt. Doch dann hatte sie den Kopf gehoben und Grimm hatte gespürt, wie ihm das Herz wie ein Senkblei bis auf die Schuhsohlen rutschte. Es war ihm leichter gefallen, sich ihrer mit einem jüngeren, unschuldigen Gesicht zu erinnern. Nun gehörten die keck gebogene Nase und die leuchtenden Augen zu dem Gesicht einer verführerischen, sinnlichen Frau. Und ihre Augen, obwohl noch unschuldig, zeigten Reife und einen Hauch von stillem

Schmerz. Er wünschte sich zu wissen, wer ihr das in den Blick gelegt hatte, damit er den Bastard jagen und töten konnte.

Freier? Es gab wahrscheinlich eine lange Liste. Hatte sie einen geliebt?

Er schüttelte den Kopf. Der Gedanke gefiel ihm nicht.

Warum also hatte Gibraltar ihn herbeordert? Nicht eine Sekunde hatte er geglaubt, es könnte damit zu tun haben, dass er um Jillians Hand wetteiferte. Eher hatte Gibraltar sich wohl auf das Gelübde bezogen, das Grimm abgelegt hatte: Jillian zu beschützen, wann immer es nötig sein würde. Wahrscheinlich benötigte Gibraltar einen Krieger, der stark genug war, jedwede nur mögliche Schwierigkeit zwischen Jillian und ihren beiden wahren Freiern zu verhindern: Ramsay und Quinn. Genau, das musste es sein. Er würde da sein, um Jillian davor zu schützen, auf welche Art auch immer gedemütigt oder verletzt zu werden, und um sämtliche möglichen Querelen zwischen ihren Freiern zu unterbinden.

Jillian: honigsüßer Duft und eine Mähne von seidig-goldenem Haar, tiefbraune Augen, goldgefleckt, genau die Bernsteinfarbe, die die Wikinger so sehr verehrt hatten. In der Sonne schienen sie goldfarben, verdunkelten sich jedoch zu einem schimmernden Braun mit gelben Flecken, wenn sie wütend wurde – was in seiner Nähe immer der Fall war. Sie war sein ewiger Tagtraum, sein ewiges Traumbild. Und er war gefährlich, allein durch seine Natur. Ein Untier.

»Mylord, fehlt Ihnen etwas?«

Grimm nahm die Hände vom Gesicht. Der kleine Junge, der bei seiner Ankunft auf Jillians Schoß gesessen hatte, zog an seinem Ärmel und blinzelte zu ihm hinauf.

»Geht es Euch gut?«, fragte der Junge besorgt.

Grimm nickte. »Ich bin in Ordnung, Junge. Aber ich bin kein Fürst. Du kannst mich Grimm nennen.«

»Du siehst mir aber wie einer aus.«

»Nun, ich bin keiner.«

»Warum mag Jillian dich nicht?«, fragte Zeke.

Grimm schüttelte den Kopf und konnte einen traurigen Zug um seine Lippen nicht verhindern. »Ich vermute, Zeke – du heißt doch Zeke, nicht wahr?«

»Du kennst meinen Namen!«, rief der Junge.

»Ich habe ihn nennen hören, als du mit Jillian zusammen warst.«

»Aber du hast ihn behalten!«

»Warum auch nicht?«

Zeke trat zurück und sah Grimm mit unverhohlener Bewunderung an. »Weil du ein mächtiger Krieger bist und ich bin ... na ja ... ich. Ich bin bloß Zeke. Niemand bemerkt mich. Außer Jillian.«

Grimm betrachtete den Jungen und bemerkte dessen halb trotzige, halb verschämte Haltung. Er legte ihm eine Hand auf die Schulter. »Solange ich hier auf Caithness bin – wie würde es dir gefallen, mein Schildknappe zu sein, Junge?«

»Schildknappe?« Zeke gaffte ihn an. »Ich kann kein Schildknappe sein! Ich kann nicht gut sehen.«

»Warum lässt du nicht mich das beurteilen? Meine Ansprüche sind äußerst gering. Ich brauche jemanden, der sich um mein Pferd kümmert. Es mag es nicht, angebunden zu sein, also muss man Futter und Wasser zu ihm bringen, wo auch immer es sich aufhält. Es muss gekämmt und gestriegelt werden und es muss geritten werden.«

Bei diesen letzten Worten schwand Zekes hoffnungsvoller Gesichtsausdruck.

»Nun ja, vorerst muss es nicht geritten werden, es hat einen ziemlich harten Ritt hinter sich«, fügte Grimm eilig hinzu. »Und womöglich könnte ich dir ein paar Unterrichtsstunden geben.«

»Aber ich kann nicht klar sehen. Ich kann unmöglich reiten.«

»Ein Pferd hat ein großes Einfühlungsvermögen, Junge, und kann darauf trainiert werden, viele Dinge für seinen Reiter zu tun. Wir werden es langsam angehen lassen. Zuerst, wirst du dich um meinen Hengst kümmern?«

»Jawohl«, hauchte Zeke. »Das werde ich! Ich schwöre, dass ich das tun werde!«

»Dann lass uns zu ihm gehen. Er kann Fremden gegenüber recht abweisend sein, wenn ich sie ihm nicht vorstelle.« Grimm nahm den Jungen an die Hand und war erstaunt, wie das Händchen von seinem Griff verschluckt wurde. So zart, so kostbar. Ein brutaler Schwall von Erinnerungen drang auf ihn ein – ein Kind, nicht älter als Zeke, aufgespießt auf einem Schwert der McKane. Er schüttelte die Erinnerung wütend von sich und schloss seine Finger fest um Zekes.

»Moment mal.« Zeke zerrte an ihm, um stehen zu bleiben. »Du hast es mir immer noch nicht gesagt. Warum mag Jillian dich nicht?«

Grimm suchte nach einer Antwort, die für Zeke einleuchtend sein könnte. »Ich glaube, weil ich sie geneckt und geärgert habe, als sie noch ein kleines Mädchen war.«

»Du hast auf ihr rumgehackt?«

»Gnadenlos«, gab Grimm zu.

»Jillian sagt, dass die Jungens nur die Mädchen necken, die sie insgeheim mögen. Hast du sie auch an den Haaren gezogen?«

Stirnrunzelnd sah Grimm ihn an und fragte sich, was es mit dieser Frage auf sich hatte. »Ich vermute, dass ich das getan habe, ein oder zwei Mal«, gab er nach einigem Nachdenken zu.

»Ach, gut!«, rief Zeke aus, mit sichtlicher Erleichterung. »Also machst du ihr jetzt den Hof. Sie braucht einen Ehemann«, sagte er unverblümt.

Grimm schüttelte den Kopf und der Anflug eines Lächelns umspielte seine Lippen. Er hätte auf so etwas gefasst sein müssen.

Kapitel 7

Grimm presste sich die Hände auf die Ohren, aber es half nichts. Er zog sich ein Kissen über den Kopf, ohne Erfolg. Er überlegte, aufzustehen und die Fensterläden zuzuschlagen, aber ein kurzer Blick ließ ihn erkennen, dass ihm sogar dieses kleine Vergnügen versagt blieb. Sie waren bereits geschlossen. Eines der vielen Geschenke, die zum Berserkertum dazugehörten, war ein geradezu absurd übersteigertes Gehör; es hatte ihm ermöglicht, Gefahren zu überleben, in denen ein normaler Mann den sich anschleichenden Feind nicht hätte wahrnehmen können. Nun erwies es sich als gravierender Nachteil.

Er konnte *sie* hören. Jillian.

Alles, was er wollte, war schlafen – um Gottes willen, es war noch vor Tagesanbruch! Ruhte sich das Mädchen denn nie aus? Der Triller einer einsamen Flöte erstieg die steinernen Mauern der Festung und drang zusammen mit einer kühlen Morgenbrise durch die Leisten der Fensterläden. Er spürte, wie die melancholischen Töne an den starren Fensterläden seines Herzens rüttelten. Jillian war auf Caithness allgegenwärtig: blühend in den Blumenarrangements auf den Tischen, leuchtend im Lächeln der Kinder, eingewoben in die erlesenen Wandteppiche. Man konnte ihr nicht entkommen. Und nun wagte sie es, mit einem alten gälischen Liebeslied in seinen Schlaf einzudringen. Die Melodie schwang sich mit solch tief empfundenen Seelenqualen empor zu einem hohen Wehklagen und fiel dann ab zu einem solch tiefen Jammern, dass er aufstöhnte. Als ob sie um den Schmerz unerfüllter Liebe wusste! Sie war schön, makellos, gesegnet mit Eltern, Heim, Familie, einem Ort, wo sie hingehörte. Es hatte ihr nie an Liebe gemangelt und er konnte sich gewiss keinen Mann vorstellen, der ihr irgendetwas verweigern könnte. Wo hatte sie gelernt, ein herzzerreißendes Liebeslied mit solch tiefem Einfühlungsvermögen zu spielen?

Er sprang aus dem Bett, stürmte zum Fenster und riss die Fensterläden so heftig auf, dass sie gegen die Mauern krachten. »Du spielst das blöde Zeug also immer noch?«, schrie er. *Gott, war sie schön.* Und Gott möge ihm vergeben – er wollte sie immer noch, wollte sie mit Leib und Seele wie schon vor Jahren. Damals hatte er sich gesagt, dass sie zu jung sei. Nun, da sie eine erwachsene Frau war, konnte er sich dieser Entschuldigung nicht länger bedienen.

Sie stand unter ihm auf einem Felsvorsprung und blickte auf den See hinaus. Die Sonne stand wie eine weiche, goldene Halbkugel am Horizont des silbrig schimmernden Sees. Ihr Rücken war zu ihm gewandt. Sie versteifte sich; das bittersüße Lied holperte und erstarb.

»Ich dachte, du wärst im Ostflügel«, sagte Jillian, ohne sich umzudrehen. Ihre Stimme drang so deutlich an sein Ohr wie zuvor die Melodie, obwohl sie sechs Meter unter ihm stand.

»Ich suche mir meinen eigenen Bereich, Pfauhenne, wie ich es immer getan habe.« Er lehnte sich leicht aus dem Fenster und saugte jedes Detail ihres Anblicks in sich auf: blondes Haar, das sich im Wind kräuselte, die stolze Haltung ihrer Schultern, die hochmütige Neigung ihres Kopfes, während sie auf den See hinausblickte, als könne sie Grimms Anwesenheit kaum ertragen.

»Geh nach Hause, Grimm«, sagte sie kalt.

»Ich bleibe nicht wegen dir, sondern wegen deines Vaters«, log er.

»Du bist ihm so treu ergeben? Du, der niemandem ergeben ist?«, höhnte sie.

Er fuhr zusammen. »Ergebenheit gehört durchaus zu meiner Natur. Es ist einfach nur so, dass so wenige sie verdienen.«

»Ich will dich hier nicht«, schleuderte sie ihm über die Schulter entgegen.

Es irritierte ihn, dass sie sich nicht zu ihm umdrehen wollte; es war das mindeste, was man erwarten konnte, wenn sie sich gegenseitig Gemeinheiten an den Kopf warfen. »Es ist mir gleichgültig, was du willst«, zwang er sich zu sagen. »Dein Vater hat mich hierher beordert, und hier werde ich bleiben, bis er mich entlässt.«

»Ich habe dich entlassen!«

Grimm schnaubte. Wünschte sich, dass sie ihn entlassen könnte, doch was auch immer ihn an Jillian band war unzerstörbar. Er musste es wissen: Er hatte jahrelang versucht, das Band zu zerschneiden, sich nicht darum zu kümmern, wo sie war, wie es ihr erging, ob sie glücklich war.

»Die Wünsche einer Frau sind unbedeutend, wenn sie gegen die eines Mannes aufgewogen werden«, sagte er, sicher, dass eine Beleidigung des ganzen weiblichen Geschlechts sie dazu bringen würde, sich umzudrehen, damit er die Leidenschaft ihrer Wut genießen konnte – anstelle der sinnlichen Leidenschaft, die er schon so lange verzweifelt in ihr entfachen wollte. *Berserker*, wies ihn sein Verstand zurecht. *Lass sie in Frieden – du hast kein Recht.*

»Du bist ein solcher Bastard!« Unwissentlich erfüllte Jillian seine geheimsten Wünsche und wirbelte so schnell herum, dass sie beinahe stürzte. Ihr kurzer Strauchler beschenkte ihn mit einem atemberaubenden Blick auf die Wölbung ihrer Brüste, die sich in einem sanften Tal trafen, das unter dem Leibchen ihres Kleides entschwand. Ihre Haut war so hell, dass er eine schwache Spur blauer Adern durchschimmern sah. Er presste sich gegen den Fenstersims, um die plötzliche Wölbung unter seinem Kilt zu verbergen.

»Manchmal könnte ich schwören, dass du es darauf anlegst, mich zu provozieren.« Sie warf ihm einen finsteren Blick zu, als sie sich mit der Hand vom Boden abstieß und sich aufrichtete, wodurch sie ihn seines Blickes auf ihr Dekolleté beraubte.

»Nun, warum sollte ich mich dazu herablassen, Göre?«, fragte er kühl – so kühl, dass es ein Kontrapunkt zu ihrer erregten Stimme war und gleichzeitig eine Beleidigung.

»Könnte es sein, dass du Angst hast, du könntest mich tatsächlich mögen, solltest du einmal aufhören, mich zu quälen?«

»Dieser Selbsttäuschung würde ich mich niemals hingeben, Jillian.« Er fuhr sich mit der Hand durchs Haar und zuckte zusammen, als er sich dieser Geste bewusst wurde. Er konnte nie lügen, ohne diese Geste zu machen. Glücklicherweise wusste sie das nicht.

»Mir scheint, du hast eine unwahrscheinliche Vorliebe für dein Haar entwickelt, Grimm Roderick. Ich habe deine kleinen Eitelkeiten früher nie bemerkt. Vielleicht, weil ich unter all dem Dreck und Filz nicht genug von dir sehen konnte.«

Es geschah blitzartig. Bei ihren Worten war er wieder dreckig – schlammverschmiert, blutgetränkt und hoffnungslos verfilzt. Kein Bad, kein Scheuern würde ihn jemals wieder säubern. Nur Jillians Worte konnten ihn reinwaschen und er wusste, dass er sie zur Absolution nicht gerade ermutigte.

»Manche Menschen werden erwachsen und reif, Göre. Ich wachte eines Tages auf, rasierte mich und entdeckte, dass ich ein verflucht gut aussehender Mann war.« Als sich ihre Augen weiteten, konnte er nicht widerstehen, sie noch ein wenig mehr zu reizen. »Einige Frauen sagten, ich sei zu schön für sie. Vielleicht hatten sie Angst, mich angesichts einer so großen Konkurrenz nicht halten zu können.«

»Verschone mich mit deiner Eitelkeit.«

Grimm lächelte im Stillen. Sie war so bezaubernd, zorngerötet und herablassend, und so leicht zu provozieren. Unzählige Male hatte er sich gefragt, zu welcher Leidenschaft sie wohl bei einem Mann fähig wäre. Seine Gedanken schweiften gefährlich ins Verbotene ab. »Ich hörte Männer sagen, du seist zu schön, um berührt zu werden. Ist das wahr? *Bist* du unberührt?« Er biss sich auf die Zunge, als ihm die Worte entschlüpft waren.

Jillian fiel ungläubig die Kinnlade herunter. »Das fragst *du* mich?«

Grimm schluckte. Es hatte eine Zeit gegeben, da er aus eigener Erfahrung wusste, wie unberührt sie war, doch das war eine Erinnerung, die er besser begraben sollte. »Wenn ein Mädchen einem Fremden gestattet, es zu küssen, macht man sich so seine Gedanken, was es sonst noch alles zulässt.« Verbitterung straffte seine Lippen und ließ ihn die letzten Silben verschlucken.

Jillian trat einen Schritt zurück, als hätte er ihr etwas Soliderers als eine Beleidigung vor die Füße geworfen. Sie verengte die Augen und studierte ihn argwöhnisch. »Seltsamerweise klingt es, als ob es dir etwas ausmacht.«

»Kein bisschen. Ich habe bloß keine Lust, dich zu einer Heirat mit Ramsay zwingen zu müssen, bevor dein Vater zurückkehrt. Ich denke, dass Gibraltar gerne anwesend wäre, um die *Jungfrau* zu übergeben.«

Jillian betrachtete ihn eindringlich, zu eindringlich für seinen Geschmack. Er fragte sich verzweifelt, was wohl in ihrem Kopf vor sich ging. Sie war immer schon viel zu schlau gewesen und er gefährlich knapp davor, sich wie ein eifersüchtiger Freier zu benehmen. Als sie jung war, hatte es ihn seine ganze Willenskraft gekostet, eine überzeugende Scharade der Abneigung aufzuführen. Nun, da sie eine erwachsene Frau war, verlangte es nach drastischeren Maßnahmen. Er zuckte arrogant mit den Schultern. »Schau, Pfauhenne, alles, was ich von dir will, ist, dass du woanders in deine verfluchte Flöte trötest, damit ich noch etwas Schlaf bekomme. Ich mochte dich nicht, als du ein kleines Mädchen warst, und ich mag dich jetzt nicht, aber ich bin deinem Papa etwas schuldig und ich werde seinem Wunsch entsprechen. Die einzigen Erinnerungen, die ich an Caithness habe, sind das gute Essen und die Freundlichkeit deines Vaters.« Die Lüge verbrannte ihm beinahe die Zunge.

»Du erinnerst dich überhaupt nicht an mich?«, fragte sie vorsichtig.

»An ein paar Dinge, nichts von Bedeutung.« Ruhelose Finger durchkämmten sein Haar und lösten es aus dem Riemen.

Sie sah ihn durchdringend an. »Nicht einmal an den Tag, an dem du fortgingst?«

»Du meinst, als die McKane angriffen?«, fragte er heuchlerisch.

»Nein.« Sie schleuderte einen finsteren Blick zu ihm hoch. »Ich meine später an diesem Tag, als ich dich in den Stallungen traf.«

»Wovon redest du, Mädchen? Ich kann mich nicht daran erinnern, dass du mich in den Stallungen getroffen hast, bevor ich fortging.« Er stoppte seine verräterische Hand auf halbem Weg zu seinem Haar und krallte sie in das Hüftband seines Kiltes.

»Du erinnerst dich gar nicht an mich?«, wiederholte sie knapp.

»Ich erinnere mich an eines: Ich erinnere mich, dass du mir ständig hinterhergelaufen bist, bis du mich mit deinem endlosen Geplapper beinahe wahnsinnig machtest«, sagte er und versuchte, so gelangweilt und desinteressiert auszusehen wie nur irgend möglich.

Jillian drehte ihm den Rücken zu und sagte kein weiteres Wort.

Er betrachtete sie einige Augenblicke, die Augen schwer von Erinnerungen, bevor er die Fensterläden zuzog. Als ihn kurze Zeit später das Weinen der silbernen Töne ihrer Flöte heimsuchte, presste er so fest die Hände auf die Ohren, dass es schmerzte. Wie konnte er nur irgend hoffen, hier bleiben zu können, geschweige denn ihr weiterhin zu widerstehen, wenn jede Faser seines Körpers danach schrie, sie zu seiner Frau zu machen.

Ich kann mich nicht daran erinnern, dass du mich in den Stallungen getroffen hast, bevor ich fortging.

Niemals hatte er eine größere Lüge geäußert. Er dachte an die Nacht in den Stallungen. Sie hatte sich mit der quälenden Beständigkeit eines Brandzeichens in seine Erinnerungen gegraben. Es war die Nacht, in der der einundzwanzigjährige Grimm Roderick unvergesslich vom Paradies gekostet hatte.

Nachdem die McKane in die Flucht geschlagen und die Schlacht vorbei war, hatte er verzweifelt das Blut von seinem Körper geschrubbt und dann gepackt, indem er Kleidungsstücke und Andenken achtlos zusammenwarf. Beinahe hatte er den Untergang über das Haus gebracht, das ihn so selbstlos aufgenommen hatte, und er wollte diese Menschen nie wieder einer solchen Gefahr aussetzen. Jillians Bruder Edmund war in der Schlacht verwundet worden, und obwohl es sicher schien, dass er sich erholte, würde der junge Edmund für den Rest seines Lebens Narben tragen. Zu gehen war das einzig Ehrenhafte, was Grimm tun konnte.

Er fand Jillians Nachricht, als sich seine Finger um das Buch mit Äsops Fabeln legten, das sie ihm bei seinem ersten Weihnachtsfest auf Caithness geschenkt hatte. Sie hatte die Nachricht mit ihrer großen, verschnörkelten Schrift so zwischen die Seiten gelegt, dass sie über den Einband hinausragte. *Ich werde bei Einbruch der Dämmerung auf dem Dach sein. Ich muss unbedingt mit dir reden, Grimm!*

Wütend hatte er die Nachricht zerknüllt und war zu den Stallungen gestapft.

Er hatte nicht den Mut, sie vor seinem Weggehen noch einmal zu sehen. Erfüllt von Selbstvorwürfen, dass er die McKane zu diesem heiligen Ort geführt hatte, wollte er eine weitere Verfehlung nicht zulassen. Seitdem Jillian angefangen hatte, erwachsen zu werden, war es ihm unmöglich geworden, nicht an sie zu denken. Er wusste, dass es falsch war. Er war einundzwanzig Jahre alt und sie gerade sechzehn. Obwohl sie gewiss alt genug war, um zu heiraten – zur Hölle, viele Mädchen heirateten mit dreizehn –, würde er sie niemals um ihre Hand bitten können. Er hatte kein Zuhause, keinen Clan, und darüber hinaus war er ein unkalkulierbares, gefährliches Tier. Die Umstände sprachen für sich: Gleichgültig, wie sehr auch immer er Jillian St. Clair begehren mochte, er würde sie niemals besitzen.

Mit sechzehn hatte er sein Herz an das kleine goldene Mädchen verloren; mit einundzwanzig fing er an, bei der Frau den Kopf zu verlieren. Schon einen Monat zuvor hatte Grimm beschlossen, bald fortzugehen, bevor er etwas Törichtes tat – wie sie zu küssen oder Gründe zu finden, sie zu entführen und zu seiner Frau zu machen. Jillian verdiente das Beste: einen würdigen Ehemann, eine eigene Familie und einen Platz, wo sie hingehörte. Er konnte ihr nichts von alledem bieten.

Während er seine Sachen auf dem Pferderücken verstaute, seufzte er und fuhr sich mit der Hand durchs Haar. Als er sich daranmachte, sein Pferd aus dem Stall zu führen, preschte Jillian durch die Tore.

Ihre Augen wanderten aufmerksam zwischen ihm und seinem Pferd hin und her und es entging ihnen nicht das kleinste Detail. »Was tust du, Grimm?«

»Wonach zum Teufel sieht es denn aus?«, fuhr er sie an, mehr als verärgert, dass es ihm nicht gelungen war zu entkommen, ohne ihr über den Weg zu laufen. Wie vielen Versuchungen sollte er denn noch widerstehen?

Tränen verschleierten ihren Blick und er verfluchte sich. Jillian hatte heute so viel Schreckliches gesehen; es war unverzeihlich, ihren Schmerz zu vergrößern. Sie hatte ihn aufgesucht, weil sie Trost brauchte, aber er war nicht in der Lage, sie zu trösten. Die Nachwirkungen seines Berserkerganges machten ihn unfähig, eine klare Wahl und vernünftige Entscheidungen zu treffen. Die Erfahrung hatte ihn gelehrt, dass er nach einem Berserkerwüten verwundbarer war; sowohl sein Geist als auch sein Körper waren sensibler. Er musste unbedingt flüchten und einen sicheren, verborgenen Ort finden, wo er tagelang schlafen konnte. Er musste sie zwingen, ihn augenblicklich zu verlassen, bevor er etwas unverzeihlich Törichtes tat. »Geh und suche deinen Papa, Jillian. Lass mich in Ruhe.«

»Warum tust du das? Warum gehst du fort, Grimm?«, fragte sie kläglich.

»Weil ich muss. Ich hätte überhaupt niemals herkommen dürfen!«

»Das ist Unsinn, Grimm«, schrie sie. »Du hast heute glorreich gekämpft! Papa hat mich in mein Zimmer eingeschlossen, aber ich habe trotzdem gesehen, was geschehen ist! Wenn du nicht hier gewesen wärst, wir hätten gegen die

McKane keine Chance gehabt ...« Ihre Stimme versagte und er konnte die Schrecken der blutigen Schlacht unverhohlen in ihren Augen sehen.

Und um Christi Willen, sie hatte soeben zugegeben, ihn als Berserker gesehen zu haben! »Wäre ich nicht gewesen ...«, begann er bitter und hielt inne, bevor er eingestand, dass *er* der einzige Grund war, weshalb die McKane überhaupt angegriffen hatten.

»Wenn du nicht gewesen wärest, was dann?« Mit riesigen Augen blickte sie ihn an.

»Nichts«, murmelte er und starrte auf den Boden.

Jillian versuchte es erneut. »Ich sah dich vom Fen–«

»Und du hättest dich verstecken sollen, Mädchen!«, schnitt Grimm ihr das Wort ab, bevor sie glühend über seine Tapferkeit in der Schlacht plappern konnte – Tapferkeit, die vom leibhaftigen Teufel herrührte. »Hast du keine Ahnung, wie du aussiehst? Weißt du nicht, was die McKane mit dir gemacht hätten, hätten sie dich gefunden?« Seine Stimme überschlug sich. Es war die Angst vor dem gewesen, was die McKane seinem geliebten Mädchen antun könnten, die ihn während der Schlacht immer tiefer in sein Berserkerwüten getrieben und ihn zu einem unbarmherzig mordenden Tier hatte werden lassen.

Jillian zog nervös die Unterlippe zwischen die Zähne. Diese schlichte Geste traf ihn wie ein Bolzen purer Lust und er verachtete sich dafür. Er fühlte sich wie ein Bogen, kurz bevor der Pfeil die Sehne verließ; das Adrenalin von der Schlacht jagte noch immer durch seinen Körper. Die Erektion, die mit seinem Berserkergang einherging, hatte die unglückliche Eigenschaft, anzudauern und ihn wie ein Dämon zu beherrschen, ihn zur Paarung anzustacheln, zur Eroberung. Grimm schüttelte den Kopf und wandte ihr den Rücken zu. Er konnte sie nicht länger ansehen. Er traute sich selbst nicht über den Weg. »Geh weg von mir. Du weißt nicht, was du aufs Spiel setzt, wenn du hier bei mir bist.«

Stroh raschelte unter dem Saum ihres Kleides, als sie sich bewegte. »Ich vertraue dir voll und ganz, Grimm Roderick.« Die süße Unschuld ihrer jungen Stimme brachte ihn beinahe um. Er verzog das Gesicht. »Das ist dein erster Fehler. Dein zweiter Fehler ist es, hier bei mir zu sein. *Geh weg.*«

Sie trat näher und legte ihm eine Hand auf die Schulter. »Aber ich vertraue dir, Grimm«, sagte sie.

»Du kannst mir nicht vertrauen. Du kennst mich noch nicht einmal«, knurrte er, sein Körper starr vor Anspannung.

»Aber ja, ich kenne dich«, verwies sie ihn. »Ich kenne dich seit Jahren. Du hast hier gelebt, seit ich ein kleines Mädchen war. Du bist mein Held, Grimm ...«

»Hör auf, Mädchen!«, dröhnte er, als er herumwirbelte und ihre Hand so grob von sich stieß, dass sie ein paar Schritte zurücktrat. Seine eisigen blauen Augen verengten sich. »Du glaubst also, dass du mich kennst, nicht wahr?« Er trat auf sie zu.

»Ja«, beharrte sie störrisch.

Er lächelte höhnisch. »Du weißt gar nichts. Du weißt nicht, wen ich getötet habe und wen ich gehasst habe und wen ich begraben habe und wie. Du weißt nicht, was mit mir geschieht, weil du nicht weißt, was ich wirklich bin!«

»Grimm, ich habe Angst«, flüsterte sie. Ihre Augen waren goldene Lachen im Licht der Laternen.

»So lauf also zu deinem verfluchten Papa! Er wird dich trösten!«

»Er ist bei Edmund ...«

»Wo auch du sein solltest!«

»Ich brauche dich, Grimm! Nimm mich nur in deine Arme! Halt mich! Verlass mich nicht!«

Grimms Glieder waren starr, eingefroren bis ins Mark.

Halt mich. Ihre Worte hingen in der Luft. Oh, wie sehr er sich danach sehnte. Gott, wie oft er davon geträumt hatte. Er sah in ihre tiefbernsteinfarbenen Augen, gezeichnet von Furcht und Verwundbarkeit, und wider besseres Wissen reichte er ihr die Hände. Auf halbem Weg zog er sie zurück. Seine Schultern fielen herab und plötzlich war er erschöpft von dem inneren Kampf, den er auszufechten hatte. Er konnte ihr keinen Trost bieten. Er war der wahre Grund, weshalb sie Trost brauchte. Wäre er nicht nach Caithness gekommen, hätte er niemals Zerstörung über das Haus gebracht. Er würde sich niemals vergeben können, was er den Menschen angetan hatte, die ihm ihre Herzen geöffnet hatten, als niemand sonst sich darum geschert hatte, ob er lebte oder tot war.

»Du weißt nicht, was du sagst, Jillian«, sprach er, plötzlich unsäglich müde.

»Verlass mich nicht!«, schrie sie und warf sich in seine Arme.

Als sie sich an seine Brust schmiegte, schloss er instinktiv die Arme um sie. Er hielt sie fest und bot ihrem zitternden Körper den Schutz seines beinahe unbesiegbaren.

Er wiegte sie in den Armen, während sie schluchzte, und fühlte sich ihr unglaublich und schmerzhaft nahe. Nur allzu klar erinnerte er sich an den Verlust seiner eigenen Unschuld. Acht Jahre zuvor hatte er dagestanden und zugesehen, wie sein eigener Clan gegen die McKane gekämpft hatte. Der Anblick solcher Brutalitäten hatte ihn vor Schmerz und Wut beinahe gefühllos werden lassen und nun hatte seine junge Jillian dieselben Schrecken kennen gelernt. Wie hatte er ihr das nur antun können?

Würde sie Alpträume haben? Würde sie – wie es ihm widerfahren war – diese Schrecken mindestens tausendmal aufs Neue durchleben?

»Sch ... sch ... sch, süßes Mädchen«, flüsterte er und strich ihr über die Wange. »Ich verspreche dir, die McKane werden niemals zurückkommen. Ich verspreche dir, dass ich immer für dich da sein werde, egal, wo ich bin. Ich werde es niemals zulassen, dass irgendjemand dir wehtut.«

Sie zog die Nase hoch, ihr Gesicht in seiner Halsbeuge vergraben. »Du kannst mich nicht beschützen, wenn du nicht hier bist!«

»Ich habe mit deinem Papa geredet und ihm gesagt, dass ich fortgehe. Aber ich habe ihm auch gesagt, dass er mich nur rufen muss, solltest du mich jemals brauchen.« Obwohl Gibraltar verärgert war, dass er sie verlassen wollte, schien er beruhigt zu wissen, wo er Grimm finden konnte, wenn er ihn brauchte.

Jillian wandte ihm ihr tränenüberströmtes Gesicht zu, die Augen geweitet.

Als er sie ansah, verschlug es ihm den Atem. Ihre Wangen waren gerötet und ihre Augen funkelten vor Tränen. Ihre Lippen waren vom Weinen verquollen und das Haar fiel ihr wie eine Mähne goldenen Feuers ins Gesicht.

Er hatte keinesfalls vor, sie zu küssen. Aber einen Moment lang sahen sie sich in die Augen und im nächsten Moment hatte er seinen Kopf vorgebeugt, um ein Versprechen auf ihre Lippen zu pressen: ein zärtliches, inniges Versprechen des Schutzes.

In dem Moment, als sich ihre Lippen trafen, zuckte sein Körper jäh zusammen.

Er zog sich zurück und starrte sie verblüfft an.

»H-hast du das ge-gespürt?«, stammelte sie, und Unglauben verdunkelte ihre Augen.

Nicht möglich, versicherte er sich selbst. *Die Welt wird nicht aus ihrer Bahn geworfen, wenn du ein Mädchen küsst.* Um sich selbst zu überzeugen, küsste er sie noch einmal. Das Erdbeben begann genau unter seinen Füßen.

Sein unschuldiges Versprechen bekam ein Eigenleben, wuchs zu einem leidenschaftlichen, seelenverschmelzenden Kuss zwischen einem Mann und seiner Gefährtin. Ihre jungfräulichen Lippen öffneten sich verheißungsvoll unter seinen und sie verschmolz mit der Hitze seines Körpers.

Grimm presste seine Augen fest zusammen, als er sich dieses Kusses vor langer Zeit erinnerte, während er dem Triller von Jillians Flöte vor seinem Fenster lauschte.

Gott, wie lebendig er sich daran erinnerte. Und er hatte seitdem keine andere Frau berührt.

☆ ☆ ☆

Quinn hatte darauf bestanden, dass sie gemeinsam ausritten, und obwohl Jillian sich ursprünglich geweigert hatte, war sie bald froh, doch eingewilligt zu haben. Sie hatte vergessen, wie reizend Quinn war, wie leicht er sie zum Lachen bringen konnte. Quinn war in dem Sommer nach Grimms Ankunft nach Caithness gekommen, als sie sieben war. Ihr Vater hatte die beiden Jungen – den ältesten Sohn eines Clanführers und einen heimatlosen Herumtreiber – als Ebenbürtige bei sich aufgenommen, obwohl in Jillians Augen kein anderer Junge Grimm ebenbürtig sein konnte.

Quinn war wohlerzogen und zuvorkommend gewesen, aber es war Grimm, in den sie sich vom ersten Augenblick an verliebt hatte – der wilde Junge, der in den Wäldern am Rande von Caithness gelebt hatte. Es war Grimm gewesen, der sie so sehr aus der Fassung bringen konnte, dass sie heiße Tränen der Verzweiflung vergoss. Es war Quinn gewesen, der sie tröstete, als Grimm sie verlassen hatte. Komisch, dachte sie, als sie zu dem schneidigen Mann hinübersah, der an ihrer Seite ritt, einige Dinge hatten sich kein bisschen geändert.

Quinn schnappte ihren Seitenblick auf und lächelte voller Selbstvertrauen. »Ich habe dich vermisst, Jillian. Wie kommt es nur, dass wir uns seit Jahren nicht gesehen haben?«

»Nach den Geschichten zu urteilen, die ich von dir gehört habe, warst du viel zu sehr damit beschäftigt, die Welt und die Frauen zu erobern, als deine Zeit mit einem Mädchen aus dem Tiefland, wie ich es bin, zu verbringen«, neckte sie ihn.

»Die Welt erobern, vielleicht. Aber die Frauen? Ich denke nicht. Eine Frau ist nicht dazu da, erobert zu werden, sondern um umworben und gewonnen zu werden. In Ehren gehalten.«

»Erzähl das Grimm. Dieser Mann hält nichts in Ehren außer seinem eigenen zügellosen Naturell. Warum hasst er mich so?«

Einen Moment lang sah Quinn sie abschätzend an, als ringe er mit sich selbst, was er sagen solle. Schließlich zuckte er mit den Schultern. »Ursprünglich dachte ich, dass er dich insgeheim mochte und es nicht zeigen konnte, weil er sich für einen Niemand hielt, nicht gut genug für die Tochter von Gibraltar St. Clair. Aber das ergibt keinen Sinn, denn mittlerweile ist Grimm ein wohlhabender Mann, reich genug für jede Frau, und weiß Gott, die Frauen lechzen nach ihm. Offen gestanden, Jillian, ich weiß nicht, weshalb er immer noch so grausam zu dir ist. Ich hatte gedacht, dass sich die Dinge ändern würden, besonders jetzt, da du alt genug bist, um dir den Hof zu machen. Ich kann allerdings nicht sagen, dass es mir Leid tut, da es für mich weniger Wettbewerb bedeutet«, endete er mit einem eindringlichen Blick.

Jillians Augen weiteten sich. »Quinn ...«, hob sie an, doch er winkte ab, um jeden Einwand zu ersticken.

»Nein, Jillian. Antworte mir nicht jetzt. Lass es mich noch nicht einmal aussprechen. Lerne mich nur erneut kennen, und dann werden wir über die Dinge sprechen, die auf uns zukommen könnten. Doch komme was wolle, ich werde dir immer zugetan sein, Jillian«, fügte er sanft hinzu.

Jillian zog die Unterlippe zwischen die Zähne und trieb ihr Pferd in einen leichten Galopp, wobei sie mit einem Seitenblick den schönen Quinn ansah. *Jillian de Moncreiffe*, fuhr es ihr seltsamerweise durch den Kopf.

Jillian Allana Roderick, schrie ihr Herz trotzig.

Kapitel 8

Jillian stand in dem hohen, engen Fenster des Trommelturms, dreißig Meter über dem Schlosshof, und beobachtete Grimm. Sie hatte die Wendeltreppe des Turms erstiegen und sich eingeredet, einen Versuch zu unternehmen, von jenem Mann loszukommen, aber sie wusste, dass sie nicht so ganz ehrlich zu sich war.

Der Trommelturm enthielt Erinnerungen, und das war es, weswegen sie zurückgekommen war. Herrliche Erinnerungen an den ersten Sommer, den Grimm mit ihnen verbracht hatte, jene wunderbare Jahreszeit, als sie Gefallen daran gefunden hatte, in ihrem Prinzessinnenturm zu schlafen. Ihre Eltern hatten ihr nachgegeben; sie ließen die Mauerrisse versiegeln und Wandteppiche aufhängen, damit sie es warm hatte. Hier befanden sich all ihre Lieblingsbücher, die wenigen Puppen, die Grimms Seebestattungen überlebt hatten, und andere lieb gewonnene Überbleibsel aus dem Jahr, das das beste ihres Lebens gewesen war.

In jenem ersten Sommer, in dem sie den Tier-Jungen gefunden hatte, hatten sie jeden Augenblick zusammen verbracht. Er hatte sie auf Ausflüge mitgenommen und ihr gezeigt, wie man Forellen und schlüpfrige Salamander fängt. Er hatte zum ersten Mal auf ihrem Pony gesessen; in ihrem ersten gemeinsamen Winter hatte er ihr auf der Wiese eine Schneehöhle gebaut. Er war da gewesen, um sie hochzuheben, wenn sie nicht groß genug war, um alles sehen zu können, und er war da gewesen, um sie aufzuheben, wenn sie gefallen war. In der Nacht hatte er ihr fremdartige Geschichten erzählt, bis sie in den erschöpften Schlummer eines Kindes fiel und von dem nächsten Abenteuer träumte, das sie gemeinsam erleben würden.

Bis zum heutigen Tag konnte Jillian sich noch immer des magischen Gefühls erinnern, das sie empfunden hatte, wann immer sie zusammen gewesen waren. Es schien absolut wahrscheinlich, dass er ein rüpelhafter Engel war, ausgesandt, sie zu beschützen. Schließlich war sie es gewesen, die ihn, versteckt im Dickicht der Wälder hinter Caithness, entdeckt hatte. Sie war es gewesen, die ihn mit einem verlockenden Festschmaus hervorgelockt hatte, nachdem sie geduldig Tag für Tag auf einem zerknitterten Bettlaken mit ihrem geliebten Welpen, Savanna TeaGarden, auf ihn gewartet hatte.

Monatelang hatte er ihrem Angebot widerstanden, hatte sich im Farn und im Dunkeln versteckt gehalten und sie ebenso gespannt beobachtet, wie sie ihn beobachtet hatte. Doch eines regnerischen Tages war er aus dem Nebel aufgetaucht und hatte sich auf ihr Laken gekniet. Er hatte sie mit einem Ausdruck angesehen, der sie dazu brachte, sich schön und beschützt zu fühlen. Manchmal, in den Jahren, die folgen sollten, hatte sie, trotz seiner grausamen Gleichgültigkeit, denselben Ausdruck in seinen Augen erheischt, wenn er geglaubt hatte, sie habe ihn nicht bemerkt. Es hatte ihre Hoffnung am Leben erhalten, als es klüger gewesen wäre, sie sterben zu lassen. Sie hatte sich zu einer jungen Frau entwickelt, die hoffnungslos in den wilden, zum Mann gewordenen Jungen verliebt war, der eine seltsame Art hatte, immer dann aufzutauchen, wenn sie ihn brauchte, und sie wiederholt gerettet hatte.

Zugegeben, er war dabei nicht immer sanft vorgegangen.

Einmal hatte er sie hoch oben in den luftigen Zweigen einer Eiche festgebunden, bevor er durch den Wald davonstürmte, um Savanna aus den Klauen einer Rotte verwilderter Hunde zu befreien, vor der er Jillian Augenblicke zuvor gerettet hatte. Angebunden an den Baum, voller Angst um ihren Welpen, hatte sie geheult und gestrampelt, ihre Fesseln aber nicht lösen können. Drei Stunden lang hatte er sie so allein gelassen. Aber so sicher, wie die Sonne immer wieder aufging, war er zu ihr zurückgekommen – den verwundeten, dennoch bemerkenswert lebendigen Wolfshund in seine Arme gebettet.

Er hatte sich geweigert, mit ihr darüber zu sprechen, wie er ihren jungen Hund vor der rasenden Meute gerettet hatte, und sie hatte sich darüber nicht übermäßig den Kopf zerbrochen. Obwohl Jillian es, gelinde gesagt, erstaunlich gefunden hatte, dass er selbst unverletzt geblieben war, war sie über die Jahre hinweg zu der Ansicht gekommen, dass Grimm niemals etwas zustoßen konnte. Grimm war ihr Held. Er konnte alles.

Ein Jahr, nachdem sie Grimm kennen gelernt hatte, war Quinn de Moncreiffe gekommen, um auf Caithness aufzuwachsen. Er und Grimm wurden wie Brüder und erlebten zusammen eine Welt der Abenteuer, aus der sie schmerzlich ausgeschlossen wurde. Das war der Anfang vom Ende ihrer Träume gewesen.

Jillian seufzte, als Grimm im Schloss verschwand. Ihr Rücken versteifte sich, als er wenige Augenblicke später mit Zeke wieder auftauchte und dieser vertrauensvoll seine Hand in Grimms legte. Sie erinnerte sich noch sehr gut daran, wie leicht es gewesen war, ihre kindliche Hand in seinen festen Griff gleiten zu lassen. Er war die Art von Mann, die Kinder und Frauen um sich haben wollte, wenn auch aus völlig unterschiedlichen Gründen.

Ohne Zweifel umgab ihn ein Geheimnis. Es war, als sei Grimm einem wirbelnden schwarzen Nebel entstiegen, und weder hartnäckiges Fragen noch unnachgiebiges Forschen konnten jemals seine dunkle Vergangenheit erhellen. Er war ein tiefgründiger Mann, mit einem ungewöhnlichen Gespür für die feinsten Nuancen in einem Gespräch oder im gegenseitigen Umgang. Als sie noch ein Kind war, schien er immer genau zu wissen, was sie fühlte, und ging darauf ein, bevor sie selbst sich ihrer Gefühle bewusst war.

Wenn sie ehrlich zu sich selbst war, war das einzig Grausame, dessen sie ihn anklagen konnte, die jahrelange Gleichgültigkeit. Niemals hatte er einfach so eine Bösartigkeit begangen. Doch in der Nacht, als er fortging, hatte seine kompromisslose Zurückweisung sie dazu veranlasst, ihr Herz vor ihm zu verschließen.

Sie beobachtete ihn, wie er Zeke in seinen Armen emporschwang. Was um alles in der Welt hatte er vor? Ihn auf ein Pferd zu setzen? Zeke konnte nicht reiten, er konnte nicht gut genug sehen. Sie öffnete den Mund, um hinunterzurufen, dann hielt sie inne. Bei all seinen verwirrenden Eigenschaften, Grimm war kein Mann, der Fehler machte. Jillian beließ es dabei zuzusehen. Zeke war benommen vor Begeisterung, und es geschah nicht oft, dass sie ihn glücklich sah. Einige der Kinder mitsamt ihren Eltern hatten sich eingefunden, um zuzusehen. Jillian hielt den Atem an. Sollten Grimms Absichten fehlschlagen, würde das eine schmerzliche öffentliche Erniedrigung für Zeke bedeuten, die er lange Zeit nicht überwinden würde.

Sie beobachtete, wie Grimm sein dunkles Haupt nah zum Pferd beugte; es sah so aus, als ob er dem tänzelnden grauen Hengst etwas ins Ohr flüsterte. Und für einen kurzen Moment hatte Jillian den Eindruck, als habe das Pferd tatsächlich mit einem Kopfnicken geantwortet. Als Grimm Zeke auf den Pferderücken setzte, hielt sie den Atem an. Zeke saß zunächst steif da und entspannte sich nur langsam, als Grimm den

Hengst gemächlich in weiten Kreisen über den Schlosshof führte. Nun ja, das war alles gut und schön, dachte Jillian, aber wie würde sich Zeke jetzt verhalten? Er konnte nicht immer herumgeführt werden. Worin lag der Sinn, ein Kind auf ein Pferd zu setzen, wenn es niemals allein würde reiten können?

Sie entschied schnell, dass sie genug gesehen hatte. Offensichtlich hatte Grimm nicht verstanden; es war nicht klug, dem Jungen beizubringen, Unmögliches zu wollen. Stattdessen sollte er Zeke ermutigen, Bücher zu lesen, sich sicheren Beschäftigungen zu widmen, wie Jillian es getan hatte. Es ergab keinen Sinn, ein behindertes Kind zu ermutigen, seine Grenzen närrischerweise auf eine Art und Weise auszuloten, die es in Gefahr bringen könnte. Weitaus besser wäre es, ihm beizubringen, andere Dinge schätzen zu lernen und erreichbare Träume zu verfolgen. Ungeachtet der Tatsache, dass Zeke, wie jedes andere Kind, sich wünschte, herumzurennen und zu spielen und zu reiten, musste man ihm beibringen, dass er es nicht konnte, dass es aufgrund seiner eingeschränkten Sehkraft gefährlich für ihn war.

Unverzüglich würde sie Grimm wegen seiner Fehleinschätzung zur Rede stellen, bevor er noch größeren Schaden anrichtete. Im Schlosshof hatte sich eine ziemliche Menschenmenge zusammengefunden, und sie konnte schon die Eltern sehen, die kopfschüttelnd miteinander tuschelten. Sie nahm sich vor, das Problem besonnen und rational zu lösen, um den Zuschauern keinen Anlass zum Tratsch zu liefern. Sie würde Grimm den rechten Weg weisen, mit dem jungen Zeke umzugehen, und beweisen, dass sie kein einfältiger Dummkopf mehr war.

Eilig stieg sie den Trommelturm hinab und machte sich auf den Weg zum Schlosshof.

☆ ☆ ☆

Grimm führte das Pferd in einem letzten langsamen Kreis über den Hof und war sicher, dass Jillian jeden Augenblick aus dem Schloss preschen würde. Er wusste, dass er ihr besser aus dem Weg gehen sollte, und dennoch ertappte er sich dabei, dass er Zeke seine erste Reitstunde vorsätzlich dort gegeben hatte, wo sie es mit Sicherheit sehen würde. Erst vor wenigen Augenblicken hatte er eine unruhige Bewegung und einen Schwall goldenen Haares im Turmfenster wahrgenommen. Sein Leib straffte sich vor Erwartung, als er Zeke von dem Hengst hob. »Ich glaube, du hast dich jetzt an seine Gangart gewöhnt, Zeke. Wir haben einen guten Anfang gemacht.«

»Reiten ist ja ganz leicht. Aber ich kann ihn nicht selbst lenken, also was soll das alles? Ich werde nie alleine reiten können.«

»Sag niemals nie, Zeke«, rügte Grimm ihn sanft. »In dem Augenblick, in dem du ›nie‹ sagst, hast du dich entschlossen, es nicht zu versuchen. Bevor du beschließt, dass du etwas nicht kannst, solltest du dir Gedanken darüber machen, wie du es erreichen könntest. Vielleicht überraschst du dich selbst.«

Zeke blinzelte zu ihm auf. »Aber jeder sagt mir, ich kann nicht reiten.«

»Warum denkst *du*, dass du es nicht kannst?«, fragte Grimm und stellte den Jungen auf die Füße.

»Weil ich nicht klar sehen kann. Ich könnte dein Pferd glatt in einen Felsen reiten!«, rief Zeke.

»Mein Pferd hat Augen, Junge. Glaubst du, es würde einfach so gegen einen Felsen laufen? Occam würde sich nie von dir gegen ein Hindernis lenken lassen. Vertrau mir und ich werde dir zeigen, dass ein Pferd darauf trainiert werden kann, für dich zu sehen.«

»Glaubst du wirklich, dass ich eines Tages in der Lage sein

werde, ohne deine Hilfe zu reiten?«, fragte Zeke mit leiser Stimme, so dass die Zuschauer um sie herum nicht die Hoffnung in seinen Worten hören und sich deswegen über ihn lustig machen konnten.

»Ja, das tue ich. Und ich werde es dir beweisen, wenn es so weit ist.«

»Was für einen Schwachsinn erzählst du dem Jungen?«, wollte Jillian wissen, als sie zu ihnen trat.

Grimm drehte sich zu ihr um und erfreute sich an ihren geröteten Wangen und ihren leuchtenden Augen. »Lauf zu, Zeke.« Er gab dem Jungen einen leichten Klaps in Richtung Schloss. »Wir werden morgen weitermachen.«

Zeke grinste Grimm zu, blickte kurz verstohlen in Jillians Gesicht und machte sich eiligst aus dem Staub.

»Ich bringe Zeke das Reiten bei.«

»Wieso? Er kann nicht gut sehen, Grimm. Er wird nie in der Lage sein, selbst zu reiten. Er wird sich am Ende nur wehtun.«

»Das stimmt nicht. Alle haben dem Jungen eingeredet, dass er viele Dinge nicht tun kann, die er durchaus tun könnte. Es gibt verschiedene Methoden, ein Pferd zu trainieren. Zeke mag schlechte Augen haben, aber Occam hier«, Grimm zeigte auf seinen schnaubenden Hengst, »hat Sinne, die scharf genug sind für beide.«

»Was hast du gerade gesagt?« Jillians Stirn legte sich in Falten.

»Ich sagte, dass mein Pferd gut genug sehen kann ...«

»Diesen Teil habe ich verstanden. Wie hast du dein Pferd genannt?«, fragte sie fordernd, ohne sich dessen bewusst zu sein, dass ihre Stimme schrill geworden und die sich zerstreuende Menschenmenge stehen geblieben war und nun an ihren Lippen hing.

Grimm schluckte. Er hatte nicht damit gerechnet, dass sie sich erinnern würde! »Occam«, sagte er kurz.

»Occam? Du hast dein Pferd *Occam* genannt?« Sämtliche Männer, Frauen und Kinder, die sich auf dem Hof befanden, gafften wie entgeistert, als sie das entgleiste Zittern in der Stimme ihrer Herrin vernahmen.

Jillian stapfte vorwärts und stieß ihm einen anklagenden Finger in die Brust. »Occam?«, fragte sie erneut, abwartend.

Sie wartete darauf, dass er irgendetwas Kluges von sich gab, erkannte Grimm. Der Teufel soll sie holen, aber sie sollte es besser wissen. Klugheit kam einfach nicht zum Vorschein, wenn er in ihrer Nähe war. Und auf der anderen Seite kamen Vorsicht und Mäßigung nicht zum Vorschein, wenn sie in seiner Nähe war. Es war nicht auszuschließen, dass sie sich in wenigen Minuten mitten auf dem Schlosshof von Caithness zerfleischten, während das ganze verfluchte Schloss ihnen mit niederträchtiger Faszination zusah.

Eindringlich betrachtete Grimm ihr Gesicht auf der Suche nach irgendeinem Makel, der eine Charakterschwäche verriet, irgendetwas, auf das er sich stürzen und das er als Schutzschild gegen ihre Reize nutzen konnte, aber genauso gut hätte er die See nach der sagenumwobenen Meerjungfrau absuchen können. Sie war schlichtweg perfekt. Ihr forsches Kinn spiegelte ihren Stolz wider, die klaren goldenen Augen leuchteten vor Aufrichtigkeit. Sie spitzte die Lippen, abwartend. Übermäßig volle Lippen, die untere prall und rosig. Lippen, die sich voll Verzückung öffnen würden, wenn er sie nahm, Lippen, zwischen die er seine Zunge gleiten lassen könnte, Lippen, die sich um seinen ...

Und diese Lippen bewegten sich, aber er hatte nicht die leiseste Ahnung, was sie sagten, denn er hatte sich auf einen gefährlichen Abweg in eine sinnliche Phantasie begeben, die heiße, gerötete Haut beinhaltete, Jillians Lippen und die Bedürfnisse eines Mannes. Das Dröhnen des Blutes, das in seinen Ohren pochte, musste ihn taub gemacht haben. Er bemühte sich, ihren Worten zu folgen, was ihm gerade noch rechtzeitig gelang, um sie sagen zu hören:

»Du hast gelogen! Du sagtest, du hättest überhaupt nie an mich gedacht.«

Er bemühte sich, wieder zur Besinnung zu kommen. Für seinen Seelenfrieden sah sie viel zu selbstzufrieden aus. »Woran zupfst du jetzt wieder herum, kleine Pfauhenne?«, sagte er mit seiner gelangweiltesten Stimme.

»Occam«, wiederholte sie triumphierend.

»So heißt mein Pferd«, sagte er betont langmütig, »und *worauf* willst du hinaus?«

Jillian zögerte. Nur für einen kurzen Augenblick, aber er hatte das Aufflackern von Unsicherheit in ihren Augen gesehen, als sie sich fragte, ob er sich wirklich nicht an den Tag erinnerte, als sie das Prinzip von Occams Rasiermesser entdeckt und sich anschließend darangemacht hatte, jeden auf Caithness zu belehren. Wie könnte er jemals das Vergnügen des Kindes vergessen? Wie könnte er sich nicht an die Verwirrung der Lords erinnern, die Caithness einen Besuch abstatteten? Männer, die in Politik und Jagd äußerst versiert waren und dennoch von einer intelligenten Frau, einem Mädchen im zarten Alter von elf Jahren, völlig aus der Fassung gebracht wurden. Oh, und wie er sich erinnerte; er war so verdammt stolz auf sie gewesen, dass es wehtat. Er hatte den Wunsch gehabt, den überkandidelten Lords das Grinsen aus dem Gesicht zu prügeln, als sie Jillians Eltern erzählten, sie sollten ihre Bücher verbrennen, da sie sonst eine perfekte Frau ruinieren und sie unverheiratbar machen würden. Er erinnerte sich. Und hatte aus Stolz sein Pferd danach benannt.

Occams Rasiermesser: Die schlichteste Theorie, die sich an die Tatsachen hält, entspricht am ehesten der Realität. *Halt dich an die Tatsachen, Jillian – warum behandele ich dich so grausam?* Er verzog das Gesicht. Die einfachste Theorie, die das ganze Ausmaß seines blöden Verhaltens Jillian gegenüber erklärte, war, dass er hoffnungslos in sie verliebt war, und wenn er nicht aufpasste, würde sie es herausfinden. Er hatte kalt zu sein, vielleicht sogar grausam, denn Jillian war eine intelligente Frau, und wenn er keine überzeugende Fassade aufrechterhielt, würde sie ihn durchschauen. Er atmete tief durch und stählte seinen Willen.

»Du sagtest?« Spöttisch zog er eine Augenbraue hoch. Mächtige Männer waren unter dem Sarkasmus und dem Spott dieses tödlichen Blickes zu stammelnden Idioten geschrumpft.

Nicht jedoch seine Jillian, und es entzückte ihn nicht minder, als es ihn beunruhigte. Sie wich nicht zurück, kam sogar näher und ignorierte die neugierigen Blicke und die gespitzten Ohren der Zuschauer. Nah genug, dass ihr Atem über sein Gesicht strich und in ihm das Verlangen weckte, seine Lippen auf ihre zu pressen und ihren Atem tief in sich einzusaugen. Sie sah ihm tief in die Augen, dann umspielte ein entzücktes Lächeln ihren Mund. »Du erinnerst dich *doch*«, flüsterte sie. »Ich frage mich, worüber du mich sonst noch belügst?«, fügte sie hinzu, und er hatte den erschreckenden Verdacht, dass sie kurz davor war, sein idiotisches Verhalten zu durchschauen. Dann würde sie Bescheid wissen und ihn als den liebeskranken Dummkopf entlarven, der er war.

Er ergriff ihr Handgelenk und drückte zu, bis er sicher war, dass sie verstand, dass er es mit einer Handbewegung zerbrechen konnte. Wohl überlegt ließ er seine Augen mit diesem flammenden, unheiligen Blick aufblitzen, den die Menschen so fürchteten. Selbst Jillian zuckte leicht zurück und er wusste, dass sie den Blick des Berserkers in seinen Augen gesehen hatte. Es würde ihr gut tun, ihn zu fürchten. Sie *musste* Angst vor ihm haben – Gott allein wusste, selbst er fürchtete sich vor sich selbst. Zwar hatte Jillian sich verändert und war erwachsen geworden, doch er hatte ihr noch immer nichts zu bieten: keinen Clan, keine Familie, kein Heim. »Als ich Caithness verließ, habe ich mir geschworen, niemals zurückzukehren. *Daran* kann ich mich erinnern, Jillian.« Er ließ ihr Handgelenk los. »Und ich bin nicht aus freien Stücken zurückgekehrt, sondern wegen eines Gelübdes, das ich vor langer Zeit abgelegt habe. Wenn ich meinem Pferd einen Namen gegeben habe, der dir zufälligerweise geläufig ist – wie arrogant von dir zu denken, dass es irgendetwas mit dir zu tun hätte.«

»Oh! Ich bin nicht arrogant ...«

»Weißt du, warum dein Vater uns in Wahrheit hergebracht hat, Mädchen?«, unterbrach Grimm sie kalt.

Jillian klappte der Mund zu. Es stand zu befürchten, dass er der Einzige war, der ihr die Wahrheit sagte.

»Weißt du es? Ich weiß, dass du die schlechte Angewohnheit hattest zu spionieren, und bezweifle, dass du dich so sehr verändert hast.«

Sie schob den Unterkiefer vor, versteifte sich und warf die Schultern zurück, wodurch sie ihm einen klaren Blick auf ihre üppige Figur bot – eines der Dinge, die sich bei ihr durchaus verändert hatten. Sie biss sich auf die Unterlippe, um ein selbstgefälliges Lächeln zu unterdrücken, als er unwillkürlich den Blick etwas tiefer senkte, dann aber ruckartig wieder aufsah.

Wie versteinert sah Grimm sie an. »Dein Vater hat uns drei herbeordert, um dir einen Ehemann zu verschaffen, Göre. Offensichtlich bist du so störrisch, dass er Schottlands mächtigste Krieger zusammenrufen musste, um deinen Widerstand zu brechen.« Einen Moment lang betrachtete er ihre feste Haltung und ihren unbeteiligten Gesichtsausdruck und schnaubte. »Ich hatte Recht – du lauschst noch immer. Du bist kein bisschen überrascht von meiner Enthüllung. Jetzt, da ich sehe, dass du den Plan kennst, warum willst du zur Abwechslung nicht einmal ein liebes Mädchen sein? Geh zu Quinn und überrede ihn, dich zu heiraten, damit ich verschwinden und mein eigenes Leben leben kann!« Seine Eingeweide krampften sich zusammen, als er sich zu diesen Worten zwang.

»Das ist es, was du von mir erwartest?«, fragte sie mit leiser Stimme.

Er betrachtete sie einen langen Augenblick. »Jawohl«, sagte er schließlich. »Das ist es, was ich von dir erwarte«, sprach er und fuhr sich mit beiden Händen durchs Haar, bevor er Occams Zügel nahm und ihn fortführte.

Jillian sah ihm nach und ihre Kehle war wie zugeschnürt. Sie würde nicht weinen. Sie würde nie wieder eine Träne an ihn verschwenden. Mit einem Seufzer drehte sie sich zum Schloss, nur um direkt gegen Quinns breite Brust zu stoßen. Er sah sie so mitleidsvoll an, dass sie die Fassung verlor. Tränen traten ihr in die Augen, als er sie in die Arme nahm. »Wie lange hast du schon da gestanden?«, fragte sie schluchzend.

»Lange genug«, antwortete er sanft. »Es wäre keine Überredung nötig, Jillian«, versicherte er ihr. »Du hast mir sehr viel bedeutet, als du ein kleines Mädchen warst – du warst für mich wie eine süße kleine Schwester. Ich könnte dich jetzt noch viel mehr lieben, nicht nur als Schwester.«

»Was gibt es denn an mir zu lieben? Ich bin eine dumme Gans!«

Quinn lächelte bitter. »Nur für Grimm. Aber er hat dich doch schon immer so behandelt. Und was das Liebenswerte an dir ist: dein unbezähmbarer Charakter, dein Verstand, deine unstillbare Neugier, die Musik, die du spielst, deine Kinderliebe. Du hast ein reines Herz, Jillian, und das findet man selten.«

»O Quinn, warum bist du nur immer so gut zu mir?« Liebevoll strich sie ihm mit den Fingerknöcheln über die Wange, bevor sie an ihm vorbeischlüpfte und allein aufs Schloss zustürmte.

Kapitel 9

»Was zum Teufel ist mit dir los?«, fuhr Quinn ihn an, als er in die Stallungen stürmte.

Grimm warf ihm über die Schulter einen Blick zu, während er Occam das Halfter abstreifte. »Wovon redest du? Mit mir ist alles in Ordnung«, gab er zur Antwort und wimmelte einen übereifrigen Stallburschen ab. »Ich kümmere mich selbst um mein Pferd, Junge. Und sperr ihn niemals ein. Ich habe ihn nur hergebracht, um ihn zu striegeln. Sperre ihn *niemals* ein.«

Nickend trat der Junge zurück und entfernte sich eilig.

»Hör mal, McIllioch, es interessiert mich nicht, was dich dazu veranlasst, dich ihr gegenüber wie ein Schwein zu verhalten«, sagte Quinn. Er war nicht länger bereit, den Schein zu wahren, und benutzte Grimms wirklichen Namen. »Ich will es noch nicht einmal wissen. Hör einfach auf damit. Ich werde es nicht zulassen, dass du sie zum Weinen bringst. Das hast du oft genug getan, als wir jung waren. Ich habe mich damals nicht eingemischt, weil ich mir sagte, dass Gavrael McIllioch ein hartes Leben gehabt hat und vielleicht mehr Verständnis braucht, aber du hast kein hartes Leben mehr.«

»Woher willst du das wissen?«

Quinn sah ihn durchdringend an. »Weil ich weiß, was aus dir geworden ist. Du bist einer der angesehensten Männer

Schottlands. Du bist nicht mehr Gavrael McIllioch – du bist der berühmte Grimm Roderick, eine Legende in Disziplin und Selbstkontrolle. Du hast dutzendfach das Leben des Königs gerettet. Du bist so reich belohnt worden, dass du mehr besitzt als der gute St. Clair und ich zusammen. Die Frauen liegen dir zu Füßen. Was könntest du dir sonst noch wünschen?«

Nur eines – das, was ich niemals haben kann, brodelte es in ihm. *Jillian.* »Du hast Recht, Quinn. Wie gewöhnlich. Ich bin ein Arsch und du hast Recht. Also heirate sie.« Grimm wandte ihm den Rücken zu und fingerte an Occams Sattel herum. Kurz darauf schüttelte er Quinns Hand von seiner Schulter. »Lass mich in Ruhe, Quinn. Du würdest für Jillian den perfekten Ehemann abgeben, und da ich neulich gesehen habe, wie Ramsay sie küsste, solltest du dich besser beeilen.«

»Ramsay hat sie geküsst?«, rief Quinn. »Hat sie seinen Kuss erwidert?«

»Ja«, sagte Grimm verbittert. »Und dieser Mann hat sein Maß an unschuldigen Mädchen, die er zugrunde gerichtet hat, schon weit überschritten, also tu uns beiden einen Gefallen und rette Jillian, indem du ihr selbst einen Antrag machst.«

»Das habe ich bereits«, sagte Quinn leise.

Grimm drehte sich abrupt um. »Wirklich? Wann? Was hat sie gesagt?«

Quinn trat von einem Fuß auf den anderen. »Nun, ich habe sie nicht direkt gefragt, aber ich habe meine Absichten deutlich gemacht.«

Grimm wartete ab, eine Augenbraue fragend hochgezogen.

Quinn ließ sich auf einen Strohballen fallen. Gereizt blies er sich eine Strähne blonden Haares aus dem Gesicht. »Sie denkt, dass sie in dich verliebt ist, Grimm. Sie hat schon als Kind immer geglaubt, in dich verliebt zu sein. Warum machst du nicht endlich reinen Tisch? Sag ihr, wer du wirklich bist. Lass sie entscheiden, ob du gut genug bist für sie. Du bist der Erbe eines Clanführers – solltest du je nach Hause gehen und dein Erbe antreten. Gibraltar weiß genau, wer du bist, und er hat dich als einen der Bewerber um ihre Hand geladen. Offensichtlich glaubt er, dass du gut genug bist für seine Tochter. Vielleicht bist du der Einzige, der das nicht so sieht.«

»Vielleicht hat er mich nur bestellt, damit du im Vergleich zu mir gut aussiehst. Du weißt schon, lade den Tierjungen ein. Hat mich Jillian nicht immer so genannt?« Er verdrehte die Augen. »Dann gibt der gut aussehende Fürst ein noch gefälligeres Bild ab. Sie kann an mir nicht interessiert sein. Soweit Jillian weiß, bin ich nicht einmal adlig. Ich bin ein Niemand. Und ich dachte, du wolltest sie, Quinn.« Grimm wandte sich wieder seinem Pferd zu und bürstete mit langen, gleichmäßigen Bewegungen über Occams Seite.

»So ist es. Ich wäre stolz, Jillian zu meiner Frau machen zu können. Jeder Mann wäre –«

»Liebst du sie?«

Quinn zog eine Augenbraue hoch und sah ihn befremdet an. »Natürlich liebe ich sie.«

»Nein, liebst du sie *wirklich*? Bringt sie dich um den Verstand?« Grimm musterte ihn aufmerksam.

Quinn blinzelte. »Ich weiß nicht, was du meinst, Grimm.«

Grimm schnaubte. »Damit hatte ich auch nicht gerechnet«, murmelte er.

»Oh, zum Teufel, ist das alles verworren.« Entnervt ließ Quinn sich in das duftende Heu sinken. Er zog einen Kleestängel aus dem Ballen und kaute nachdenklich darauf herum. »Ich will sie. Sie will dich. Und du bist mein engster Freund. Der einzig unbekannte Faktor in dieser Gleichung ist: *Was willst du*?«

»Zuerst einmal bezweifle ich zutiefst, dass sie mich will, Quinn. Wenn überhaupt, so ist es das Überbleibsel einer kindlichen Vernarrtheit, von der ich sie, das kann ich dir versprechen, befreien werde. Zweitens, es spielt keine Rolle, was ich will.« Grimm zog einen Apfel aus seiner Felltasche und hielt ihn Occam hin.

»Was meinst du damit, es spielt keine Rolle? Natürlich spielt es eine Rolle.« Quinn legte die Stirn in Falten.

»Was *ich* will, ist das Unerheblichste überhaupt an dieser Geschichte, Quinn. Ich bin ein Berserker«, sagte Grimm tonlos.

»Und? Sieh doch, was es dir gebracht hat. Die meisten Männer würden ihre Seele verkaufen, um ein Berserker zu sein.«

»Ein verdammt schlechtes Geschäft. Es gibt eine Menge Dinge, die wesentlicher Bestandteil des Fluches sind, von denen du keine Ahnung hast.«

»Für dich hat es sich als ziemlicher Segen erwiesen. Du bist praktisch unbesiegbar. Wenn ich zum Beispiel an Killarnie denke –«

»Ich wünsche nicht, über Killarnie zu sprechen ...«

»Du tötetest die halbe verfluchte ...«

»Halt den Mund!« Grimms Kopf wirbelte herum. »Ich wünsche nicht, übers Töten zu sprechen. Anscheinend ist das das Einzige, wozu ich gut bin. Obwohl ich diese lächerliche Legende der Beherrschung bin, gibt es immer noch einen Teil von mir, den ich nicht beeinflussen kann, de Moncreiffe. Ich habe keine Kontrolle über dieses Wüten. Niemals«, gestand er ungestüm. »Wenn es geschieht, verliere ich meine Erinnerung. Ich vergesse die Zeit. Ich habe keine Ahnung, was ich tue, wenn ich es tue, und wenn es vorbei ist, muss man mir berichten, was ich getan habe. Du weißt das. Du hast es mir ein oder zwei Mal erzählen müssen.«

»Was willst du damit sagen, Grimm?«

»Dass du sie heiraten musst, gleichgültig, was ich dabei empfinden mag, denn ich bin nicht der Richtige für Jillian St. Clair. Ich wusste es damals und ich weiß es heute. Ich werde niemals heiraten. Nichts hat sich geändert. *Ich* konnte mich nicht ändern.«

»Du empfindest *doch* etwas für sie.« Quinn richtete sich auf dem Heuballen auf und durchforschte eindringlich Grimms Gesicht. »Zutiefst. Und das ist es, weshalb du zu erreichen versuchst, dass sie dich hasst.«

Grimm drehte sich zurück zu seinem Pferd. »Ich habe dir nie erzählt, wie meine Mutter starb, oder, de Moncreiffe?«

Quinn erhob sich und staubte Heu von seinem Kilt. »Ich dachte, sie wäre bei dem Massaker von Tuluth umgekommen.«

Grimm lehnte seinen Kopf gegen Occams samtene Wange und inhalierte tief den besänftigenden Duft von Pferd und Leder. »Nein. Jolyn McIllioch starb viel früher an jenem Morgen, noch bevor die McKane überhaupt auftauchten.« Er sprach die Worte in kühler Eintönigkeit. »Mein Vater hat sie in einem Wutanfall ermordet. Nicht genug, dass ich mich an jenem Tag zu dem Unsinn habe hinreißen lassen, ein Berserker zu werden, noch dazu leide ich an einer erblichen Geisteskrankheit.«

»Das kann ich nicht glauben, Grimm«, sagte Quinn unbeeindruckt. »Du bist einer der logischsten, rationalsten Männer, die ich kenne.«

Grimm machte eine unwillige Geste. »Vater hat es mir selbst gesagt, in der Nacht, als ich Tuluth verließ. Und selbst, wenn ich nicht daran glauben würde, dass ich an erblichem Wahnsinn leide, so bleibe ich doch ein Berserker. Verstehst du denn nicht, Quinn, dass wir ›heidnischen Verehrer Odins‹ gemäß uraltem Gesetz verbannt werden müssen? Geächtet, ausgestoßen und, wenn irgend möglich, umgebracht. Das halbe Land weiß, dass Berserker existieren, und trachtet danach, sich unserer zu bedienen; die andere Hälfte weigert sich, unsere Existenz anzuerkennen, während sie gleichzeitig versuchen, uns zu vernichten. Gibraltar muss von Sinnen gewesen sein, als er mich herbestellte – er kann mich unmöglich für die Hand seiner Tochter in Erwägung gezogen haben! Selbst wenn ich von ganzem Herzen Jillian zur Frau nehmen wollte, was könnte ich ihr schon bieten? Ein solches Leben? Immer vorausgesetzt, dass ich nicht noch zu allem Überfluss erblich mit Wahnsinn belastet bin.«

»Du bist nicht wahnsinnig. Ich kann nicht verstehen, wie du auf die lächerliche Idee kommst, dass nur, weil dein Vater deine Mutter getötet hat, irgendetwas mit *dir* nicht stimmen könnte. Und keiner weiß, wer du wirklich bist, außer mir, Gibraltar und Elizabeth«, protestierte Quinn.

»Und Hatchard«, erinnerte Grimm. Und Hawk und Adrienne, fiel ihm ein.

»Also wissen es jetzt vier. Keiner von uns würde dich jemals verraten. Und für den Rest der Welt bist du Grimm Roderick, des Königs sagenumwobener Leibwächter. Doch abgesehen von alledem sehe ich wirklich nicht, warum du nicht zugeben kannst, wer du wirklich bist. Eine Menge Dinge haben sich seit dem Massaker von Tuluth geändert. Und obwohl einige Menschen immer noch die Berserker fürchten, werden sie von der Mehrheit verehrt. Du bist einer der mächtigsten Krieger, die Alba je hervorgebracht hat, und du weißt, wie wir Schotten unseren Legenden huldigen. Der Rat der Weisen sagt, dass nur das reinste, ehrenhafteste Blut Schottlands tatsächlich den Berserker heraufbeschwören kann.«

»Die McKane jagen uns noch immer«, stieß Grimm durch die Zähne hervor.

»Die McKane haben immer schon jeden gejagt, den sie für

einen Berserker hielten. Sie sind neidisch. Sie verbringen jeden wachen Moment damit, sich im Kampf zu üben, und können es doch nie mit einem Berserker aufnehmen. Also besiege sie und begrabe es. Du bist keine vierzehn mehr. Ich habe dich in Aktion gesehen. Du hast eine ganze Armee aufgemischt. Zum Teufel, ich würde für dich kämpfen! Ich kenne zahllose Männer, die es genauso täten. Geh heim und fordere dein Erbe ...«

»Meine Gabe des erblichen Wahnsinns?«

»Die Würde der Clanführerschaft, du Idiot!«

»Da könnte es ein kleines Problem geben«, sagte Grimm verbittert. »Mein verrückter, mordender Vater hat die furchtbare Eigenschaft, immer noch auf dieser Erde zu verweilen.«

»Was?« Quinn war sprachlos. Er schüttelte den Kopf und zog eine Grimasse. »Jesus! Wie konnte ich nur die ganzen Jahre herumlaufen und glauben, dass ich dich kenne, nur um herauszufinden, dass ich nicht das Geringste von dir weiß? Du hast mir erzählt, dein Vater wäre tot.«

Es hatte den Anschein, als ob all seine engen Freunde in letzter Zeit dasselbe sagten, dabei war er kein Mann mit einer Veranlagung zum Lügen. »Ich dachte für lange Zeit, er wäre es.« Grimm fuhr sich mit unruhiger Hand durchs Haar. »Ich werde nie mehr nach Hause zurückkehren, Quinn, und es gibt einige Dinge über das Berserkertum, die du nicht verstehen kannst. Ich kann mich mit keiner Frau auf irgendwelche Intimitäten einlassen, ohne dass sie erkennt, dass ich nicht normal bin. Was soll ich dann tun? Der Glücklichen unterbreiten, dass ich zu jenen wilden Untieren gehöre, die sich über die Jahrhunderte hinweg einen solch schlechten Ruf erworben haben? Soll ich ihr erzählen, dass ich kein Blut sehen kann, ohne meine Selbstbeherrschung zu verlieren? Soll ich ihr sagen, dass sie, sollten meine Augen jemals anfangen, weiß glühend zu leuchten, wegrennen soll, so weit sie nur kann, weil Berserker dafür bekannt sind, dass sie wahllos gegen Freund und Feind wüten?«

»Du hast dich niemals gegen mich gewendet!«, fuhr Quinn ihn an. »Und ich war oft an deiner Seite, wenn es passierte!«

Grimm schüttelte den Kopf. »Heirate sie, Quinn. Um Himmels willen! Heirate sie und befreie mich!« Er stieß unflätige Flüche aus und lehnte den Kopf an seinen Hengst.

»Glaubst du wirklich, dass das ausreicht?«, fragte Quinn erbost. »Wird das irgendeinen von uns befreien?«

☆ ☆ ☆

Jillian schlenderte im Zwielicht über den Zinnengang, den schmalen Korridor hinter der Brüstung, und atmete tief die frische Luft ein. Die Dämmerung war ihre liebste Tageszeit, wenn das fahle Licht in absolute Dunkelheit überging, die nur von einem silbrigen Mond und kühlen weißen Sternen über Caithness durchbrochen wurde. Sie hielt inne und legte die Arme auf die Brüstung. Der Duft von Rosen und Geißblatt lag in der Luft. Sie atmete tief durch. Ein anderer Duft reizte ihre Sinne und sie neigte den Kopf. Dunkel und würzig; Leder und Seife und Mann.

Grimm.

Sie drehte sich langsam um und er war da. Er stand hinter ihr auf dem Dach, tief im Dunkel der angrenzenden Mauern, und beobachtete sie mit unergründlichem Blick. Sie hatte kein Geräusch vernommen, als er sich ihr genähert hatte, kein Rascheln von Stoff, nicht ein Scharren von Schuhsohlen auf den Steinen. Es war, als wäre er der Nachtluft entstiegen und mit dem Wind zu ihrem einsamen Ausguck gesegelt.

»Wirst du heiraten?«, fragte er ohne Einleitung.

Jillian sog einen Atemzug in sich hinein. Dunkelheit umgab seine Gestalt, mit Ausnahme eines Streifens Mondlicht, der seine durchdringenden Augen beleuchtete. Wie lange hatte er schon dort gestanden? Fehlte da ein unausgesprochenes ›mich‹ in der Mitte seines Satzes? »Was meinst du?«, fragte sie atemlos.

Seine sanfte Stimme war einschmeichelnd. »Quinn würde einen feinen Ehemann für dich abgeben.«

»Quinn?«, wiederholte sie.

»Genau. Er ist golden wie du, Mädchen. Er ist liebenswert, sanft und wohlhabend. Seine Familie würde dich schätzen.«

»Und was ist mit deiner?« Sie konnte nicht glauben, dass sie es gewagt hatte, diese Frage zu stellen.

»Was ist mit meiner was?«

Würde deine Familie mich schätzen? »Wie steht es mit deiner Familie?«

Sein Blick war eisig. »Ich habe keine Familie.«

»Niemanden?« Jillian runzelte die Stirn. Bestimmt hatte er irgendwelche Verwandten, irgendwo.

»Du weißt nichts von mir, Mädchen«, erinnerte er sie mit leiser Stimme.

»Nun, da du weiterhin die Nase in mein Leben steckst, glaube ich das Recht zu haben, ein paar Fragen zu stellen.« Jillian sah angestrengt zu ihm hinüber, aber es war zu dunkel, um ihn deutlich zu erkennen. Wie konnte er nur dermaßen mit der Nacht verschmelzen?

»Ich höre auf, mich einzumischen. Und ich habe es nur dann getan, wenn es aussah, als könntest du in Schwierigkeiten geraten.«

»Ich gerate *nicht immer* in Schwierigkeiten, Grimm.«

»Also dann«, er gestikulierte unwirsch, »wann wirst du ihn heiraten?«

»Wen?«, fauchte sie und rupfte an den Falten ihres Kleides. Wolken schoben sich vor den Mond und verhüllten Grimm vorübergehend vor ihren Blicken.

Seine unheimliche entkörperte Stimme klang leicht vorwurfsvoll. »Versuche dem Gespräch zu folgen, Mädchen. Quinn.«

»Bei Odins Schaft ...«

»Speer«, verbesserte er sie mit einem Hauch von Belustigung in der Stimme.

»Ich werde Quinn nicht heiraten!«, ließ sie die dunkle Ecke zornbebend wissen.

»Und auch nicht Ramsay?« Seine Stimme senkte sich bedrohlich. »Oder hat er so gut geküsst, dass er dich bereits überzeugt hat?«

Jillian atmete tief ein. Sie atmete aus, schloss die Augen und betete um Beherrschung.

»Mädchen, du musst einen von ihnen heiraten. Dein Vater verlangt es«, sagte er ruhig.

Sie öffnete die Augen. Den Heiligen sei Dank, die Wolken waren vorbeigezogen und sie konnte wieder die Umrisse seiner Gestalt wahrnehmen. Da stand ein Mann aus Fleisch und Blut im Dunkel, nicht irgendein unwirkliches Wesen. »Du bist einer der Männer, die mein Vater hergeholt hat, was ja wohl bedeutet, dass ich auch dich wählen könnte, oder etwa nicht?«

Er schüttelte den Kopf, eine leichte Regung im Dunkel. »Tu das nicht, Jillian. Ich habe dir nichts zu bieten außer einem Leben in der Hölle.«

»Vielleicht glaubst du das wirklich, aber vielleicht liegst du auch falsch. Vielleicht siehst du die Dinge anders, wenn du aufhörst, dich selbst zu bemitleiden.«

»Ich bemitleide mich nicht ...«

»Ha! Du ertrinkst darin, Roderick. Nur gelegentlich gelingt es einem Lächeln, sich über dein schönes Gesicht zu stehlen, und sobald es dir auffällt, schluckst du es. Und weißt du, woran das liegt?«

»Nein, aber vermutlich wirst du es mir sagen, Pfauhenne.«

»Schlau, Roderick. Du willst bewirken, dass ich mich dumm genug fühle, den Mund zu halten. Nun, es wird nicht klappen, denn ich fühle mich in deiner Gegenwart sowieso immer dumm, also kann ich mich genauso gut auch so verhalten. Es liegt ganz einfach daran, dass du Angst hast.«

Lässig lehnte sich Grimm gegen die Mauersteine und sah durch und durch aus wie ein Mann, der über das Wort *Furcht* niemals lange genug nachgedacht hatte, als dass es in seinen Wortschatz hätte Einzug halten können.

»Weißt du, wovor du Angst hast?«, setzte sie tapfer nach.

»In Anbetracht der Tatsache, dass ich nicht wusste, dass ich überhaupt Angst habe, hast du mich mit der Frage ein wenig in die Enge getrieben«, spottete er.

»Du hast Angst vor Gefühlen«, verkündete sie triumphierend.

»Oh, ich habe keine Angst vor Gefühlen, Mädchen«, sagte er, und seine Stimme verriet geheimnisvolles, sinnliches Wissen. »Es hängt nur von der Art der Gefühle ab ...«

Jillian schauderte. »Versuche nicht, das Thema zu wechseln ...«

»Und wenn das Gefühl aus meinem Unterleib stammte ...«

»Indem du zu einem Gespräch übergehst, das deine ausschweifenden ...«

»Dann bin ich damit außerordentlich vertraut.«

»Und perversen männlichen Triebe ...«

»Perverse männliche Triebe?«, wiederholte er mit unterdrücktem Lachen.

Jillian biss sich auf die Lippe. Sie ertappte sich immer wieder dabei, dass sie in seiner Gegenwart zu viel von sich gab, da er die schlechte Angewohnheit hatte, sie zu überrumpeln, und sie sich immer wieder aus dem Konzept bringen ließ.

»Das Thema lautet Gefühle – Empfindungen«, erinnerte sie ihn steif.

»Und du glaubst, dass sie sich gegenseitig ausschließen?«, stichelte Grimm.

Hatte sie das gesagt?, fragte sie sich. Bei allen Heiligen, der Mann verwandelte ihr Hirn zu Brei. »Wovon redest du?«

»Gefühle und *Gefühle*, Jillian. Glaubst du, dass sie sich gegenseitig ausschließen?«

Jillian dachte einige Augenblicke über seine Frage nach. »Ich habe nicht so viel Erfahrungen auf diesem Gebiet, aber das ist bei Männern wohl anders als bei Frauen«, antwortete sie schließlich.

»Nicht bei allen Männern, Jillian.« Er hielt inne, dann fügte er sanft hinzu: »Wie viel Erfahrung genau hast du gesammelt?«

»Wo war ich stehen geblieben?«, fragte sie gereizt und weigerte sich, seine Frage zur Kenntnis zu nehmen.

Er lachte. Bei allen Heiligen, er lachte! Ein vollkommen befreites Lachen – nachhaltig klingend, voll und warm. Sie erschauderte, denn das Aufblitzen seiner weißen Zähne in dem abgedunkelten Gesicht machte ihn so schön, dass sie weinen wollte ob der Ungerechtigkeit, dass er mit dem göttlichen Geschenk einer solchen Schönheit so sehr geizte.

»Ich hatte gehofft, dass du mir das jetzt erzählen würdest, Jillian.«

»Roderick, Unterhaltungen mit dir nehmen nie den Verlauf, den ich erwarte.«

»Zumindest langweilst du dich nie. Das ist doch immerhin etwas.«

Er hatte Recht. Sie war stolz, aufgeheitert, sinnlich erregt – doch niemals, niemals gelangweilt.

»Für dich schließen sie sich also gegenseitig aus?«, traute sie sich zu fragen.

»Was?«, fragte er tonlos.

»Gefühle und *Gefühle*.«

Grimm zupfte ruhelos an seinem dunklen Haar herum. »Ich glaube, ich habe die Frau noch nicht gefunden, die mich fühlen lässt, während ich sie fühle.«

Ich könnte es, ich weiß es!, rief sie beinahe aus. »Aber du hast ziemlich oft diese andere Art von Gefühlen, nicht wahr?«, stichelte sie.

»Sooft ich kann.«

»Da bist du wieder mit deinem Haar zugange. Was ist das nur mit dir und deinem Haar?« Als er keine Antwort gab, sagte sie kindisch: »Ich hasse dich, Roderick.« Sie hätte sich selbst treten können, als ihr diese Worte über die Lippen kamen. Sie rühmte sich, eine intelligente Frau zu sein, in Grimms Nähe jedoch entwickelte sie sich zurück zu einem kleinen Kind. Sie musste sich etwas Wirkungsvolleres einfallen lassen als immer wieder die gleiche kindische Erwiderung, wenn sie vorhatte, sich mit ihm zu messen.

»Nein, das tust du nicht, Mädchen.« Er stieß einen herben Fluch aus und trat ungestüm aus dem Dunkel hervor. »Das ist das dritte Mal, dass du das zu mir sagst, und ich kann es auf den Tod nicht mehr hören.«

Jillian hielt den Atem an, als er näher kam und mit verzerrtem Gesichtsausdruck auf sie herabsah. »Du wünschst dir, du könntest mich hassen, Jillian St. Clair, und Gott allein weiß, dass du mich hassen *solltest*, aber du schaffst es einfach nicht, dich dazu durchzuringen, mich wirklich zu hassen, nicht wahr? Ich weiß das, weil ich dir in die Augen gesehen habe, Jillian, und da, wo ein großes Nichts sein sollte, um mich zu hassen, steht in deinen neugierigen Augen die Leidenschaft geschrieben.«

Wie ein dunkler Wirbel wandte er sich ab und stieg mit wölfischer Anmut vom Dach. Am Ende der Treppe blieb er im Mondlicht stehen und wandte ihr das Gesicht zu. Der bleiche Mond ließ in seiner verbitterten Miene große Erleichterung erkennen. »Sage nie wieder diese Worte zu mir, Jillian. Ich meine es ernst – ich habe dich gewarnt. Nie wieder.«

Kieselsteine knirschten unter seinen Stiefeln, als er in den Gärten verschwand, so dass sie beruhigt feststellen konnte, dass er in der Tat von dieser Welt war.

Noch lange, nachdem er fort war, dachte sie über seine Worte nach. Dreimal hatte er sie bei ihrem Namen gerufen – nicht Göre oder Mädchen, sondern Jillian. Und obwohl er seine letzten Worte in kühler Eintönigkeit gesprochen hatte, hatte sie – wenn der Mond ihr nicht einen Streich gespielt hatte – einen Hauch von Schmerz in seinen Augen gesehen.

Je länger sie darüber nachdachte, umso überzeugter wurde sie. Liebe und Hass konnten sich wohl tatsächlich hinter derselben Fassade verstecken. Es galt, diese Maske zu entfernen und dahinter zu blicken, um festzustellen, welches Gefühl diesen Mann wirklich ins Dunkel trieb. Ein Schimmer des Verständnisses durchdrang die Schwermut, die sie umgab.

Folge deinem Herzen, hatte ihre Mutter ihr Hunderte von Malen geraten. *Das Herz spricht eine deutliche Sprache, selbst wenn der Verstand etwas anderes sagt.*

»Mama, ich vermisse dich«, flüsterte Jillian, als der letzte Rest purpurnen Zwielichts vom Horizont verschlungen wurde. Aber trotz der Entfernung, Elizabeth St. Clairs Kraft war in ihr, in ihrem Blut. Sie war eine Sacheron *und* eine St. Clair – eine unschlagbare Kombination.

War sie ihm wirklich gleichgültig? Es war an der Zeit, das herauszufinden.

Kapitel 10

»Nun, das war's dann – sie sind weg«, murmelte Hatchard, als er beobachtete, wie die Männer sich entfernten. Nachdenklich strich er sich mit den Fingern durch den kurzen roten Bart. Er stand mit Kaley an der Vordertreppe von Caithness und sah den drei Pferden hinterher, die in einer Staubwolke auf der sich windenden Straße verschwanden.

»Warum muss es unbedingt Durrkesh sein?«, fragte Kaley gereizt. »Wenn sie sich amüsieren wollen, hätten sie genauso gut hier ins Dorf gehen können.« Sie machte eine weite Handbewegung über den kleinen Ort, der geschützt an den Mauern von Caithness lag, die sich bis in das darunter liegende Tal erstreckten.

Hatchard warf ihr einen spöttischen Blick zu. »Obwohl das ein schwerer Schock für dein ... sagen wir mal ... einladendes Wesen bedeuten mag, denkt nicht jeder allzeit daran, sich zu amüsieren, Mrs Twillow.«

»Nenn mich nicht Mrs Twillow, Remmy«, fauchte sie ihn an. »Ich lasse mir nicht weismachen, dass du in deinen fast vierzig Jahren auf dieser Erde nicht selbst ein wenig herumgestreunt bist. Aber ich finde es unverschämt, dass sie sich davonmachen, um ihren Spaß zu haben, wo sie doch für Jillian hergerufen wurden.«

»Wenn du zur Abwechslung einmal zuhören würdest, hättest du mitbekommen, was ich dir gesagt habe. Sie sind nach Durrkesh, weil Ramsay es vorgeschlagen hat – und zwar nicht, um sich zu amüsieren, sondern um Waren zu besorgen, die nur in der Stadt zu bekommen sind. Du hast mir selbst erzählt, dass wir keinen Pfeffer und keinen Zimt mehr haben und dass du diese Dinge hier nicht bekommst.« Er deutete auf das Dorf und legte eine Kunstpause ein, bevor er hinzufügte: »Außerdem hörte ich, dass man auf dem diesjährigen Jahrmarkt auch Safran finden könne.«

»*Safran!* Den Heiligen sei Dank, seit dem letzten Frühjahr haben wir keinen Safran mehr.«

»Und du hast mich das ganze Jahr über an diese Tatsache erinnert«, sagte Hatchard schelmisch.

»Man tut, was man kann, um dem Gedächtnis eines alten Mannes auf die Sprünge zu helfen«, sagte Kaley naserümpfend. »Aber berichtige mich, wenn ich mich irre, schickst du für gewöhnlich nicht deine Männer zum Einkaufen?«

»Als ich sah, wie erpicht Quinn darauf war, ein schönes Geschenk für Jillian zu besorgen, wollte ich ihn nicht davon abhalten. Grimm hat sie wohl einfach deshalb begleitet, um hier nicht mit dem Mädchen allein zu sein«, fügte Hatchard trocken hinzu.

Kaleys Augen leuchteten auf und sie klatschte in die Hände. »Ein Geschenk für Jillian! Also wird sie Jillian de Moncreiffe werden, nicht wahr? Ein feiner Name für ein feines Mädchen, das muss ich schon sagen. Und das bedeutet auch, dass sie hier in der Nähe im Tiefland bleiben wird.«

Hatchard lenkte seinen nachdenklichen Blick wieder auf die sich durch das Tal schlängelnde Straße. Er beobachtete, wie der letzte Reiter hinter einer Kurve verschwand, und schnalzte mit der Zunge. »Da wäre ich nicht so sicher, Kaley«, murmelte er.

»Was soll denn diese rätselhafte Bemerkung nun schon wieder bedeuten?«, fragte Kaley stirnrunzelnd.

»Nur, dass das Mädchen nach meiner Einschätzung niemals Augen für jemand anders als Grimm hatte.«

»Grimm Roderick wäre das größte Übel für sie!«, rief Kaley aus.

Hatchard sah die üppige Magd befremdet an. »Wie kommst du denn darauf?«

Kaleys Hand flog an ihren Hals und sie fächelte sich Luft zu. »Es gibt Männer, die von Frauen begehrt werden, und es gibt Männer, die von Frauen geheiratet werden. Roderick ist kein Mann, den Frauen heiraten.«

»Warum nicht?«, fragte Hatchard verblüfft.

»Er ist gefährlich«, hauchte Kaley. »Außerordentlich gefährlich für das Mädchen.«

»Du meinst, er könnte ihr etwas antun?« Hatchard straffte sich, bereit, in die Schlacht zu ziehen, sollte das der Fall sein.

»Sogar ohne es zu wollen, Remmy.« Kaley seufzte.

☆ ☆ ☆

»Sie sind fort, wohin? Und für wie lange?« Jillians Stirn legte sich vor Empörung in Falten.

»In die Stadt Durrkesh, Mylady«, antwortete Hatchard. »Ich denke, sie werden nur für eine knappe Woche fort sein.«

Gereizt glättete Jillian die Falten ihres Kleides. »Ich habe heute Morgen extra dieses Kleid angezogen, Kaley – ein hübsches Kleid«, beschwerte sie sich. »Ich wollte sogar damit ins Dorf reiten, statt mit Papas Plaid, und du weißt, wie sehr ich es hasse, in einem Kleid zu reiten.«

»Du siehst wirklich bezaubernd aus«, versicherte ihr Kaley.

»Ich sehe bezaubernd aus, aber für wen? Alle meine Freier haben mich verlassen.«

Hatchard räusperte sich. »Es gab da nicht jemand Bestimmten, den Ihr zu beeindrucken hofftet, oder?«

Vorwurfsvoll wandte Jillian sich zu ihm. »Hat mein Vater dich beauftragt, hinter mir herzuspionieren, Hatchard? Wahrscheinlich schickst du ihm jede Woche einen Bericht! Na, du Einfaltspinsel, von mir erfährst du nichts.«

Hatchard hatte den Anstand, einen verlegenen Blick aufzusetzen. »Ich schicke ihm keine Berichte. Ich war nur um Euer Wohlergehen besorgt.«

»Du kannst dich um jemand anders sorgen. Ich bin alt genug und mache mir genug Gedanken für uns beide.«

»Jillian«, tadelte Kaley sie, »Kratzbürstigkeit schickt sich nicht. Hatchard bringt nur seine Besorgnis zum Ausdruck.«

»Ich fühle mich aber danach. Darf ich das zur Abwechslung nicht auch einmal?« Jillians Stirn legte sich in Falten, als sie einen Moment nachdachte. »Augenblick mal«, sagte sie. »Durrkesh, nicht wahr? Zu dieser Zeit des Jahres gibt es dort doch den berühmten Jahrmarkt ... Als ich das letzte Mal mit Mama und Papa da war, stiegen wir in einem bezaubernden kleinen Gasthof ab – dem *Black Boot*, nicht wahr, Kaley?«

Kaley nickte. »Als dein Bruder Edmund noch lebte, seid ihr zwei oft in die Stadt gegangen.«

Ein Schatten huschte über Jillians Gesicht.

Kaley fuhr zusammen. »Es tut mir Leid, Jillian. Ich wollte dich nicht daran erinnern.«

»Schon gut.« Jillian atmete tief durch. »Kaley, fang an zu packen. Ich habe das Bedürfnis, auf den Jahrmarkt zu gehen, und wann wäre es günstiger als jetzt? Hatchard, halte die Pferde bereit. Ich bin es leid, herumzusitzen und alles auf mich zukommen zu lassen. Es ist an der Zeit, dass ich mein Leben selbst in die Hand nehme.«

»Das verheißt nichts Gutes, Mrs Twillow«, sagte Hatchard zu Kaley, als Jillian davonrauschte.

»Eine Frau hat das gleiche Recht, sich zu amüsieren, wie ein Mann. Wenigstens ist sie hinter einem Ehemann her. Nun müssen wir nur noch aufpassen, dass sie den richtigen wählt«, ließ Kaley ihn hochtrabend wissen, bevor sie hinter Jillian herstolzierte und dabei ihre ausladenden Hüften auf eine Art und Weise schwang, die Hatchard an ein längst vergessenes, außerordentlich anstößiges Liedchen erinnerte.

Er schnaubte vernehmlich und machte sich auf den Weg zu den Stallungen.

☆ ☆ ☆

Das Dach des *Black Boot* war beängstigend eingesackt, doch zum Glück befanden sich die Zimmer, die Grimm besorgt hatte, im zweiten Stock und nicht im obersten, was bedeutete, dass sie vor der Sintflut, die auf halbem Weg eingesetzt hatte, einigermaßen geschützt waren.

Grimm blieb draußen vor der geöffneten Tür des Gasthauses stehen und wrang sein Hemd aus. Wasser quoll zwischen seinen Händen hervor und spritzte laut klatschend auf die große Steinplatte vor der Tür.

Ein zäher, wabernder Nebel setzte sich über der Stadt fest. Innerhalb einer Viertelstunde würde der dichte Nebel jede Orientierung unmöglich machen; sie waren gerade noch rechtzeitig sicher angekommen. Grimm hatte sein Pferd auf dem kleinen, U-förmigen Hinterhof des Gasthauses untergebracht, wo ein klappriger Anbau sich bedenklich unter dem Dach neigte. Occam würde ausreichend Schutz finden, solange die Flut ihn nicht davontrug.

Grimm schüttelte die perlenden Wassertropfen von seinem Plaid, bevor er das Gasthaus betrat. Eine Weberin, die ihr Fach verstand, hatte den Stoff so engmaschig gewoben, das er praktisch wasserundurchlässig war. Nicht umsonst gehörten die Weber von Dalkeith zu den Besten. Er löste eine Bahn des wollenen Stoffes und drapierte sie über seine Schulter. Quinn und Ramsay saßen bereits am Feuer, wärmten sich die Hände und trockneten ihre Stiefel.

»Verflucht übles Wetter da draußen, nicht wahr, Jungs?« Der Wirt stand im Durchgang zu der sich anschließenden Schänke und begrüßte sie gut gelaunt. »Ich hab hier drinnen 'n Feuer, das genauso warm ist wie das da, und 'nen guten Schluck, um euch aufzuwärmen, also zögert nicht. Ich bin Mac«, fügte er mit einem freundlichen Kopfnicken hinzu. »Kommt und bleibt 'n wenig.«

Grimm sah zu Quinn, der mit den Schultern zuckte. Sein Gesichtsausdruck sagte eindeutig, dass mit einem so erbärmlich verregneten Abend nicht viel mehr anzufangen sei als ihn trinkend vorübergehen zu lassen. Die drei Männer duckten sich durch den niedrigen Durchgang, der den Speiseraum von der eigentlichen Schänke trennte, und ließen sich auf ein paar abgenutzten hölzernen Schemeln an einem Tisch beim Kamin nieder.

»Wenn ich seh, dass es hier drinnen so gut wie leer ist, kann ich mich genauso gut auch hinsetzen, wenn ich mich um was zu trinken für euch gekümmert hab. Geh'n nich viele vor die Tür, wenn's so gießt.« Der Wirt humpelte gemächlich zur Bar, dann kam er schwerfällig an ihren Tisch zurück und präsentierte mit einem Schlenker eine Flasche Whisky und vier Becher.

»Verfluchtes Sauwetter da draußen, nich? Und wohin wollt ihr?«, fragte er und ließ sich ächzend nieder. »Kümmert euch nich um mein Bein, ich glaub, das Holz wird weich«, fügte er hinzu, als er sich einen zweiten Schemel griff, sein Holzbein am Knöchel packte und es auf die Streben legte. »Manchmal tut's weh, wenn's draußen feucht wird. Und in dem verdammten Land hier ist das immer so, nich? Düstere

Ecke hier, aber ich liebe es. Schon jemals raus aus Alba gewesen, Jungs?«

Grimm blickte zu Quinn, der den Wirt fasziniert und mit einer Mischung aus Belustigung und Gereiztheit ansah. Grimm wusste, dass auch Quinn sich fragte, ob der einsame Wirt wohl jemals den Mund halten würde.

Es würde eine lange Nacht werden.

☆ ☆ ☆

Ein paar Stunden später hatte der Regen immer noch nicht nachgelassen und Grimm bediente sich der Entschuldigung, nach Occam sehen zu müssen, um der verräucherten Schänke und Macs unaufhörlichem Geplapper zu entkommen. Bedrängt von derselben Ruhelosigkeit, die ihn schon auf Dalkeith befallen hatte, konnte er kaum länger als ein paar Stunden stillsitzen. Er schlüpfte auf den Hinterhof des Gasthauses und fragte sich, was Jillian jetzt wohl gerade tat. Ein leichtes Lächeln umspielte seine Lippen, als er sich vorstellte, wie sie tobte und ihre prächtige Mähne hin und her warf, außer sich, da sie zurückgelassen worden war. Jillian hasste es, von irgendetwas ausgeschlossen zu sein, was »die Jungs« taten. Aber so war es das Beste und sie würde es verstehen, wenn Quinn mit seinem Geschenk zurückkehrte und ihr einen förmlichen Antrag machte. Grimm konnte Quinn kaum ansehen, ohne daran zu denken, was für ein perfektes Paar sie abgeben und was für perfekte, goldene Kinder mit aristokratischen Zügen und ohne den Hauch eines erblichen Wahnsinns sie in die Welt setzen würden. Vielleicht würde es ihm ein wenig Erleichterung verschaffen, die beiden zusammen zu sehen, grübelte er, obwohl sich ihm bei dem Gedanken an Jillian und Quinn der Magen schmerzhaft verkrampfte.

»Mach, dass du aus meiner Küche kommst, und lass dich hier nie wieder blicken, du kleine Ratte.« Eine Tür an der Hinterseite des Hofes flog plötzlich auf und ein Kind purzelte kopfüber in die Nacht und landete bäuchlings im Morast.

Grimm musterte den Mann, dessen breite Gestalt beinahe den gesamten Türrahmen ausfüllte. Ein großer, fleischiger Kerl, gut über eins achtzig groß, mit kurzgeschorenem braunem Haar. Sein Gesicht war gesprenkelt von roten Flecken, entweder vor Zorn oder vor Anstrengung, oder wahrscheinlich wegen beidem, entschied Grimm. Er hielt ein breites Fleischermesser in der Hand, das im Licht stumpf glänzte.

Der Junge rappelte sich auf die Knie und rutschte auf dem aufgeweichten Boden aus. Mit dünnen, schmutzigen Fingern kratzte er sich einen Schlammklumpen von der Wange. »Aber Bannion gibt uns immer die Reste. Bitte, Sir, wir brauchen etwas zu essen!«

»Ich bin nicht Bannion, du unverschämter Bengel! Bannion arbeitet hier nicht mehr, und kein Wunder, wenn er alles an so welche wie dich verschenkt hat. Ich bin jetzt hier der Metzger.« Der Mann ohrfeigte das Kind mit solcher Brutalität, dass der Junge rücklings in den Schlamm fiel und betäubt den Kopf schüttelte. »Glaubste eigentlich, wir heben hier was für so Leute wie dich auf? Du kannst in der Gosse verrotten, sagt Robbie MacAuley. Mich hat auch keiner gefüttert. Es sind so Ratten wie du, die später mal zu Dieben und Mördern von ehrlichen, hart arbeitenden Männern werden.« Der Metzger trat in den Regen hinaus, zerrte das Kind an seinem schäbigen Kragen aus dem Dreck und schüttelte es. Als der Junge anfing zu heulen, schlug der Metzger ihm mit seiner fleischigen Hand ins Gesicht.

»Lass ihn los«, sagte Grimm ruhig.

»He?« Der Mann drehte sich um, verblüfft. Ein höhnisches Lächeln überflog sein rotes Gesicht, als er Grimm erblickte, der teilweise vom Dunkel verschluckt war. Der Metzger richtete sich bedrohlich auf und hielt den Jungen mit einer Hand fest. »Was geht dich das an? Halt dich da raus. Ich hab dich nicht nach deiner Meinung gefragt und ich will's auch nicht wissen. Ich habe das Bürschlein beim Klauen erwischt –«

»Nein! Ich habe nicht gestohlen. Bannion *gibt* uns immer die Reste.«

Der Metzger schlug dem Jungen mit dem Handrücken ins Gesicht und Blut spritzte aus der Nase des Kindes.

Aus dem Schatten des Anbaus starrte Grimm wie gebannt auf das blutende Kind. Erinnerungen stiegen in ihm hoch – das Aufblitzen einer silbernen Klinge, ein Gewirr von blonden Locken, ein blutverschmierter Spielkittel, Rauchsäulen. Ein unnatürlicher Wind hob an und er spürte, wie sein Körper innerlich schlingerte und sich wieder neu fand, bis er hoffnungslos der inneren Wut verfallen war. Weit entfernt von jedem rationalen Gedanken schoss Grimm auf den Fleischer zu und schmetterte ihn gegen die steinerne Mauer.

»Du Hurensohn.« Grimm umfasste den Hals des Mannes mit beiden Händen. »Das Kind braucht etwas zu essen. Wenn ich dich loslasse, wirst du in die Küche gehen und ihm einen Korb mit dem feinsten Fleisch zusammenpacken, und dann wirst du ...«

»Den Teufel werd ich tun!«, stieß der Metzger hervor. Er wand sich in Grimms Griff und stieß mit dem Messer blindlings nach vorn. Als die Klinge eindrang, gab Grimms Hand unmerklich nach, und der Metzger atmete pfeifend ein. »Da, du Bastard«, schrie er heiser. »Keiner legt sich mit Robbie MacAuley an. Merk dir das.« Er stieß Grimm mit beiden Händen von sich und drehte dabei das Messer.

Als Grimm zurückwankte, ging der Metzger auf ihn los,

nur um unwillkürlich wieder zurückzuweichen, die Augen ungläubig aufgerissen, denn der Wahnsinnige, den er mit einer Brutalität und Geschicklichkeit durchbohrt hatte, die eine tödliche Verwundung zur Folge haben müssten – dieser Wahnsinnige lächelte.

»Lächle. So ist's recht – nur weiter so, lächle beim Sterben«, schrie er. »Denn sterben wirst du, so viel ist sicher.«

Grimms Lächeln war so bedrohlich, dass der Fleischer sich wie eine Flechte, die zwischen den Steinen nach einer tiefen, dunklen Mauerritze sucht, gegen die Wand des Gasthauses presste. »Du hast ein Messer im Bauch, Mann«, zischte der Metzger und warf einen Blick auf den vorstehenden Knauf seines Messers, um sich zu vergewissern, dass es tatsächlich in den Eingeweiden seines Gegners steckte.

Gleichmäßig atmend packte Grimm den Knauf mit einer Hand, zog die Klinge heraus und platzierte sie ruhig neben der zuckenden Wange des Metzgers.

»Du wirst jetzt dem Jungen das Essen geben, für das er gekommen ist. Und dann wirst du dich entschuldigen«, sagte Grimm sanft, und seine Augen funkelten.

»Der Teufel soll dich holen«, sprudelte es aus dem Metzger hervor. »Gleich kippst du um.«

Grimm setzte ihm die Klinge an den Hals, genau über die Gurgel. »Verlass dich nicht darauf.«

»Du solltest tot sein, Mann. Du hast ein Loch im Bauch!«

»Grimm.« Quinns Stimme durchschnitt die Nacht.

Mit sanftem Druck, mit der Vorsicht eines Liebhabers ritzte Grimm die Haut am Hals des Metzgers.

»Grimm«, wiederholte Quinn leise.

»O Gott, Mann! Schafft ihn mir vom Hals!«, kreischte der Metzger außer sich. »Er ist verrückt! Seine verfluchten Augen sind wie …«

»Halt's Maul, du Narr«, sagte Quinn in ruhigem, besänftigendem Tonfall. Er wusste aus Erfahrung, dass barsch gesprochene Worte die Berserkerwut noch verstärken konnten. Vorsichtig umkreiste Quinn das Paar. Grimm war mit der Klinge an der Kehle des Mannes erstarrt. Der zerlumpte Junge kauerte zu ihren Füßen und starrte sie mit weit aufgerissenen Augen an.

»Er ist ein Berserker«, flüsterte der Junge ehrfürchtig. »Bei Odin, sieh seine Augen.«

»Er ist wahnsinnig«, wimmerte der Metzger und sah zu Quinn. »Tut etwas!«

»Ich bin dabei«, sagte Quinn leise. »Mach keinen Laut und um Himmels willen beweg dich nicht.« Quinn trat näher an Grimm heran und vergewisserte sich, dass sein Freund ihn sehen konnte.

»Der Bengel ist nur ein streunender Taugenichts. Nix, wofür man einen ehrlichen Mann tötet«, winselte der Metzger. »Wie hätte ich denn wissen sollen, dass er ein verfluchter Berserker ist?«

»Es sollte keinen Unterschied machen, ob er es ist oder nicht. Ein Mann sollte sich nicht nur dann ehrenhaft zeigen, wenn ein Größerer und Stärkerer ihn dazu zwingt«, sagte Quinn angewidert. »Grimm, willst du diesen Mann töten oder dem Jungen zu essen geben?« Quinn sprach sanft, nah am Ohr seines Freundes. Grimms Augen im spärlichen Licht waren weiß glühend und Quinn wusste, dass er tief in der Mordlust steckte, die einen Berserkergang begleitete. »Du willst nur dem Jungen zu essen geben, nicht wahr? Alles, was du willst, ist dem Jungen zu essen zu geben und ihn vor Schaden zu behüten, erinnerst du dich? Grimm – *Gavrael* – hör mir zu. Sieh mich an!«

☆ ☆ ☆

»Ich hasse das, Quinn«, sagte Grimm später, als er mit steifen Fingern sein Hemd aufknöpfte.

Quinn warf ihm einen neugierigen Blick zu. »Tust du das wirklich? Was gibt es daran zu hassen? Der einzige Unterschied zwischen dem, was du getan hast, und dem, was ich getan hätte, ist der, dass du nicht weißt, was du tust, wenn du es tust. Du bist selbst dann noch ehrenhaft, wenn du nicht bei Sinnen bist. Du bist so verdammt ehrenhaft, du *kannst* überhaupt nicht anders.«

»Ich hätte ihn getötet.«

»Davon bin ich nicht überzeugt. Ich habe dich früher bei so was gesehen und ich habe gesehen, wie du aus diesem Zustand erwacht bist. Je älter du wirst, umso mehr Kontrolle scheinst du darüber zu bekommen. Und ich weiß nicht, ob du es gemerkt hast, aber du warst diesmal nicht völlig unbewusst. Du hast mich gehört, als ich zu dir sprach. Früher dauerte es erheblich länger, zu dir durchzudringen.«

Grimms Stirn legte sich in Falten. »Das ist wahr«, gab er zu. »Es scheint so, als ob es mir gelänge, einen Hauch von Bewusstsein zu bewahren. Nicht viel, aber es ist mehr, als ich gewohnt war.«

»Lass mich die Wunde sehen.« Quinn zog eine Kerze heran. »Und bedenke, der Metzger hätte keinen Gedanken daran verschwendet, den Jungen besinnungslos zu prügeln und ihn dann im Morast sterben zu lassen. Die streunenden Kinder in dieser Stadt gelten nicht viel mehr als Straßenratten, und die übereinstimmende Meinung lautet: je eher sie sterben, desto besser.«

»Das ist nicht recht, Quinn«, sagte Grimm. »Kinder sind unschuldig. Sie hatten nicht die Gelegenheit, verdorben zu werden. Wir täten besser daran, die Kinder irgendwo unterzubringen und sie anständig aufzuziehen. Mit jemandem wie

Jillian, der ihnen lehrreiche Geschichten erzählt«, fügte er hinzu.

Quinn lächelte schwach, als er sich über die Wunde beugte. »Sie wird eine wunderbare Mutter sein, nicht wahr? Wie Elizabeth.« Verwirrt berührte er mit den Fingern die sich bereits schließende Wunde in Grimms Seite. »Bei Odins Speer, Mann, wie schnell deine Wunden heilen!«

Grimm verzog leicht das Gesicht. »Sehr schnell. Es scheint sogar noch schneller zu gehen, je älter ich werde.«

Quinn ließ sich aufs Bett fallen und schüttelte den Kopf. »Was für ein Segen das sein muss. Du brauchst dir nie über Infektionen den Kopf zerbrechen, oder? Wie kann man einen Berserker *überhaupt* töten?«

»Sehr schwierig«, antwortete Grimm lakonisch. »Ich habe versucht, mich zu Tode zu trinken, und es klappte nicht. Dann versuchte ich, mich zu Tode zu arbeiten. Nachdem das nichts half, stürzte ich mich einfach in jede Schlacht, die ich finden konnte, und auch das klappte nicht. Das Einzige, was noch übrig blieb, war, mich zu Tode zu fi-« Er brach verlegen ab. »Nun, wie du siehst, hat auch das nicht gefruchtet.«

Quinn grinste. »Trotzdem hat der Versuch ja wohl nicht geschadet, oder?«

Widerwillig verzog Grimm die Lippen zu einem leichten Lächeln.

»Sieh zu, dass du zum Schlafen kommst, Mann.« Quinn knuffte ihn leicht gegen die Schulter. »Am Morgen sieht alles schon viel besser aus. Na ja, fast alles«, fügte er mit einem verschmitzten Grinsen hinzu, »außer ich war in der vorherigen Nacht zu betrunken. Dann sieht die Dirne manchmal schlimmer aus. Und ich übrigens auch.«

Grimm schüttelte nur den Kopf und ließ sich in die Kissen fallen. Nachdem er die Arme hinter den Kopf gelegt hatte, war er innerhalb von Sekunden eingeschlafen.

Kapitel 11

Am Morgen sieht alles schon viel besser aus. Als er Jillian von seinem Fenster aus beobachtete, erinnerte sich Grimm an Quinns Worte und stimmte aus vollem Herzen zu. Wie dumm war es gewesen anzunehmen, dass sie ihnen nicht folgen würde!

Während er sie voller Verlangen aus dem sicheren Versteck seines Zimmers betrachtete, musste er eingestehen, dass sie atemberaubend schön war: bekleidet mit einem bernsteinfarbenen Samtumhang, die Wangen gerötet und mit funkelnden Augen. Ihr blondes Haar fiel ihr über die Schultern und warf die Sonne zum Himmel zurück. Es hatte aufgehört zu regnen – wahrscheinlich nur wegen ihr, brodelte es in ihm –, und sie stand in einem Schwall von Sonnenlicht, das von Osten her über das Dach strahlte und anzeigte, dass es kurz vor Mittag war. Er hatte geschlafen wie ein Toter, aber das tat er immer, wenn er der Berserkerwut erlegen war, gleichgültig, wie lange sie angedauert hatte.

Er sah durch das enge Flügelfenster und rieb das Glas, bis es ihm einen klaren Blick gestattete. Während Hatchard ihre Taschen nahm, hakte sich Jillian munter plaudernd bei Kaley unter. Als Quinn einige Augenblicke später unten auf der Straße auftauchte, galant beiden Damen seinen Arm reichte und sie zum Gasthaus geleitete, seufzte Grimm schwer.

Ewig galanter, ewig goldener Quinn.

Grimm murmelte einen leisen Fluch und ging Occam füttern, bevor er sich um sein eigenes Frühstück Gedanken machte.

☆ ☆ ☆

Jillian stieg die Treppe zu ihrem Zimmer hinauf, blickte sich um, um sicherzugehen, dass sie allein war, und ging dann verstohlen über die Hintertreppe wieder nach unten, wobei sie die Falten ihres Umhangs glatt strich. Sie biss sich auf die Lippe und betrat den kleinen Hinterhof. Er war dort, genau wie sie vermutet hatte, gab Occam eine Hand voll Getreide zu fressen und murmelte leise Worte. Jillian hielt inne und genoss seinen Anblick. Er war groß und kräftig, sein dunkles Haar kräuselte sich im Wind. Sein Plaid war unanständig tief geschlungen und lag in sinnlicher Anstößigkeit auf seinen schmalen Hüften. Sie konnte ein kleines Stück seines Rückens sehen, wo sein Hemd offensichtlich allzu hastig eingesteckt worden war. Ihre Finger zuckten, seine olivfarbene Haut zu berühren. Als er sich hinkniete, um eine Bürste aufzuheben, spannten sich die Muskeln in seinen Beinen, und trotz ihres Schwures, keinen Laut von sich zu geben, entfuhr ihr ein Atemzug reinen Verlangens.

Natürlich hörte er sie. Sie tarnte sich unverzüglich mit Gleichgültigkeit und plapperte los, um einer möglichen verbalen Attacke zu entgehen. »Warum bindest du Occam nie an?«, fragte sie unbekümmert.

Grimm gönnte sich einen kurzen Blick über die Schulter, dann begann er, die geschmeidige Flanke des Pferdes zu bürsten. »Er war einmal in einem Stallbrand gefangen.«

»Es ist ihm anscheinend nichts passiert.« Jillian überquerte den Hof und betrachtete den Hengst. »War er verletzt?« Das

Pferd war prachtvoll, viel größer als die meisten anderen und von einem glänzenden, ungezeichneten Schiefergrau.

Grimm hörte auf zu bürsten. »Du hörst nie auf mit deiner Fragerei, oder? Und was tust du hier überhaupt? Konntest du nicht einmal ein liebes Mädchen sein und auf Caithness auf uns warten? Nein, ich vergaß, Jillian hasst es, zurückgelassen zu werden«, sagte er höhnisch.

»Also, wer hat ihn gerettet?« Jillian war entschlossen, ihm nicht auf den Leim zu gehen.

Grimm wandte seine Aufmerksamkeit wieder dem Pferd zu. »Ich.« Es gab eine Pause, die nur von dem Geräusch der Borsten auf der Pferdehaut erfüllt war. Als er erneut sprach, sprudelte ein kleiner Wortschwall aus ihm hervor: »Hast du je ein Pferd schreien gehört, Jillian? Es ist eins der grausigsten Geräusche, die ich je vernommen habe. Es durchfährt dich so fürchterlich grausam wie der Schmerzensschrei eines unschuldigen Kindes. Ich glaube, es ist immer das Unschuldige gewesen, das mich angerührt hat.«

Jillian überlegte, wann er diese Schreie wohl vernommen hatte, und hätte ihn gern gefragt, zögerte aber, in seinen Wunden zu bohren. Also hielt sie den Mund und hoffte, er möge fortfahren.

Er tat es nicht. Leise von dem Hengst zurücktretend machte er eine schnelle Handbewegung, begleitet von einem Zungenschnalzen. Mit größtem Erstaunen sah Jillian, wie der Hengst auf die Knie sank und sich dann mit einem leichten Wiehern schwerfällig auf die Seite legte. Grimm kniete neben dem Pferd nieder und winkte sie näher.

Sie ging neben Grimm auf die Knie. »Oh, armer, braver Occam«, flüsterte sie. Die gesamte Unterseite des Pferdes war grob vernarbt. Sanft ließ sie ihre Finger über die dicke Haut gleiten und ihre Augenbrauen zogen sich mitfühlend zusammen.

»Er war so übel verbrannt, dass man dachte, er würde es nicht überleben«, erzählte ihr Grimm. »Sie hatten vor, ihn zu töten, also habe ich ihn gekauft. Er war nicht nur verletzt, er war auch noch Monate später völlig verstört. Kannst du dir die Qual vorstellen, in einer brennenden Scheune in der Falle zu sitzen, eingesperrt? Occam konnte schneller rennen als das leichtfüßigste Pferd, er hätte die Feuersbrunst meilenweit hinter sich lassen können, doch er war gefangen in einer von Menschen gemachten Hölle. Seitdem habe ich ihn nie mehr eingesperrt.«

Jillian schluckte und sah Grimm an. Sein Ausdruck war verbittert. »Du hörst dich an, als ob du selbst in einige von Menschen gemachte Höllen geraten wärst, Grimm Roderick«, bemerkte Jillian leise.

Sein Blick verhöhnte sie. »Was weißt du schon darüber?«

»Eine Frau lebt den größten Teil ihres Lebens in einer von Männern gemachten Welt«, antwortete Jillian. »Erst in der Welt ihres Vaters, dann in der ihres Gatten und schließlich in der ihres Sohnes, durch dessen Gnade sie dann in seinem Haushalt ihr Dasein fristen kann, sollte ihr Gatte vor ihr sterben. Und in Schottland scheinen die Ehemänner grundsätzlich in dem einen oder anderen Krieg vor ihren Frauen zu sterben. Und manchmal ist es Schrecken genug für jede Frau, einfach nur die Höllen zu beobachten, die Männer sich gegenseitig bereiten. Wir empfinden Dinge anders als ihr Männer.« Unwillkürlich legte sie ihre Hand an seine Lippen, als er anhob zu sprechen. »Nein. Sage nichts. Ich weiß, dass du glaubst, dass ich wenig Sorgen oder Schmerz kenne, aber ich hatte meinen Teil. Es gibt Dinge, die du von mir nicht weißt, Grimm Roderick. Und vergiss nicht die Schlacht, die ich gesehen habe, als ich klein war.« Ihre Augen weiteten sich ungläubig, als Grimm zärtlich ihre Fingerspitzen küsste, die an seinen Lippen lagen.

»Touché, Jillian«, flüsterte er. Er nahm ihre Hand und legte sie behutsam in ihren Schoß. Jillian blieb regungslos sitzen, als er seine Hand schützend darüber legte.

»Wenn ich ein Mann wäre, der an Sternenwünsche glaubt, wünschte ich mir bei jedem einzelnen, dass Jillian St. Clair niemals den kleinsten Funken irgendeiner Hölle zu Gesicht bekommen soll. Für Jillians Augen sollte es nur Himmel geben.«

Jillian blieb völlig still, verbarg ihr Erstaunen und frohlockte über das Gefühl seiner starken, warmen Hand, die ihre umfasste. Bei allen Heiligen, sie würde den ganzen Weg nach England durch die Grausamkeiten eines wütenden Grenzkrieges reiten, wenn am Ende ihrer Reise *das* auf sie wartete. Sie stellte sich vor, ihr Körper würde dort, wo sie kniete, Wurzeln schlagen. Um weiterhin von ihm berührt zu werden, würde sie freiwillig in dem kleinen Hinterhof alt werden und Wind und Regen, Hagel und Schnee sorglos ertragen. Wie gefangen von dem Schimmer des Zauderns in seinem Blick hob sie den Kopf, und er schien sich nach vorne und hinunter zu bewegen, als habe er, durch einen zufälligen Windhauch angestoßen, eine unerwartete und glückliche Entdeckung gemacht.

Seine Lippen waren einen Atemzug von ihren entfernt und sie wartete mit rasendem Herzen.

»Jillian! Jillian, bist du da draußen?«

Jillian schloss die Augen und wünschte den Besitzer der aufdringlichen Stimme in die Hölle und noch weiter. Sie spürte die leichte Berührung von Grimms Lippen auf ihren, als er sie schnell, zart küsste, doch das war nicht das, was sie sich erhofft hatte. Sie wollte, dass seine Lippen sich auf ihre pressten, sie wollte seine Zunge in ihrem Mund und seinen Atem in ihren Lungen, sie wollte alles, was er zu geben hatte.

»Es ist Ramsay«, sagte Grimm. »Er kommt. Komm hoch von den Knien, Mädchen. *Sofort.*«

Jillian rappelte sich hoch und trat zurück. Verzweifelt versuchte sie, Grimms Gesicht zu sehen, doch sein dunkler Kopf war nach vorn gesunken zu der Stelle, wo ihrer noch vor einem Augenblick gewesen war. »Grimm«, flüsterte sie eindringlich. Sie wollte, dass er den Kopf hob; sie musste seine Augen sehen. Sie wollte die Bestätigung, dass sie wirklich Verlangen in seinen Augen gesehen hatte.

»Mädchen.« Er stieß das Wort aus wie einen Seufzer, den Kopf noch immer gebeugt.

»Ja?«, flüsterte sie atemlos.

Seine Hände krallten sich in die Falten seines Kilts und sie wartete, bebend.

Hinter ihnen schlug klappernd die Tür auf und schloss sich wieder. »Jillian«, rief Ramsay, als er den Hof betrat. »Da bist du ja. Ich bin so froh, dass du zu uns gestoßen bist. Ich dachte, du würdest mich vielleicht gern auf den Jahrmarkt begleiten. Was macht dein Pferd da auf dem Boden, Roderick?«

Verzweifelt hielt Jillian den Atem an, ohne sich zu Ramsay umzudrehen. »Was, Grimm? Was?«, flehte sie mit drängendem Flüstern.

Er hob den Kopf. Ein Schimmer von Trotz lag in seinen blauen Augen. »Quinn ist in dich verliebt, Mädchen. Ich denke, das solltest du wissen«, sagte er leise.

Kapitel 12

Geschickt entledigte Jillian sich Ramsays, indem sie ihm erklärte, dass sie ›Frauensachen‹ zu besorgen habe – eine Aussage, die ihn ohne weitere Umstände zur Flucht veranlasste. So war sie in der Lage, den Nachmittag mit Hatchard und Kaley beim Einkaufen zu verbringen. Beim Silberschmied erwarb sie eine neue Gürtelschnalle für ihren Papa. Vom Gerber kaufte sie drei schneeweiße Lammfelldecken – sündhaft dick und weich wie Kaninchenfell. Beim Goldschmied feilschte sie hartnäckig um winzige, getriebene Goldsterne, um damit ein neues Kleid zu verzieren.

Aber die ganze Zeit über war sie in Gedanken wieder auf dem Hinterhof und verweilte bei dem geheimnisvollen, sinnlichen Mann, der ihr einen ersten Blick durch einen Riss in den massiven Mauern, die sein Herz umgaben, gewährt hatte. Es hatte sie verwirrt, überwältigt und in ihrer Entschlossenheit bestärkt. Jillian zweifelte keinen Augenblick an dem, was sie gesehen hatte. Grimm Roderick empfand etwas für sie. Begraben unter Bergen von Schutt – den Überbleibseln einer Vergangenheit, von der sie zu glauben begann, dass sie grausamer war, als sie es sich vorstellen konnte – war da ein sehr wirklicher, verwundbarer Mann.

In seinem starren Blick hatte sie gesehen, dass er sie begehrte, aber noch entscheidender war, dass er Gefühle hatte, die so tief waren, dass er sie nicht ausdrücken konnte, und deshalb alles in seiner Macht Stehende tat, um sie zu verleugnen. Das gab ihr genügend Hoffnung, um darauf aufzubauen. Nicht für eine Sekunde zweifelte Jillian, ob er der Mühe wert war – sie wusste, er war es. Er hatte all das zu bieten, was sie sich je von einem Mann gewünscht hatte. Jillian begriff, dass Menschen nicht makellos daherkommen; manchmal waren sie so furchtbar entstellt, dass es der Liebe bedurfte, sie zu heilen und ihnen zu ermöglichen, die eigenen Fähigkeiten zu entdecken. Manchmal hatten gerade die so furchtbar Entstellten die größte Tiefe und das meiste zu bieten, weil sie den unschätzbaren Wert der Zärtlichkeit verstanden. Sie wollte die Sonne sein, die auf den Mantel der Gleichgültigkeit brannte, den er vor so vielen Jahren angelegt hatte, und ihn ermutigen, seinen Weg ohne diese schützende Hülle zu gehen.

Ihre Vorfreude war so stark, dass sie sich wackelig und schwach fühlte. Verlangen hatte in Grimms Augen geschimmert, als er sie angesehen hatte, und ob er es bemerkt hatte oder nicht, sie hatte eine intensive sinnliche Verheißung in seinem Gesicht gesehen.

Nun musste sie nur noch herausfinden, wie sie ihn dazu bringen konnte, die Verheißung zu erfüllen. Sie erschauderte vor der intuitiven Erkenntnis, dass, sollte Grimm Roderick seiner Leidenschaft freien Lauf lassen, dies mit Sicherheit all die Jahre des Wartens rechtfertigen würde.

»Ist dir kalt, Mädchen?«, fragte Hatchard besorgt.

»Kalt?«, wiederholte Jillian verblüfft.

»Dich hat gefröstelt.«

»Oh bitte, Hatchard!«, schnaufte Kaley. »Das war ein verträumter Schauder. Kennst du nicht den Unterschied?«

Jillian sah Kaley verblüfft an und bemerkte ihr selbstgefälliges Lächeln. »Nun, das war es doch, oder etwa nicht, Jillian?«

»Wie konntest du das wissen?«

»Quinn sah heute Morgen sehr gut aus«, sagte Kaley spitzfindig.

»Grimm ebenso«, fuhr Hatchard augenblicklich dazwischen. »Meinst du nicht auch, Mädchen? Ich weiß, du hast ihn beim Stall getroffen.«

Mit empörtem Gesichtsausdruck blickte Jillian Hatchard an. »Hast du hinter mir herspioniert?«

»Natürlich nicht«, sagte Hatchard rechtfertigend. »Ich habe nur zufällig aus dem Fenster gesehen.«

»Oh«, sagte Jillian, und ihr Blick schoss zwischen ihrer Magd und dem Oberbefehlshaber hin und her. »Wieso seht ihr zwei mich so an?«, fragte sie fordernd.

»Wie denn?« Kaley klapperte unschuldig mit den Wimpern.

Jillian verdrehte die Augen angesichts ihrer offensichtlichen Kupplerabsichten. »Wollen wir ins Gasthaus zurückgehen? Ich habe versprochen, rechtzeitig zum Abendessen zurück zu sein.«

»Mit Quinn?«, sagte Kaley hoffnungsvoll.

Hatchard versetzte der Magd einen Stoß in die Rippen. »Mit Grimm.«

»Mit Occam«, ließ Jillian sie über die Schulter wissen.

Hatchard und Kaley tauschten amüsierte Blicke, als Jillian die Straße hinunterpreschte, die Arme voller Geschenke.

»Ich dachte, sie hätte uns zum Tragen mitgenommen«, bemerkte Hatchard mit hochgezogener Augenbraue und einer Geste seiner leeren Hände.

Kaley lächelte. »Remmy, ich schätze, sie könnte die Welt auf ihren Schultern tragen und würde kein Gramm spüren. Das Mädchen ist verliebt, so viel ist sicher. Ich frage mich nur – in welchen Mann?«

☆ ☆ ☆

»Wer ist es, Jillian?«, fragte Kaley ohne lange Vorrede, als sie die winzigen Knöpfe an der Rückseite von Jillians Kleid schloss – einer Kreation aus limonenfarbener Seide, die in sinnlichen Wellen von geschickt am Leibchen angebrachten Bändern herunterfloss.

»Wer ist was?«, fragte Jillian leichthin. Sie fuhr sich mit den Fingern durchs Haar und zog eine weiche goldene Strähne über die Schulter nach vorne. Auf einem winzigen Hocker vor dem trüben Spiegel in ihrem Gasthofzimmer kauernd, bebte sie vor Ungeduld, die Männer im Speiseraum zu treffen.

Kaley warf Jillian im Spiegel einen Blick wortlosen Tadels zu. Sie zog Jillians Haar zurück und verknotete es mit mehr Enthusiasmus als nötig war.

»Autsch. In Ordnung, ich weiß, was du gemeint hast. Ich will nur noch nicht darauf antworten. Lass mich sehen, wie sich der Abend entwickelt.«

Kaley löste ihren Griff und lächelte. »Du gibst also zu, dass du vorhast, dir einen von ihnen zum Ehemann zu wählen? Du wirst also dem Wunsch deines Vaters entsprechen?«

»Ja, Kaley, oh ja!« Jillians Augen leuchteten, als sie sich erhob.

»Ich glaube, du könntest dein Haar heute Abend offen tragen«, sagte Kaley. »Obwohl du mir zumindest erlauben solltest, es zu kämmen und zu wickeln.«

»Ich mag es so, wie es ist«, antwortete Jillian. »Es ist schon von selbst gewellt und ich habe keine Zeit für Kinkerlitzchen.«

»Oh, jetzt hat das Mädchen, das über eine Stunde gebraucht hat, ein Kleid auszuwählen, keine Zeit für Kinkerlitzchen?«, zog Kaley sie auf.

»Ich bin schon spät dran, Kaley«, sagte Jillian leicht errötend, als sie aus dem Zimmer rauschte.

☆ ☆ ☆

»Sie lässt sich Zeit«, sagte Grimm, während er gereizt umherschritt. Sie hatten schon einige Zeit in dem kleinen Vorraum gewartet, der zwischen den Gästezimmern des Gasthauses und dem öffentlichen Speiseraum lag. »Bei Odins Speer, warum schicken wir ihr nicht einfach ein Servierbrett aufs Zimmer?«

»Und verzichten auf den Genuss ihrer Gesellschaft? Kommt nicht in Frage«, sagte Ramsay.

»Hör auf mit dem Gerenne, Grimm«, sagte Quinn mit einem Grinsen. »Du brauchst wirklich ein wenig Entspannung.«

»Ich bin völlig entspannt«, sagte Grimm und lief weiter auf und ab.

»Das bist du nicht«, neckte ihn Quinn. »Du siehst regelrecht angeschlagen aus. Wenn ich dich mit meinem Schwert antippen würde, würdest du zusammenbrechen.«

»Würdest du mich mit deinem Schwert antippen, würde ich, verflucht noch mal, mit meinem zurücktippen, und bestimmt nicht mit dem Knauf.«

»Es gibt keinen Grund, sich zu verteidigen ...«

»Ich verteidige mich nicht!«

Quinn und Ramsay bedachten ihn mit einem gönnerhaften Blick.

»Das ist nicht fair«, fauchte Grimm grollend. »Das ist eine Falle. Wenn jemand sagt, ›du musst dich nicht verteidigen‹, wie kann man darauf reagieren, ohne sich zu verteidigen? Du hast nur zwei Möglichkeiten: Sag nichts, oder es klingt, als ob du dich verteidigst.«

»Grimm, manchmal denkst du zu viel«, bemerkte Ramsay.

»Ich werde mir einen genehmigen«, sagte Grimm wütend. »Sagt mir Bescheid, wenn sie so weit ist, *angenommen,* dieses denkwürdige Ereignis sollte eintreten, bevor die Sonne aufgeht.«

Ramsay warf Quinn einen fragenden Blick zu. »Bei Hofe war er nicht so übellaunig, de Moncreiffe. Was ist sein Problem? Ich bin es nicht, oder? Ich weiß, es gab in der Vergangenheit ein paar Missverständnisse zwischen uns, aber ich dachte, wir hätten sie aus der Welt geschafft.«

»Wenn ich mich recht erinnere, ist die Narbe in deinem Gesicht ein Andenken an eines jener ›Missverständnisse‹, nicht wahr?« Als Ramsay das Gesicht verzog, fuhr Quinn fort: »Es liegt nicht an dir, Logan. Er verhält sich immer so, wenn Jillian in der Nähe ist. Aber es scheint schlimmer geworden zu sein, seit sie erwachsen ist.«

»Wenn er meint, er könnte sie gewinnen, irrt er sich«, sagte Ramsay ruhig.

»Er versucht nicht, sie zu gewinnen, Logan. Er versucht, sie zu hassen. Und wenn du glaubst, dass du sie gewinnen könntest, irrst *du* dich.«

Ramsay Logan gab keine Antwort, aber sein herausfordernder Blick sprach Bände, als er sich abwandte und den übervölkerten Speisesaal betrat.

Quinn warf einen kurzen Blick auf die verwaiste Treppe, zuckte mit den Schultern und folgte ihm umgehend.

☆ ☆ ☆

Als Jillian die Treppe herunterkam, wartete niemand auf sie.

Eine feine Gesellschaft von Freiern, dachte sie. *Erst lassen sie mich auf dem Schloss allein und dann warten sie nicht einmal auf mich.*

Sie blickte zurück die Treppe hinauf und zupfte nervös am Ausschnitt ihres Kleides. Sollte sie zurückgehen zu Kaley? Das ›*Black Boot*‹ war das beste Gasthaus in Durrkesh und rühmte sich, das beste Essen im Ort zu haben; dennoch war der Gedanke, ganz allein in das voll besetzte Speiselokal zu gehen, ein wenig entmutigend. Sie war noch nie zuvor allein in eine Gastwirtschaft gegangen.

Sie ging zur Tür und lugte durch die Öffnung.

Der Raum war voll gepackt mit lärmenden Gästen. Gelächter schwoll in Wellen an und ab, und das trotz der Tatsache, dass die Hälfte der Gäste gezwungen war, während des Essens zu stehen. Plötzlich, wie durch eine göttliche Fügung, zogen sich die Menschen zurück und gaben den Blick frei auf einen geheimnisvollen, sündhaft schönen Mann, der allein nahe der geschnitzten Eichentheke stand, die als Bar diente. Nur Grimm Roderick vermochte es, mit solcher Überheblichkeit dazustehen.

Während sie ihn beobachtete, ging Quinn auf ihn zu, reichte ihm ein Glas und sagte etwas, was Grimm beinah ein Lächeln entlockte. Sie musste selbst lächeln, als er sich auf halbem Weg dabei ertappte und schleunigst jede Spur von Belustigung in seinen Zügen auslöschte. Als Quinn wieder in der Menschenmenge verschwand, schlüpfte Jillian in den Raum und eilte an Grimms Seite. Mit einem seltsamen Glänzen in den Augen sah er sie an; er nickte, sagte aber nichts. Jillian stand schweigend da und überlegte, was sie Geistreiches und Interessantes von sich geben könne; schließlich waren sie zwei erwachsene Menschen und durchaus imstande, ein intimes Gespräch zu führen, wie sie es sich in ihrer Phantasie schon so oft ausgemalt hatte.

Doch bevor sie zu einem Schluss kam, schien er das Interesse zu verlieren und wandte sich ab.

Jillian ohrfeigte sich im Geiste selbst. *Höllengebell, Jillian,* tadelte sie sich selbst, *kannst du in der Nähe dieses Mannes keine Worte finden?* Ihr Blick begab sich auf eine anhimmelnde Reise zu seinem Nacken, streichelte sein dichtes schwarzes Haar und wanderte über seinen muskulösen Rücken, der sich unter dem Stoff seines Hemdes abzeichnete, als er den Arm nach einem weiteren Ale ausstreckte. Sie schwelgte in seinem Anblick, in der Art, wie seine Schultermuskulatur sich spannte, als er einem Bekannten die Hand reichte. Ihre Augen wanderten tiefer, zu der schmalen Taille, die sich zu strammen, muskulösen Hüften und kraftvollen Beinen verjüngte.

Bebend betrachtete sie die dunklen, seidenweichen Haare an der Rückseite seiner Beine unter dem Kilt, doch wo nahm dieses Haar seinen Anfang und wo endete es?

Jillian entfuhr ein Atemzug, von dem sie nicht einmal wusste, dass sie ihn angehalten hatte. Jede Faser ihres Körpers reagierte auf seinen in freudiger Erwartung. Allein neben diesem geheimnisvoll-verführerischen Mann zu stehen ließ ihre Knie weich werden und ihren Magen flattern.

Als Grimm einen Schritt zurücktrat und sie in dem überfüllten Raum einen Augenblick lang berührte, legte sie schnell so sanft ihre Wange an seine Schulter, dass er nicht bemerkte, dass sie sich diese Berührung gestohlen hatte. Sie atmete seinen Duft ein und konnte nicht mehr widerstehen. Ihre Hände fanden seine Schulterblätter und sie fuhr zärtlich mit den Fingernägeln darüber und bearbeitete sanft seine Haut durch das Hemd.

Ein leiser Seufzer entfuhr seinen Lippen und Jillians Augen weiteten sich. Sie kratzte ihn zärtlich, verblüfft, dass er keinen Ton von sich gab. Er entzog sich ihr nicht. Er drehte sich nicht auf dem Absatz um und schlug um sich.

Jillian hielt den Atem an, dann sog sie gierig die Luft ein und schwelgte in dem herben Aroma von würziger Seife und Mann. Er begann, sich leicht unter ihren Nägeln zu bewegen, wie eine Katze, die man am Kinn krault. Konnte es sein, dass er ihre Berührung tatsächlich genoss?

Oh, können die Götter mir heute nur diesen einen Wunsch erfüllen – den Kuss dieses Mannes zu spüren!

Sie ließ ihre Handflächen liebevoll über seinen Rücken gleiten und presste sich enger an seinen Körper. Ihre Finger folgten den einzelnen Muskeln seiner breiten Schultern, glitten seine schlanke Taille hinunter und schwangen sich dann wieder hinauf. Sein Körper entspannte sich unter ihren Händen.

Himmel, das ist der Himmel, dachte sie träumerisch.

»Du siehst überaus zufrieden aus, Grimm«, unterbrach Quinns Stimme ihre Phantasie. »Erstaunlich, was ein Bier für dein Wohlbefinden tun kann. Wo steckt Jillian? War sie nicht gerade hier bei dir?«

Jillians Hände erstarrten auf Grimms Rücken, der so breit war, dass er sie vollständig vor Quinns Blicken abschirmte. Sie duckte sich und hatte plötzlich ein schlechtes Gewissen. Die Muskeln in Grimms Rücken verhärteten sich unter ihren regungslosen Fingern. »Ist sie nicht nach draußen gegangen, um frische Luft zu schnappen?«, hörte sie Grimm fragen.

»Ganz allein? Höllengebell, Mann! Du kannst sie doch nicht allein draußen herumlaufen lassen!« Quinns Stiefel stoben über den Steinfußboden, als er auf der Suche nach ihr davoneilte.

Aufgebracht fuhr Grimm herum. »Was glaubst du, was du da tust, Pfauhenne?«, fuhr er sie an.

»Ich habe dich gestreichelt«, sagte sie schlicht.

Grimm ergriff ihre Hände und zerquetschte fast die zarten Knöchel. »Lass das, Mädchen. Da ist nichts zwischen dir und mir ...«

»Du hast dich zurückgelehnt«, wandte sie ein. »Es schien dir nicht so sehr zu missfallen ...«

»Ich dachte, du wärst eine Kneipenhure!«, sagte Grimm und fuhr sich wütend mit der Hand durchs Haar.

»Oh!« Jillian war erschüttert.

Grimm senkte den Kopf, bis seine Lippen ihr Ohr berührten, und durchlitt Qualen, während er sich mühte, seine nächsten Worte im Getöse des übervölkerten Speisesaales hörbar zu machen. »Für den Fall, dass du dich nicht erinnerst, es ist Quinn, der dich will, und es ist Quinn, der zweifellos die beste Wahl ist. Geh ihm nach und streichle ihn, Mädchen. Überlass mich den Kneipenhuren, die einen Mann wie mich verstehen.«

Jillians Augen funkelten gefährlich, als sie sich abwandte und sich durch den überfüllten Raum drängte.

☆ ☆ ☆

Er würde die Nacht überleben. Es konnte nicht allzu heftig werden; immerhin hatte er schon Schlimmeres durchlitten. Grimm hatte Jillian seit dem Moment wahrgenommen, als sie den Raum betreten hatte. Er hatte sich, in der Tat, vorsätzlich von ihr abgewandt, als es den Anschein hatte, dass sie etwas sagen wollte. Das hatte nicht viel genützt – sobald sie ihn berührt hatte, war es ihm unmöglich gewesen, sich dem sinnlichen Gefühl ihrer Hände auf seinem Rücken zu entziehen. Er hatte es zu weit gehen lassen, aber es war noch nicht zu spät, die Situation zu bereinigen.

Nun wandte er Jillian geflissentlich den Rücken zu und kippte Whisky in einen Krug. Er trank wie der Teufel, wischte sich den Mund mit dem Handrücken ab und sehnte sich danach, seine perfekten Berserkersinne betäuben zu können. Mit schöner Regelmäßigkeit hörte er das atemlose Trällern ihres Lachens. Gelegentlich, wenn der Wirt Flaschen in die Regale räumte, erheischte er in einem blank polierten Krug einen kurzen Blick auf ihr goldenes Haar.

Aber er scherte sich keinen Pfifferling darum, jeder Narr konnte das sehen. Er hatte sie dazu gedrängt, genau das zu tun, was sie jetzt tat, wieso also sollte es ihm etwas ausmachen? Es machte ihm nichts aus, versicherte er sich, weil er der einzig vernünftige Mann eines Geschlechts war, das scheinbar dazu verdammt war, von gewalttätigen, unvorhersehbaren Gefühlen hin und her gerissen zu werden, von Gefühlen, die nichts anderes waren als hemmungslose Lust. Lust, nicht Liebe, und keins von beidem hatte verflucht noch mal mit Jillian zu tun.

Jesus! Wen glaubte er zum Narren halten zu können? Grimm schloss die Augen und schüttelte den Kopf über seine eigenen Lügen.

Das Leben war die Hölle und er war Sisyphus, für alle Zeiten dazu verdammt, einen Felsbrocken unstillbaren Verlangens einen Berg hinaufzuschieben, nur um von ihm niedergewalzt zu werden, bevor er die Kuppe erreicht hatte. Grimm war nie in der Lage gewesen, Sinnlosigkeit zu tolerieren. Er war ein Mann, der Probleme löste, und heute würde er dafür sorgen, dass Jillian ihre Verlobung mit Quinn beschloss, um so seinen Schwierigkeiten ein Ende zu bereiten.

Schließlich konnte er ja nicht die Frau seines besten Freundes begehren, oder? Also musste er sie nur mit Quinn verheiraten und damit würde sein Leiden ein Ende haben. Er konnte einfach nicht länger mit dieser Zerrissenheit leben, die in ihm tobte. Solange sie frei und unverheiratet war, konnte er immer noch träumen. Wenn sie erst sicher verheiratet war, wäre er gezwungen, seine Träume zu begraben. Dermaßen befreit, gönnte sich Grimm einen verstohlenen Blick über die Schulter, um zu sehen, wie sich die Dinge entwickelten. Nur der holzbeinige Mac hinter dem Tresen hörte das hohle Pfeifen seines hastigen Atemzuges und bemerkte die Verhärtung seines Kiefers.

Jillian stand in der anderen Hälfte des Raumes, das goldene Haar zurückgeworfen, und ließ bei seinem besten

Freund ihre betörende Weiblichkeit spielen, was im Wesentlichen nichts anderes bedeutete, als dass sie sich so gab, wie sie war: unwiderstehlich. Ein neckender Blick, das Funkeln lebhafter Augen; eine verführerische Unterlippe, die sie zwischen den Zähnen hielt. Die zwei waren offensichtlich ganz mit sich beschäftigt und beachteten ihn nicht. Genau die Situation, zu der er sie ermutigt hatte. Es machte ihn rasend.

Während er zusah, trat die Welt, die nicht Jillian war – denn was war die Welt ohne Jillian? –, in den Hintergrund. Er konnte das Rascheln ihres Haares in der übervollen Schänke hören, das Seufzen des Luftzugs, als ihre Hand zu Quinns Gesicht fuhr. Dann plötzlich war das einzige Geräusch, das er vernahm, das Donnern des Blutes in seinen Ohren, als er beobachtete, wie ihre schlanken Finger über Quinns Wange glitten und auf seinem Kinn verweilten. Seine Eingeweide zogen sich zusammen und sein Herz hämmerte in wütendem Stakkato.

Hypnotisiert fuhr Grimms Hand an sein Gesicht. Jillians Handfläche federte über Quinns Haut; ihre Finger fuhren über die Bartstoppeln an seinem Kinn. Grimm wünschte sich inbrünstig, er hätte dieses makellose Kinn ein- oder zweimal gebrochen, als sie als junge Burschen miteinander gespielt hatten.

Ohne Macs faszinierten Blick zu bemerken, folgte Grimms Hand derselben Spur auf seinem eigenen Gesicht; er imitierte ihre Berührung und seine Augen verschlangen sie mit solcher Inbrunst, dass sie die Flucht ergriffen hätte, hätte sie sich zu ihm umgedreht. Aber sie drehte sich nicht um. Sie war zu sehr damit beschäftigt, seinen besten Freund anzuhimmeln.

Hinter ihm durchschnitt ein leises Pfeifen die rauchgeschwängerte Luft. »Mann, du steckst ganz schön in der Scheiße, und da ist mehr Wahrheit dran, als du in einer weiteren Flasche Fusel finden wirst.« Macs Stimme zerschmetterte die Phantasie, der sich Grimm mit Sicherheit *nicht* hingegeben hatte. »Es ist ein Blick in die Hölle, die Frau seines besten Freundes zu begehren, stimmt's?« Mac nickte versonnen und erwärmte sich sogleich für das Thema. »Mir ist so etwas Ähnliches bei dem Mädchen eines meiner Freunde passiert, das muss jetzt, warte mal, ungefähr zehn Jahre her sein ...«

»Sie ist nicht seine Frau.« Die Augen, die Grimm auf Mac richtete, waren nicht die Augen eines Mannes bei gesundem Verstand. Es waren die Augen, die seine Dorfbewohner gesehen hatten, bevor sie sich wohl überlegt vor so vielen Jahren von ihm abgewandt hatten – die eisblauen Augen eines Wikingerberserkers, der sich durch nichts davon abhalten ließ zu bekommen, was er wollte.

»Nun, zumindest ist sie so sicher wie die Hölle *etwas Besonderes.*« Mac wischte die unmissverständliche Warnung in Grimms Augen mit der Souveränität eines Mannes beiseite, der schon zu viele Kneipenkrakeelereien erlebt hatte, um sich wegen eines einzelnen gereizten Gastes allzu viele Gedanken zu machen. »Und du wünschst dir, dass sie es nicht wäre, so viel ist sicher.« Mac entfernte die leeren Flaschen und griff sich eine volle, die auf der Theke stand. Er betrachtete sie nachdenklich. »Wo kommt die jetzt her?«, fragte er stirnrunzelnd. »Ach, mein Gedächtnis lässt mich im Stich, ich hab völlig vergessen, dass ich die hier schon geöffnet habe. Aber du wirst sie bestimmt austrinken«, sagte Mac und goss ihm frisch ein. Der geschwätzige Wirt watschelte in den Raum hinter der Theke und kehrte einen Augenblick später mit einem prallvollen Korb mit in Brandy gesottenen Hühnchen zurück. »So wie du trinkst, brauchst du etwas zu essen, Mann«, riet ihm Mac.

Grimm verdrehte die Augen. Leider konnte auch aller

Whisky Schottlands nicht die Sinne eines Berserkers betäuben. Während Mac sich einem neuen Gast zuwandte, übergoss Grimm das Hühnchen missmutig mit seinem frisch eingeschenkten Whisky. Er hatte sich gerade entschlossen, einen langen Spaziergang zu machen, als Ramsay sich neben ihn setzte.

»Sieht so aus, als machte Quinn Fortschritte«, murmelte Ramsay düster, als er die Hühnchen betrachtete. »Mmm, das sieht lecker aus. Was dagegen, wenn ich zugreife?«

»Bedien dich«, sagte Grimm steif. »Hier – nimm auch was zu trinken.« Grimm schob die Flasche über die Theke.

»Nein danke, Mann. Ich bin versorgt.« Ramsay hob seinen Becher.

Lautes, melodisches Lachen erklang, als Jillian und Quinn sich zu ihnen gesellten. Trotz seiner besten Vorsätze waren Grimms Augen Unheil verkündend und wütend, als er Quinn ansah.

»Was haben wir denn da?«, fragte Quinn und bediente sich von den Hühnchen.

»Entschuldigt mich«, murmelte Grimm und entfernte sich, wobei er Jillian nicht die geringste Beachtung schenkte.

Ohne sich umzublicken, verließ er die Schänke und entschwand in die Nacht von Durrkesh.

☆ ☆ ☆

Es war kurz vor Morgengrauen, als Grimm zum *Black Boot* zurückkehrte. Erschöpft stieg er die Treppe hinauf und nahm die letzte Stufe, als er erstarrte, weil ein unerwartetes Geräusch an seine Ohren drang. Er blickte den Flur entlang und inspizierte eine Tür nach der anderen.

Erneut vernahm er das Geräusch – ein Winseln, gefolgt von einem tieferen, heiseren Stöhnen.

Jillian? Mit Quinn?

Er bewegte sich schnell und leise über den Korridor und stoppte vor Quinns Zimmer. Er lauschte angestrengt und hörte es ein drittes Mal – ein heiseres Seufzen und das Zischen tief eingesogener Luft – und jedes Geräusch jagte durch seine Eingeweide wie ein zweischneidiges Schwert. Wut überkam ihn, und all das Dunkle, dass er immer zu unterdrücken versucht hatte, wurde in ihm lebendig. Er spürte, wie er sich immer weiter in die Wut steigerte, die er zum ersten Mal vor fünfzehn Jahren empfunden hatte, als er auf Tuluth hinabblickte. Etwas Mächtigeres als er hatte in seinen Adern Form angenommen und stattete ihn aus mit unvorstellbarer Kraft und undenkbarer Fähigkeit zum Blutvergießen – ein archaisches Wikingermonster mit kalten Augen.

Grimm lehnte die Stirn gegen das kühle Holz von Quinns Tür und atmete in vorsichtig bemessenen Atemzügen ein, als er sich bemühte, seine gewalttätige Reaktion zu bändigen. Seine Atmung beruhigte sich langsam, ganz im Gegenteil zu den unkontrollierten Geräuschen, die von der anderen Seite der Tür zu ihm drangen. Jesus – er hatte sie ermutigt, Quinn zu heiraten, nicht mit ihm ins Bett zu gehen!

Ein raues Stöhnen entfuhr seinen Lippen.

Entgegen seinen besten Absichten legte seine Hand sich um den Türknauf und drehte ihn, nur um festzustellen, dass abgeschlossen war. Für einen Augenblick war er bewegungsunfähig, verblüfft. Eine Barriere zwischen ihm und Jillian – ein Schloss, das ihm sagte, dass sie sich entschieden hatte. Vielleicht hatte er sie gedrängt, aber sie hätte sich ein wenig mehr Zeit lassen können zu wählen! Ein oder zwei Jahre – vielleicht den Rest ihres Lebens.

In Ordnung, sie hatte unmissverständlich ihre Wahl getroffen – welches Recht hatte er also, überhaupt nur zu erwägen, die Tür in Holzspäne zu zertrümmern und sich den tödlichsten Sparren auszusuchen, um ihn seinem besten Freund ins Herz zu treiben? Welches Recht hatte er, außer sich abzuwenden und sich den dunklen Korridor entlang auf den Weg in seine eigene Hölle zu begeben, wo der Teufel zweifelsohne schon mit einem völlig neuen Felsblock auf ihn wartete, den er den Berg hinaufstemmen sollte: dem unerbittlichen Stein der Reue.

Der innere Disput wütete einen angespannten Augenblick und endete erst, als das Tier in ihm sich aufbäumte, seine Klauen ausstreckte und Quinns Tür zerschmetterte.

☆ ☆ ☆

Grimms Atem rasselte in angestrengtem Keuchen. Er kauerte sich in den Eingang und blickte in den schwach erleuchteten Raum, verwundert, dass niemand aufgescheucht aus dem Bett gesprungen war.

»Grimm ...« Kaum hörbar durchdrang das Wort das Dunkel.

Verwirrt glitt Grimm in das Zimmer und begab sich geschwind zu dem niedrigen Bett. Quinn lag auf durchtränkten Laken, zu einer Kugel zusammengerollt – allein. Erbrochenes bedeckte den abgenutzten Fußboden. Ein zinnerner Wasserbecher war zerdrückt und weggeworfen worden, daneben lag ein zertrümmerter Keramikkrug und das Fenster stand der kühlen Nachtluft offen.

Plötzlich schlug Quinn wild um sich, erhob sich aus dem Bett und brach zusammen. Grimm stürzte vor, um ihn aufzufangen, bevor er zu Boden fiel. Seinen Freund in den Armen haltend, starrte er ihn voller Unverständnis an, bis er einen dünnen Schaum auf Quinns Lippen entdeckte.

»G-g-gift«, stöhnte Quinn. »H-hilf ... mir.«

»Nein!«, hauchte Grimm. »Hurensohn!«, fluchte er und bettete Quinns Kopf in seinen Armen, während er laut um Hilfe schrie.

Kapitel 13

»Wer könnte Quinn vergiften wollen?«, rätselte Hatchard. »Niemand hat etwas gegen ihn. Quinn ist der Inbegriff eines Fürsten und Gentleman.«

Grimm verzog das Gesicht.

»Wird er wieder gesund werden?«, fragte Kaley und rang die Hände.

»Was ist los?« Eine verschlafene Jillian stand im Türrahmen. »Mein Gott«, rief sie aus, als sie die zertrümmerte Tür erblickte. »Was ist hier passiert?«

»Wie fühlst du dich, Mädchen? Geht es dir gut? Hast du Bauchschmerzen? Hast du Fieber?« Kaleys Hände waren plötzlich überall, legten sich auf ihre Stirn, betasteten ihren Leib und strichen ihr übers Haar.

Jillian blinzelte. »Kaley, mir geht es gut. Würdest du bitte aufhören, an mir herumzufuchteln? Ich habe den Aufruhr gehört und es hat mich beunruhigt, das ist alles.« Als Quinn stöhnte, schnappte Jillian nach Luft. »Was fehlt ihm?« Erst jetzt bemerkte sie das Durcheinander in dem Zimmer und den üblen Geruch von Krankheit, der in den Laken und Tüchern hing.

»Hol einen Arzt, Hatchard«, sagte Grimm.

»Der Barbier ist näher«, schlug Hatchard vor.

»Keinen Barbier«, fuhr Grimm ihn an. Er wandte sich an

Jillian. »Geht es dir gut, Mädchen?« Als sie nickte, atmete er erleichtert aus. »Geh zu Ramsay«, forderte er Kaley mit dunkler Vorahnung auf.

Kaleys Augen weiteten sich verständnisvoll und sie eilte aus dem Zimmer.

»Was ist geschehen?«, fragte Jillian.

Grimm legte ein feuchtes Tuch auf Quinns Kopf. »Ich nehme an, es ist Gift.« Er sagte ihr nicht, dass er sicher war; der letzte Mageninhalt von Quinn verpestete die Luft und für einen Berserker war der Gestank von Gift offensichtlich. »Ich denke, er wird sich erholen. Wenn es das ist, was ich vermute, müsste er jetzt schon tot sein, wenn die Dosis stark genug gewesen wäre. Es muss verdünnt worden sein.«

»Wer sollte Quinn vergiften? Jeder mag Quinn«, wiederholte sie unbeabsichtigt Hatchards Worte.

»Ich weiß, Mädchen. Das sagen alle«, sagte Grimm fast scherzhaft.

»Ramsay ist krank!« Kaleys Worte hallten über den Flur. »Kann mir jemand helfen? Ich kann ihn nicht festhalten!«

Grimm blickte zum Flur, dann wieder zu Quinn, innerlich zerrissen. »Geh zu Kaley, Mädchen, ich kann ihn nicht allein lassen«, brachte er zwischen den Zähnen hervor. Man mochte ihn für paranoid halten, doch wenn er sich nicht irrte, war er es, der in einem Haufen Erbrochenem liegen sollte, tot.

Die aschfahle Jillian fügte sich umgehend.

Grimm verkniff sich einen Fluch, strich Quinn über die Stirn, ließ sich zurücksinken und wartete auf den Arzt.

☆ ☆ ☆

Der Arzt kam mit zwei großen Taschen und schüttelte den Regen aus dem schütteren Haar, das seinen Schädel bekränzte. Nachdem er so ziemlich jeden im Gasthaus befragt hatte, willigte er ein, die Patienten zu untersuchen. Für einen Mann seiner Leibesfülle bewegte er sich mit überraschender Behändigkeit, eilte hin und her und kritzelte Notizen in ein kleines Büchlein. Nachdem er in ihre Augen gesehen, ihre Zungen untersucht und ihre aufgeblähten Leiber abgetastet hatte, wandte er sich wieder den Seiten seines Büchleins zu.

»Gebt ihnen Gerstenschleim, gedünstet mit Feigen, Honig und Süßholz«, wies er an, nachdem er einige Zeit in nachdenklichem Schweigen geblättert hatte. »Nichts anderes, versteht ihr, denn es würde nicht verdaut werden. Der Magen ist ein großer Kessel, in dem die Nahrung gärt. Solange ihre Körpersäfte aus dem Gleichgewicht sind, kann nichts verarbeitet werden, und alles Feste kommt wieder hoch«, erklärte er. »Nur Flüssigkeiten.«

»Werden sie wieder gesund werden?«, fragte Jillian besorgt. Sie hatten die beiden Männer in ein sauberes Zimmer neben Kaleys verlegt, um sie leichter pflegen zu können.

Der Arzt machte ein ernstes Gesicht, wodurch sich an seinem Doppelkinn genauso viele sorgenvolle Falten bildeten wie auf seiner Stirn. »Ich glaube, sie sind außer Gefahr. Keiner von beiden hat offensichtlich genug zu sich genommen, um getötet zu werden, aber ich schätze, dass sie noch eine ganze Zeit ziemlich schwach sein werden. Damit sie nicht versuchen aufzustehen, solltet ihr dies hier in Wasser auflösen – es ist Alraune.« Er zog einen kleinen Beutel hervor. »Weicht Tücher darin ein und legt sie ihnen über das Gesicht.« Der Arzt nahm eine dozierende Haltung ein und tippte mit seinem Federkiel gegen das Büchlein. »Ihr müsst sichergehen, dass ihre Münder und Nasen für ein paar Minuten völlig bedeckt sind. Wenn sie einatmen, werden die Dämpfe in den Körper eindringen und sie schlafen lassen. Die Lebensgeister erholen sich schneller, wenn die Körpersäfte sich ausruhen können. Wisst ihr, es gibt vier Säfte und drei

Geister ... ah, doch vergebt mir, ich bin ziemlich sicher, dass euch das alles nicht die Bohne interessiert. Nur jemanden, der mit dem Eifer eines Arztes forscht, können diese Tatsachen faszinieren.« Er ließ sein Büchlein zuschnappen. »Folgt meinen Anweisungen und sie werden wieder ganz gesund.«

»Kein Aderlass?« Hatchard blinzelte.

Der Arzt schnaubte. »Hol einen Barbier, wenn du einen Feind hast, den du umbringen möchtest. Hol einen Arzt, wenn du einen kranken Patienten hast, der wieder gesund werden soll.«

Grimm nickte zustimmend und erhob sich, um den Arzt hinauszugeleiten.

»O Quinn«, sagte Jillian und seufzte, wobei sie eine Hand auf seine klamme Stirn legte. Sie strich seine Bettdecke glatt und stopfte sie eng um seinen fiebernden Körper.

Hinter Jillian stand Kaley an der anderen Seite des Bettes und strahlte Hatchard an, der an der gegenüberliegenden Seite des Raumes stand und kühle Tücher auf Ramsays Stirn legte. *Sie wird Quinn wählen, hab ich's dir nicht gesagt?*, flüsterte sie lautlos.

Hatchard hob nur eine Augenbraue und verdrehte die Augen.

☆ ☆ ☆

Als Grimm am nächsten Morgen nach den Männern sah, hatte sich ihr Zustand gebessert; allerdings waren sie noch ruhig gestellt und auf keinen Fall reisefähig.

Kaley bestand darauf, die Waren zu besorgen, wegen derer die Männer ursprünglich hergekommen waren, also stimmte Grimm widerwillig zu, Jillian auf den Jahrmarkt zu begleiten. Dort angekommen, jagte er entgegen all ihrer Proteste in halsbrecherischer Geschwindigkeit von einem Verkaufsstand zum nächsten. Als sich am Nachmittag ein dichter Nebel aus den Bergen herabsenkte und Durrkesh einhüllte, ließ ein erleichterter Grimm Jillian wissen, dass es an der Zeit sei, ins Gasthaus zurückzukehren.

Nebel machte Grimm stets unruhig, was sich als lästig erwies, da Schottland nahezu ständig im Nebel versank. Dies allerdings war kein gewöhnlicher Nebel; es war ein dicker, feuchter Umhang aus dichten, weißen Wolken, die zu Boden sanken und um ihre Füße waberten. Als sie den Markt verließen, konnte er kaum Jillians Gesicht erkennen, obwohl sie dicht neben ihm ging.

»Ich liebe das!«, rief Jillian, breitete die Arme aus und durchteilte die Nebelschwaden. »Nebel hatte für mich immer schon etwas Romantisches.«

»Das Leben hatte für dich immer schon etwas Romantisches, Mädchen. Du hieltest es für romantisch, als Bertie unten in den Stallungen deinen Namen in Pferdemist schrieb«, erinnerte er sie trocken.

»Das tue ich immer noch«, sagte sie beleidigt. »Er lernte das Alphabet aufgrund des ausdrücklichen Wunsches, meinen Namen schreiben zu können. Ich halte das für sehr romantisch.« Ihr Blick verfinsterte sich, als sie durch den dichten Nebel blickte.

»Offensichtlich musstest du noch nie in einer solchen Suppe eine Schlacht schlagen«, sagte er gereizt. Nebel erinnerte ihn an Tuluth und an unwiderrufliche Entscheidungen. »Es ist verdammt schwer, einen Mann zu töten, wenn du nicht sehen kannst, wo dein Schwert trifft.«

Abrupt blieb Jillian stehen. »Unsere Leben sind völlig verschieden, nicht wahr?«, fragte sie, plötzlich ernüchtert. »Du hast viele Männer getötet, oder, Grimm Roderick?«

»Du solltest es wissen«, antwortete er markig. »Du hast mir dabei zugesehen.«

Jillian kaute auf ihrer Lippe und musterte ihn. »Die McKane hätten an jenem Tag meine Familie getötet, Grimm. Du hast uns beschützt. Wenn ein Mann töten muss, um seinen Clan zu schützen, dann ist das keine Sünde.«

Wenn er sich doch nur mit der gleichen Großzügigkeit freisprechen könnte, dachte er. Sie hatte immer noch keine Ahnung, dass der Angriff der McKane nicht ihrer Familie gegolten hatte. Sie waren an jenem nebligen Tag vor langer Zeit nach Caithness gekommen, weil sie gehört hatten, dass sich dort ein Berserker aufhielt. Jillian hatte das damals nicht gewusst und offensichtlich hatte Gibraltar niemals sein Geheimnis verraten.

»Warum bist du in jener Nacht fortgegangen?«, fragte Jillian vorsichtig.

»Ich ging fort, weil es an der Zeit war«, sagte er grob und fuhr sich mit einer Hand durchs Haar. »Ich hatte alles gelernt, was Gibraltar mir beibringen konnte, und es war Zeit weiterzuziehen. Es gab nichts auf Caithness, was mich gehalten hätte.«

Jillian seufzte. »Nun, du solltest wissen, dass keiner von uns dir jemals einen Vorwurf gemacht hat, obwohl wir wussten, dass du dir selbst Vorwürfe machtest. Selbst der geliebte Edmund hat bis zu seinem letzten Atemzug geschworen, dass du der edelste Krieger seist, dem er je begegnet war.« Jillians Augen verdunkelten sich. »Wir haben ihn unter dem Apfelbaum begraben, genau, wie er es gewollt hat«, fügte sie hinzu, mehr zu sich selbst. »Ich gehe immer dorthin, wenn das Heidekraut blüht. Er liebte weißes Heidekraut.«

Betroffen blieb Grimm stehen. »Begraben? Edmund? Was?«

»Edmund. Er wünschte, unter dem Apfelbaum begraben zu werden. Wir haben dort oft gespielt, erinnerst du dich?«

Seine Finger schlossen sich um ihr Handgelenk. »Wann ist Edmund gestorben? Ich dachte, er wäre bei deinem Bruder Hugh in den Highlands.«

»Nein. Edmund starb kurz nachdem du uns verlassen hast. Vor fast sieben Jahren.«

»Er ist bei dem Angriff der McKane nur leicht verwundet worden«, hakte Grimm nach. »Selbst Gibraltar sagte, dass er sich problemlos erholen würde!«

»Er fing sich eine Infektion ein und bekam zusätzlich eine Lungenentzündung«, erwiderte sie, verwundert über seine heftige Reaktion. »Das Fieber nahm nicht ab. Er musste nicht lange leiden, Grimm. Und einige seiner letzten Worte galten dir. Er schwor, du hättest die McKane eigenhändig besiegt, und murmelte irgendwelchen Unsinn über dich, von wegen du seist ... was war es noch? Ein Krieger Odins, der die Gestalt wechseln kann, oder so was Ähnliches. Aber na ja, Edmund hatte immer schon eine lebhafte Phantasie«, fügte sie mit einem schwachen Lächeln hinzu.

Grimm starrte sie durch den Nebel an.

»W-was?«, stammelte Jillian, verwirrt durch die Intensität, mit der er sie ansah. Als er auf sie zutrat, wich sie einen Schritt zurück und stieß gegen die Steinmauer, die die Kirche in ihrem Rücken umgab.

»Was wäre, wenn solche Wesen tatsächlich existierten, Jillian?«, fragte er, und seine blauen Augen funkelten. Er wusste, dass er sich nicht auf solch gefährliches Gebiet wagen sollte, aber es bestand die Möglichkeit, ihre Gefühle zu erkunden, ohne sich selbst zu verraten.

»Was meinst du?«

»Was, wenn es keine Phantastereien waren?«, drängte er. »Was wäre, wenn es wirklich Männer gäbe, die die Fähigkeiten haben, von denen Edmund sprach? Männer, die ein mythisches Untier in sich tragen – ausgestattet mit besonderen

Fähigkeiten, erfahren in der Kriegskunst, fast unbesiegbar. Was würdest du von einem solchen Mann halten?«

Jillian sah ihn eindringlich an. »Was für eine merkwürdige Frage. Glaubst *du*, dass es solche Krieger gibt, Grimm Roderick?«

»Kaum«, sagte er knapp. »Ich glaube an das, was ich sehen und berühren und in meiner Hand halten kann. Die Legende von den Berserkern ist nichts weiter als ein dümmliches Märchen, das man erzählt, um unartige Kinder zu erschrecken, damit sie sich anständig benehmen.«

»Warum hast du mich dann gefragt, ob ich daran glaube?«, hakte sie nach.

»Eine rein hypothetische Frage. Ich wollte nur Konversation treiben und es war eine dumme Konversation. Bei Odins Speer, Mädchen – *niemand* glaubt an Berserker!« Er ging weiter und forderte sie mit ungeduldigem Blick auf, ihm zu folgen.

Schweigend gingen sie ein paar Meter. Dann, ohne Vorwarnung, fragte Grimm: »Küsst Ramsay gut?«

»*Was?*« Jillian stolperte fast über ihre eigenen Füße.

»Ramsay, Pfauhenne. Küsst er gut?«, wiederholte Grimm gereizt.

Jillian mühte sich redlich, ein Freudestrahlen zu unterdrücken. »Nun ja«, sagte sie nachdenklich affektiert. »Ich hatte nicht viel Erfahrung, aber ich muss in aller Fairness sagen, dass sein Kuss der beste war, den ich je bekommen habe.«

Augenblicklich schnitt Grimm ihr den Weg ab und drängte sie zwischen seinen harten Körper und die steinerne Mauer. Mit unnachgiebiger Hand ergriff er ihr Kinn und hob ihr Gesicht in seine Richtung. *Bei allen Heiligen, wie konnte der Mann sich so schnell bewegen? Und wie herrlich, dass er es tat.*

»Lass mich dir helfen, das ins rechte Licht zu rücken, Mädchen. Aber bilde dir nicht für eine Minute ein, dass das irgendetwas zu bedeuten hätte. Ich versuche nur, dir begreiflich zu machen, dass es noch bessere Männer gibt. Betrachte dies als eine Lektion, nichts weiter. Ich könnte es nicht ertragen, dich mit Logan verheiratet zu sehen, nur weil du dachtest, dass er der beste Küsser sei, wenn eine solch fehlerhafte Einschätzung so einfach widerlegt werden kann.«

Jillian bedeckte seine Lippen mit ihrer Hand und hielt ihn so von dem angedrohten Kuss ab. »Ich brauche keine Lektion, Grimm. Ich kann mir meine eigenen Gedanken machen. Mir widerstrebt der Gedanke, dass du dich opferst und meinetwegen leidest ...«

»Ich bin willens, ein wenig zu leiden. Nimm es als eine Gunst, da wir in Kindertagen Freunde waren.« Er ergriff ihre Hand und zog sie von seinen Lippen.

»Du bist nie mein Freund gewesen«, erinnerte sie ihn liebevoll. »Du hast mich permanent von dir gestoßen ...«

»Nicht im ersten Jahr ...«

»Ich dachte, du erinnertest dich nicht an mich oder an deine Zeit auf Caithness. Hast du mir nicht etwas in dieser Richtung erzählt? Und ich brauche keine Almosen von dir, Grimm Roderick. Davon abgesehen, was macht dich so sicher, dass dein Kuss besser sein wird? Ramsays hat mir auf jeden Fall den Atem genommen. Ich konnte es kaum ertragen, als er aufhörte«, log sie schamlos. »Was, wenn du mich küsst und es ist nicht so gut wie Ramsays Kuss? Welchen Grund könnte ich dann noch haben, ihn nicht zu heiraten?« Nachdem sie ihm den Fehdehandschuh vor die Füße geworfen hatte, genoss Jillian die Vorfreude auf den atemberaubenden Kuss, von dem sie wusste, dass er folgen würde.

Mit wütendem Gesichtsausdruck nahm Grimm von ihrem Mund Besitz.

Und das Erdbeben begann unter seinen Füßen. Grimm

stöhnte an ihren Lippen, als die Gefühle seine schwindende Beherrschung übermannten.

Jillian seufzte und öffnete die Lippen.

Sie wurde geküsst von Grimm Roderick und es war genauso wie in ihrer Erinnerung. Der Kuss, den sie sich vor so langer Zeit in den Stallungen gegeben hatten, war für sie geradezu zu einem Mythos geworden, und im Laufe der Zeit hatte sie sich gefragt, ob sie ihn in ihrem Geiste nicht verherrlicht hatte, ob sie sich nicht nur eingebildet hatte, dass er die Welt um sie herum aus den Angeln gehoben hatte. Aber ihre Erinnerung hatte sie nicht getäuscht. Ihr Körper wurde zum Leben erweckt, ihre Lippen kribbelten und ihre Brustwarzen verhärteten sich. Sie wollte jeden Zentimeter seines Körpers, egal wie. Über ihr, neben ihr, hinter ihr. Hart, kraftvoll, fordernd – sie wusste, er war Manns genug, das endlose Verlangen zu stillen, das sie für ihn empfand.

Sie krallte ihre Finger in sein Haar und erwiderte seinen Kuss, dann stockte ihr der Atem, als er den Kuss vertiefte. Eine Hand umfasste ihr Kinn; die andere glitt an ihrem Rückgrat hinunter, umfasste ihre Hüften und zog ihren Körper eng an seinen. Alle Gedanken schwanden, als sich Jillian dem hingab, wovon sie lange Zeit nur geträumt hatte: Grimm Roderick als Frau zu berühren, als seine Frau. Seine Hände waren an ihren Hüften, pressten gegen ihr Kleid – und plötzlich waren ihre Hände an seinem Kilt und zerrten an seiner Felltasche, um darunter zu kommen. Sie fand seine opulente Männlichkeit und ergriff sein hartes Glied durch den Stoff des Plaids. Sie spürte, wie sich sein Körper gegen ihren presste, und das lustvolle Stöhnen, das ihm entfuhr, war das schönste Geräusch, das Jillian je gehört hatte.

Sterne explodierten zwischen ihnen, und dort im Dunst und Nebel von Durrkesh war sie so gefangen von dem Bedürfnis, sich mit diesem ihrem Mann zu vereinigen, dass sie sich keine Gedanken darüber machte, dass sie sich in aller Öffentlichkeit befanden. Grimm wollte sie, wollte mit ihr schlafen – sein Körper verriet ihr das unmissverständlich. Sie bog sich ihm entgegen, ermutigend, einladend. Der Kuss hatte sie nicht nur atemlos gemacht, er hatte sie um die letzten Reste ihres Verstandes gebracht.

Er ergriff ihre fordernde Hand und heftete sie an die Wand über ihrem Kopf. Erst als er ihre beiden Hände unter Kontrolle hatte, änderte er das Tempo seines Kusses und verwandelte ihn in ein aufreizendes, spielerisches Flackern seiner Zunge, tastend oder sich zurückziehend, bis sie stöhnend nach mehr verlangte. Er rieb seinen Körper in voller Länge in stetigem, aufreizendem Rhythmus gegen ihren.

Mit aufreizender Langsamkeit entzog er ihr seine Lippen, fing ihre Unterlippe mit den Zähnen ein und sog zärtlich daran. Dann zog er sich mit einem letzten köstlichen Zungenschlag zurück.

»Also, was denkst du? Kann Ramsay *da* mithalten?«, fragte er heiser und betrachtete aufmerksam ihre Brüste. Erst als er sich vergewissert hatte, dass sie sich für einen langen Moment nicht auf- und abbewegten, dass es ihm tatsächlich gelungen war, sie *atemlos* zu küssen, sah er ihr in die Augen.

Jillian schwankte, während sie darum kämpfte, dass ihr nicht einfach die Beine unter dem Körper wegsackten. Sie starrte ihn mit leerem Blick an. Worte? Glaubte er, sie könne nach diesem Erlebnis Worte bilden? Glaubte er, sie könne *denken*?

Grimms Blicke forschten eindringlich in ihrem Gesicht und Jillian erkannte eine selbstgefällige Zufriedenheit in seinen funkelnden Augen. Ein leises Lächeln umspielte seine Lippen, als sie nichts erwiderte, sondern ihn nur mit geschwollenen Lippen und runden Augen ansah. »Atme, Pfauhenne, du kannst jetzt wieder atmen.«

Noch immer starrte sie ihn verblüfft an. Tapfer tat sie einen tiefen, pfeifenden Atemzug.

»Hmmmph«, war alles, was sie von sich gab, als er ihre Hand nahm und sie mit sich zog. Sie trottete mit wackeligen Knien neben ihm her und blickte von Zeit zu Zeit verstohlen auf den äußerst maskulinen Ausdruck von Befriedigung in seinem Gesicht.

Auf dem Rückweg zum Gasthaus sprach Grimm kein weiteres Wort. Das konnte Jillian nur recht sein; sie war sich nicht sicher, ob sie auch nur einen einzigen zusammenhängenden Satz zustande gebracht hätte, selbst wenn ihr Leben davon abhinge. Sie fragte sich kurz, wer von beiden dieses Geplänkel für sich entschieden hatte. Schwach kam sie zu dem Schluss, dass sie es war. Ihr Aufeinandertreffen hatte ihn nicht unberührt gelassen und sie hatte den Kuss bekommen, nach dem sie sich gesehnt hatte.

Als sie das *Black Boot* erreichten, informierte Hatchard das seltsam wortkarge Paar, dass die Männer, obwohl noch ziemlich schwach, darauf drängten, das Gasthaus zu verlassen. Alle Risiken abwägend, war Hatchard zu der Auffassung gelangt, dass dies die klügste Entscheidung war. Er hatte zu diesem Zweck einen Planwagen besorgt und bei Tagesanbruch würden sie sich auf den Rückweg nach Caithness begeben.

Kapitel 14

»Erzähl mir eine Geschichte, Jillian«, bat Zeke, als er in den Lichthof gelaufen kam. »Ich hab dich und Mama so vermisst, als ihr weg wart.« Der kleine Junge kletterte neben sie auf die Bank und kuschelte sich in ihre Arme.

Jillian strich ihm das Haar aus dem Gesicht und drückte ihm einen Kuss auf die Stirn. »Was soll es denn sein, mein kleiner Zeke? Drachen? Feen? Der Selkie?«

»Erzähl mir von den Berserkern«, sagte er entschlossen.

»Von was?«

»Von den Berserkern«, sagte Zeke nachsichtig. »Du weißt schon, die mächtigen Krieger Odins.«

Jillian seufzte leise. »Was haben Jungens nur immer mit ihren Schlachten? Auch meine Brüder liebten dieses Märchen.«

»Das ist kein Märchen, es ist wahr«, ließ Zeke sie wissen. »Mama hat mir erzählt, dass sie noch immer in den Highlands umherstreifen.«

»Unsinn«, sagte Jillian. »Ich werde dir eine Geschichte erzählen, die zu einem kleinen Jungen passt.«

»Ich will keine passende Geschichte. Ich will eine Geschichte mit Rittern und Helden und Abenteuern. Und Berserkern.«

»Oje, du wirst erwachsen, wie?«, sagte Jillian trocken und fuhr ihm durch das Haar.

»Natürlich«, sagte Zeke beleidigt.

»Keine Berserker. Ich werde dir stattdessen von dem Jungen und den Nesseln erzählen.«

»Ist das wieder so eine von den Geschichten mit einer *Moral*?«, maulte Zeke.

Jillian rümpfte die Nase. »Es ist nichts verkehrt an Geschichten, die eine tiefere Moral haben.«

»Gut. Erzähl mir von den blöden Nesseln.« Er stützte das Kinn auf seine Faust und schmollte.

Jillian lachte über seinen trotzigen Gesichtsausdruck. »Ich sag dir was, Zeke. Ich erzähle dir eine Geschichte mit einer Moral und dann kannst du Grimm suchen und ihn bitten, dir die Geschichte deiner furchtlosen Krieger zu erzählen. Ich bin sicher, dass er sie kennt. Er ist der furchtloseste Mann, der mir je begegnet ist«, fügte Jillian mit einem Seufzen hinzu. »Es geht los. Pass auf:

Es war einmal ein kleiner Junge, der ging durch den Wald und kam an einen Platz mit Nesseln. Fasziniert von dem ungewöhnlichen Büschel, versuchte er, sie zu pflücken, um sie mitzunehmen und seiner Mama zu zeigen. Die Pflanze stach ihn schmerzhaft und er rannte mit brennenden Fingern nach Hause. ›Ich habe sie kaum berührt, Mama!‹, weinte der Junge.

›Das ist genau der Grund, weshalb sie dich gestochen hat‹, antwortete seine Mama. ›Das nächste Mal, wenn du eine Nessel berührst, fasse sie fest an, und sie wird in deiner Hand so weich sein wie Seide und dich kein bisschen verletzen.‹« Bedeutungsvoll hielt Jillian inne.

»Das war *alles*?«, beschwerte sich Zeke wütend. »Das war keine Geschichte! Du hast mich reingelegt!«

Jillian biss sich auf die Lippe, um nicht lachen zu müssen; er sah aus wie ein beleidigtes Bärenjunges. Sie war müde von der Reise und ihre Erzählkunst war momentan ein wenig schwächlich, aber die Geschichte enthielt eine nützliche Lektion. Außerdem war der größte Teil ihres Verstandes mit Gedanken an den unglaublichen Kuss beschäftigt, den sie gestern erhalten hatte. Es bedurfte jedes Quäntchens ihrer schwindenden Selbstbeherrschung, sie davon abzuhalten loszurennen, Grimm zu finden, sich in seinen Schoß zu kuscheln und ihn zärtlich um eine Gutenachtgeschichte anzubetteln. Oder, genauer gesagt, um eine gute Nacht. »Sag mir, was die Geschichte bedeutet, Zeke«, redete Jillian ihm zu.

Zeke schwieg einen Moment lang und dachte über die Geschichte nach. Seine Stirn legte sich vor Konzentration in Falten und Jillian wartete geduldig. Von all den Kindern war Zeke der cleverste, wenn es darum ging, einer Sache auf den Grund zu gehen. »Ich hab's!«, rief er aus. »Ich soll nicht zögern. Ich soll einfach zugreifen. Wenn du unentschlossen bist, kannst du gestochen werden.«

»Was auch immer du tust, Zeke«, riet ihm Jillian, »tue es mit all deiner Kraft.«

»Wie Reiten lernen«, folgerte er.

»Ja. Und deine Mama lieben und mit den Pferden arbeiten und die Lektionen lernen, die ich dir gebe. Wenn du dich nicht mit aller Kraft den Dingen hingibst, wirst du am Ende von den Dingen verletzt werden, denen du dich nur halbherzig widmest.«

Zeke gab ein unzufriedenes Schnaufen von sich. »Na ja, es ist nicht gerade der Berserker, aber ich denke, es ist in Ordnung – für ein Mädchen.«

Jillian gab einen verstimmten Laut von sich und drückte Zeke ungeachtet seines ungeduldigen Zappelns eng an sich. »Ich verliere dich bereits, nicht wahr, Zeke?«, fragte sie, als der Junge auf der Suche nach Grimm aus dem Lichthof rannte. »Wie viele Jungen werden sich noch von mir abwenden?«, murmelte sie traurig.

☆ ☆ ☆

Vor dem Abendessen sah Jillian nach Quinn und Ramsay. Die beiden Männer schliefen fest, erschöpft von der Rückreise nach Caithness. Grimm hatte sie seit ihrer Rückkehr nicht mehr gesehen; er hatte die Patienten versorgt und war gegangen. Er hatte die gesamte Reise über geschwiegen, und betroffen von seiner Zurückhaltung hatte sie sich auf den Planwagen zurückgezogen und war bei den kranken Männern geblieben.

Sowohl Quinn als auch Ramsay hatten immer noch eine ungesund blasse Gesichtsfarbe und ihre klamme Haut war Beweis dafür, dass das Fieber sie noch immer unnachgiebig im Griff hatte. Sie drückte Quinn einen zärtlichen Kuss auf die Stirn und zog ihm die Decke bis unters Kinn.

Als sie die Krankenzimmer verließ, kehrte sie in Gedanken zurück zu jenem Sommer, als sie fast sechzehn gewesen war – jenem Sommer, in dem Grimm Caithness verlassen hatte.

Nichts in ihrem Leben hatte Jillian auf eine solch fürchterliche Schlacht vorbereitet. Weder Tod noch Brutalität hatten sie bis dahin in ihrem behüteten Leben heimgesucht, doch an jenem Tag stürmte beides wie die großen schwarzen Schlachtrösser, die die Farben der McKane trugen, auf sie ein.

In dem Moment, als die Wachen Alarm geschlagen hatten, hatte ihr Vater sie in ihrem Schlafzimmer verbarrikadiert. Jillian beobachtete das blutige Massaker, das sich vor ihrem Fenster abspielte, mit ungläubigen Augen. Sie war erdrückt von Hilflosigkeit, verzweifelt aufgrund ihrer Unfähigkeit, an der Seite ihrer Brüder zu kämpfen. Aber sie wusste, selbst wenn es ihr überlassen blieb, den Besitz zu verwalten, sie war nicht stark genug, ein Schwert zu führen. Welchen Schaden konnte sie, ein einfaches Mädchen, solch gestählten Kriegern wie den McKane schon zufügen?

Der Anblick von so viel Blut entsetzte sie. Als ein heimtückischer McKane sich von hinten an Edmund heranschlich und ihn überraschte, schrie sie laut auf und trommelte mit den Fäusten gegen die Fensterscheibe, doch das magere Geräusch, zu dem sie fähig war, konnte den rauen Schlachtenlärm nicht durchdringen. Der stämmige McKane schmetterte ihren Bruder mit der flachen Seite seiner Streitaxt zu Boden.

Jillian presste sich gegen das Glas und krallte in Panik die Fingernägel in die Füllung, als könne sie hindurchbrechen und ihn der Gefahr entreißen. Ein tiefer Seufzer der Erleichterung entfuhr ihr, als Grimm heranstürmte und den knurrenden McKane ins Jenseits beförderte, bevor Edmund einem weiteren brutalen Hieb ausgesetzt war. Während sie beobachtete, wie sich ihr verwundeter Bruder bemühte, wieder auf die Beine zu kommen, fand in ihrem tiefsten Inneren eine Veränderung statt, so schnell, dass sie sie kaum bemerkte: Das Blut schreckte Jillian nicht länger – im Gegenteil, sie lechzte danach, auch den letzten Blutstropfen der McKane auf dem Boden von Caithness vergossen zu sehen. Als der wütende Grimm sich daranmachte, jeden McKane im Umkreis von fünfzig Metern niederzumetzeln, schien es ihr von erschreckender Schönheit. Niemals hatte sie einen Mann sich mit solch unglaublicher Geschwindigkeit und tödlicher Grazie bewegen sehen – er kämpfte, um all das zu schützen, was ihr am Herzen lag.

Nach der Schlacht stand Jillian verloren herum, während sich ihre Familie um Edmund sorgte, die Verwundeten behandelte und die Toten begrub. Mit dem Gefühl, schrecklich jung und verwundbar zu sein, wartete sie auf dem Dach darauf, dass Grimm ihrer Nachricht folgte, nur um zu sehen, wie er seine Sachen zum Stall schleppte.

Sie war bestürzt. Er durfte nicht gehen. Nicht jetzt! Nicht, wenn sie so verwirrt und verängstigt war. Sie brauchte ihn jetzt mehr denn je.

Jillian rannte in die Stallungen, so schnell, wie ihre Füße sie trugen. Aber Grimm ließ nicht mit sich reden; er sagte ihr eisig Lebewohl und wandte sich zum Gehen. Seine Weigerung, sie zu trösten, war die letzte Demütigung, die sie ertragen konnte – sie warf sich ihm in die Arme und forderte mit ihrem Körper, dass er sie schützte und behütete.

Der Kuss, der als ein unschuldiges Aufeinanderpressen ihrer Lippen begann, wurde schnell zur Bestätigung ihrer geheimsten Träume: Grimm Roderick war der Mann, den sie heiraten würde.

Als Freude ihr Herz erfüllte, wandte er sich von ihr und ging zu seinem Pferd, als habe ihr Kuss ihm nichts bedeutet. Jillian war beschämt und verletzt ob seiner Ablehnung und die beängstigende Intensität so vieler neuer Gefühle stürzte sie in Verzweiflung.

»Du darfst nicht gehen! Nicht jetzt!«, rief sie aus.

»Ich muss«, knurrte er. »Und *das*«, er wischte sich wütend über den Mund, »hätte nie geschehen dürfen!«

»Es ist aber geschehen! Und was, wenn du nicht zurückkommst, Grimm? Was, wenn du gehst und ich dich nie wieder sehe?«

»Das ist genau das, was ich vorhabe«, sagte er hitzig. »Du bist noch keine sechzehn. Du wirst einen Mann finden. Du wirst eine rosige Zukunft haben.«

»Ich habe meinen Mann schon gefunden!«, jammerte Jillian. »Du hast mich *geküsst*!«

»Ein Kuss ist kein Eheversprechen!«, fuhr er sie an. »Und es war ein Fehler. Ich hätte es nie tun sollen, aber du hast dich mir an den Hals geworfen. Was hast du denn anderes erwartet?«

»D-du wolltest mich nicht k-küssen?« Ihre Augen verdunkelten sich vor Schmerz.

»Ich bin ein Mann, Jillian. Wenn eine Frau sich mir an den Hals wirft, bin ich ein Mensch wie jeder andere!«

»Du meinst, du hast es nicht auch gespürt?«, hauchte sie.

»Was gespürt?«, blaffte er. »Lust? Natürlich. Du bist ein hübsches Ding.«

Zutiefst verletzt schüttelte Jillian den Kopf. Konnte sie sich so geirrt haben? War es möglich, dass sie sich das wirklich nur eingebildet hatte? »Nein, ich meine – hast du dich nicht gefühlt, als ob die Welt vollkommen sei und ... und dass wir füreinander bestimmt ...« Sie verstummte und kam sich unglaublich dumm vor.

»Vergiss mich, Jillian St. Clair. Werde erwachsen, heirate einen gut aussehenden Fürsten und vergiss mich«, sagte Grimm steinhart. Mit einer schnellen Bewegung sprang er auf den Rücken des Pferdes und jagte aus dem Stall.

»Verlass mich nicht, Grimm Roderick! Lass mich nicht so zurück! Ich liebe dich!«

Aber er ritt fort, ungeachtet ihres Flehens. Jillian wusste, dass er jedes Wort gehört hatte, obwohl sie wünschte, dass es nicht so wäre. Sie hatte sich einem Mann zu Füßen geworfen, der sie nicht wollte, und sie hatte ihm ihr Herz nachgeworfen, als er sie verließ.

Jillian seufzte schwer und schloss die Augen. Es war eine bittere Erinnerung, doch seit Durrkesh steckte der Stachel nicht mehr so tief. Sie glaubte nicht länger, dass sie sich darin geirrt hatte, wie tief der Kuss sie beide berührt hatte, denn in Durrkesh war dasselbe passiert, und mit dem sicheren Wissen einer Frau hatte sie in seinen Augen gesehen, dass auch er es gespürt hatte.

Nun musste sie ihn nur noch dazu bewegen, es einzugestehen.

Kapitel 15

Nachdem sie mehr als eine Stunde nach ihm gesucht hatte, machte Jillian Grimm in der Waffenkammer ausfindig. Er stand an einem niedrigen Tisch und prüfte einige Klingen, aber sie konnte an seiner starren Haltung erkennen, dass er ihre Anwesenheit spürte.

»Als ich siebzehn war, war ich in der Nähe von Edinburgh«, ließ Jillian seinen steifen Rücken wissen. »Ich glaubte, dich kurz gesehen zu haben, als ich die Hammonds besuchte.«

»Ja«, antwortete Grimm und untersuchte umständlich einen gehämmerten Schild.

»Du *warst* es! Ich hab es gewusst!«, rief Jillian aus. »Du standst in der Nähe des Torhauses. Du hast mich beobachtet und sahst ... unglücklich aus.«

»Ja«, gab er verkniffen zu.

Jillian blickte einen Moment auf Grimms breiten Rücken und überlegte, wie sie ihren Gefühlen Ausdruck verleihen könnte. Es wäre unglaublich hilfreich gewesen, hätte sie selbst gewusst, was sie eigentlich sagen wollte, aber sie wusste es nicht. Doch das spielte ohnehin keine Rolle, denn er drehte sich um und streifte sie im Vorbeigehen mit einer Überheblichkeit, die von ihr verlangte, sich dazu herabzulassen, ihm zu folgen.

Sie tat es nicht.

☆ ☆ ☆

Später fand sie ihn in der Küche vor, als er sich eine Hand voll Zucker in die Tasche steckte.

»Für Occam«, sagte er entschuldigend.

»In der Nacht, als ich zum Ball der Glannises in der Nähe von Edinburgh ging«, nahm Jillian die Konversation dort wieder auf, wo sie ihrer Meinung nach abgebrochen war, »warst du das im Verborgenen, nicht wahr? In dem Herbst, als ich achtzehn wurde.«

Grimm seufzte schwer. Hatte sie ihn also ein weiteres Mal entdeckt. Das Mädchen schien ein Gefühl dafür zu haben, wo er sich aufhielt und ob er allein war. Resigniert sah er sie an. »Ja«, antwortete er gleichmütig. *Das war der Herbst, als du zur Frau wurdest, Jillian. Du trugst rubinroten Samt. Dein Haar war offen und fiel dir über die Schultern. Deine Brüder waren so stolz auf dich. Ich war überwältigt.*

»Als dieser ungehobelte Kerl, Alastair – und weißt du, ich bin später dahinter gekommen, dass er *verheiratet* war –, mich mit nach draußen nahm und mich küsste, hörte ich ein Furcht erregendes Knacken in den Büschen. Er meinte, es müsse ein wildes Tier sein.«

»Und dann erzählte er dir, wie dankbar du ihm sein könntest, dass er zur Stelle wäre, um dich zu beschützen, richtig?«, machte Grimm sich lustig. *Ich hätte den Bastard fast dafür umgebracht, dass er dich berührt hat.*

»Das ist nicht komisch. Ich hatte wirklich Angst.«

»Wirklich, Jillian?« Grimm sah ihr tief in die Augen. »Wovor? Vor dem Mann, der dich hielt, oder vor dem wilden Tier im Gebüsch?«

Jillian hielt seinem Blick stand und befeuchtete sich die

Lippen, die urplötzlich trocken geworden waren. »Nicht vor dem wilden Tier. Alastair war ein Schuft, und hätte das Geräusch nicht seine Pläne durchkreuzt, Gott allein weiß, was er mit mir angestellt hätte. Ich war jung und, meine Güte, ich war so unschuldig!«

»Ja.« Er seufzte.

»Quinn hat mich heute gebeten, seine Frau zu werden«, verkündete sie und beobachtete ihn genau.

Grimm schwieg.

»Ich habe ihn noch nicht geküsst, daher weiß ich nicht, ob er besser küsst. Glaubst du, dass er besser ist? Besser als du, meine ich?«

Grimm antwortete nicht.

»Grimm? Wird er besser küssen als du?«

Ein tiefes Raunen füllte die Atmosphäre. »Ja, Jillian.« Grimm seufzte und ging, um sein Pferd zu versorgen.

☆ ☆ ☆

Grimm schaffte es, ihr fast einen ganzen Tag aus dem Weg zu gehen. Erst spät in der Nacht gelang es ihr endlich, ihn abzufangen, als er die Zimmer der kranken Männer verließ.

»Weißt du, selbst als ich nicht ganz sicher war, ob du wirklich da warst, fühlte ich mich dennoch ... sicher. Weil, du hättest da sein *können.*«

Der Ansatz eines zustimmenden Lächelns umspielte seine Lippen. »*Ja*, Jillian.«

Jillian wandte sich ab.

»Jillian?«

Sie blieb stehen.

»Hast du Quinn inzwischen geküsst?«

»Nein, Grimm.«

»Oh. Nun, du solltest dich langsam darum kümmern, Mädchen.«

Jillians Blick verfinsterte sich.

☆ ☆ ☆

»Ich sah dich auf dem Königlichen Basar.«

Endlich war es Jillian gelungen, ihn für mehr als nur ein paar erzwungene Augenblicke ganz für sich allein zu haben. Da Quinn und Ramsay das Bett hüten mussten, hatte sie Grimm gebeten, ihr beim Abendessen im Hauptsaal Gesellschaft zu leisten, und zu ihrer Verwunderung hatte er bereitwillig zugestimmt. Sie saß an einer Seite des langen Tisches und betrachtete sein geheimnisvoll schönes Gesicht durch die Verästelungen eines Leuchters, der Dutzende von flackernden Kerzen trug. Sie hatten schweigend zu Abend gegessen, die Stille war nur vom Klappern der Teller und Becher durchbrochen worden. Die Dienstmädchen hatten sich zurückgezogen, um den Männern oben Kraftbrühe zu bringen. Seit sie zurückgekehrt waren, waren drei Tage vergangen, in denen sie sich verzweifelt bemüht hatte, die Zärtlichkeit heraufzubeschwören, von der sie in Durrkesh gekostet hatte; ohne Erfolg. Es war ihr nicht gelungen, ihn lange genug zu stellen, um ihn zu einem weiteren Kuss zu bewegen.

Sein Gesicht zeigte keine Regung. Nicht eine Wimper zuckte. »Ja.«

Sollte er es wagen, ihr noch einmal mit einem aufreizend ausweichenden »Ja« zu antworten, sie würde sich vergessen. Sie wollte Antworten. Sie wollte wissen, was in Grimms Kopf vor sich ging, in seinem tiefsten Inneren. Sie wollte wissen, ob der eine Kuss seine Welt mit der gleichen unbarmherzigen Macht erschüttert hatte, mit der er die ihre dem Erdboden gleichgemacht hatte. »Du hast mir nachspioniert«, beschuldigte ihn Jillian und lugte vorwurfsvoll durch die Kerzen. »Ich war nicht aufrichtig, als ich sagte, dass ich mich sicher fühlte. Es machte mich wütend«, log sie.

Grimm ergriff einen zinnernen Kelch mit Wein, trank ihn aus und rollte das kalte Metall behutsam zwischen den Handflächen. Jillian beobachtete seine präzisen, kontrollierten Bewegungen und plötzlich überkam sie Abscheu vor sämtlichen wohl überlegten Handlungen. Ihr ganzes Leben hatte sich auf diese Art vollzogen, ein vorsichtiger, besonnener Entschluss nach dem anderen – außer wenn Grimm in der Nähe war. Sie wollte ihn so agieren sehen, wie sie empfand: unkontrolliert, emotional. *Ihn* ein- oder zweimal die Beherrschung verlieren sehen. Sie wollte keine Küsse mit der krankhaften Entschuldigung, sie vor einer schlechten Wahl zu bewahren. Sie musste die Gewissheit haben, dass sie ihm genauso unter die Haut ging wie er ihr. Ihre Hände ballten sich in ihrem Schoß und zerknüllten den Stoff ihres Kleides.

Wie würde er reagieren, wenn sie es aufgab, sich um Höflichkeit und Fassung zu bemühen?

Sie holte tief Luft. »Warum hast du mich immer wieder beobachtet? Warum hast du Caithness verlassen, nur um dann heimlich meinen Weg zu verfolgen?«, bestürmte sie ihn heftiger als geplant, und ihre Worte hallten von den steinernen Mauern wider.

Grimm wandte seinen Blick nicht von dem polierten Kelch zwischen seinen Handflächen. »Ich hatte dafür zu sorgen, dass es dir gut ging, Jillian«, sagte er ruhig. »Hast du Quinn inzwischen geküsst?«

»Du hast mir niemals auch nur ein Wort gegönnt! Du bist nur gekommen und hast mich angesehen und dann habe ich mich umgedreht und du warst verschwunden.«

»Ich hatte geschworen, dich vor Ungemach zu schützen,

Jillian. Es war nur selbstverständlich, dass ich nach dir sehen musste, wenn du in der Nähe warst. Hast du Quinn inzwischen geküsst?«, wiederholte er.

»Mich vor Ungemach schützen?« Ungläubig hob sie die Stimme. »Du hast versagt! *Du* hast mich mehr verletzt als irgendjemand in meinem ganzen Leben!«

»*Hast du Quinn inzwischen geküsst?*«, dröhnte er.

»Nein! Ich habe Quinn noch nicht geküsst!«, schrie sie zurück. »Ist das alles, was dich bewegt? Es interessiert dich einen Dreck, dass du mich verletzt hast.«

Der Kelch schepperte auf den Boden, als Grimm aufsprang. Mit ungezügelter Wut fegte er Teller und Schüsseln vom Tisch. Schneidebretter flogen durch die Luft, unberührter Eintopf ergoss sich in den Raum, Brotstücke flogen gegen den Kamin. Der Leuchter knallte an die Wand und blieb in einer Mauerspalte hängen. Weißes Kerzenwachs tropfte auf den Boden. Sein Wüten hörte erst auf, als der Tisch zwischen ihnen leer war. Er hielt keuchend inne, die Hände in die Tischkante gekrallt, die Augen fiebrig leuchtend. Jillian starrte ihn wie gelähmt an.

Brüllend vor Wut hämmerte er auf die fünfzehn Zentimeter dicke massive Eiche ein und Jillians Hand flog an ihre Kehle, um einen Aufschrei zu unterdrücken, als der große Tisch sich in der Mitte spaltete. Seine blauen Augen glühten und sie hätte schwören können, dass er größer wurde, breiter und gefährlicher. Ohne Zweifel hatte sie die Antwort bekommen, die sie gewollt hatte, und mehr als das.

»Ich weiß, dass ich versagt habe!«, dröhnte er. »Ich weiß, dass ich dich verletzt habe! Glaubst du nicht, dass ich mit diesem Wissen leben musste?«

Zwischen ihnen knirschte und knarrte der Tisch in dem verzweifelten Versuch, ganz zu bleiben. Die angeschlagene Tafel wankte bedenklich. Dann, mit einem ergebenen Stöhnen, neigten sich die Kanten zur Mitte und der Tisch krachte zu Boden.

Jillian kniff die Augen zusammen und überflog die Überreste ihres Mahles. Entschlossen, ihn nicht weiter zu reizen, stand sie sprachlos vor der Heftigkeit seines Ausbruches. Er wusste, dass er sie verletzt hatte? Und sie bedeutete ihm so viel, dass er bei der Erinnerung daran so außer sich geriet?

»Warum bist du jetzt zurückgekommen?«, flüsterte sie. »Du hättest meinem Vater nicht gehorchen müssen.«

»Ich musste mich vergewissern, dass es dir gut geht, Jillian«, flüsterte er über das Meer der Verwüstung hinweg, das sie voneinander trennte.

»Es geht mir gut, Grimm«, sagte sie vorsichtig. »Das heißt, du kannst jetzt gehen«, sagte sie, ohne auch nur einen Ton ernst zu meinen.

Ihre Worte zeitigten keinerlei Reaktion.

Wie konnte ein Mann nur so still dastehen, dass man den Eindruck haben konnte, er wäre in Stein verwandelt worden? Sie konnte nicht einmal feststellen, ob sich sein Brustkorb hob und senkte. Der Luftzug, der durch das hohe Fenster hereinzog, berührte ihn nicht. Nichts kam an diesen Mann heran.

Gott wusste, dass sie das noch nie geschafft hatte. Hatte sie das nicht endlich gelernt? Es war ihr nie gelungen, den echten Grimm zu erreichen, den, den sie in jenem ersten Sommer gekannt hatte. Warum hatte sie geglaubt, dass sich alles geändert haben könnte? Weil sie eine reife Frau war? Weil sie volle Brüste hatte und glänzendes Haar und dachte, ihn durch die Schwäche eines Mannes für Frauen verführen zu können? Und obwohl sie ihm so verdammt gleichgültig war, warum wollte sie ihn trotzdem?

Jillian kannte die Antwort, selbst wenn sie nicht verstand, warum es so war. Schon wenn sie als kleines Mädchen den

Kopf zurücklehnte, um den wilden Jungen anzusehen, der sie überragte, hatte ihr Herz Willkommen geschrien. Es gab da ein uraltes Wissen in ihrer Kinderbrust, das ihr unmissverständlich gesagt hatte, dass ungeachtet aller Abscheulichkeiten, derer Grimm bezichtigt wurde, sie ihm ihr Leben anvertrauen konnte. Sie wusste, dass er dazu bestimmt war, zu ihr zu gehören.

»Warum kannst du dich nicht einfach darauf einlassen?« Die Enttäuschung hatte diese Worte ihren Lippen entweichen lassen; sie konnte nicht glauben, dass sie sie ausgesprochen hatte, aber es war nun einmal geschehen.

»Was?«

»Dich darauf einlassen«, wiederholte sie. »Mitziehen, gefällig sein.«

Grimm starrte sie an. »Ich kann dir nicht den Gefallen tun zu gehen. Dein Vater ...«

»Ich bitte dich nicht zu gehen«, sagte sie sanft.

Jillian hatte keine Ahnung, woher sie in diesem Moment ihren Mut nahm; sie wusste nur, dass sie es leid war, sich zu verzehren, und dass sie es leid war, abgewiesen zu werden. Stolz erhob sie sich und bewegte sich genau so, wie sie sich stets fühlte, wenn Grimm mit ihr im gleichen Raum war: verführerisch, sehnsüchtig, lebendiger als zu irgendeinem anderen Zeitpunkt ihres Lebens. Ihre Körpersprache musste ihre Absichten verraten haben, denn er versteifte sich.

»Worauf soll ich mich einlassen, Jillian?«, fragte er mit flacher, tonloser Stimme.

Sie näherte sich ihm, indem sie sich vorsichtig den Weg über zerbrochene Teller und Speisereste bahnte. Langsam, wie bei einem wilden Tier, näherte sie ihre Hand, die Handfläche voraus, seiner Brust. In einer Mischung aus Faszination und Misstrauen starrte er auf ihre Hand, als sie sie auf seine Brust legte, auf sein Herz. Sie spürte seine Hitze durch das

Leinenhemd, spürte seinen Körper erschaudern, spürte seinen kraftvollen Herzschlag unter ihrer Hand.

Sie warf den Kopf zurück und sah ihn an. »Wenn du dich wirklich darauf einlassen möchtest«, sie benetzte ihre Lippen, »küss mich.«

Es war ein wütender Blick, mit dem er sie ansah, aber Jillian erkannte darin eine Spur der Erregung, die er verzweifelt zu verbergen suchte.

»Küss mich«, flüsterte sie, ohne auch nur für eine Sekunde seine Augen aus dem Blick zu verlieren. »Küss mich und *dann* versuch mir zu sagen, dass du es nicht auch fühlst.«

»Hör auf«, befahl er mit belegter Stimme.

»Küss mich, Grimm! Und nicht, weil du glaubst, du tätest mir damit einen Gefallen! Küss mich, weil du es willst! Du hast mir einmal gesagt, du würdest es nicht tun, weil ich ein Kind sei. Nun, ich bin kein Kind mehr, sondern eine erwachsene Frau. Andere Männer lechzen danach, mich zu küssen. Warum *du* nicht?«

»So ist es nicht, Jillian.« Verzweifelt fuhr er sich mit beiden Händen durchs Haar, riss den Lederriemen heraus und warf ihn zu Boden.

»Was ist es dann? Warum wollen mich Quinn und Ramsay und jeder andere Mann, den ich je kennen gelernt habe, aber du nicht? *Muss* ich einen von ihnen wählen? Ist es Quinn, den ich bitten sollte, mich zu küssen? Mit mir ins Bett zu gehen? Mich zur Frau zu machen?«

Er stöhnte auf, ein tiefes, warnendes Knurren in seiner Kehle. »Hör auf, Jillian!«

In einer zeitlosen Geste der Versuchung und Herausforderung warf Jillian den Kopf zurück. »Küss mich, Grimm, *bitte*. Nur *ein einziges Mal*, als ob es dir ernst wäre.«

Er schnellte mit solcher Grazie und Geschwindigkeit vor, dass es sie völlig unerwartet traf. Seine Hände versanken in ihrem Haar, nahmen ihren Kopf zwischen die Handflächen und bogen ihren Hals zurück. Seine Lippen legten sich über ihren Mund und nahmen ihr den Atem. Sein Mund bewegte sich mit hemmungslosem Verlangen auf ihrem, doch in dem mahlenden Druck seiner Lippen spürte sie einen Hauch von Wut – ein Element, das sie nicht verstand. Wie konnte er auf sie wütend sein, wo es doch offensichtlich war, dass er sich verzweifelt danach sehnte, sie zu küssen? Dessen war sie sich sicher. In dem Augenblick, als seine Lippen sich ihrer bemächtigten, waren jegliche Zweifel, die sie zuvor bedrückt hatten, für alle Zeiten ausgeräumt. Sie konnte sein Verlangen spüren, das direkt unter seiner Haut eine unerbittliche Schlacht gegen seinen Willen kämpfte. *Und er wird verlieren*, dachte sie selbstgefällig, als sein Griff in ihrem Haar sich genügend gelockert hatte, um ihren Kopf zurückzuneigen und seiner Zunge tieferen Zugang in ihren Mund zu verschaffen.

Jillian verschmolz mit ihm, sie hing an seinen Schultern und ergab sich den berauschenden Gefühlswellen. Wie konnte ein einfacher Kuss in jeder Faser ihres Körpers mitschwingen und den Boden unter ihren Füßen zum Beben bringen? Gierig und stürmisch erwiderte sie seinen Kuss. Nach so vielen Jahren des Verlangens bekam sie endlich die Antwort, nach der sie sich gesehnt hatte. Grimm Roderick hatte dasselbe unbestreitbare Verlangen, sie zu berühren, wie sie es für ihn empfand.

Und sie wusste, dass *einmal* bei Grimm Roderick *niemals* genug sein würde.

Kapitel 16

Der Kuss dauerte an und vertiefte sich, aufgeladen von Jahren verleugneten Gefühls, von Jahren verdrängter Leidenschaft, die plötzlich an der Oberfläche von Grimms Entschlossenheit kratzten. Als er inmitten der Trümmer eines Festessens im Hauptsaal stand und Jillian küsste, begriff er, dass er sich nicht nur Frieden versagt hatte – er hatte sich das Leben versagt. Denn das war das Leben: dieser köstliche Moment der Verschmelzung. Seine Berserkersinne waren überwältigt, betäubt von Jillians Geschmack und ihrer Berührung. Er jauchzte über den Kuss und wurde zu einem bacchantischen Anbeter ihrer Lippen, während er seine Hände durch ihr Haar gleiten ließ und den seidigen Locken ihren Rücken hinab folgte.

Er küsste Jillian, wie er noch nie zuvor eine Frau geküsst hatte, getrieben von einer Gier, die den profansten und heiligsten Tiefen seiner Seele entsprang. Er wollte sie und huldigte ihr mit der Ursprünglichkeit seiner Begierde. Unter dem Druck ihrer Lippen taute er auf, das suchende Tasten ihrer Zunge zähmte und besänftigte den eiskalten Wikingerkrieger, der bis zu diesem Augenblick keine Wärme gekannt hatte. Das Verlangen brachte all seine Einwände zum Schweigen und er presste ihren Körper gegen seinen und nahm ihre Zunge so tief in seinen Mund, wie sie seinen Körper in ihrem willkommen heißen würde.

Sie stolperten und schlingerten über die Essensreste, die verstreut auf dem Boden lagen, und blieben erst an der Wand stehen. Ohne seinen Mund von ihrem zu lösen, ließ Grimm eine Hand um ihre Hüften gleiten, stützte ihre Schultern gegen die Mauer und zog ihre Beine um seine Taille. All die Jahre, die er sie beobachtet hatte, sich selbst verboten hatte, sie zu berühren, gipfelten in rasender Leidenschaft. Drängendes Verlangen diktierte seine Bewegungen, nicht Geduld oder Erfahrenheit. Seine Hände glitten von ihren Knöcheln, als sie ihre Arme um seinen Hals schlang, und er schob ihr Kleid hoch und entblößte ihre langen, schönen Beine. Er streichelte sie und stöhnte an ihren Lippen, als seine Daumen die zarte Haut an den Innenseiten ihrer Schenkel berührten.

Der Kuss wurde heißer, als er sich ihres Mundes auf die gleiche Art bemächtigte, wie er Festungen erstürmt hatte: hartnäckig, gnadenlos und zielstrebig. Es gab nur noch Jillian: warme Frau in seinen Händen, warme Zunge in seinem Mund, und sie ging auf ihn ein, jedem wortlosen Verlangen seines Körpers kam sie mit ihrem nach. Sie grub ihre Hände in sein Haar und erwiderte seinen Kuss, bis er selbst fast atemlos war. Jahre der Begierde brachen über ihm zusammen, als seine Hände ihre Brüste fanden und über die Wölbung strichen. Ihre Brustwarzen waren hart und ragten empor; er brauchte mehr als nur ihre Lippen – er musste jede Spalte und jede Höhlung ihres Körpers kosten.

Jillian umfasste sein Gesicht mit erstaunlich festem Griff und zwang ihn, den Kuss zu unterbrechen. Grimm starrte in ihre Augen, um darin wie in einer Kristallkugel die versteckte Bedeutung dieser Geste zu erraten. Als sie seinen Kopf zu ihren Brüsten zog, gab er willig nach. Ehrfurchtsvoll folgte er einem Pfad von Spitze zu Spitze und zog zärtlich mit den Zähnen an ihren Brustwarzen, bevor er sie mit den Lippen umschloss.

Jillian schrie auf vor Feuer und Erregung, ein atemberaubender Laut der Hingabe an ihr eigenes Verlangen. Sie schob sich so fest gegen seine Hüften, dass sich die warme Öffnung zwischen ihren Schenkeln mit der sinnlichen Finesse eines Samthandschuhs eng an ihn schmiegte. Der Stoff zwischen ihren Körpern machte ihn ungehalten, und während er sich den Kilt von den Hüften riss, schob er ihr Kleid hoch.

Stopp! Sein Verstand schrie auf. *Sie ist jungfräulich! Nicht auf diese Art!*

Jillian stöhnte und rieb sich an ihm.

»Stopp«, flüsterte er mit belegter Stimme.

Jillians Augen öffneten sich. »Nicht um alles in der Welt«, sagte sie mit rauer Stimme, und ihre Unterlippe verzog sich zu einem Lächeln.

Ihre Worte durchfuhren ihn wie heißer Stahl und brachten sein Blut zum Kochen. Er konnte fühlen, wie sich das Untier in ihm regte, Unheil verkündend erwachte.

Der Berserker? Jetzt? Es gab nirgendwo Blut ... noch nicht. Was würde geschehen, wenn es so wäre?

»Berühre mich, Grimm. Hier.« Jillian legte seine Hand auf ihre Brust und zog seinen Kopf zu ihrem. Er stöhnte, veränderte seine Haltung und rieb sich in langsamen, lustvollen Kreisbewegungen gegen ihre gespreizten Schenkel. Undeutlich gewahrte er, dass der Berserker zu vollem Bewusstsein gelangte, doch es war anders als sonst – nicht gewalttätig, sondern erregt, leidenschaftlich unnachgiebig und leidenschaftlich versessen auf jeden Zentimeter Jillians, dessen er habhaft werden konnte.

Er hätte sie gern auf den Tisch gelegt, aber es war kein Tisch mehr da, also ließ er sich mit ihr auf einem Stuhl nieder. Er ließ ihre Beine über die Armlehnen baumeln und sie saß mit dem Gesicht zu ihm, die Hände auf seinen Schultern, ihre entblößte Weiblichkeit in seinem Schoß. Sie brauchte keine

Ermutigung, sich an ihn zu schmiegen, wobei ihre erigierten Brustwarzen ihn reizten, als sie über seine Brust strichen. Jillian warf den Kopf zurück und entblößte die schlanke Wölbung ihres Halses und für einen langen Augenblick erstarrte Grimm und sog den Anblick seiner geliebten Jillian in sich auf, die mit weit gespreizten Beinen vor seinem Schoß lag. Obwohl es ihm gelungen war, ihr das Kleid über die Schultern herabzustreifen, umbrandete der Stoff noch ihre schlanke Taille, die sich zu jenen lustvollen Hüften wölbte und sie sah aus wie eine Göttin, die einer See aus Seide entstieg.

»Mein Gott, du bist die schönste Frau, die ich je gesehen habe!«

Jillians Kopf schnellte hoch und sie sah ihn an. Ihr ungläubiger Blick wurde schnell zu einem Blick schlichter Freude und dann zu einem Ausdruck übermütiger Sinnlichkeit. »Als ich dreizehn Jahre alt war«, sagte sie und ließ ihre Finger sein arrogantes Kinn entlangstreichen, »beobachtete ich dich mit einem Dienstmädchen und habe mir geschworen, eines Tages all das mit dir zu tun, was sie mit dir getan hat. Jeden Kuss.« Sie senkte den Kopf zu seiner Brustwarze. Ihre Zunge schnellte hervor, als sie seine Haut kostete. »Jede Berührung.« Sie ließ ihre Hand über seinen Unterleib zu seinem harten Schaft gleiten. »Und jeden Geschmack.«

Grimm stöhnte auf und packte ihre Hand, um zu verhindern, dass sich ihre Finger um ihn schlossen. Wenn sich ihre süße Hand auch nur einmal um ihn schließen sollte, würde er die Beherrschung verlieren und wäre innerhalb eines Herzschlages in ihr. Jedes Quäntchen seiner legendären Selbstbeherrschung zu Hilfe rufend, hielt er seinen Körper zurück. Er weigerte sich, sie auf diese Art und Weise zu verletzen. Ein Selbstbekenntnis sprudelte über seine Lippen. »Von dem Tag an, da du erwachsen wurdest, brachtest du mich um den Verstand. Ich konnte nachts nicht die Augen schließen, ohne dich neben mir haben zu wollen. Ohne mich danach zu sehnen, neben dir zu sein, *in* dir zu sein. Jillian St. Clair, ich hoffe, dass du so stark bist, wie du es gern sein möchtest, denn du wirst heute Nacht deine ganze Kraft für mich brauchen.« Er küsste sie und brachte damit jegliche mögliche Antwort zum Verstummen.

Sie verschmolz mit seinem Kuss, bis er sich zurückzog. Er sah sie zärtlich an. »Und Jillian«, sagte er leise, »ich fühle es auch. Ich habe es immer gefühlt.«

Seine Worte öffneten ihr das Herz und sie strahlte ihn an. »Ich *wusste* es!«, hauchte sie.

Als seine Hände über ihre erhitzte Haut glitten, gab Jillian sich ganz dem Gefühl hin. Als er sie zwischen den Schenkeln streichelte, schrie sie leise auf, und ihr Körper zuckte gegen seine Hand. »Mehr, Grimm. Gib mir mehr«, flüsterte sie.

Er beobachtete sie aufmerksam. In ihren ausdrucksstarken Zügen mischte sich Vergnügen mit Erstaunen und Verlangen. Er wusste, dass er stark gebaut war, sowohl was die Länge als auch was den Umfang betraf, und sie sollte darauf vorbereitet sein. Als sie begann, sich wild gegen seine Hand zu reiben, konnte er sich nicht länger verweigern. Er brachte sie über sich in Stellung. »So hast du die Kontrolle, Jillian. Es wird dir wehtun, aber du hast die Kontrolle. Wenn es zu weh tut, sag es mir«, presste er hervor.

»Es ist alles in Ordnung, Grimm. Ich weiß, dass es zuerst wehtun wird, aber Kaley hat mir erzählt, dass der Mann, wenn er ein erfahrener Liebhaber ist, mich etwas Unglaublicheres fühlen lassen wird, als ich je gefühlt habe.«

»*Kaley* hat dir das erzählt?«

Jillian nickte. »Bitte«, hauchte sie. »Zeige mir, was sie meinte.«

Grimm sah sie fasziniert an. Seine Jillian hatte keine Angst. Zärtlich führte er den Kopf seines Schaftes in sie ein und ließ sie vorsichtig auf sich hinuntersinken, wobei ihm nicht die leiseste ihrer Gefühlsregungen entging.

Ihre Augen flackerten. Ihre Hand flog nach unten und legte sich um seinen Schaft. »Groß«, sagte sie besorgt. »Wirklich groß. Bist du sicher, dass es geht?«

Ein Lächeln reinsten Entzückens umspielte seine Lippen. »Sehr groß«, stimmte er zu. »Aber genau das Richtige, um eine Frau zu beglücken.« Vorsichtig drang er in sie ein. Als er einen Widerstand spürte, hielt er inne. Jillian keuchte leise. »Jetzt, Grimm. Tu es.«

Er schloss kurz die Augen, legte die Hände um ihren Po und brachte sie über sich in Stellung. Als er die Augen wieder öffnete, schimmerte Entschlossenheit aus ihren Tiefen. Mit einem kurzen Stoß durchstieß er das Häutchen.

Jillian rang nach Luft. »Das war gar nicht so schlimm«, hauchte sie nach einer Weile. »Ich dachte, es würde wirklich wehtun.« Als er begann, sich langsam zu bewegen, flackerten ihre Augen auf. »Oh!«

Sie schrie auf und er brachte sie mit einem Kuss zum Schweigen. In langsamen Bewegungen wiegte er sie gegen sich, bis jede Spur von Schmerz aus ihren geweiteten Augen verschwunden war und ihr Gesicht strahlte vor Vorfreude auf das, von dem sie spürte, dass es bald in Reichweite sein würde. Sie begann, lustvoll kreisend ihre Hüften zu bewegen und mit den Zähnen an ihrer Unterlippe zu knabbern.

Er beobachtete sie, völlig von ihrer angeborenen Sinnlichkeit in den Bann gezogen. Sie war ungezwungen, hemmungslos und stürzte sich ohne Zurückhaltung in ihr Liebesspiel. Sie lächelte schwärmerisch, als er mit einem langen, langsamen Schub seiner Hüften die zu erwartende Leidenschaft andeutete, und er lächelte mit diebischem Vergnügen.

Er hob sie hoch und wechselte mit ihr die Plätze, indem er sie auf den Stuhl setzte. Kniend zog er sie an sich heran, legte ihre Beine um seine Taille und drang tief in sie ein, wobei er sich mit ungemeiner Reibung gegen jene geheimnisvolle Stelle tief in ihr presste, die sie um den Verstand bringen würde. Er reizte die Knospe zwischen ihren Beinen, bis sie sich ihm entgegenbäumte und mit ihrem Körper um das bettelte, was nur er ihr geben konnte.

Der Berserker in ihm jubilierte ausgelassen, wie er es niemals für möglich gehalten hätte.

Als sie aufschrie und an ihm erbebte, gab Grimm Roderick ein heiseres, klangvolles Geräusch von sich, das mehr war als Lachen; es war die klingende Verkündigung seiner Befreiung. Sein Triumph wurde schnell zu einem Stöhnen der Erlösung. Das Gefühl ihres Körpers, der so eng umschlungen mit seinem erbebte, war mehr, als er aushalten konnte, und er explodierte in ihr.

Jillian krallte sich an ihn und schnappte nach Luft, als ein unbekanntes Geräusch zu ihrem taumelnden Verstand durchdrang. Ihre Muskeln zerschmolzen zu flüssiger Nutzlosigkeit und sie lugte durch ihr Haar auf den nackten Krieger, der vor ihr kniete.

»D-du kannst ja lachen! Wirklich, richtig lachen!«, rief sie atemlos aus.

Er strich mit den Daumen die Innenseiten ihrer Schenkel hinauf, der dünnen Blutspur folgend. Das Blut ihrer Jungfräulichkeit zeichnete ihre hellen Schenkel. »Jillian, ich ... ich ... oh ...«

»Zeig mir jetzt nicht die kalte Schulter, Grimm Roderick«, sagte Jillian augenblicklich.

Er begann heftig zu zittern. »Ich kann nichts dafür«, sagte er mit gepresster Stimme, wohl wissend, dass sie keineswegs von der gleichen Sache sprachen. »Der Große

Saal«, murmelte er. »Ich bin ein solches Schwein. Ich bin so verflucht ...«

»Hör auf!« Jillian ergriff seinen Kopf mit beiden Händen und sah ihm mit wütendem Blick in die Augen. »Ich wollte es«, sagte sie eindringlich. »Ich habe darauf gewartet, ich habe es gebraucht. Wage nicht, es zu bereuen! Ich bereue es nicht und ich werde es nie tun.«

Grimm erstarrte, gebannt von dem Blut, das ihre Schenkel zeichnete, und wartete darauf, dass das Gefühl des Zeitverlustes einsetzte. Es würde nicht mehr lange dauern, bis die Dunkelheit von ihm Besitz ergriff und die Gewalt nachfolgte.

Doch die Augenblicke flossen dahin und es geschah nichts. Trotz der rasenden Energie, die seinen Körper durchflutete, setzte der Wahnsinn nicht ein.

Er blickte sie an, sprachlos. Das Tier in ihm war völlig wach, aber gezähmt. Wie war das möglich? Kein Blutrausch, kein Bedürfnis nach Gewalt, all das Gute, was den Berserker ausmachte – und nichts von der Gefährlichkeit.

»Jillian«, hauchte er ehrfürchtig.

Kapitel 17

»Wie fühlst du dich?«, fragte Grimm leise. Er schüttelte die Kissen auf und hob Quinn in eine sitzende Position. Die Vorhänge waren zurückgezogen und umrahmten die Füllungen wie Girlanden und der Halbmond gab ausreichend Licht, so dass Grimm mit seinem gesteigerten Sehvermögen sich bewegen konnte wie am hellen Tag.

Quinn blinzelte Grimm halb betäubt an und stierte in das Halbdunkel. »Bitte nicht.« Er stöhnte, als Grimm nach einem Tuch griff.

Grimm stoppte mitten in der Bewegung. »Was nicht? Ich wollte dir nur über die Stirn wischen.«

»Komm mir bitte nicht mit diesem verfluchten Alraun«, murmelte Quinn. »Ich glaube, ich fühle mich nur deshalb so lausig, weil Kaley mich immer wieder damit umhaut.«

Ein Bett weiter grummelte Ramsay beipflichtend. »Mach, dass sie uns nicht länger schlafen schickt, Mann. Mein Kopf fliegt mir auseinander und meine Zunge fühlt sich an, als ob irgendwelche kleinen, pelzigen Viecher draufgekrabbelt, umgekippt und abgekratzt wären. Vor drei Tagen. Und jetzt verwese ...«

»Genug! Musst du das so bildhaft beschreiben?« Quinn zog ein angeekeltes Gesicht, als sich sein leerer Magen verkrampfte.

Grimm hob die Hände wie zum Schwur. »Kein Alraun mehr. Ich verspreche es. Also, wie fühlt ihr euch?«

»Wie die verfluchte Hölle«, stöhnte Ramsay. »Könntest du eine Kerze anzünden? Ich kann kein bisschen sehen. Was ist passiert? Wer hat uns vergiftet?«

Ein düsterer Ausdruck huschte über Grimms Gesicht. Er ging auf den Flur, um einen Fidibus zu entzünden, dann zündete er neben den Betten einige Kerzen an und setzte sich wieder. »Ich habe den Verdacht, dass das Gift für mich bestimmt war und dass es sich in den Hühnchen befand.«

»In den Hühnchen?«, rief Quinn aus und stöhnte vor Schmerz, als er sich im Bett aufrichtete. »Aber die hatte doch der Wirt gebracht! Warum sollte der Wirt versuchen, dich zu vergiften?«

»Ich glaube nicht, dass es der Wirt war. Ich glaube, es war der Versuch des Metzgers, sich zu rächen. Meine Vermutung ist: wenn einer von euch den ganzen Korb verspeist hätte, wäre er daran gestorben. Er war für mich gedacht. Aber ihr zwei habt ihn euch geteilt.«

»Das macht keinen Sinn, Grimm«, wandte Quinn ein. »Der Metzger hatte dich in Aktion gesehen. Jeder weiß, dass man keinen vergiften kann, der ein Ber-«

»Bärenstarker Hundesohn wie ich ist«, dröhnte Grimm und übertönte Quinns letztes Wort, bevor Ramsay es hören konnte.

Ramsay hielt sich den Kopf. »O Gott, hör auf, so zu brüllen! Du bringst mich um.«

Quinn formte mit den Lippen ein unhörbares »tut mir Leid«, gefolgt von einem reumütigen Flüstern: »Das sind die Nachwirkungen des Alraun. Ich bin momentan völlig verblödet.«

»He? Was?«, meinte Ramsay. »Was flüstert ihr beiden da?«

»Selbst wir zwei haben nicht alle Hühnchen gegessen«,

sagte Quinn, um Ramsays Frage auszuweichen. »Und ich dachte, der Besitzer hätte den Metzger nach jenem Zwischenfall entlassen. Ich hatte ihn selbst darum gebeten.«

»Was für ein Zwischenfall?«, fragte Ramsay.

»Offensichtlich nicht.« Grimm fuhr sich mit der Hand durchs Haar und seufzte.

»Hast du seinen Namen?«, fragte Ramsay.

»Welchen? Den des Besitzers?« Quinn sah ihn verwundert an.

»Nein, vom Metzger.« Ramsay verdrehte die Augen.

»Wieso?«, fragte Quinn naiv.

»Weil der Hund einen Logan vergiftet hat, du Narr. So etwas geschieht nicht ungestraft.«

»Keine Rache«, warnte Grimm. »Vergiss es einfach, Logan. Ich habe gesehen, wozu du fähig bist, wenn du auf Rache sinnst. Ihr zwei habt diesen stümperhaften Versuch schadlos überstanden. Das rechtfertigt nicht, einen Mann umzubringen, gleichgültig, wie sehr er es auch wegen anderer Dinge verdient haben mag.«

»Wo ist Jillian?«, wechselte Quinn schnell das Thema. »Ich habe diese nebulöse Erinnerung an eine Göttin, die über meinem Bett schwebte.«

Ramsay schnaubte. »Nur weil du glaubst, du hättest ein wenig an Boden gewonnen, bevor wir beide vergiftet wurden, bedeutet das noch lange nicht, dass du sie gewonnen hast, de Moncreiffe.«

Grimm verkrampfte sich und saß in nachdenklichem Schweigen, während der Zank um Jillian zwischen Quinn und Ramsay hin- und herwogte. Einige Zeit später waren sie noch so in den Streit vertieft, dass sie nicht einmal bemerkten, wie Grimm das Zimmer verließ.

☆ ☆ ☆

Nachdem er die frühen Morgenstunden bei Quinn und Ramsay verbracht hatte, sah Grimm nach Jillian, die noch immer genauso tief und fest schlief, wie er sie verlassen hatte, zusammengerollt unter einem Berg von Bettdecken. Er sehnte sich danach, sich neben ihr ins Bett zu legen, das Glücksgefühl zu erleben, mit ihr in seinen Armen aufzuwachen, doch er konnte nicht riskieren, dabei gesehen zu werden, wie er Jillians Gemächer verließ, wenn das Schloss einmal erwacht war.

Als dann der Morgen Caithness erwachen ließ, nickte er Ramsay zu, der es geschafft hatte, auf der Suche nach fester Nahrung unsicheren Fußes die Treppe zu bewältigen, pfiff nach Occam und schwang sich auf den ungesattelten Rücken des Hengstes. Er machte sich auf den Weg zum See, um seinen überhitzten Körper in das eiskalte Wasser zu tauchen. Die Erfüllung, die er mit Jillian erleben durfte, hatte nur seinen Appetit auf sie angeregt und er fürchtete, dass er mit der ganzen überbordenden Grazie eines hungrigen Wolfes über sie herfallen würde, sollte sie ihn heute auch nur anlächeln. Jahre der verleugneten Leidenschaft waren zu Ende und er erkannte, dass er einen Hunger auf Jillian verspürte, der niemals würde gestillt werden können.

Er lenkte Occam um einen kleinen Hain herum und hielt an, die stille Schönheit des Morgens genießend. Der See kräuselte sich leicht, ein weiter, silbrig schimmernder Spiegel unter rosafarbenen Wolken. Stattliche Eichen schwangen ihre dunklen Äste in den roten Himmel.

Leise schwebten die Klänge eines schmerzhaft falsch gesungenen Liedchens in der Brise. Dem Klang folgend, ritt Grimm vorsichtig um den See herum, lenkte sein Pferd an Schlundlöchern vorbei und über felsiges Terrain, bis er um ein dichtes Gebüsch herumritt und Zeke am Ufer hocken sah. Der Junge hatte die Beine hochgezogen, die Unterarme auf die Knie gelegt und rieb sich die Augen.

Grimm ließ Occam anhalten. Fast weinend sang Zeke den Text eines alten Wiegenliedes. Grimm fragte sich, wem es wohl gelungen sein mochte, die Gefühle des Jungen so früh am Morgen zu verletzen. Er beobachtete Zeke und versuchte zu entscheiden, wie er sich ihm am besten nähern konnte, ohne die Würde des Kindes zu verletzen. Während er noch im Verborgenen zögerte, wurde ihm die Entscheidung abgenommen, als ihn das Rascheln von Farnkraut und das Krachen von Unterholz vor einer Gefahr warnte. Er suchte den angrenzenden Wald ab, doch noch bevor er die Ursache entdeckt hatte, sprang ein fauchendes Tier wenige Schritte hinter Zeke aus dem Gehölz. Eine große, tollwütige Wildkatze stürmte aufs Seeufer zu, und zäher, weißer Geifer stand ihr schäumend vor dem Maul. Fauchend entblößte sie ihre tödlichen weißen Fänge. Zeke drehte sich um und sein Lied verstummte. Seine Augen weiteten sich in Panik.

Grimm schwang sich augenblicklich von Occams Rücken, riss sein *sgain dubh* aus der Scheide und zog es sich durch die Hand, damit Blut über seine Handfläche floss. In weniger als einem Herzschlag erweckte der Anblick des dunkelroten Blutes den Wikingerkrieger in ihm und ließ den Berserker frei.

Sich mit übermenschlicher Geschwindigkeit bewegend, riss er Zeke hoch, warf ihn auf sein Pferd und schlug Occam mit der flachen Hand auf den Rumpf. Dann tat er, was er so sehr verachtete ... Er verlor sich in der Zeit.

☆ ☆ ☆

»Zu Hilfe!«, kreischte Zeke, als er auf Occams Rücken in den Außenhof ritt. »Ihr müsst Grimm helfen!«

Hatchard raste aus dem Schloss und fand Zeke auf Occams Rücken sitzend, mit weißen Fingerknöcheln in seine Mähne gekrallt. »Wo?«, schrie er.

»Am See! Da ist eine tollwütige Wildkatze und sie hat mich fast gefressen und Grimm hat mich auf das Pferd geworfen und ich bin alleine geritten, aber sie hat Grimm angegriffen und sie wird ihn umbringen!«

Hatchard rannte zum See, ohne die beiden Gestalten zu bemerken, die durch das Geschrei alarmiert worden waren und sich an seine Fersen hefteten.

☆ ☆ ☆

Hatchard fand Grimm regungslos aufrecht stehend, ein schwarzer Schatten gegen den nebligen, roten Himmel. Inmitten der Fetzen dessen, was einmal ein Tier gewesen war, blickte er auf den See hinaus. Seine Arme und sein Gesicht waren bedeckt von Blut.

»Gavrael«, sagte Hatchard ruhig und wählte seinen richtigen Namen, in der Hoffnung, den Mann im Tier zu erreichen.

Grimm antwortete nicht. Seine Brust hob und senkte sich schnell. Sein Körper war aufgepumpt von den Unmengen Sauerstoff, die ein Berserker brauchte, um die übernatürliche Wut auszugleichen. Die Adern seiner Unterarme pulsierten dunkelblau unter der Haut und zu Hatchards Verwunderung schien er doppelt so groß zu sein wie sonst. Hatchard hatte Grimm einige Male inmitten der Berserkerwut erlebt, als er seinen Schützling trainiert hatte, doch bei dem erwachsenen Grimm wirkte diese Wut noch viel gefährlicher als bei dem heranwachsenden Jüngling.

»Gavrael Roderick Icarus McIllioch«, sprach Hatchard ihn an. Er näherte sich ihm von der Seite und versuchte so vorsichtig wie nur irgend möglich in Grimms Gesichtsfeld zu treten. Hinter ihm harrten die zwei Gestalten im Dunkel des Waldes. Einer von ihnen stöhnte leise und wiederholte den Namen.

»Gavrael, ich bin's, Hatchard«, sagte Hatchard sanft.

Grimm wandte sich um und sah dem Oberbefehlshaber direkt in die Augen. Die blauen Augen des Kriegers waren weiß glühend, flackernd wie aufgeheizte Kohlen, und Hatchard machte die beunruhigende Erfahrung, was für ein Gefühl es war, wenn jemand geradewegs durch einen hindurchsah.

Ein unterdrücktes Geräusch hinter ihm erzwang Hatchards Aufmerksamkeit. Als er sich umsah, stellte er fest, dass Zeke ihm gefolgt war.

»O mein Gott«, hauchte Zeke. Er tappte näher heran und sah angestrengt auf den Boden. Nur wenige Zentimeter vor Grimm hielt er inne. Seine Augen weiteten sich, als er die Überbleibsel dessen betrachtete, was einst eine tollwütige Wildkatze gewesen war – wild genug, einen Mann zu zerfetzen und, getrieben von der Krankheit, wahnsinnig genug, es zu versuchen. Sein erstaunter Blick glitt nach oben zu Grimms leuchtenden blauen Augen und er stellte sich fast auf die Zehenspitzen, als er ihn anstarrte. »Er ist ein Berserker!«, hauchte Zeke ehrfurchtsvoll. »Sieh nur, seine Augen glühen! Es gibt sie *wirklich*!«

»Hol Quinn, Zeke. Sofort«, befahl Hatchard. »Bring *niemand anderen außer Quinn*, egal wie. Verstehst du? Und kein Wort zu niemandem!«

Zeke erlaubte sich einen letzten bewundernden Blick. »Jawohl«, sagte er, dann rannte er los, um Quinn zu holen.

Kapitel 18

»Ich bezweifle ernsthaft, dass er das Tier in Stücke gerissen hat, Zeke. Es schickt sich nicht zu übertreiben«, rügte Jillian und verbarg ihre Belustigung, um die sensiblen Gefühle des Jungen nicht zu verletzen.

»Ich habe nicht übertrieben«, sagte Zeke leidenschaftlich. »Ich habe die Wahrheit gesagt! Ich war unten am See und eine tollwütige Wildkatze fiel mich an und Grimm warf mich auf sein Pferd und fing das Vieh mitten im Sprung und erledigte es mit einer Handbewegung! Er ist ein Berserker, wirklich! Ich *wusste*, dass er etwas Besonderes ist! Pah!«, schnaubte der kleine Junge. »Er braucht kein kümmerlicher Fürst zu sein – er ist der König der Krieger! Er ist eine Legende!«

Hatchard fasste Zeke mit festem Griff am Arm und zog ihn von Jillian weg. »Geh zu deiner Mutter, Junge, und zwar *sofort.*« Er fixierte Zeke mit einem Blick, der keinen Ungehorsam duldete, dann schnaubte er, als der Junge den Raum verließ. Er sah Jillian in die Augen und zuckte mit den Schultern. »Ihr wisst, wie kleine Jungens sind. Sie brauchen ihre Märchen.«

»Geht es Grimm gut?«, fragte Jillian besorgt. Ihr ganzer Körper schmerzte auf höchst angenehme Weise. Jede Bewegung war eine sensitive Erinnerung an die Dinge, die er mit ihr angestellt hatte, an das, worum sie ihn angefleht hatte, bevor die Nacht vorüber war.

»Gut wie immer«, lautete Hatchards lapidare Antwort. »Das Tier war tatsächlich tollwütig, aber macht Euch keine Sorgen, es gelang ihm nicht, ihn zu beißen.«

»Hat Grimm es getötet?« Eine tollwütige Wildkatze konnte eine ganze Schafherde in weniger als zwei Wochen vernichten. Sie fielen für gewöhnlich keine Menschen an, aber Zeke war klein und die Bestie krank genug gewesen, es zu versuchen.

»Ja«, antwortete Hatchard knapp. »Er und Quinn begraben es gerade«, log er selbstsicher. Von dem Tier war nicht genug übrig geblieben um es zu begraben, aber weder Geld noch gute Worte hätten Hatchard dazu bringen können, Jillian das zu erzählen. Er seufzte im Stillen. Hätte die infizierte Wildkatze Zeke nur einmal gebissen, wäre der Junge mit der grausigen Krankheit angesteckt worden und innerhalb weniger Tage mit Schaum vor dem Mund in einem fürchterlichen Todeskampf gestorben. Den Heiligen sei Dank, dass Grimm da war, und Dank sei Odin für seine besonderen Fähigkeiten. Ohne sie hätte Caithness Grabgesänge anstimmen und Tränen vergießen müssen.

»Zeke hat Occam ganz alleine geritten«, wunderte sich Jillian.

Hatchard blickte auf und lächelte schwach. »Das tat er und es hat ihm das Leben gerettet, Mylady.«

Jillian sah nachdenklich aus, als sie zur Tür ging. »Wenn Grimm den Jungen nicht für wert gehalten hätte, von ihm unterrichtet zu werden, Zeke wäre niemals in der Lage gewesen zu entkommen.«

»Wohin geht Ihr?«, fragte Hatchard schnell.

Jillian blieb im Eingang stehen. »Na, zu Grimm natürlich.« Um ihm zu sagen, dass sie sich in Bezug auf Zeke geirrt hatte. Und um sein Gesicht zu sehen, um die neu gefundene Innigkeit in seinen Augen zu lesen.

»Mylady, lasst ihn für eine Zeit in Ruhe. Er und Quinn haben etwas zu besprechen und er muss alleine sein.«

Blitzartig fühlte sich Jillian wieder wie mit dreizehn, ausgeschlossen von der Gesellschaft des Mannes, den sie liebte. »Hat er das gesagt? Dass er allein sein müsse?«

»Er wäscht sich gerade im See«, sagte Hatchard. »Gebt ihm einfach nur Zeit, in Ordnung?«

Jillian seufzte. Sie würde darauf warten, dass er zu ihr kam.

☆ ☆ ☆

»Grimm, ich wollte vorhin nichts sagen, aber ich habe diesem Gastwirt ein kleines Vermögen gezahlt, um den Metzger loszuwerden«, sagte Quinn, während er am Seeufer entlangschritt. Grimm stieg aus dem eiskalten Wasser, endlich wieder sauber, und betrachtete finsteren Blickes die Überreste des Tieres.

Quinn bemerkte seinen Blick und sagte: »Fang erst gar nicht davon an. Du hast sein Leben gerettet, Grimm. Ich will nicht ein Wort davon hören, dass du dich selbst verabscheust, weil du ein Berserker bist. Es ist ein Geschenk, verstehst du mich? Ein Geschenk!« Grimm seufzte trübsinnig und erwiderte nichts.

Quinn fuhr fort, wo er aufgehört hatte. »Wie ich bereits sagte, ich habe den Mann bezahlt. Wenn er den Metzger trotzdem nicht entlassen hat, werde ich mich noch mal auf den Weg nach Durrkesh machen und ihm ein paar Fragen stellen.«

Grimm winkte ab. »Bemüh dich nicht, Quinn. Es war nicht der Metzger.«

»Was? Was meinst du damit, es war nicht der Metzger?«

»Es war auch nicht das Hühnchen. Es war der Whisky.«

Quinn schaute verwirrt drein. »Warum hast du dann behauptet, es wäre das Hühnchen gewesen?«

»Ich vertraue *dir*, Quinn, aber Ramsay kenne ich nicht. Das Gift war Thmsynnewurzel. Die Wurzel verliert ihre giftigen Eigenschaften, wenn sie gekocht, gebraten oder geröstet wird. Sie muss zerstoßen und aufgelöst werden und ihre Wirkung wird durch Alkohol noch verstärkt. Außerdem fand ich die Flasche am nächsten Morgen unten im Schankraum. Wer auch immer es gewesen ist, er war nicht sehr gründlich.«

»Aber ich habe mit dir überhaupt keinen Whisky getrunken«, protestierte Quinn.

»Du wusstest nicht, dass du ihn getrunken hast.« Grimm schenkte ihm ein schiefes, reumütiges Lächeln. »Ich goss den letzten Rest aus meinem Glas, der aus der vergifteten Flasche eingeschenkt war, über das Hühnchen, um ihn loszuwerden, denn ich hatte das Trinken satt und wollte gehen. Das Gift ist völlig geruchlos, bis es verdaut wird, und selbst meine Sinne konnten es nicht ausmachen. Sobald es jedoch mit den Körpersäften in Berührung kommt, nimmt es einen verderblichen Geruch an.«

»Jesus, Mann!« Quinn sah ihn düster an. »Was für ein Glück. Wer, glaubst du also, hat es getan?«

Grimm studierte ihn aufmerksam. »Ich habe darüber in den letzten Tagen viel nachgedacht. Das Einzige, was mir einfällt, ist, dass die McKane mich erneut ausfindig gemacht haben, irgendwie.«

»Wissen sie nicht, dass Gift bei einem Berserker nicht wirkt?«

»Es ist ihnen nie gelungen, einen gefangen zu nehmen, um ihn zu befragen.«

»Demnach wissen sie ebenso wenig, zu welchen Großtaten deinesgleichen fähig ist? Genauso wissen sie nicht, wie man euch tötet?«

»Korrekt.«

Quinn grübelte einen Moment über diese neuen Erkenntnisse nach. Dann verdunkelten sich seine Augen. »Wenn das der Fall ist, wenn die McKane dich tatsächlich wieder gefunden haben, Grimm, was sollte sie daran hindern, dir nach Caithness zu folgen?«, fragte Quinn bedachtsam. »Erneut.«

Mit entsetztem Blick hob Grimm den Kopf.

☆ ☆ ☆

Jillian bekam Grimm für den Rest des Tages nicht mehr zu Gesicht. Quinn informierte sie, dass er ausgeritten war und wahrscheinlich nicht vor Einbruch der Nacht zurückkehren würde. Die Nacht brach heran und das Schloss begab sich zur Ruhe. Sie sah aus dem Flügelfenster und entdeckte Occam, der auf dem Außenhof herumtrottete. Grimm war wieder zurück.

Jillian drapierte ein luxuriöses Wolltuch über ihr Leibchen und schlüpfte aus ihren Gemächern. Das Schloss war ruhig, alle Bewohner schliefen.

»Jillian.«

Jillian hielt mitten in der Bewegung inne. Sie drehte sich um und versuchte, ihre Ungeduld zu verbergen. Sie musste Grimm wieder sehen, ihn erneut berühren, um ihre neu gefundene Intimität zu erforschen und um in ihrer Fraulichkeit zu schwelgen.

Kaley Twillow eilte den Korridor entlang auf sie zu, wobei sie sich wegen der kühlen Luft eine Decke eng um die Schultern zog. Die kastanienfarbenen Locken der älteren Frau waren nicht zusammengesteckt und zerzaust und ihr Gesicht war vom Schlaf gerötet.

»Ich hörte, wie sich deine Tür öffnete«, sagte Kaley. »Wolltest du etwas aus der Küche? Du hättest nach mir rufen sollen. Ich hole es dir gerne. Was möchtest du? Soll ich einen Becher warmer Milch bereiten? Etwas Brot und Honig?«

Jillian lehnte dankend ab und klopfte Kaley beruhigend auf die Schulter. »Mach dir keine Gedanken, Kaley. Du gehst zurück ins Bett. Ich werde mich darum kümmern.«

»Das macht überhaupt keine Umstände. Ich wollte mir selbst eine Kleinigkeit machen.« Mit sorgenvollem Blick betrachtete sie Jillians improvisierte Robe aus weicher Wolle.

»Kaley«, versuchte Jillian es noch einmal, »du brauchst dir wirklich um mich keine Sorgen zu machen. Es geht mir gut. Wirklich, ich bin nur ein wenig unruhig und ...«

»Du gehst zu Grimm.«

Jillian errötete. »Ich muss. Ich muss dringend mit ihm reden. Ich kann nicht schlafen. Es gibt Dinge, die ich ihm sagen muss ...«

»Und das kann nicht bis morgen früh warten?« Kaley sah das bloße Leibchen unter der Wolle hervorlugen. »Du bist noch nicht einmal schicklich gekleidet«, sagte sie vorwurfsvoll. »Wenn du ihm so begegnest, bekommst du mehr, als du erwartet hast.«

»Du verstehst nicht«, sagte Jillian seufzend.

»Oh, mein liebes Kind, ich verstehe sehr wohl. Ich sah die Überreste des Hauptsaales heute Morgen.«

Jillian schluckte und schwieg.

»Wollen wir nicht auf den Punkt kommen?«, sagte Kaley markig. »Ich bin nicht so alt, dass ich mich nicht erinnern könnte, wie es ist. Ich habe auch einmal einen Mann wie ihn geliebt. Ich verstehe, was du fühlst, vielleicht sogar besser als du selbst, also lass es mich in klare Worte fassen. Quinn ist erotisch. Ramsay Logan ist erotisch und die Kraft, die von ihnen ausgeht, verspricht ausgelassenes Vergnügen.« Kaley nahm Jillians Hände in ihre und sah sie ernst an. »Aber Grimm Roderick, er ist ein völlig anderes Wesen. Er trieft vor sinnlicher Macht, und Jillian, sinnliche Macht vermag eine Frau umzuformen.«

»Du weißt *tatsächlich*, was ich meine!«

»Ich bin auch aus Fleisch und Blut, Mädchen.« Kaley legte sanft eine Hand an ihre Wange. »Jillian, ich habe mit Stolz, mit Liebe und seit kurzem mit einer Spur von Furcht mit angesehen, wie du erwachsen wurdest. Ich bin stolz, weil du ein gutes, furchtloses Herz hast und einen starken Willen. Ich ängstige mich, weil dein Wille dich unvergleichlich halsstarrig machen kann. Achte auf meine Worte, bevor du dich auf einen Weg begibst, von dem es kein Zurück mehr gibt: Erotische Männer können vergessen werden, aber ein sinnlicher Mann bleibt für immer im Herzen einer Frau.«

»Oh, Kaley, es ist zu spät«, bekannte Jillian. »Er ist bereits darin.«

Kaley zog sie in ihre Arme. »Das hatte ich befürchtet. Jillian, was, wenn er dich verlässt? Wie willst du damit fertig werden? Wie wirst du weiterleben? Ein Mann wie Quinn würde dich nie verlassen. Ein Mann wie Grimm – nun, die Männer, die überlebensgroß sind, sind für Frauen die gefährlichsten. Grimm ist unberechenbar.«

»Bereust du deinen?«

»Meinen was?«

»Deinen Mann wie Grimm.«

Kaleys Gesicht erstrahlte vor Verzückung und dieser Ausdruck war Antwort genug.

»Na also«, bemerkte Jillian zartfühlend. »Kaley, wenn ich wählen müsste zwischen ein paar wenigen Nächten in den

Armen dieses Mannes und einem ganzen Leben mit einem anderen, ich nähme diese magischen Nächte und benutzte sie dazu, mich für den Rest meines Lebens an ihnen zu wärmen.«

Kaley schluckte hörbar, die Augen voller Mitgefühl. Sie lächelte schwach. »Ich verstehe, Mädchen«, sagte sie schließlich.

»Gute Nacht, meine liebe Kaley. Geh wieder zu Bett und gestatte mir dieselben süßen Träume, die du einst selbst geträumt hast.«

»Ich liebe dich, Mädchen«, sagte Kaley mit rauer Stimme.

»Ich liebe dich auch, Kaley«, antwortete Jillian mit einem Lächeln, bevor sie den Flur entlangeilte, um Grimm zu finden.

☆ ☆ ☆

Leise betrat Jillian seine Gemächer. Er war nicht da. Sie gab einen Seufzer der Enttäuschung von sich und streifte ruhelos durchs Zimmer. Seine Gemächer waren spartanisch, so sauber und diszipliniert wie der Mann. Nichts war unordentlich, außer einem eingedrückten Kissen. Lächelnd ging sie zum Bett und hob es auf, presste es einen Moment lang gegen ihr Gesicht und atmete seinen herben, männlichen Duft ein. Ihr Lächeln erstarb und wandelte sich in Erstaunen, als sie das zerfledderte Buch erblickte, das unter dem Kissen gelegen hatte. *Äsops Fabeln.* Es war jene bebilderte Handschrift, die sie ihm vor beinahe zwölf Jahren geschenkt hatte, an jenem verschneiten ersten Weihnachten, das sie zusammen verbracht hatten. Sie ließ das Kissen fallen, nahm das Buch und strich zärtlich mit den Fingerspitzen darüber. Die Seiten waren ausgefranst, die Illustrationen verblichen und kleine Zettel und andere merkwürdige

Dinge ragten heraus. Er hatte es all die Jahre mit sich getragen, seine Andenken darin aufbewahrt, genauso, wie sie es mit ihrer Ausgabe getan hatte. Verwundert hielt sie es in den Händen. Grimm Roderick war ein Krieger, ein Jäger, ein Leibwächter, ein oftmals harter Mann, der eine zerschlissene Kopie von *Äsops Fabeln* mit sich herumtrug und gelegentlich getrocknete Blumen und Verse zwischen den Seiten versteckte. Sie blätterte in dem Buch und stockte bei einer Nachricht, die Dutzende Male zerknüllt und wieder geglättet worden war. *Ich werde bei Dämmerung auf dem Dach sein. Ich muss unbedingt mit dir reden, Grimm!*

Er hatte sie nie vergessen.

Sensibel und dennoch stark, männlich und dennoch verwundbar, irdisch und sinnlich. Sie war hoffnungslos in ihn verliebt.

»Ich habe es behalten.«

Jillian wirbelte herum. Wieder einmal hatte sie nicht das leiseste Geräusch gehört, als er den Raum betreten hatte. Er stand in der Türöffnung und seine Augen waren dunkel und unergründlich.

»Das sehe ich«, antwortete sie flüsternd.

Er ging durch den Raum und ließ sich in einem Stuhl vor dem Feuer nieder, mit dem Rücken zu ihr. Jillian stand schweigend da und drückte das kostbare Buch zärtlich an ihre Brust. Sie waren der Vertrautheit, die sie sich immer mit ihm gewünscht hatte, so nahe, dass sie es nicht wagte, den Zauber durch Worte zu brechen.

»Ich kann nicht glauben, dass du mich nicht mit Fragen bombardierst«, sagte er vorsichtig. »Wie zum Beispiel, warum ich es aufbewahrt habe?«

»Warum hast du es aufbewahrt, Grimm?«, fragte sie, dabei spielte es im Grunde keine Rolle. Er hatte es bis zum heutigen Tage bei sich getragen und das war genug.

»Komm her, Mädchen.«

Jillian legte das Buch sanft auf einem Tisch ab und ging langsam auf ihn zu. Wenige Schritte vor ihm blieb sie stehen.

Grimms Hand schoss vor und legte sich um ihr Handgelenk. »Jillian, bitte.« Seine Stimme war so leise, fast unhörbar.

»Bitte was?«, flüsterte sie.

Mit einer schnellen Bewegung seiner Hand stand sie vor ihm, gefangen zwischen seinen Schenkeln. Seine Augen waren auf ihren Bauchnabel fixiert, als könne er nicht die Kraft aufbringen, den Blick zu heben. »Küss mich, Jillian. Berühre mich. Zeige mir, dass ich lebe«, flüsterte er.

Jillian biss sich auf die Lippen, als sich seine Worte in ihr Herz bohrten. Der kühnste, empfindsamste Mann, den sie je kennen gelernt hatte, fürchtete sich davor, nicht wirklich lebendig zu sein. Er hob den Kopf und beim Anblick seines Gesichtsausdruckes schrie sie leise auf. Ein unergründlicher Zug um den Mund, wirbelnde Schatten in den Augen: Erinnerungen an Zeiten, von denen sie sich nicht die geringste Vorstellung machen konnte. Sie barg sein Gesicht in ihren Händen und küsste ihn, an seiner Unterlippe verweilend, die sinnliche Wölbung genießend.

»Du bist der lebendigste Mann, den ich je kennen gelernt habe.«

»Bin ich das, Jillian? Bin ich das wirklich?«, fragte er verzweifelt.

Wie konnte er sich über so etwas Gedanken machen? Seine Lippen waren warm und voller Leben, seine Hände bewegten sich über ihre Haut und erweckten Nervenenden, von denen sie nie geahnt hatte, dass sie überhaupt existierten. »Warum hast du das Buch aufbewahrt, Grimm?«

Seine Hände schlossen sich Besitz ergreifend um ihre Taille. »Ich habe es behalten, um mich daran zu erinnern, dass es bei allem Bösen auf dieser Welt immer noch Schönheit und Licht gibt. Du, Jillian. Du warst immer mein Licht.«

Jillians Herz jubilierte. Sie war gekommen, um Bestätigung für ihr zerbrechliches Zutrauen zu finden, um sich zu beweisen, dass die Zärtlichkeiten und die körperliche Anziehungskraft, die Grimm und sie in der vorherigen Nacht erlebt hatten, kein einmaliger Zwischenfall gewesen waren. Doch sie hätte sich niemals träumen lassen, dass er ihr Worte der ... der Liebe eröffnen würde. Denn wovon sonst sprachen diese Worte, wenn nicht von Liebe?

Ihre Träume wurden endlich wahr. Seit jeher hatte sie gewusst, dass es zwischen ihr und dem Tierjungen mit den wilden Augen eine Bindung gab, doch ihr Zusammenkommen als Mann und Frau überstieg all ihre Kindheitsträume.

Grimm erhob sich, zog sie an seinen muskulösen Körper und vermittelte ihr ungewollt den kraftvollen Beweis seines Verlangens. Die bloße Berührung seiner Männlichkeit zwischen ihren Schenkeln ließ sie atemlos erschaudern.

»Ich kann nicht genug von dir bekommen, Jillian«, hauchte er, fasziniert von dem sinnlichen Blick in ihren großen Augen, von der Art und Weise, wie ihre Zunge instinktiv ihre volle Unterlippe benetzte. Er küsste sie langsam mit glühenden, anhaltenden Küssen, die ihr den Verstand raubten, während er sie vorsichtig zum Bett schob. Auf halbem Weg schien er es sich anders zu überlegen. Mit seinen starken Händen ergriff er ihre Schultern und drehte sie in seinen Armen um. Jillian hatte geglaubt, das Gefühl seines Körpers, der sich gegen ihre Schenkel presste, sei unerträglich erregend, doch nun richtete sich seine Erregung in voller Größe an ihr auf, und in wortlosem Flehen presste sie sich an ihn. Seine Hände begannen eine zärtliche Reise über ihren Körper. Er liebkoste die sanfte Wölbung ihrer Hüften, ließ seine Handflächen die Kurve ihres Rückens hinaufgleiten und schlang dann die Arme um sie, um ihre Brüste zu berühren, die leicht erregbaren Brustwarzen zu finden und sie sanft durch den dünnen Stoff ihres Leibchens zu liebkosen.

Er ergriff ihr Haar, strich es zärtlich zur Seite und küsste ihren entblößten Nacken. Als er sie sanft biss, bäumte sie sich auf und wölbte sich ihm entgegen.

Er schob sie vorwärts, am Bett vorbei und gegen die Wand. Er drückte sie gegen die glatten Steine, legte seine Handflächen auf ihre Handrücken und verschränkte seine Finger mit ihren. Dann platzierte er ihre Handflächen über ihrem Kopf an der Wand.

»Nimm deine Hände nicht von der Wand, Jillian. Was auch immer ich tue, halte dich an der Wand fest und fühle nur ...«

Jillian presste sich gegen die Wand, als sei das ihr letzter Halt vor dem Wahnsinn. Als er ihr das Leibchen vom Körper streifte, erschauderte sie, als die kühle Luft ihren erhitzten Körper streifte. Seine Hände fuhren über die feste Unterseite ihrer Brüste, glitten über ihre Taille hinab und verharrten an ihren Hüften. Dann legten sich seine Finger enger um sie und seine Zunge folgte einem Pfad ihren durchgedrückten Rücken hinab. Sie stand an der Wand, die Handflächen angedrückt, und schwankte vor Genuss. Als er geendet hatte, gab es keinen Zentimeter Haut, den er nicht geküsst und mit dem samtenen Strich seiner Zunge liebkost hatte.

Jetzt verstand sie, weshalb er ihr befohlen hatte, sich an der Wand festzuhalten. Es hatte nichts mit der Wand an sich zu tun, er wollte sie davon abhalten, ihn zu berühren. Von Grimm Roderick berührt zu werden und diese Berührungen nicht erwidern zu können, überwältigte ihre Sinne und zwang sie, reine Lust ohne Ablenkung auszukosten.

Er ging hinter ihr auf die Knie und zeigte ihr – sowohl mit den Händen als auch mit einem leisen Wortschwall –, wie schön sie war, was sie ihm bedeutete und wie sehr er sie wollte, sie *brauchte*.

Er ließ seine Hände die Innenseiten ihrer Schenkel hinaufgleiten und setzte langsame, heiße Küsse auf die Rundungen ihres Pos. Ein plötzlicher Seufzer der Lust entfuhr ihr, als seine Hand das empfindsame Zentrum zwischen ihren Beinen fand. Als seine Finger sie unwiderstehlich streichelten und ihrer Kehle ein heiseres Winseln entlockten, biss er sie zart in den Po.

»Grimm!«, stöhnte sie.

Etwas gefährlich Erotisches schwang in seinem Lachen mit, was ihre Erregung nur noch steigerte. »Hände an die Wand«, ermahnte er sie, als sie sich umdrehen wollte. Er drückte ihre Schenkel auseinander und stellte sich so, dass er von unten an ihr hochblickte, das Gesicht nur Zentimeter entfernt von jenem Teil von ihr, der sich nach seiner Berührung verzehrte. Sie öffnete den Mund, um sich über eine so intime Stellung zu beschweren, als die Leidenschaftlichkeit seiner Zunge jeglichen Einwand in ihr erstickte. Sie warf den Kopf in den Nacken und musste ihre ganze Willenskraft aufbringen, um nicht laut zu schreien in der überwältigenden Lust, die er in ihr entfachte.

Dann wurde ihr Blick unwiderstehlich angezogen von dem großartigen Krieger, der zwischen ihren Schenkeln kniete. Der Anblick seines vor Leidenschaft glühenden Gesichtes, gekoppelt mit den unglaublichen Gefühlen, die er in ihr hervorrief, verwandelte ihren Atem in dünnes, hilfloses Keuchen. Sie wölbte sich ihm sanft entgegen und gab kleine, atemlose Laute von sich, die anders waren als alles, was ihr jemals über die Lippen gekommen war.

»Ich falle«, hauchte sie.

»Ich werde dich auffangen, Jillian.«

»Aber ich denke nicht, dass wir – oh!«

»Denke nicht«, stimmte er ihr zu.

»Aber meine Beine ... werden mich nicht ... tragen!«

Er lachte und mit einer schnellen Bewegung zog er sie über sich nach unten. In einem Durcheinander von erhitzter Haut und verschlungenen Gliedern purzelten sie auf einen kleinen Teppich. »Und ich dachte, du hättest Angst zu fallen«, zog er sie auf.

Sie genoss die unglaubliche Nähe ihrer Körper und in diesem Augenblick ließ sie sich völlig gehen. Als sie auf ihn fiel, verfiel sie ihm nur noch mehr, fiel tief in eine ungehemmte Leidenschaft. Er würde sie immer auffangen – das wusste sie ohne jeden Zweifel. In einem spielerischen Kampf um die Vormachtstellung rollten sie über den Teppich, dann warf er sie so plötzlich herum, dass sie auf Händen und Knien landete. In Sekundenschnelle war er hinter ihr, stieß gegen die Spalte zwischen den sanften Kurven ihres Hinterteils, und sie stöhnte laut auf.

»Jetzt«, schrie sie.

»Jetzt«, stimmte er zu und drang in sie ein.

Sie fühlte ihn tief in sich, sie ausfüllend und sie beide verbindend. Er nahm ihre Brüste und barg sie in seinen Händen, und sie fühlte sich dermaßen mit ihm verbunden, dass es ihr den Atem raubte. Sie machte ein Geräusch größter Bestürzung, als er aus ihr herausglitt und tief in ihr ein Verlangen hinterließ, und sie schnurrte vor Lust, als er sie erneut so tief erfüllte, dass sie den Rücken wölbte und sich an ihm aufrichtete, so dass sich ihre Schultern wieder gegen seinen harten Brustkorb pressten.

Er musste etwas in ihr erweckt haben, entschied Jillian, denn es bedurfte nur noch einiger weniger Stöße, bis ihr Körper ausbrach und sich in tausend bebende Teilchen auflöste. Niemals würde sie genug von ihm bekommen.

☆ ☆ ☆

Stunden später lag eine befriedigte Jillian in einer Lache des Wohlbefindens auf seinem Bett. Als seine Hände ihren sinnlichen Tanz auf ihrem Körper begannen, stöhnte sie tief auf. »Ich kann das unmöglich noch einmal mitmachen, Grimm«, protestierte sie schwächlich. »Ich habe keinen einzigen Muskel mehr in meinem Körper, ich kann einfach nicht ...«

Grimm lächelte hinterlistig. »Als ich jung war, habe ich einige Zeit mit Zigeunern verbracht.«

Jillian lehnte sich ins Kopfkissen zurück und fragte sich, was das mit den erdbebenartigen Explosionen zu tun hatte, die er in ihr hervorgerufen hatte.

»Sie hatten eine seltsame Zeremonie, um Visionen herbeizuführen. Das hatte nichts mit Kräutern oder Gewürzmischungen oder dem Rauchen einer Pfeife zu tun. Es basierte auf sexuellem Exzess, um sich in einen Zustand zu versetzen, der über die Grenzen der alltäglichen sinnlichen Wahrnehmungen hinausging. Sie pflegten einen ihrer Seher zusammen mit einem Dutzend Frauen in einem Zelt unterzubringen, die ihn wiederholt zum Höhepunkt brachten, bis er darum flehte, keine Lust mehr ertragen zu müssen. Die Roma sagen, dass der Höhepunkt im Körper etwas freisetzt, was den Geist aufsteigen lässt, ihn der Erdgebundenheit entreißt und ihn dem Außergewöhnlichen öffnet.«

»Das glaube ich gerne.« Jillian war fasziniert. »Ich fühle mich, als hätte ich zu viel süßen Wein getrunken – mir dreht sich der Kopf und mein Körper fühlt sich stark und schwach zugleich an.« Als seine Finger sie zwischen den Schenkeln berührten, erschauderte sie. Mit einigen wenigen geschickten Bewegungen schickte er aufs Neue prickelnde Lustgefühle durch ihren Körper, und als er ihr mit den Händen eine schnelle Erlösung brachte, war es sogar noch gewaltiger als das letzte Mal. »Grimm!« Hitze brach in ihrem Inneren hervor und sie erbebte. Er nahm seine Hand nicht weg, sondern ließ sie zärtlich liegen, bis sie sich beruhigte. Dann begann er erneut und ließ seine Finger in leichten, aufreizenden Bewegungen über ihren sensiblen Lustknoten gleiten.

»Und noch einmal, meine süße Jillian, bis du mich nie wieder ansehen kannst, ohne zu wissen, was ich mit dir machen kann, wohin ich dich bringen kann und wie oft ich dich dorthin bringen kann.«

☆ ☆ ☆

Für Grimm gab es in jener Nacht keine Ruhe. Unruhig marschierte er über den steinernen Fußboden, trat gegen die Lammfellteppiche und fragte sich, wie er sich wohl dieses Mal dazu bringen könnte, das Richtige zu tun. In seinem ganzen Leben hatte er es noch nie dazu kommen lassen, sich allzu sehr an etwas oder jemanden zu binden, denn er hatte stets gewusst, dass er jeden Augenblick gezwungen sein könnte fortzugehen, um sich der Jagd zu entziehen, die die McKane gegen jeden veranstalteten, den sie für einen Berserker hielten.

Sie hatten ihn in Durrkesh aufgespürt. Quinn hatte Recht. Was sollte sie davon abhalten, nach Caithness zu kommen? Mit Leichtigkeit hätten sie dem schwerfälligen Wagen folgen können, auf dem sie die kranken Männer transportiert hatten. Und sollten sie wiederum über Caithness herfallen, welches Leid würde dieser gesegnete Ort zu ertragen haben? Welches Leid könnten sie Jillians Heim zufügen und Jillian selbst? Edmund hatte bei dem letzten Angriff der McKane sein Leben verloren. Vielleicht war er an einer Lungenentzündung gestorben, doch wäre er zuvor nicht verwundet worden, hätte er sich diese Krankheit nie zugezogen, die ihn schließlich sein junges Leben gekostet hatte.

Grimm konnte nicht mit dem Gedanken leben, erneut Leid über Caithness und Jillian zu bringen.

Er blieb am Bett stehen, sah zu ihr hinunter und beobachtete sie, und das Herz schlug ihm höher. *Ich liebe dich, Jillian*, teilte er der schlafenden Frau mit. *Ich habe dich immer geliebt und werde dich immer lieben. Aber ich bin ein Berserker und du – du bist die Krönung des Lebens. Ich habe einen wahnsinnigen alten Vater und einen zerklüfteten Steinhaufen, den ich mein Heim nenne. Das ist kein Leben für eine Dame.*

Er zwang seine dunklen Gedanken in die Knie und zerschmetterte sie mit seinem eisernen Willen. In ihren Körper zu versinken war alles, woran er denken wollte. Diese beiden letzten Tage mit Jillian waren die besten Tage seines Lebens gewesen. Er sollte sich damit zufrieden geben, sagte er sich.

Sie drehte sich im Schlaf um und ihre Hand öffnete sich mit entspannten Fingern. Ihr goldenes Haar lag ausgebreitet auf den weißen Kissen und ihre vollen Brüste überragten das flauschige Laken. Nur ein Tag noch, gelobte er sich, und nur noch eine weitere magische, unglaubliche Nacht voller Wonnen. Dann würde er gehen, bevor es zu spät war.

Kapitel 19

Im Morgengrauen plünderten Quinn und Ramsay die Küchen von Caithness. Nicht eine einzige Frucht, nicht das kleinste Stückchen Fleisch, nicht ein einziger schmackhafter Bissen wurde verschmäht.

»Jesus, ich komme mir vor, als hätte ich seit Wochen keine feste Nahrung zu mir genommen!«

»Da waren wir auch verdammt nah dran. Brühe und Brot zählen nicht als feste Nahrung.« Mit den Zähnen riss Ramsay ein großes Stück aus einem geräucherten Schinken. »Ich hatte bis heute keinen Appetit. Dieses verfluchte Gift hat mich so krank gemacht, dass ich schon glaubte, ich würde nie wieder etwas essen wollen!«

Quinn nahm einen Apfel in die Hand und biss mit Genuss hinein. Platten und Teller türmten sich aufs Geratewohl auf jeder verfügbaren Fläche. Die Dienstmädchen würden in Ohnmacht fallen, wenn sie entdeckten, dass die Männer sämtliche Vorräte für das nächste Wochenende vertilgt hatten.

»Wir werden auf die Jagd gehen und die Speisekammern wieder nachfüllen.« Quinn überkam ein schlechtes Gewissen, als sein Blick in die geplünderte Vorratskammer fiel. »Hast du Lust, ein wenig auf die Jagd zu gehen, Ram, mein Alter?«

»Solange die Beute einen Rock trägt«, sagte Ramsay mit einem innigen Seufzer, »und auf den Namen Jillian hört.«

»Da hast du schlechte Karten«, antwortete Quinn säuerlich. »Vielleicht ist es dir entgangen, aber Jillian hat eine echte Schwäche für mich. Wäre ich in Durrkesh nicht krank geworden, hätte ich um ihre Hand angehalten und wir wären jetzt schon verlobt.«

Ramsay nahm einen tiefen Schluck Whisky und knallte die Flasche mit einem dumpfen Schlag auf den Tisch. »Du bist wirklich schwer von Begriff, nicht wahr, de Moncreiffe?«

»Du willst mir doch wohl nicht erzählen, dass du dich für den Auserwählten hältst?« Quinn verdrehte die Augen.

»Natürlich nicht. Es ist dieser Bastard Grimm Roderick. Schon vom ersten Moment an.« Ramsays Miene verdüsterte sich. »Und nach dem, was vor zwei Nächten passiert ist ...«

Quinn versteifte sich. »Was ist vor zwei Nächten passiert?«

Ramsay nahm einen weiteren Schluck, ließ ihn schlürfend über die Zunge gleiten und brütete einen stillen Moment. »Ist dir aufgefallen, dass der lange Tisch im Hauptsaal verschwunden ist?«

»Jetzt, da du es erwähnst, ja, er ist nicht mehr da. Was ist damit geschehen?«

»Ich sah die Reste davon draußen hinter dem kleinen Schuppen. Er ist der Länge nach zerschlagen worden.«

Quinn sagte nichts. Er kannte nur einen Mann, der in der Lage war, einen Tisch solcher Ausmaße mit bloßen Händen zu zerschmettern.

»Als ich gestern nach unten kam, wischten die Mädchen gerade Essensreste vom Boden auf. Einer der Kerzenleuchter hatte sich in der Wand verkeilt. Irgendjemand hat da vor zwei Nächten ganz schön gewütet. Aber niemand hat ein Wort darüber verloren, oder?«

»Was willst du damit sagen, Logan?«, fragte Quinn grimmig.

»Nur dass die einzigen Personen, denen es vor zwei Nächten gut genug ging, um in der Halle zu dinieren, Grimm und Jillian waren. Offensichtlich hatten sie eine Auseinandersetzung, aber Grimm schien heute nicht besonders sauer zu sein. Und was Jillian angeht, die Frau sprüht nur so vor Lächeln und guter Laune. Was hältst du davon, wenn wir spaßeshalber gleich jetzt zu Grimm gehen, ihn aufwecken und ihn danach fragen? Das heißt, wenn er nicht anderweitig beschäftigt ist.«

»Wenn du damit zu verstehen geben willst, dass Jillian sich in seinen Gemächern befindet, bist du ein dummer Bastard, und ich werde dich dafür zum Duell fordern«, fuhr Quinn ihn an. »Und vielleicht gab es in der Halle zwischen ihnen eine Auseinandersetzung, aber ich garantiere dir, dass Grimm viel zu ehrenhaft ist, um Jillian zu verführen. Außerdem kann er sich nicht einmal dazu durchringen, ihr auch nur ein einziges höfliches Wort zu gönnen. Er wäre sicher nicht in der Lage, lange genug nett zu ihr sein, um sie zu verführen.«

»Du findest es nicht merkwürdig, dass wir beide genau zu dem Zeitpunkt, als es so aussah, als würdest du bei ihr Fortschritte machen, vergiftet und aus dem Rennen genommen wurden, er aber nicht?«, fragte Ramsay. »Ich würde sagen, das war verdächtig günstig für ihn. Ich finde es verflucht seltsam, dass nicht auch er krank wurde.«

»Er hat nichts von dem Gift zu sich genommen«, verteidigte ihn Quinn.

»Vielleicht, weil er von vornherein wusste, was vergiftet war«, erklärte Ramsay.

»Das reicht, Logan!«, schnauzte Quinn. »Es ist eine Sache, ihm vorzuwerfen, dass er Jillian will. Zur Hölle, wir alle wollen sie. Aber es ist eine völlig andere Sache, ihn des versuchten Mordes zu bezichtigen. Du hast nicht die kleinste verfluchte Ahnung von Grimm Roderick.«

»Vielleicht bist du derjenige, der ihn nicht kennt«, konterte Ramsay. »Vielleicht gibt Grimm vor, jemand zu sein, der er nicht ist. Ich für meinen Teil habe vor, ihn gleich jetzt aufzuwecken und es herauszufinden.« Ramsay verließ wütend den Raum.

Quinn schüttelte den Kopf und hechtete hinter ihm her. »Logan, könntest du dich wohl ein wenig zurückhalten ...«

»Nein! Du bist von seiner Unschuld überzeugt, aber ich sage, lassen wir ihn den Beweis antreten!« Ramsay nahm die Treppe zum Westflügel mit jeweils drei Stufen auf einmal, und Quinn musste hetzen, um mit ihm Schritt zu halten. Als Logan den langen Korridor entlangeilte, holte Quinn ihn ein und legte ihm die Hand auf die Schulter, um ihn zurückzuhalten, aber Ramsay schüttelte sie ab.

»Wenn du so überzeugt davon bist, dass er es nicht tun würde, de Moncreiffe, wovor hast du dann Angst? Lass uns ihn einfach wecken.«

»Denk doch mal nach, Ram...« Quinn hielt abrupt inne, als sich die Tür zu Grimms Gemächern leise öffnete.

Als Jillian auf den Flur schlüpfte, weiteten sich seine Augen ungläubig. Unzweifelhaft gab es keinen Grund für Jillian, zu dieser frühen Stunde Grimms Gemächer zu verlassen, außer dem, den Ramsay genannt hatte. Sie war seine Geliebte.

Quinn ging unverzüglich in Deckung und zog Ramsay mit sich in eine dunkle Nische.

Ihr Haar war zerzaust und sie trug nur ein Wolltuch, das sie sich über die Schultern gelegt hatte. Obwohl es fast bis auf den Boden reichte, blieb kein Zweifel, dass sie darunter nichts trug.

»Bei Odins Eiern«, flüsterte er.

Ramsay beehrte ihn mit einem spöttischen Blick. »Der ehrenwerte Grimm Roderick, richtig, Quinn?«, flüsterte er.

»Dieser Hurensohn.« Quinns Blick blieb auf Jillians verführerischen Kurven haften, als sie über den Korridor entschwand. Die ersten Strahlen der Morgendämmerung, die durch die hohen Fenster hereinbrachen, ließen seine Augen in einem seltsam purpurnen Schimmer erglühen, als er Ramsay ansah.

»Dein bester Freund, he, de Moncreiffe? Er wusste, dass du sie wolltest. Er bietet ihr nicht einmal die Heirat an. Er bedient sich einfach.«

»Nur über meine Leiche«, schwor Quinn.

»Ihr Vater brachte drei Männer hierher, damit sie sich einen Gatten aussucht. Und was macht er? Wir beide, du und ich, würden das Ehrenwerte tun, sie heiraten und ihr einen Namen, Kinder und ein Leben geben. Roderick besteigt sie und wird wahrscheinlich bei Sonnenuntergang von hinnen schlendern, und du weißt das. Der Mann hat nicht die Absicht, sie zu heiraten. Würde er auch nur über eine Spur von Anstand verfügen, er hätte sie dir oder mir überlassen, Männern, die es ernst mit ihr meinen. Ich sage dir, du kennst ihn nicht so gut, wie du glaubst.«

☆ ☆ ☆

Der Tag verging für Jillian in einem Nebel des Glücks. Getrübt wurde es höchstens durch Quinns seltsames Betragen beim Frühstück. Er war distanziert und zurückhaltend, überhaupt nicht er selbst. Er bedachte sie mit merkwürdigen Blicken, stocherte in seinem Frühstück herum und schlich schließlich schweigend von dannen.

Ein- oder zweimal begegnete sie Ramsay, der sich ebenfalls

seltsam verhielt. Doch Jillian verschwendete nicht allzu viele Gedanken daran; wahrscheinlich litten sie noch immer unter den Nachwirkungen des Giftes und würden bald wieder obenauf sein.

Die Welt war ein Paradies, so dachte sie. Sogar ihrem Papa hatte sie verziehen, da er ihre wahre Liebe zu ihr zurückgebracht hatte. In einem plötzlichen Ausbruch von Großmut entschied sie, dass er genauso weise war, wie sie einst geglaubt hatte. Sie würde Grimm Roderick heiraten und ihr Leben würde vollkommen sein.

Kapitel 20

»Und?«, fragte Ronin McIllioch.

Ungelenk trat Elliott vor und hielt ein Bündel mürben Pergaments in der Hand. »Tobie hat gute Arbeit geleistet, Mylord, obwohl wir es nicht riskieren konnten, uns allzu nah an Caithness heranzuwagen. Euer Sohn besitzt dieselben bemerkenswerten Sinne wie Ihr. Dennoch gelang es Tobie, seine Züge bei verschiedenen Gelegenheiten einzufangen: beim Reiten, als er einem kleinen Jungen das Leben rettete und zweimal mit der Frau.«

»Lass mich sehen.« Ungeduldig streckte Ronin die Hand aus. Eine nach der anderen ging er die Seiten durch und sog jedes Detail in sich auf. »Er ist ein toller Bursche, nicht wahr, Elliott? Sieh dir diese Schultern an! Tobie hat doch wohl nicht übertrieben, oder?« Als Elliott den Kopf schüttelte, lächelte Ronin. »Sieh nur diese Kraft. Mein Sohn ist von Kopf bis Fuß ein sagenhafter Krieger. Die Mädchen müssen verrückt nach ihm sein.«

»Ja, er ist eine Legende, Euer Sohn. Ihr hättet ihn sehen sollen, wie er die Wildkatze tötete. Er schnitt sich in die Hand, um die Berserkerwut hervorzurufen und das Kind zu retten.«

Ronin reichte die Zeichnungen an den Mann neben ihm weiter. Zwei eisblaue Augenpaare studierten jede Linie.

»Bei Odins Speer!« Ronin stieß einen leisen Pfiff aus, als er zu den beiden letzten Bildern kam. »Sie ist das süßeste Ding, das ich je gesehen habe.«

»Euer Sohn denkt genauso«, sagte Elliott selbstzufrieden. »Er ist genauso vernarrt in sie, wie Ihr es in Jolyn wart. Sie ist die Eine, Mylord, darüber besteht kein Zweifel.«

»Haben sie ...?«, fragte Ronin viel sagend.

»Den Trümmern nach zu urteilen, die Gavrael im Hauptsaal zurückgelassen hat, würde ich sagen, ja.« Elliott grinste.

Ronin und der Mann an seiner Seite tauschten freudige Blicke. »Die Zeit ist gekommen. Triff dich mit Gilles und beginne mit den Vorbereitungen für seine Heimkehr.«

»Jawohl, Mylord!«

Der Mann, der neben Ronin saß, betrachtete Ronin McIllioch mit eisblauen Augen. »Glaubst du wirklich, es wird sich so zutragen, wie die alte Frau vorhergesagt hat?«, fragte Ronins Bruder Balder mit leiser Stimme.

»Umwälzende Veränderungen«, murmelte Ronin. »Sie sagte, dass diese Generation mehr Leid zu ertragen haben würde als jede andere der McIllioch, versprach aber, dass diese Generation dadurch auch aufsteigen und größeres Glück erleben würde. Die alte Seherin hat geschworen, dass mein Sohn eigene Söhne haben wird, und daran glaube ich. Sie versicherte, dass seine Gefährtin, sobald er eine erwählt hat, ihn heim nach Maldebann bringen wird.«

»Und wie willst du seinen Hass auf dich überwinden, Ronin?«, fragte sein Bruder.

»Ich weiß es nicht.« Ronin seufzte schwermütig. »Vielleicht hoffe ich auf ein Wunder, dass er mir zuhören und mir vergeben wird. Nun, da er seine Gefährtin gefunden hat, wird er meine furchtbare Zwangslage vielleicht begreifen können. Möglicherweise wird er verstehen, warum ich tat, was ich tat. Und warum ich ihn gehen ließ.«

»Geh nicht so hart mit dir ins Gericht, Ronin. Die McKane wären dir gefolgt, wenn du ihm nachgegangen wärst. Sie warteten nur darauf, dass du ihnen sein Versteck verraten würdest. Sie wissen, dass du keine Söhne mehr zeugen wirst. Sie wissen nicht einmal, dass ich existiere. Es ist Gavrael, den sie vernichten wollen, und die Zeit wird knapp. Wenn sie herausfinden, dass er seine Gefährtin gefunden hat, lassen sie sich durch nichts aufhalten.«

»Ich weiß. Er war jahrelang auf Caithness sicher, also hielt ich es für das Beste, es dabei zu belassen. Gibraltar gab ihm eine bessere Ausbildung, als es mir zu jener Zeit möglich gewesen wäre.« Ronin sah Balder in die Augen. »Aber ich hoffte immer, dass er eines Tages aus eigenem Antrieb nach Hause kommen würde; wenn schon aus keinem anderen Grund, dann aus Neugier oder Bestürzung darüber, was er war. Als er es nicht tat, als er nicht ein einziges Mal gen Westen nach Maldebann blickte ... ah, Balder, ich fürchte, ich wurde verbittert. Ich konnte nicht glauben, dass er mich so vollkommen hasste.«

»Was veranlasst dich dazu zu glauben, dass er dir jetzt vergeben wird?«

In einer Geste der Hilflosigkeit hob Ronin die Hände. »Der Traum eines Narren? Ich muss daran glauben oder ich habe keinen Grund weiterzuleben.«

Balder schlug ihm liebevoll auf die Schulter. »Du hast einen Grund weiterzuleben. Die McKane müssen ein für alle Mal besiegt werden und du musst für die Sicherheit der Söhne deines Sohnes sorgen. Das allein ist Grund genug.«

»Und es wird vollbracht werden«, gelobte Ronin.

☆ ☆ ☆

Grimm verbrachte den Tag zu Pferde. Er durchsuchte jeden Winkel von Caithness nach irgendeinem Hinweis, dass die McKane ihn gefunden hatten. Er wusste, wie sie vorgingen: Sie würden ein Lager am Rande des Anwesens beziehen und den günstigsten Augenblick abpassen, einen Moment der Verwundbarkeit. Grimm ritt das gesamte Anwesen ab und suchte: nach den Überresten eines Feuers, nach fehlendem Vieh von den Kleinbauern, das gestohlen und geschlachtet worden war, nach einem Hinweis auf die Anwesenheit von Fremden.

Er fand nichts. Nicht den kleinsten Beweis für seinen Verdacht, dass er beobachtet wurde.

Trotzdem, ein Prickeln des Unwohlseins saß ihm lauernd im Nacken, wo er es stets spürte, wenn etwas nicht stimmte. Es gab auf Caithness eine Bedrohung, unentdeckt und unsichtbar.

In der Dämmerung ritt er in den Außenhof von Caithness ein und hatte mit dem schier überwältigenden Verlangen zu kämpfen, von seinem Pferd zu gleiten, ins Schloss zu rennen und zu Jillian zu eilen. Sie in seine Arme zu schließen, zu ihren Gemächern zu tragen und sie zu lieben, bis sich keiner von ihnen mehr bewegen konnte – was für einen Berserker einen sehr langen Zeitraum in Anspruch nehmen würde.

Geh, trieb ihn sein Gewissen. *Geh in diesem Augenblick. Pack dir nicht einmal ein Bündel, sag nicht einmal auf Wiedersehen, mach nur, dass du fortkommst.*

Er fühlte sich, als würde er in zwei Hälften gerissen. In all den Jahren, in denen er von Jillian geträumt hatte, hatte er es niemals für möglich gehalten, so empfinden zu können. Sie war seine Erfüllung. Der Berserker in ihm hatte sich erhoben und war durch ihre Anwesenheit gebannt worden. Sie konnte ihn wieder rein waschen. Allein mit ihr zusammen zu sein besänftigte das Untier, das er hassen gelernt hatte, das Untier, von dem sie nicht einmal wusste, dass es existierte.

Er schalt sich leise, als Hoffnung – dieses trügerische Gefühl, das er sich nie erlaubt hatte zu empfinden – gegen seine Vorahnung der Gefahr Stellung bezog. Hoffnung war ein Luxus, den er sich nicht leisten konnte. Hoffnung brachte Männer dazu, törichte Dinge zu tun, wie zum Beispiel auf Caithness zu bleiben, wenn all seine geschärften Sinne schrien, dass er, obwohl er keinen Hinweis auf die McKane gefunden hatte, beobachtet wurde und dass eine Konfrontation unausweichlich war. Er wusste, wie er mit Gefahr umzugehen hatte. Er wusste nicht, wie er mit Hoffnung umgehen sollte.

Seufzend betrat er den Hauptsaal und bediente sich von einer Schale mit Früchten in der Nähe des Kamins. Er suchte sich eine reife Birne aus, ließ sich in einen Stuhl vor dem Feuer sinken und starrte brütend in die Flammen, wobei er gegen sein dringendes Verlangen ankämpfte, sie aufzusuchen. Er hatte einige Entscheidungen zu treffen. Er musste einen Weg finden, sich ehrenwert zu verhalten, das Richtige zu tun, aber er wusste nicht mehr, was das Richtige war. Nichts war nur noch weiß oder schwarz; es gab keine einfachen Antworten. Er wusste, dass es gefährlich war, auf Caithness zu bleiben, aber er wollte es, mehr als alles, was er je in seinem Leben gewollt hatte.

Er war so gedankenverloren, dass er nicht wahrnahm, wie Ramsay sich näherte, bis ihn die tiefe, polternde Stimme des Highlanders aufschreckte. Das allein hätte ihn warnen sollen, dass er seine Wachsamkeit gefährlich vernachlässigte.

»Wo bist du gewesen, Roderick?«

»Reiten.«

»Den ganzen Tag? Verflucht, Mann, da gibt es eine schöne

Frau im Schloss und du reitest den ganzen Tag durch die Gegend?«

»Ich musste nachdenken. Reiten macht mir den Kopf frei.«

»Das will ich wohl meinen, dass du nachdenken musstest«, murmelte Ramsay für sich.

Mit seinem übersteigerten Gehör vernahm Grimm jede Silbe. Er drehte sich um und sah Ramsay in die Augen. »Was meinst du, worüber ich nachdenken sollte?«

Ramsay sah ihn verblüfft an. »Ich stehe ein Dutzend Schritte von dir entfernt! Du kannst das unmöglich gehört haben.«

»Offensichtlich habe ich es gehört«, sagte Grimm kühl. »Was ist es also, wovon du glaubst, dass ich mir darüber Gedanken machen sollte?«

Ramsays dunkle Augen flackerten auf und Grimm konnte sehen, dass er versuchte, sein sprunghaftes Temperament zu zügeln. »Versuchen wir es mit Ehre, Roderick«, sagte Ramsay förmlich. »Ehren wir unseren Gastgeber. Und seine Tochter.«

Grimms Lächeln war Unheil verkündend. »Ich mache dir einen Vorschlag, Logan. Wenn du meine Ehre nicht zur Sprache bringst, werde ich deine nicht aus dem Schweinestall herausziehen, in dem sie schon seit Jahren gefüttert wird.«

»Meine Ehre ...«, hob Ramsay hitzig an, doch Grimm schnitt ihm unduldsam das Wort ab. Er hatte wichtigere Dinge im Kopf, als sich mit Ramsay zu streiten.

»Kommen wir einfach zur Sache, Logan. Wie viel Gold schuldest du Campbell? Die Hälfte dessen, was Jillian wert ist? Oder ist es mehr? Soviel ich weiß, steckst du so tief in Schulden, dass du dich ebenso gut einsargen lassen könntest. Sollte es dir gelingen, die Erbin von St. Clair zu gewinnen, wärst du in der Lage, deine Schulden zu tilgen und einige Jahre lang ausschweifend zu leben. Stimmt's?«

»Nicht alle sind so wohlhabend wie du, Roderick. Für einige von uns, die ein zahlenmäßig großes Gefolge haben, ist es ein Kampf, seinen Clan zu versorgen. Und mir liegt sehr viel an Jillian«, knurrte Ramsay.

»Dessen bin ich mir sicher. Genauso, wie dir viel daran liegt, dass dein Bauch immer mit dem besten Essen und dem edelsten Whisky gefüllt ist. Genauso, wie dir viel daran liegt, einen reinrassigen Hengst zu reiten und deine Wolfshunde zur Schau zu stellen. Vielleicht liegt es an all diesen Ausgaben, dass es dir so schwer fällt, für deine Leute zu sorgen. Wie viele Jahre hast du bei Hofe vertrödelt und hast das Gold so freigebig verteilt, wie es dein Clan heranschaffen konnte?«

Ramsay wandte sich ab und war für einige Zeit still. Grimm beobachtete ihn und jeder Muskel seines Körpers war angespannt. Logan hatte einen gewalttätigen Charakter – Grimm hatte das schon früher erlebt. Innerlich schalt er sich, sich den Mann zum Gegner gemacht zu haben, doch Ramsay Logans Hang, seine eigenen Bedürfnisse über die seines hungernden Clans zu stellen, machte ihn wütend.

Ramsay atmete tief durch, drehte sich um und versetzte Grimm mit seinem freundlichen Lächeln in Erstaunen. »Du schätzt mich falsch ein, Roderick. Ich gebe zu, meine Vergangenheit ist nicht gerade vorbildlich, aber ich bin nicht mehr der, der ich einmal war.«

Grimm beobachtete ihn und Skepsis sprach aus jeder Linie seines Gesichtes.

»Siehst du? Ich bleibe völlig ruhig.« Ramsay hob beschwichtigend die Hände. »Ich kann verstehen, wieso du diese Dinge von mir denkst. Ich war einst ein zügelloses, selbstsüchtiges, verkommenes Wesen. Aber das bin ich nicht mehr. Ich kann es dir nicht beweisen, nur die Zeit wird meine Aufrichtigkeit unter Beweis stellen. Gestehe mir so viel zu, ja?«

Grimm schnaubte. »Sicher Logan. So viel werde ich dir zugestehen. Du kannst dich geändert haben.« *Noch übler*, fügte Grimm insgeheim hinzu. Er wandte seinen Blick wieder den Flammen zu.

Als Grimm hörte, wie Ramsay den Raum verließ, war er nicht in der Lage, sich die Frage zu verkneifen: »Wo ist Jillian?«

Ramsay hielt mitten in der Bewegung inne und warf einen herausfordernden Blick über die Schulter. »Schach spielen mit Quinn im Arbeitszimmer. Er hat vor, heute Nacht um ihre Hand anzuhalten, also schlage ich vor, dass du sie ungestört lässt. Jillian verdient einen angemessenen Ehemann, und wenn sie ihn nicht nimmt, beabsichtige ich, sie meinerseits um ihre Hand zu bitten.«

Grimm nickte kurz. Nach ein paar Augenblicken, in denen er vergeblich versuchte, jeden Gedanken an Jillian aus seinem Kopf zu verbannen – Jillian saß gemütlich mit Quinn in dem behaglichen Arbeitszimmer und der machte ihr einen Heiratsantrag –, stapfte er zurück in die Nacht, weit mehr von Ramsays Worten verunsichert, als er zugeben wollte.

☆ ☆ ☆

Fast eine halbe Stunde lang wanderte Grimm durch die Gärten, als ihn urplötzlich die Erkenntnis traf, dass er seinen Hengst nicht gesehen hatte. Vor weniger als einer Stunde hatte er ihn im Innenhof zurückgelassen und Occam entfernte sich selten weit vom Schloss.

Verwundert suchte Grimm die inneren und äußeren Bereiche ab und pfiff wiederholt nach ihm, vernahm aber kein einziges Wiehern, keine donnernden Hufe. Er richtete seinen nachdenklichen Blick auf die Stallungen, die am Rande des

Außenhofs lagen. Instinktiv spürte er die Gefahr und rannte zu dem Außengebäude.

Vor den Stallungen stoppte er abrupt. Es war ungewöhnlich still und ein seltsamer Geruch lag in der Luft. Scharf, beißend, wie der Gestank von verdorbenen Eiern. Als er das Halbdunkel durchforschte, prägte er sich jedes Detail des Raumes ein, bevor er eintrat. Stroh lag in kleinen Haufen auf dem Boden – normal. Öllampen waren an den Dachsparren aufgehängt – ebenfalls normal. Alle Tore waren geschlossen – immer noch normal.

Der Geruch nach Schwefel – gewiss nicht normal. Aber auch nichts, womit man etwas anfangen konnte.

Er trat behutsam weiter in den Stall, stieß einen kurzen Pfiff aus und wurde mit einem unterdrückten Wiehern aus der Box am hintersten Ende des Stalles belohnt. Grimm zwang sich, nicht vorzustürmen.

Es war eine Falle.

Wenngleich er die genaue Art der Bedrohung nicht ausmachen konnte, so triefte doch unübersehbar die Gefahr von den Sparren des niedrigen Gebäudes. Seine Sinne überschlugen sich. Was stimmte nicht? Schwefel?

Nachdenklich verengte er die Augen, schritt vorwärts und scharrte behutsam mit den Füßen durch das Stroh, dann bückte er sich, um eine dicke Garbe Klee beiseite zu schieben.

Ein leises Pfeifen des Erstaunens entfuhr ihm.

Er schob mehr Stroh beiseite, ging fünf Schritte vor, wiederholte das Ganze, ging fünf Schritte nach links und machte die gleiche Bewegung. Er bückte sich, fuhr mit der Hand über den staubigen Steinboden und kam mit einer Hand voll feinstkörnigen schwarzen Pulvers wieder hoch.

Jesus! Der gesamte Stallboden war gleichmäßig mit einer Schicht schwarzen Pulvers bedeckt. Irgendjemand hatte die Steine freigebig bestreut und dann loses Stroh darüber verteilt. Schwarzpulver wurde aus einer Mischung aus Salpeter, Holzkohle und Schwefel hergestellt. Viele Clans lagerten ihren eigenen Salpeter in oder in der Nähe ihrer Stallungen, um ihn als Waffe einzusetzen, aber das Zeug, das auf dem Boden verstreut lag, war fertiges Schwarzpulver, sorgfältig zu gleichförmigen Körnchen verarbeitet, mit tödlichen brennbaren Eigenschaften. Und es war vorsätzlich ausgelegt worden. In Verbindung mit der Feuergefährlichkeit von Stroh und dem natürlichen Vorkommen von frischem Dünger glichen die Stallungen einem Inferno, das nur darauf wartete, entzündet zu werden. Ein einziger Funke würde die Stallungen wie eine Bombe hochgehen lassen. Sollte eine der Öllampen zu Boden fallen oder auch nur einen öligen Funken husten, würden das Gebäude – und der halbe Außenbereich – durch die Explosion erschüttert werden.

Occam wieherte, ein Geräusch hilfloser Furcht. Er war geknebelt, erkannte Grimm. Jemand hatte sein Pferd geknebelt und es in einer tödlichen Falle eingeschlossen.

Er würde niemals zulassen, dass sein Pferd noch einmal in einem brennenden Stall eingeschlossen war, und wer immer sich diese Falle ausgedacht hatte, kannte ihn gut genug, um um seine Schwäche für den Hengst zu wissen. Grimm blieb, völlig regungslos, zehn Schritte von der Tür entfernt stehen – nicht zu weit, um sich in Sicherheit bringen zu können, sollte das Stroh anfangen zu glimmen. Aber Occam befand sich in einer verschlossenen Box, fünfzig Meter entfernt, und darin lag das Problem.

Ein gefühlloser Mann würde sich umdrehen und gehen. Was bedeutete schon ein Pferd, alles in allem? Ein Tier, das einem Mann zur Verfügung stehen sollte. Grimm schnaubte. Occam war ein königliches, wunderschönes Lebewesen, besaß Intelligenz und verfügte über die gleichen Fähigkeiten, Schmerz und Furcht zu erleiden wie ein menschliches Wesen.

Nein, er würde sein Pferd niemals im Stich lassen.

Kaum hatte er den Gedanken zu Ende gedacht, als zu seiner Linken etwas durch das Fenster sauste und das Stroh augenblicklich Feuer fing.

Grimm stürzte sich in die Flammen.

☆ ☆ ☆

In der Behaglichkeit des Arbeitszimmers lachte Jillian, als sie Quinn mit ihrem Läufer schachmatt setzte. Verstohlen blickte sie zum Fenster, wie sie es in der vergangenen Stunde mindestens ein Dutzend Mal getan hatte, um festzustellen, ob Grimm zurückgekehrt war. Seit sie ihn am Morgen hatte davonreiten sehen, hatte sie nach ihm Ausschau gehalten. In dem Augenblick, als Occams große graue Gestalt hinter dem Fenster der Arbeitszimmers aufgetaucht war, musste Jillian sich zusammenreißen, um nicht unbesonnen wie ein kleines Mädchen aufzuspringen und loszurennen. Erinnerungen an die Nacht, die sie eng umschlungen mit Grimms hartem, unermüdlichem Körper verbracht hatte, trieben ihr die Röte ins Gesicht und erhitzten sie auf eine Art und Weise, wie es ein Feuer nie vermögen würde.

»Das ist nicht fair! Wie soll ich mich konzentrieren? Als du noch ein kleines Mädchen warst, war es viel einfacher, mit dir zu spielen«, beschwerte sich Quinn. »Jetzt kann ich nicht mehr denken, wenn du in der Nähe bist.«

»Ein Vorteil, eine Frau zu sein«, sprach Jillian genüsslich. Sie war sicher, dass sie ihre neu entdeckte Sinnlichkeit ausstrahlte. »Ist es meine Schuld, dass deine Konzentration zu wünschen übrig lässt?«

Quinns Blick verharrte auf ihren Schultern, die von dem Kleid, das sie trug, nicht verhüllt wurden. »Ohne Zweifel«, versicherte er. »Sieh dich an, Jillian. Du bist wunderschön!«

Seine Stimme verfiel in einen vertraulichen Tonfall. »Jillian, Mädchen, es gibt da etwas, das ich mit dir besprechen möchte …«

»Quinn, still.« Sie legte einen Finger an seine Lippen und schüttelte den Kopf.

Quinn fegte ihre Hand hinweg. »Nein, Jillian, ich habe lange genug geschwiegen. Ich weiß, was du empfindest, Jillian.« Er machte eine wohl dosierte Pause, um seine nächsten Worte zu betonen. »Und ich weiß, was mit Grimm läuft.« Er sah ihr geradewegs in die Augen.

Unverzüglich war Jillian auf der Hut. »Was meinst du damit?«, fragte sie ausweichend.

Quinn lächelte, in dem Versuch, seinen Worten die Schärfe zu nehmen. »Jillian, er ist kein Mann zum Heiraten.«

Jillian biss sich auf die Lippe und wandte den Blick ab. »Das weißt du nicht mit Bestimmtheit. Das ist, als würdest du sagen, dass Ramsay kein Mann zum Heiraten sei, weil er, soweit mir bekannt ist, ein berüchtigter Frauenheld ist. Aber erst heute Morgen hat er mich seines Gelübdes versichert. Nur weil ein Mann in der Vergangenheit keine Anstalten gemacht hat, sich zu verheiraten, heißt das noch lange nicht, dass er es nicht irgendwann tun wird. Menschen ändern sich.« Grimm hatte sich verändert und den zärtlichen, liebenden Mann offenbart, für den sie ihn immer gehalten hatte.

»Logan hat um deine Hand angehalten?«, fragte Quinn finster.

Jillian nickte. »Heute Morgen. Nach dem Frühstück trat er an mich heran, als ich durch die Gärten streifte.«

»Er hat dir einen Antrag gemacht? Er wusste, dass ich es selbst vorhatte!« Quinn fluchte und murmelte dann eine hastige Entschuldigung. »Vergib mir, Jillian, aber es macht mich wütend, dass er so hinter meinem Rücken gehandelt hat.«

»Ich habe nicht eingewilligt, Quinn, also spielt es kaum eine Rolle.«

»Wie hat er es aufgenommen?«

Jillian seufzte. Der Highlander hatte es keineswegs gut aufgenommen; sie hatte das Gefühl, nur knapp einem gefährlichen Gefühlsausbruch entkommen zu sein. »Ich glaube nicht, dass Ramsay Logan es gewohnt ist, abgewiesen zu werden. Er schien wütend zu sein.«

Quinn sah sie einen Augenblick lang nachdenklich an, dann sagte er: »Jillian, ich wollte dir das eigentlich nicht erzählen, aber ich denke, du solltest Bescheid wissen, um eine weise Entscheidung zu treffen. Die Logans sind reich an Land, aber knapp bei Kasse. Ramsay Logan muss heiraten, und zwar reich. Du wärst ein Geschenk der Götter für seinen verarmten Clan.«

Jillian sah ihn erstaunt an. »Quinn! Ich kann nicht glauben, dass du versuchst, meine Freier zu diskreditieren. Himmel! Ramsay hat heute Morgen eine Viertelstunde damit verbracht, dich und Grimm schlecht zu machen. Was ist bloß los mit euch Männern?«

Quinn versteifte sich. »Ich versuche nicht, deine Freier schlecht zu machen. Ich sage die Wahrheit. Logan braucht Gold. Sein Clan hungert, und das schon seit vielen Jahren. Es ist den Logans in letzter Zeit kaum gelungen, ihre Ländereien zu halten. In der Vergangenheit hatten sie sich als Söldner verdungen, um zu Geld zu kommen, doch in den letzten Jahren gab es so wenig Kriege, dass kein Bedarf an Söldnern bestand. Landbesitz erfordert Geld und Geld ist etwas, was die Logans nie hatten. Du bist die Erfüllung all ihrer Gebete. Entschuldige meine krasse Ausdrucksweise, aber wenn Logan die reiche Braut der St. Clair einsacken könnte, würde sein Clan ihn als Retter feiern.«

Nachdenklich knabberte Jillian an ihrer Unterlippe. »Und

du, Quinn de Moncreiffe, warum wünschst du, mich zu heiraten?«

»Weil ich tiefste Zuneigung für dich empfinde, Mädchen«, sagte Quinn schlicht.

»Vielleicht sollte ich Grimm über *dich* befragen.«

Quinn schloss die Augen und seufzte.

»Wie wäre es eigentlich mit Grimm als Bewerber?«, trieb sie ihn in die Enge, fest entschlossen, es bis zum Ende auszufechten.

Quinns Blick war voller Mitgefühl. »Ich will nicht grausam sein, aber er wird dich niemals heiraten, Jillian. Jeder weiß, dass Grimm Roderick geschworen hat, nie zu heiraten.«

Jillian ließ Quinn nicht sehen, wie sehr seine Worte sie getroffen hatten. Sie biss sich auf die Lippe, um zu verhindern, dass irgendwelche unbesonnenen Worte ihr entschlüpften. Beinahe hatte sie den Mut aufgebracht, ihn nach dem Warum zu fragen und ob Grimm sich kürzlich so geäußert hatte, als eine gewaltige Explosion das Schloss erschütterte.

Die Fenster klirrten in ihren Rahmen, das ganze Schloss bebte und Jillian und Quinn sprangen auf.

»Was war das?«, brachte sie atemlos hervor.

Quinn sprang zum Fenster und sah hinaus. »Mein Gott!«, rief er aus. »Die Stallungen stehen in Flammen!«

Kapitel 21

Jillian raste hinter Quinn auf den Schlosshof und schrie ununterbrochen Grimms Namen, ohne sich um die verwunderten Gesichter der Bediensteten und die schockierten Blicke von Kaley und Hatchard zu kümmern. Die Explosion hatte das ganze Schloss aufgeweckt. Hatchard stand, Befehle schreiend, auf dem Schlosshof und organisierte eine Attacke gegen die feindseligen Flammen, die die Stallungen vernichteten und sich ostwärts auf das Schloss zubewegten.

Der Herbst war trocken genug gewesen, dass das Feuer schnell außer Kontrolle geraten und Gebäude und Ernte gierig verschlingen könnte. Das Dorf mit seinen dicht gedrängten Fachwerkhütten würde sich wie trockenes Gras entzünden, sollten die Flammen so weit vordringen. Ein paar Funken, vom Wind getragen, könnten das gesamte Tal zerstören. Jillian verbannte diese Sorge ungestüm in die Zweitrangigkeit; sie musste Grimm finden.

»Wo ist Grimm? Hat irgendjemand Grimm gesehen?« Jillian bahnte sich ihren Weg durch die Menschenmenge und sah in die Gesichter, verzweifelt auf der Suche nach seinen edlen Zügen, seinen tiefblauen Augen. Zugleich hielt sie Ausschau nach einem großen grauen Hengst. »Sei kein Held, sei kein Held«, murmelte sie vor sich hin. »Sei ausnahmsweise einmal nur ein Mann, Grimm Roderick. Sei *in Sicherheit.*«

Es war ihr nicht bewusst, dass sie die Worte laut ausgesprochen hatte, bis Quinn, der neben ihr im Gedränge aufgetaucht war, sie scharf ansah und den Kopf schüttelte. »Ach Mädchen, du liebst ihn, nicht wahr?«

Jillian nickte und ihre Augen füllten sich mit Tränen. »Finde ihn, Quinn! Bring ihn in Sicherheit!«

Quinn seufzte und nickte. »Bleib hier, Mädchen. Ich werde ihn für dich finden. Ich verspreche es dir.«

Der unheimliche Schrei eines eingeschlossenen Pferdes zerriss die Luft und Jillian drehte sich zu den Stallungen, gelähmt von einer plötzlichen, fürchterlichen Vorahnung. »Er kann unmöglich dort drinnen sein, oder, Quinn?«

Quinns Gesichtsausdruck spiegelte unmissverständlich ihre Angst wider. Aber natürlich konnte er und wahrscheinlich war er. Grimm konnte nicht dabeistehen und zusehen, wie ein Pferd verbrannte. Sie wusste das; an jenem Tag in Durrkesh hatte er das deutlich gesagt. Für ihn war der unschuldige Schrei eines Tieres ebenso unerträglich wie der Schrei eines verletzten Kindes oder einer verängstigten Frau.

»Kein Mensch kann das überleben.« Jillian blickte auf das Inferno. Flammen schossen nach oben, so hoch wie das Schloss, ein leuchtendes Orange gegen den schwarzen Himmel. Die Feuerwand war so hell, dass es fast unmöglich war hinzusehen. In dem verzweifelten Versuch, die rechteckige Form der Stallungen auszumachen, kniff Jillian die Augen zusammen, aber ohne Erfolg. Sie konnte nichts sehen als Feuer.

»Du hast Recht, Jillian«, sagte Quinn langsam. »Kein *Mensch*.«

Wie in einem Traum sah sie eine Gestalt, die mit den Flammen zu verschmelzen schien. Die weiß orangen Flammen flimmerten wie ein Alptraum, verschwommen zeichneten sich dahinter dunkle Umrisse ab und ein Reiter preschte aus dem Feuer hervor, eingehüllt in Flammen und geradewegs auf den See zuhaltend. Pferd und Reiter sprangen in die kühlen Fluten, und als sie darin versanken, zischte das Wasser. Sie hielt den Atem an, bis beide wieder auftauchten.

Quinn nickte ihr kurz beruhigend zu, bevor er losrannte, um sich am Kampf gegen das Inferno zu beteiligen, das Caithness bedrohte.

Jillian raste zum See und stolperte in der Eile, zu ihm zu gelangen, über ihre eigenen Füße. Als Grimm aus dem Wasser stieg und Occam an das steinige Ufer führte, warf sie sich ihm entgegen, schmiegte sich in seine Arme und drückte ihr Gesicht an seine nasse Brust. Er hielt sie einen langen Moment, bis sie aufhörte zu schluchzen. Dann löste er sich von ihr und wischte ihr zärtlich die Tränen weg. »Jillian«, sprach er traurig.

»Grimm, ich dachte, ich hätte dich verloren!« Sie presste stürmische Küsse auf sein Gesicht, während sie seinen Körper abtastete, um sicherzugehen, dass er unverletzt war. »Aber du hast nicht einmal Verbrennungen«, sagte sie verblüfft. Obwohl seine Kleidung in verkohlten Fetzen an ihm herabhing und seine Haut leicht gerötet war, gab es nicht die kleinste Blase, die seine glatte Haut entstellte. Sie sah an ihm vorbei zu Occam, dem ebenfalls nichts passiert zu sein schien. »Wie ist das möglich?«, wunderte sie sich.

»Sein Fell ist ein wenig angesengt, aber ansonsten geht es ihm gut. Wir sind schnell geritten«, sagte Grimm zügig.

»Ich dachte, ich hätte dich verloren«, wiederholte Jillian. Als sie in seine Augen blickte, traf sie die plötzliche und fürchterliche Erkenntnis, dass, obwohl er den Flammen entkommen war, auf wundersame Weise unverletzt, ihre Worte wahrer nicht hätten sein können. Sie *hatte* ihn verloren. Sie hatte keine Ahnung, wie oder warum, aber sein glitzernder Blick war erfüllt von Distanz und Bedauern. Von Abschied.

»Nein«, schrie sie. »Nein, ich werde dich nicht gehen lassen. Du wirst mich *nicht* verlassen!«

Grimm senkte den Blick zu Boden.

»Nein«, beharrte sie. »Sieh mich an.«

Sein Blick war düster. »Ich muss gehen, Mädchen. Ich werde nicht noch einmal Zerstörung über diesen Ort bringen.«

»Wie kommst du darauf, dass das Feuer mit dir zu tun hat?«, wollte sie von ihm wissen und kämpfte gegen all ihre Instinkte an, die ihr sagten, dass das Feuer tatsächlich mit ihm zu tun hatte. Sie wusste nicht, warum, aber sie wusste, dass es so war. »Oh! Du bist so arrogant!«, preschte sie tapfer vor, entschlossen, ihn davon zu überzeugen, dass Wahrheit nicht gleich Wahrheit war. Sie würde jede Waffe anwenden, fair oder unfair, um ihn zu halten.

»Jillian.« Er atmete traurig aus und langte nach ihr.

Sie schlug mit den Fäusten auf ihn ein. »Nein! Fass mich nicht an, halt mich nicht fest, nicht, wenn du dich verabschieden willst!«

»Ich muss, Mädchen. Ich habe versucht, es dir zu sagen – Jesus, ich habe versucht, es mir selbst zu sagen! Es gibt nichts, was ich dir bieten könnte. Du verstehst nicht; es ist unmöglich. Ganz egal, wie sehr ich es mir wünschen mag, ich kann dir nicht das Leben bieten, das du verdienst. Dinge wie dieses Feuer passieren mir fortwährend, Jillian. Niemand ist sicher in meiner Nähe. Sie jagen mich!«

»Wer jagt dich?«, weinte sie, als ihre Welt über ihr zusammenbrach.

Er machte eine zornige Geste. »Das kann ich nicht erklären, Mädchen. Du musst es mir einfach glauben. Ich bin kein normaler Mensch. Hätte ein normaler Mensch das überleben können?« Er deutete mit dem Arm auf das Feuer.

»Was bist du dann?«, schrie sie. »Warum erzählst du es mir nicht einfach?«

Er schüttelte den Kopf und schloss die Augen. Nach einer langen Pause öffnete er sie. Seine Augen loderten weiß glühend und Jillian rang nach Luft, als eine flüchtige Erinnerung in ihr aufstieg. Es war die Erinnerung einer Fünfzehnjährigen, die beobachtet hatte, wie dieser Mann die McKane bekämpfte. Beobachtet hatte, wie er mit jedem Blutstropfen, der vergossen wurde, größer, breiter und stärker zu werden schien. Beobachtet hatte, wie seine Augen wie glühende Kohlen loderten, sein Furcht einflößendes Lachen gehört hatte, sich gewundert hatte, wie ein einzelner Mann so viele abschlachten und dennoch unverletzt bleiben konnte.

»Was *bist* du?«, wiederholte sie flüsternd und flehte um Trost. Flehte ihn an, nichts anderes als ein Mann zu sein.

»Der Krieger, der immer ...« Er schloss die Augen. *Dich geliebt hat.* Aber er konnte ihr jene Worte nicht schenken, denn er konnte nicht erfüllen, was sie versprachen. »Dich bewundert hat, Jillian St. Clair. Ein Mann, der eigentlich kein Mann ist, einer, der weiß, dass er dich nie besitzen kann.« Er atmete bebend ein. »Du musst Quinn heiraten. Heirate ihn und befreie mich. Heirate nicht Ramsay – er ist nicht gut genug für dich. Aber du musst mich gehen lassen, weil ich es nicht ertragen könnte, dich mit meinen eigenen Händen zu töten, und genau das würde dabei herauskommen, wenn du und ich zusammen wären.« Er sah ihr in die Augen und flehte sie wortlos an, ihm seinen Abschied nicht noch schwerer zu machen, als er ohnehin schon war.

Jillian versteifte sich. Wenn dieser Mann sie verlassen wollte, so würde sie dafür sorgen, dass es für ihn unerträglich schmerzvoll wurde. Sie verengte die Augen und forderte ihn wortlos auf, tapfer zu sein, um ihre Liebe zu kämpfen. Er wandte sich ab.

»Ich danke dir für diese Tage und Nächte, Mädchen. Ich danke dir dafür, dass du mir die schönsten Erinnerungen meines Lebens gegeben hast. Aber lass uns Abschied nehmen, Jillian. Lass mich gehen. Halte dich an den Glanz und das Wunder, das wir erfahren durften, und lass mich gehen.«

In diesem Moment begann sie zu weinen. Er hatte sich bereits entschieden, hatte angefangen, sich von ihr zu entfernen. »Sag es mir nur, Grimm«, flehte sie. »Es kann nicht so schlimm sein. Was auch immer es ist, wir werden gemeinsam damit fertig.«

»Ich bin ein Untier, Jillian. Du kennst mich nicht!«

»Ich weiß, dass du der ehrenwerteste Mann bist, den ich je kennen gelernt habe! Es ist mir gleichgültig, welches Leben wir führen müssen. Ich könnte *jedes* Leben ertragen, solange ich es nur mit dir teilen kann«, stieß sie hervor.

Als Grimm langsam zurückwich, beobachtete sie, wie das Leben aus seinen Augen entschwand und sein Blick trübe und leblos wurde. Sie spürte den Augenblick, in dem sie ihn verlor; in ihrem Inneren entstand eine Leere, ein Nichts, von dem sie fürchtete, dass es sie in den Tod treiben würde. »Nein!«

Er wandte sich ab. Occam folgte ihm, leise wiehernd.

»Du sagtest, dass ich dir etwas bedeute! Würde dir wirklich etwas an mir liegen, so würdest du kämpfen, um an meiner Seite zu bleiben!«

Er zuckte zusammen. »Du bedeutest mir zu viel, um dich zu verletzen.«

»Das ist schwach! Du weißt nicht, was es heißt, jemandem etwas zu bedeuten«, schrie sie wutentbrannt. »Jemandem etwas zu bedeuten heißt Liebe. Und Liebe kämpft! Liebe sucht nicht nach dem Weg des geringsten Widerstands. Höllengebell, Roderick, wenn Liebe so einfach wäre, könnte jeder sie haben. Du bist ein Feigling!«

Er stockte und ein Muskel in seinem Kiefer zuckte wütend. »Ich gehe den ehrenwerten Weg.«

»Zur *Hölle* mit dem ehrenwerten Weg«, schrie sie. »Liebe hat keinen Stolz. Liebe sucht nach Möglichkeiten zu überdauern.«

»Jillian, hör auf. Du verlangst mehr von mir, als ich geben kann.«

Ihr Blick wurde eisig. »Offensichtlich. Ich habe geglaubt, du wärest in jeder Beziehung heldenhaft. Aber das bist du nicht. Du bist alles in allem nur ein Mann.« Sie wandte den Blick von ihm und hielt den Atem an, wobei sie sich fragte, ob sie ihn weit genug provoziert hatte.

»Auf Wiedersehen, Jillian.«

Er sprang auf sein Pferd und die beiden schienen zu einem Wesen zu verschmelzen – ein Schattenwesen, das in der Nacht verschwand.

Die Leere, die er in ihrem Leben hinterlassen hatte, verschlug ihr den Atem. Er hatte sie verlassen. Er hatte sie tatsächlich verlassen. Ein Schluchzen kam in ihr hoch, so schmerzvoll, dass sich ihre Stimme überschlug. »Feigling«, flüsterte sie.

Kapitel 22

Ronin führte den Schlüssel in das Schlüsselloch ein, zögerte und warf sich endlich entschlossen in die Brust. Er blickte auf die hohe Eichentür, die in Stahl gefasst war. Sie erhob sich weit über seinen Kopf, eingelassen in ein stattliches Felsengewölbe. *Deo non fortuna* war in fließenden Buchstaben über der Wölbung eingemeißelt – »Durch Gott, nicht durch Zufall.« Seit Jahren hatte Ronin diese Worte verleugnet, hatte sich geweigert, diesen Ort zu besuchen, in dem Glauben, dass Gott sich von ihm abgewandt hatte. *Deo non fortuna* war der Wahlspruch, nach dem sein Clan gelebt hatte, in dem Glauben, dass ihre außergewöhnlichen Gaben gottgegeben waren und einen Sinn hatten. Dann hatte seine ›Gabe‹ Jolyns Tod zur Folge gehabt.

Voller Anspannung holte Ronin tief Luft und zwang sich, den Schlüssel umzudrehen und die Tür aufzustoßen. Rostige Beschläge kreischten aus Protest über die lange Vernachlässigung. Spinnweben tanzten im Durchgang und der muffige Geruch vergessener Legenden begrüßte ihn. *Willkommen in der Hall of Lords,* schrien die Legenden ihm entgegen. *Hast du wirklich geglaubt, du könntest uns vergessen?*

Eintausend Jahre der Geschichte der McIllioch schmückten die Halle. Tief in den Bauch des Berges getrieben, erhob sich die Kammer Schwindel erregende fünfzehn Meter hoch. Die gewölbten Wände trafen in einem königlichen Bogen zusammen und die hohen Decken waren bemalt mit getreuen Abbildungen der sagenumwobenen Helden ihres Clans.

Sein eigener Vater hatte ihn hierher gebracht, als er sechzehn geworden war. Er hatte ihm ihre noble Vergangenheit erklärt und hatte Ronin durch die Veränderung geleitet – eine Führung, die Ronin seinem eigenen Sohn nicht hatte geben können.

Aber wer hatte ahnen können, dass Gavrael sich so viel früher verändern würde, als es jedem anderen von ihnen geschehen war. Die Schlacht gegen die McKane, die der brutalen Ermordung seiner Jolyn so schnell auf dem Fuße gefolgt war, hatte Ronin zu sehr erschöpft, hatte ihn zu sehr vor Trauer erstarren lassen, als dass er sich seines Sohnes hätte annehmen können. Obwohl Berserker nur schwer zu töten waren, dauerte es seine Zeit, bis sie sich erholten, wenn sie nur schwer genug verwundet waren. Ronin hatte Monate gebraucht. An dem Tag, als die McKane seine Jolyn ermordet hatten, ließen sie die Hülle eines Mannes zurück, der nicht gesund werden wollte.

Übermannt von seiner Trauer, hatte er seinen Sohn vernachlässigt. Er war nicht in der Lage gewesen, ihn in das Leben eines Berserkers einzuführen, ihn in die Geheimnisse einzuweihen, den Blutrausch zu kontrollieren. Er war nicht da gewesen, zu erklären. Er hatte versagt und sein Sohn war fortgerannt, um ein neues Leben und eine neue Familie zu finden.

Als die darauf folgenden Jahre Ronins Körper verwitterten, hatte er jeden müden Knochen, jedes schmerzende Gelenk und jedes neu entdeckte graue Haar freudig begrüßt, denn es brachte ihn seiner geliebten Jolyn einen Tag näher.

Aber er konnte noch nicht zu Jolyn gehen. Er hatte noch

einiges zu erledigen. Sein Sohn kam heim und dieses Mal würde er nicht versagen.

Mit äußerster Anstrengung lenkte Ronin seine Aufmerksamkeit weg von seiner tiefen Schuld und zurück auf die Hall of Lords. Er hatte es nicht einmal zustande gebracht, die Schwelle zu überschreiten. Er warf sich in die Brust. Dann ergriff er eine hell brennende Fackel und bahnte sich einen Weg durch die Spinnweben in das Innere der Halle. Seine Schritte hallten wie kleine Explosionen in der großzügig bemessenen Steinkammer wider. Er streifte ein paar Stücke verschimmelten, vergessenen Mobiliars und folgte der Wand zu dem ersten Porträt, das vor über tausend Jahren in den Stein geätzt worden war. Die ältesten Abbilder waren aus Stein, gemalt mit verblassten Mixturen aus Kräutern und Lehm. Die jüngeren Porträts waren Kohlezeichnungen und Gemälde.

Die Frauen auf den Bildern teilten einen verblüffenden Charakterzug miteinander. Sie alle hatten eine atemberaubende Ausstrahlung und strotzten vor Glück. Den Männern war ebenfalls ein besonderes Merkmal gemein. Alle neunhundertachtundfünfzig Männer in dieser Halle hatten eisblaue Augen.

Ronin ging zu dem Porträt seiner Frau und hob die Fackel. Er lächelte. Hätte irgendeine heidnische Gottheit ihm einen Handel vorgeschlagen und gesagt: »Ich werde all die Tragik, die du in deinem Leben erdulden musstest, von dir nehmen, ich werde dich durch die Zeit zurückversetzen und dir Dutzende von Söhnen und ungestörten Frieden geben, aber du kannst niemals Jolyn haben«, Ronin McIllioch hätte ihn verspottet. Mit Vergnügen würde er jedes Quäntchen Tragik umarmen, das er ertragen musste, um Jolyn lieben zu dürfen, und sei es auch nur für die schrecklich kurze Zeit, die ihnen vergönnt gewesen war.

»Diesmal werde ich ihn nicht im Stich lassen, Jolyn. Ich

schwöre dir, ich werde Burg Maldebann gesichert sehen und aufs Neue erfüllt von Hoffnung. Dann werden wir wieder vereint sein und auf diesen Ort hinunterlächeln.« Nach einer langen Pause flüsterte er ungestüm: »Ich vermisse dich, Frau.«

Draußen vor der Hall of Lords betrat ein erstaunter Gilles den Vorraum und hielt inne, die geöffnete Eingangstür ungläubig in Augenschein nehmend. Er rannte den Korridor entlang, stob in die seit langem versiegelte Halle und konnte gerade noch einen Aufschrei des Entzückens unterdrücken, als er Ronins gewahr wurde, der nicht mehr gebückt einherging, sondern stolz aufgerichtet unter dem Porträt seiner Frau und seines Sohnes stand. Ronin drehte sich nicht um, aber das hatte Gilles auch nicht erwartet; Ronin wusste immer, wer sich in seiner unmittelbaren Umgebung aufhielt.

»Lass die Dienstmädchen zum Saubermachen herkommen, Gilles«, befahl Ronin, ohne die Augen von dem lächelnden Abbild seiner Frau abzuwenden. »Öffne diesen Raum und lass ihn gut durchlüften. Ich will, dass das gesamte Schloss so geschrubbt wird, wie es seit dem Tod meiner Jolyn nicht mehr geschehen ist. Ich will, dass es hier glänzt.« Ronin breitete überschwänglich die Arme aus. »Entzünde die Leuchter und lass sie von nun an stets hier drinnen brennen, wie es vor Jahren war, Tag und Nacht. Mein Sohn kommt nach Hause!«, endete er stolzerfüllt.

»*Ja*, Mylord!«, rief Gilles aus, als er forteilte, einen Befehl zu befolgen, nach dem er sich ein Leben lang gesehnt hatte.

☆ ☆ ☆

Wohin nun, Grimm Roderick?, fragte er sich müde. Zurück nach Dalkeith, um zu sehen, ob er auch diesen gesegneten Gestaden Vernichtung bringen könnte?

Seine Hände ballten sich zu Fäusten. Er griff nach einer Flasche Whisky, obwohl er wusste, dass sie ihm nicht das Vergessen schenken konnte, das er suchte. Wenn ein Berserker schnell genug trank, konnte er sich für höchstens drei Sekunden betrunken fühlen. Das würde ihm also nichts nützen.

Letztendlich spürten die McKane ihn immer wieder auf. Er wusste jetzt, dass sie in Durrkesh einen Spion hatten. Wahrscheinlich hatte jemand beobachtet, wie er in dem Hinterhof des Gasthauses der Wut erlegen war, und hatte dann versucht, ihn zu vergiften. Die McKane hatten über die Jahre gelernt, hinterrücks anzugreifen. Heimtückische Fallen oder einfach eine gewaltige Überzahl waren die einzigen Möglichkeiten, einen Berserker zu überwinden, und keine von beiden garantierte den Erfolg. Nun, da er den McKane zweimal entkommen war, wusste er, dass sie das nächste Mal massiv angreifen würden.

Zuerst hatten sie es mit Gift versucht, dann mit Feuer in den Stallungen. Grimm wusste, wäre er auf Caithness geblieben, hätten sie das gesamte Schloss zerstört, hätten sich in ihrem blinden Eifer, ihn zu töten, an allen St. Clair gerächt. Schon in jungen Jahren hatte er mit ihrem Fanatismus Bekanntschaft gemacht und es war eine Lektion gewesen, die er niemals vergessen hatte.

Gott sei Dank hatten sie in den Jahren, die er in Edinburgh verbracht hatte, seine Spur verloren. Die McKane waren Kämpfer, keine Speichellecker des Königs, und was bei Hofe passierte, interessierte sie wenig. Er hatte sich vor aller Augen versteckt. Dann, als er sich vom Hof nach Dalkeith begeben hatte, waren ihm nur noch wenige Freunde begegnet, und die, die er getroffen hatte, waren Hawk bis ins Letzte treu ergeben gewesen. Er hatte begonnen, seine Wachsamkeit herunterzufahren, und war kurz davor gewesen, sich beinahe ... normal zu fühlen.

Welch ein arglistiges, quälendes Wort: normal. »Nimm es von mir, Odin. Ich habe mich geirrt«, flüsterte Grimm. »Ich möchte kein Berserker mehr sein.«

Doch Odin schien sich nicht darum zu scheren.

Grimm musste sich den Tatsachen stellen. Nun, da die McKane ihn erneut aufgespürt hatten, würden sie das Land auf den Kopf stellen, um ihn zu finden. Er war nicht sicher in der Nähe anderer Menschen. Es war Zeit für einen neuen Namen, vielleicht für ein neues Land. Seine Gedanken wanderten nach England, doch jede Faser des Schotten in ihm rebellierte.

Wie sollte er weiterleben, ohne Jillian jemals wieder zu berühren? Nachdem er solche Freuden genossen hatte, wie sollte er seine inhaltslose Existenz ertragen? Bei Gott, es wäre besser gewesen, er hätte nie erfahren, wie sein Leben hätte sein können! In jener schicksalhaften Nacht, hoch über Tuluth, hatte er nach dem Berserker gerufen, hatte um die Gabe der Vergeltung gebettelt, ohne zu erkennen, wie allumfassend diese Vergeltung sein würde. Vergeltung brachte die Toten nicht wieder zurück, sie tötete den Rächer.

Doch Reue brachte ihn auch nicht weiter, schalt er sich. Er verfügte über das Untier und das Untier verfügte über ihn, so einfach war das. Resignation nahm ihm die Sicht und es blieb nur eine Frage: *Wohin jetzt, Grimm Roderick?*

Er lenkte Occam in die einzige Richtung, die ihm noch verblieb: in die verbotenen Highlands, wo er in der Wildnis verschwinden konnte. Er kannte jede verlassene Hütte und Höhle, jede Quelle der Zuflucht vor dem bitterkalten Winter, der bald schon den Bergen eisige weiße Hüte aufsetzen würde.

Er würde wieder frieren.

Während er Occam mit den Knien lenkte, flocht er sich Kriegszöpfe ins Haar und fragte sich, ob ein unbesiegbarer

Berserker an etwas so Harmlosem sterben konnte wie an einem gebrochenen Herzen.

☆ ☆ ☆

Jillian blickte traurig auf die geschwärzte Wiese von Caithness. Alles war Erinnerung. Es war November, und die verhasste Wiese würde schwarz bleiben, bis der erste Schneefall kam, um sie zu bedecken. Sie konnte das Schloss nicht verlassen, ohne sich an jene Nacht zu erinnern, an das Feuer, an Grimms Abschied. Die Wiese erstreckte sich in einem gewaltigen, nie endenden Teppich von schwarzer Asche.

Er hatte sie aufgegeben, weil er ein Feigling war.

Sie hatte versucht, Entschuldigungen für sein Verhalten zu finden, aber es gab keine. Der mutigste Mann, den sie je kennen gelernt hatte, fürchtete sich vor der Liebe. *Nun gut, zur Hölle mit ihm!*, dachte sie trotzig.

Sie verspürte Schmerz; sie wollte es nicht verleugnen. Der bloße Gedanke, den Rest ihres Lebens ohne ihn verbringen zu müssen, war unerträglich, aber sie weigerte sich, darin zu verweilen. Das wäre der sichere Weg in den emotionalen Zusammenbruch. Also schürte sie ihre Wut ihm gegenüber und klammerte sich daran fest wie an einem Schild vor ihrem verletzten Herzen.

»Er kommt nicht zurück, Mädchen«, sagte Ramsay mit sanfter Stimme.

Jillian biss die Zähne zusammen und wirbelte herum, um ihm ins Gesicht zu sehen. »Darauf bin ich auch schon gekommen, Ramsay«, sagte sie gelassen.

Ramsay ließ sie nicht aus den Augen. Als sie Anstalten machte, sich zu entfernen, schoss seine Hand vor und legte sich um ihr Handgelenk. Sie versuchte sich zu befreien, aber er war zu stark. »Heirate mich, Jillian, ich gelobe, ich werde dich wie eine Königin behandeln. Ich werde dich niemals im Stich lassen.«

Nicht, solange ich dir Geld bringe, dachte sie. »Lass mich los«, zischte sie.

Er rührte sich nicht. »Jillian, überdenke deine Situation. Deine Eltern werden jeden Tag zurückerwartet und gehen davon aus, dass du heiraten wirst. Sie werden dich wahrscheinlich zu einer Entscheidung zwingen, wenn sie zurückkommen. Ich würde gut zu dir sein«, versprach er.

»Ich werde niemals heiraten«, sagte sie im Brustton der Überzeugung.

Sein Betragen änderte sich unverzüglich. Als sein höhnischer Blick über ihren Unterleib wanderte, war sie schockiert; als er sprach, war sie vorübergehend sprachlos.

»Wenn in deinem Bauch ein Bastard heranwächst, wirst du möglicherweise anders denken, Mädchen«, sagte er mit einem schmierigen Lächeln. »Dann werden deine Eltern dich zwingen zu heiraten, und du wirst von Glück sagen können, wenn ein anständiger Mann dich dann noch nimmt. Es gibt ein Wort für Frauen wie dich. Du bist nicht so unbefleckt«, geiferte er.

»Wie kannst du es wagen!«, schrie sie ihn an. Die Versuchung, ihm das gezierte Grinsen aus dem Gesicht zu schlagen, war so überwältigend, dass sie ihr ohne Zögern nachgab.

Ramsays Gesicht wurde weiß vor Wut und die roten Striemen ihres Schlages zeichneten sich deutlich ab. Er ergriff ihr anderes Handgelenk und zog sie zu sich heran, vor Wut strotzend. »Das wirst du eines Tages bereuen, Mädchen.« Er stieß sie so brutal von sich, dass sie stolperte. Für einen Augenblick sah sie eine solche Brutalität in seinen Augen, dass sie die Befürchtung hatte, er würde sie zu Boden zwingen und sie verprügeln oder ihr Schlimmeres antun. Sie rappelte sich auf und eilte auf zittrigen Beinen zurück zum Schloss.

☆ ☆ ☆

»Er kommt nicht zurück, Jillian«, sagte Kaley mitfühlend.

»Ich weiß! Um Himmels willen, könntet ihr bitte alle damit aufhören, mir das zu sagen? Sehe ich so aus, als wäre ich beschränkt? Ist es das?«

Kaleys Augen füllten sich mit Tränen und Jillian hatte sofort Gewissensbisse. »O Kaley, ich wollte dich nicht anschreien. Ich war in letzter Zeit nicht ganz ich selbst. Es ist nur, dass ich mir über gewisse Dinge ... Sorgen mache ...«

»Dinge wie Kinder?«, fragte Kaley vorsichtig.

Jillian erstarrte.

»Wäre es möglich ...«, deutete Kaley an.

Jillian entzog sich schuldbewusst ihrem Blick.

»Oh, Mädchen.« Kaley schloss sie in ihre weiten Arme. »Oh, Mädchen«, wiederholte sie hilflos.

☆ ☆ ☆

Zwei Wochen später kehrten Gibraltar und Elizabeth St. Clair nach Haus zurück.

Jillian wurde von einem Wechselbad der Gefühle hin und her gerissen. Einerseits war sie glücklich, sie wieder zu Hause zu wissen, andererseits fürchtete sie sich, ihnen gegenüberzutreten, also verschanzte sie sich in ihren Gemächern und wartete darauf, dass sie zu ihr kamen. Und das taten sie auch, aber nicht vor dem nächsten Morgen. Rückblickend erkannte sie, dass es dumm von ihr gewesen war, ihrem schlauen Papa Zeit zu geben, sich zu informieren, bevor sie ihm entgegentrat.

Als sie schließlich gerufen wurde, erschauderte sie, und der letzte Rest von Vorfreude, ihre Eltern wieder zu sehen, wandelte sich in blanke Furcht. Unwillig machte sie sich auf den Weg ins Arbeitszimmer.

☆ ☆ ☆

»Mama! Papa!«, rief Jillian aus. Sie warf sich ihnen in die Arme und genoss begierig ihre Umarmungen, bevor sie die Fragen stellen konnten, von denen sie wusste, dass sie kommen würden.

»Jillian.« Gibraltar nahm sie so flüchtig in die Arme, dass Jillian wusste, dass sie tatsächlich in Schwierigkeiten war.

»Wie geht es Hugh? Und meinem neuen Neffen?«, fragte sie ohne Umschweife.

Gibraltar und Elizabeth tauschten Blicke, dann ließ sich Elizabeth in einen Stuhl in der Nähe des Feuers sinken und überließ es Jillian, sich allein mit Gibraltar auseinander zu setzen.

»Hast du dir mittlerweile einen Ehemann gewählt, Jillian?«, beendete Gibraltar alle Nettigkeiten.

Jillian atmete tief durch. »Das ist es, worüber ich mit dir sprechen wollte, Papa. Ich hatte viel Zeit, um nachzudenken.« Sie schluckte nervös, als Gibraltar sie gelassen ansah. Gelassenheit ließ nichts Gutes erahnen – es bedeutete, dass ihr Papa wütend war. Sie räusperte sich ängstlich. »Ich habe mich entschlossen, nach reiflicher Überlegung, ich will damit sagen, ich habe mir das wirklich gut überlegt ... dass ich ... äh ...« Jillian verstummte. Sie musste aufhören, wie ein Idiot herumzudrucksen – ihr Papa würde sich niemals durch lauwarme Proteste umstimmen lassen. »Papa ... ich habe wirklich nicht vor zu heiraten. *Niemals.*« Da war es, sie hatte es ausgesprochen. »Ich will damit sagen, ich weiß all das zu schätzen, was du und Mama für mich getan habt, glaube nie, dass es nicht so wäre, aber heiraten ist einfach nichts für mich.« Sie unterstrich ihre Worte mit einem nachdrücklichen Nicken.

Gibraltar betrachtete sie mit einer nervtötenden Mischung aus Belustigung und Herablassung. »Netter Versuch, Jillian. Aber ich spiele keine Spielchen mehr. Ich habe drei Männer für dich herangeschafft. Nur zwei sind noch übrig geblieben und du wirst einen von beiden heiraten. Ich bin deinen Mumpitz leid. In einem Monat wirst du zweiundzwanzig und entweder de Moncreiffe oder Logan werden den perfekten Ehemann für dich abgeben. Es wird keine Ausflüchte mehr geben und auch keine Ränkespiele. *Wen wirst du heiraten?*«, wollte er von ihr wissen, ein wenig heftiger, als er es vorgehabt hatte.

»Gibraltar!«, protestierte Elizabeth gegen seine anmaßenden Worte. Sie erhob sich aus ihrem Sessel, entrüstet über seinen Tonfall.

»Halt dich da raus, Elizabeth. Sie hat mich das letzte Mal zum Narren gehalten. Jillian wird einen Grund nach dem andern anführen, warum sie nicht heiraten kann, bis wir beide zu alt sind, um etwas dagegen zu unternehmen.«

»Gibraltar, wir werden sie nicht zwingen, jemanden zu heiraten, den sie nicht will.« Elizabeth stampfte mit ihrem zierlichen Fuß auf, um ihren Entschluss zu untermauern.

»Sie muss sich damit abfinden, dass sie nicht den Mann haben kann, den sie will, Elizabeth. Er war hier und er ist gegangen. Und damit ist die Sache beendet.« Gibraltar seufzte und blickte auf den starren Rücken seiner Tochter, die dastand und an ihren Rockfalten zupfte. »Elizabeth, ich habe es versucht. Siehst du nicht, dass ich es versucht habe? Ich wusste, wie Jillian für Grimm empfand. Aber ich werde den Mann nicht zwingen, sie zu heiraten, und selbst, wenn ich es täte, was könnte Gutes dabei herauskommen? Jillian will keinen erzwungenen Ehemann.«

»Du wusstest, dass ich ihn liebte?«, rief Jillian aus. Beinahe hätte sie ihn umarmt, fing sich aber und versteifte sich weiter.

Gibraltar musste fast lachen; ein Besenstiel konnte nicht starrer sein als das Rückgrat seiner Tochter. Genauso störrisch wie ihre Mutter. »Natürlich, Mädchen. Ich habe es schon vor Jahren in deinen Augen gesehen. Also habe ich ihn für dich hierher geholt. Und nun erzählt mir Kaley, dass er vor vierzehn Tagen fortgegangen ist und dir gesagt hat, du sollst Quinn heiraten. Jillian, er ist fort. Er hat seine Gefühle dargelegt.« Gibraltar richtete sich auf. »Ich werde meine Tochter nicht irgendeinem unbesonnenen Bastard überlassen, der zu dumm ist zu erkennen, was für einen Schatz er sich sichern könnte. Ich will meine Jillian nicht an einen Mann verschenken, der nicht zu würdigen weiß, welch einmalige Frau sie ist. Was wäre ich für ein Vater, der einem Mann hinterherjagt und ihm seine Tochter vor die Füße wirft?«

Elizabeth zog die Nase hoch und verkniff sich eine Träne. »Du hast ihn herbeigeschafft, weil du wusstest, dass sie ihn liebt«, gurrte sie. »O Gibraltar! Obwohl ich glaubte, er sei nicht gut für sie, hast du alles durchschaut. Du wusstest, was Jillian wollte.«

Gibraltars Freude über die Bewunderung seiner Frau verflog schnell, als Jillian traurig die Schultern hängen ließ.

»Ich habe mir niemals träumen lassen, dass du wusstest, wie ich empfand, Papa«, sagte Jillian kleinlaut.

»Aber natürlich. Genauso, wie ich weiß, wie du zur Zeit empfindest. Aber du musst dich den Tatsachen stellen. Er ist gegangen, Jillian –«

»Ich weiß, dass er gegangen ist! *Müsst* ihr mich alle daran erinnern?«

»Ja, wenn du darauf bestehst, dein Leben wegwerfen zu

wollen. Ich habe ihm die Chance gegeben und er war zu dumm, sie zu nutzen. Du musst dein Leben leben, Mädchen.«

»Er dachte, dass er nicht gut genug für mich sei«, murmelte Jillian.

»Das hat er gesagt?«, hakte Elizabeth geistesgegenwärtig nach.

Jillian blies sich eine Haarsträhne aus dem Gesicht. »So ungefähr. Er sagte, dass ich unmöglich begreifen könne, was geschehen würde, sollte er mich heiraten. Und er hat Recht. Wie schrecklich das auch sein mag, was er im Geiste vor sich sieht, ich kann ihm nicht einmal ansatzweise folgen. Er benimmt sich, als gäbe es um ihn irgendein schreckliches Geheimnis, und Mama, ich kann ihn nicht vom Gegenteil überzeugen. Ich habe nicht die leiseste Ahnung, was er glaubt, dass mit ihm nicht stimmt. Grimm Roderick ist der beste Mensch, dem ich je begegnet bin, außer dir, Papa.«

Jillian schenkte ihrem Vater ein schwaches Lächeln, bevor sie sich zum Fenster begab und auf die geschwärzte Wiese hinausblickte.

Gibraltars Augen verengten sich und er blickte nachdenklich zu Elizabeth, die überrascht ihre Augenbrauen hochzog.

Sie weiß es immer noch nicht. Sag es ihr, bewegte Elizabeth wortlos die Lippen und betrachtete den erstarrten Rücken ihrer Tochter.

Dass er ein Berserker ist?, gab Gibraltar stimmlos zurück. *Er muss es ihr selbst sagen.*

Er kann nicht. Er ist nicht hier!

Er weigert sich. Und ich werde ihm das nicht abnehmen. Wenn er sich nicht selbst dazu bringen kann, ihr zu vertrauen, sollte sie ihn nicht heiraten. Er ist offensichtlich nicht Manns genug für meine Jillian.

Unsere *Jillian.*

Er zuckte mit den Achseln. Dann durchschritt er das Arbeitszimmer und legte Jillian beschwichtigend die Hände auf die Schultern. »Es tut mir Leid, Jillian. Wirklich. Ich dachte, dass er sich im Laufe der Jahre vielleicht geändert hat. Aber dem ist nicht so. Dennoch ändert es nichts an der Tatsache, dass du heiraten musst. Ich würde mir Quinn wünschen.«

Sie versteifte sich und zischte leise: »Ich werde niemanden heiraten.«

»O doch«, verkündete Gibraltar unnachgiebig. »Ich werde morgen die Bekanntmachung ausgeben und in drei Wochen wirst du *irgendeinen* heiraten.«

Jillian wirbelte herum und sah ihm ins Gesicht, ihre Augen funkelten.

»Du solltest wissen, dass ich seine Geliebte wurde.«

Elizabeth fächelte sich wie eine Besessene Luft zu.

Gibraltar zuckte mit den Schultern.

Elizabeth schnappte nach Luft, zuerst wegen Jillian, dann wegen ihres teilnahmslosen Gatten.

»Das ist alles? Ein Schulterzucken?« Jillian starrte ihren Vater ungläubig an. »Nun denn, sollte es dir auch egal sein, so glaube ich kaum, dass mein zukünftiger Ehemann das alles so froh gelaunt akzeptieren würde, oder was glaubst du, Papa?«

»Ich hätte nichts dagegen einzuwenden«, sagte Quinn gelassen und verblüffte sie alle durch seine unangekündigte Anwesenheit. »Ich würde dich unter jeder Voraussetzung heiraten, Jillian.«

Aller Augen ruhten auf Quinn de Moncreiffe, dessen helle, goldene Gestalt den Türrahmen ausfüllte.

»Guter Mann«, sagte Gibraltar fest.

»O Quinn!«, sagte Jillian traurig. »Du hast Besseres verdient ...«

»Ich habe mich dir gegenüber schon früher entsprechend geäußert, Mädchen. Ich würde dich auf jeden Fall nehmen. Grimm ist ein Narr, aber ich nicht. Ich werde dich glücklich machen. Vorbehaltlos. Ich habe nie begriffen, weshalb eine Frau unberührt sein soll, wenn man gleichzeitig von einem Mann erwartet, so viel Erfahrungen wie möglich gesammelt zu haben.«

»Dann ist es besiegelt«, schloss Gibraltar geschwind.

»Nein, das ist es nicht!«

»Doch, das ist es, Jillian«, sagte Gibraltar unnachgiebig. »In drei Wochen wirst du ihn heiraten. Schluss. Keine Widerworte.« Er wandte sich ab.

»Das kannst du mir nicht antun!«

»Wartet.« Ramsay Logan trat hinter Quinn in den Eingang. »Ich möchte ebenfalls um ihre Hand anhalten.«

Abschätzend betrachtete Gibraltar die beiden Männer im Eingang und wandte dann langsam seine Aufmerksamkeit seiner Tochter zu, die mit offenem Mund dastand.

»Du hast zwölf Stunden, dich zu entscheiden, Jillian. Bei Tagesanbruch werde ich die Bekanntmachungen verteilen lassen.«

»Mama, du kannst nicht zulassen, dass er das tut!«, flehte Jillian.

Elizabeth St. Clair richtete sich auf und atmete vernehmlich durch die Nase ein, bevor sie Gibraltar aus dem Arbeitszimmer folgte.

☆ ☆ ☆

»Was um alles in der Welt hast du vor, Gibraltar?«, wollte Elizabeth wissen.

Gibraltar lehnte sich gegen den Sims ihres Schlafzimmerfensters und das Haar auf seiner Brust glühte im sanften Schein des Feuers golden zwischen den Falten seiner seidenen Robe.

Elizabeth legte sich nackt ins Bett und war, wie Gibraltar

wieder einmal feststellte, atemberaubend. »Bei Odins Speer, Frau, du weißt, dass ich dir nichts verweigern kann, wenn ich dich so sehe.«

»Dann zwinge Jillian nicht zu heiraten, Geliebter«, sagte Elizabeth schlichtweg. Es gab keine Spielchen zwischen ihr und ihrem Gatten, es hatte sie nie gegeben. Elizabeth war davon überzeugt, dass die meisten Probleme in einer Partnerschaft durch klare, knappe Verständigung geklärt oder gänzlich vermieden werden konnten. Spielchen luden zu unnötiger Zwietracht ein.

»Das habe ich auch nicht vor«, antwortete Gibraltar mit einem schwachen Lächeln. »So weit wird es niemals kommen.«

»Was meinst du damit?« Elizabeth zog die Nadeln aus ihrem Haar und ließ es in goldenen Wellen über ihre entblößten Brüste fallen. »Handelt es sich wieder einmal um einen deiner berühmten infamen Pläne, Gibraltar?«, fragte sie träge amüsiert.

»Ja.« Er sank neben ihr auf die Bettkante und ließ seine Hand über ihre weichen Kurven gleiten, über die liebliche Aushöhlung ihrer Taille und die üppige Rundung ihrer Hüfte. »Wenn sie nicht zugegeben hätte, dass sie zu seiner Geliebten geworden ist, wäre ich möglicherweise nicht so zuversichtlich. Aber er ist ein Berserker, Elizabeth. Es gibt nur eine wahre Gefährtin für einen jeden Berserker und das wissen sie. Er kann es nicht zulassen, dass die Hochzeit stattfindet. Ein Berserker würde eher sterben.«

Elizabeths Augen erhellten sich. »Du lässt die Bekanntmachung verkünden, um ihn aus der Reserve zu locken. Weil es der schnellste Weg ist, ihn zu zwingen, sich zu erklären.«

»Wie üblich verstehen wir uns, nicht wahr, meine Liebe? Welchen besseren Weg könnte es geben, ihn wieder ins Rennen zu bringen?«

»Wie schlau. Daran hatte ich nicht gedacht. Kein Berserker würde es zulassen, dass seine Gefährtin einen anderen heiratet.«

»Lass uns nur hoffen, dass all die Legenden über diese Krieger wahr sind, Elizabeth. Gavraels Vater hat mir vor Jahren erzählt, dass ein Berserker, sobald er einmal mit seiner wahren Gefährtin geschlafen hat, nie wieder mit einer anderen Frau zusammen sein kann. Gavrael ist sogar noch mehr ein Berserker als sein Vater. Er wird wegen ihr kommen und dann wird er keine andere Wahl haben, als ihr die Wahrheit zu sagen. Wir werden in drei Wochen unsere Hochzeit feiern, ohne jeden Zweifel, und der Bräutigam wird jener Mann sein, den sie sich wünscht – Grimm.«

»Was ist mit Quinns Gefühlen?«

»Quinn glaubt nicht wirklich daran, dass sie ihn heiraten wird. Er ist ebenfalls der Meinung, dass Grimm zurückkehren wird. Ich sprach mit Quinn, bevor ich Jillian vor die Wahl stellte, und er hat sich bereit erklärt, darauf einzugehen. Obwohl ich zugeben muss, dass Ramsay mich mit seiner Bewerbung wirklich überrascht hat.«

»Du willst also sagen, dass du das alles im Voraus geplant hattest, bevor du sie vor die Wahl stelltest?« Elizabeth war wieder einmal entzückt von den Windungen und Winkelzügen des brillant vorausschauenden Geistes ihres Mannes.

»Es war einer von vielen möglichen Plänen«, korrigierte sie ihr Gatte. »Ein Mann muss jede Eventualität in Betracht ziehen, wenn es um die Frau geht, die er liebt.«

»Mein Held«, säuselte Elizabeth mit flatternden Wimpern. Gibraltar bedeckte ihren Körper mit seinem. »Ich werde dir einen Helden zeigen«, brummte er.

☆ ☆ ☆

Gibraltar hatte es selbst seiner verhätschelten Jillian nicht zugetraut, dass sie drei ganze Wochen lang trotzen, schmollen und ganz und gar garstig sein konnte.

Sie konnte.

Seit dem Morgen, als sie eine Nachricht, die nur aus dem Wort ›Quinn‹ bestand, unter der Schlafzimmertür ihrer Eltern durchgeschoben hatte, hatte sie sich geweigert, ihm mehr zukommen zu lassen als einsilbige Antworten. Alle anderen im Schloss hatte sie mit immer gleichen Fragen gelöchert: Wie viele Verlautbarungen waren veröffentlicht worden, wann und wo.

»Sind sie in Durrkesh angeschlagen worden, Kaley?«, bohrte Jillian.

»Ja, Jillian.«

»Was ist mit Scurrington und Edinburgh?«

»Ja, Jillian.« Hatchard seufzte, wusste er doch, dass es überflüssig war, sie daran zu erinnern, dass er dieselbe Frage schon am Vortag beantwortet hatte.

»Und die kleineren Dörfer in den Highlands? Wann ist es dort angeschlagen worden?«

»Bereits vor Tagen, Jillian«, unterbrach Gibraltar ihre Fragestunde. Jillian rümpfte die Nase und drehte ihrem Vater den Rücken zu.

»Wieso interessiert es dich, wo die Verlautbarungen angeschlagen wurden?«, provozierte Gibraltar sie.

»Reine Neugierde«, sagte Jillian leichthin und verließ in königlicher Haltung den Raum.

☆ ☆ ☆

»Er wird kommen, Mama. Ich weiß es.«

Elizabeth lächelte und strich Jillian über das Haar, doch Wochen vergingen und Grimm ließ sich nicht blicken.

Selbst Quinn fing an, ein wenig nervös zu werden.

☆ ☆ ☆

»Was sollen wir tun, wenn er sich nicht zeigt?«, fragte Quinn. Geräuschlos lief er auf seinen langen Beinen im Arbeitszimmer auf und ab. Die Hochzeit sollte morgen stattfinden und niemand hatte etwas von Grimm Roderick gehört.

Gibraltar goss ihnen beiden etwas zu trinken ein. »Er muss kommen.«

Quinn ergriff den Pokal und nippte nachdenklich. »Er muss doch wissen, dass morgen die Hochzeit ist. Wenn er es wirklich nicht weiß, dann nur, weil er nicht mehr in Schottland weilt. Wir haben diese verfluchten Bekanntmachungen in jedem Dorf, das mehr als fünf Einwohner zählt, angeschlagen.«

Gibraltar und Quinn starrten ins Feuer und tranken eine Zeit lang schweigend.

»Wenn er nicht auftaucht, werde ich es durchziehen.«

»Warum solltest du das tun, mein Junge?«, fragte Gibraltar sanft.

Quinn zuckte mit den Schultern. »Ich liebe sie. Ich habe sie immer geliebt.«

Gibraltar schüttelte den Kopf. »Es gibt Liebe und es gibt *Liebe*, Quinn. Und wenn du nicht bereit bist, Grimm dafür umzubringen, dass er Jillian berührt hat, ist deine Liebe nicht die, die für eine Heirat notwendig ist. Jillian ist nicht für dich bestimmt.«

Als Quinn nicht antwortete, lachte Gibraltar laut auf und schlug ihm auf den Schenkel. »Oh, sie ist gewiss nicht für dich bestimmt. Du hast mir nicht einmal widersprochen.«

»Grimm hat etwas sehr Ähnliches gesagt. Er fragte mich,

ob ich sie *wirklich* liebe – ob sie mich um den Verstand bringt.«

Gibraltar lächelte wissend. »Das hat er deshalb gesagt, weil sie *ihn* um den Verstand bringt.«

»Ich möchte sie glücklich sehen, Gibraltar«, sagte Quinn inbrünstig. »Jillian ist etwas Besonderes. Sie ist großzügig und schön und so ... ach, so verflucht verliebt in Grimm!«

Gibraltar hob seinen Pokal zu Quinns und lächelte. »Das ist sie. Wenn es ums Ganze geht, werde ich die Zeremonie unterbrechen und sie vor die Wahl stellen. Aber ich werde nicht zulassen, dass sie dich heiratet, ohne ihr diese Wahl zu geben.« Während er trank, beobachtete er Quinn nachdenklich. »Eigentlich bin ich nicht sicher, ob ich ihr überhaupt erlauben würde, dich zu heiraten.«

»Du verletzt mich«, protestierte Quinn.

»Sie ist mein kleines Mädchen, Quinn. Ich will Liebe für sie. Wahre Liebe. Eine Liebe, die einen Mann um den Verstand bringt.«

☆ ☆ ☆

Jillian rollte sich auf dem Fenstersims des Trommelturms zu einer Kugel zusammen und starrte blicklos in die Nacht. Tausende von Sternen bedeckten den Himmel, aber sie sah keinen einzigen. In die Nacht zu starren war genauso wie in ein großes Vakuum zu starren – ihre Zukunft ohne Grimm.

Wie sollte sie nur Quinn heiraten?

Wie konnte sie sich weigern? Grimm hatte offensichtlich nicht vor, sich blicken zu lassen. Es war absolut unmöglich, dass er nicht wusste, dass Jillian St. Clair am morgigen Tag Quinn de Moncreiffe heiraten würde. Das ganze verfluchte Land wusste es.

Noch vor drei Wochen hätte sie weglaufen können.

Aber nicht heute Nacht, nicht drei Wochen nach Ausbleiben ihrer monatlichen Regel, nicht ohne ein Wort von Grimm. Nicht, nachdem sie an ihn geglaubt und sich als liebeskranke Närrin erwiesen hatte.

Jillian legte ihre Handfläche auf ihren Unterleib. Es war möglich, dass sie schwanger war, aber sie war sich nicht absolut sicher. Ihre Monatsblutung war oft unregelmäßig und sie war in der Vergangenheit schon viel überfälliger gewesen als dieses Mal. Ihre Mutter hatte ihr erzählt, dass abgesehen von einer Schwangerschaft viele Faktoren die Regel einer Frau beeinflussen konnten: emotionaler Druck ... oder der innige Wunsch einer Frau, schwanger zu sein.

War es das? Sehnte sie sich so sehr danach, mit Grimm Rodericks Kind schwanger zu sein, dass sie sich selbst betrog? Oder wuchs da wahrhaftig ein Kind in ihrem Leib? Wie sehr sie sich doch wünschte, Gewissheit zu haben. Sie atmete tief ein und ließ den Atemzug langsam entweichen. Die Zeit allein würde es zeigen.

Sie hatte sich überlegt, es auf eigene Faust zu versuchen, ihn ausfindig zu machen und um ihre Liebe zu kämpfen, doch ein trotziger Rest von Stolz, gekoppelt mit gesundem Menschenverstand, hielt sie davon ab. Grimm war mit sich selbst auf dem Kriegspfad und das war eine Schlacht, die *er* gewinnen oder verlieren musste. Sie hatte ihm ihre Liebe geboten, hatte ihm gesagt, dass sie jedes Leben ertragen würde, solange sie nur zusammen wären. Eine Frau sollte nicht um den Mann kämpfen müssen, den sie um seiner Liebe willen liebte. Er selbst musste sich entscheiden, diese Liebe aus freien Stücken zu geben, musste erkennen, dass Liebe das Einzige auf dieser Welt war, vor dem man sich nicht ängstigen musste.

Er war ein intelligenter Mann und tapfer. Er würde kommen.

Jillian seufzte. Möge Gott ihr vergeben, aber sie hatte noch immer Zuversicht.

Er *würde* kommen.

Kapitel 23

Er kam nicht.

Der Tag ihrer Hochzeit brach kühl und bewölkt an. In der Morgendämmerung hatte ein Graupelregen eingesetzt, der die verkohlte Wiese mit einer Schicht knirschenden, schwarzen Eises bedeckte.

Jillian blieb im Bett und lauschte den Geräuschen im Schloss, das sich auf das Hochzeitsfest vorbereitete. Ihr Magen begrüßte knurrend den Geruch von geröstetem Schinken und Fasan. Es war ein Mahl, die Toten zu erwecken, und es hatte Erfolg; sie rappelte sich vom Bett auf und tastete sich durch den schwach erleuchteten Raum zum Spiegel. Sie starrte ihr Spiegelbild an. Dunkle Schatten entstellten die zarte Haut unter ihren stumpfen bernsteinfarbenen Augen.

In weniger als sechs Stunden würde sie Quinn de Moncreiffe heiraten.

Das Stimmengewirr drang deutlich vernehmbar in ihre Gemächer; die halbe Grafschaft war anwesend, und zwar schon seit gestern. Vierhundert Gäste waren geladen und fünfhundert waren gekommen, bevölkerten die gewaltige Festung und nahmen weniger bequeme Unterbringungen in dem nahe gelegenen Dorf in Beschlag.

Fünfhundert Menschen, mehr als je zu ihrer Beerdigung

kommen würden, trampelten auf der verfrorenen schwarzen Wiese herum.

Jillian presste die Augen fest zusammen und weigerte sich zu weinen, sicher, dass sie Blut weinen würde, sollte sie auch nur einer weiteren Träne gestatten zu fallen.

☆ ☆ ☆

Um elf Uhr tupfte Elizabeth St. Clair anmutig ihre Tränen mit einem zierlichen Taschentuch fort. »Du siehst bezaubernd aus, Jillian«, sagte sie mit einem innigen Seufzer. »Sogar noch bezaubernder, als ich ausgesehen habe.«

»Du denkst nicht, dass die Tränensäcke unter meinen Augen das Ganze beeinträchtigen, Mama?«, fragte Jillian verbittert. »Wie steht es mit meinem grimmig verzerrten Mund? Ich lasse die Schultern hängen und meine Nase ist knallrot vom Weinen. Du bist nicht der Meinung, dass man meine Erscheinung ein wenig merkwürdig finden könnte?«

Elizabeth schniefte, setzte eine Kopfbedeckung auf Jillians Haar und zog einen hauchdünnen Schleier aus tiefblauer Gaze über das Gesicht ihrer Tochter. »Dein Vater denkt an alles«, sagte sie mit einem Achselzucken.

»Ein Schleier? Wirklich, Mama. Niemand trägt in der heutigen Zeit einen Schleier.«

»Stell dir vor, du wirst eine neue Mode kreieren. Zum Ende des Jahres werden ihn wieder alle tragen«, zwitscherte Elizabeth.

»Wie kann er mir das antun, Mama? In dem Wissen um die Liebe, die ihr miteinander teilt, wie kann er es rechtfertigen, mich zu einer lieblosen Heirat zu verdammen?«

»Quinn liebt dich wirklich, also wird sie nicht lieblos sein.«

»Es geht um mich.«

Elizabeth ließ sich auf der Bettkante nieder. Einen Augenblick lang beschäftigte sie sich mit dem Fußboden, dann sah sie Jillian in die Augen.

»Es geht dir nahe«, sagte Jillian, seltsam beruhigt von dem Mitgefühl in Elizabeths Blick.

»Natürlich geht es mir nahe, Jillian. Ich bin deine Mutter.« Elizabeth betrachtete sie einen schwermütigen Moment lang. »Liebling, quäle dich nicht, dein Vater hat einen Plan. Ich hatte nicht vor, dir das zu erzählen, aber er plant nicht, dich das Ganze durchstehen zu lassen. Er glaubt, dass Grimm kommen wird.«

Jillian schnaubte. »Das habe ich auch geglaubt, Mama. Aber es sind noch zehn Minuten und von dem Mann ist weit und breit nichts zu sehen. Was wird Papa tun? Die Hochzeit mittendrin stoppen, wenn er nicht auftaucht? Vor fünfhundert Gästen?«

»Wie du weißt, hat sich dein Vater noch nie vor einem Skandal gefürchtet. Der Mann entführte mich von meiner Hochzeit. Ich glaube fest, dass er hofft, dir möge dasselbe geschehen.«

Jillian lächelte schwach. Die Geschichte der ›Werbung‹ ihres Vaters um ihre Mutter hatte sie seit frühester Kindheit gefesselt. Ihr Vater war ein Mann, von dem Grimm noch etwas lernen konnte. Grimm Roderick sollte nicht wegen ihr mit sich kämpfen, er sollte *für* sie gegen den Rest der Welt kämpfen. Jillian atmete tief durch, hoffte, wo es nichts mehr zu hoffen gab, und malte sich für sich selbst eine solche Szene aus.

☆ ☆ ☆

»Wir haben uns heute hier zusammengefunden, in der Gesellschaft von Familie, Freunden und Gratulanten, um dieses Paar in den heiligen, unzerstörbaren Bund ...«

Wütend blies Jillian gegen ihren Schleier. Obwohl er ein wenig aufbauschte, bekam sie keine klare Sicht. Der Priester war bläulich verfärbt, Quinn war bläulich verfärbt. Gereizt zupfte sie an dem Schleier. Keine rosengetönten Farben für sie an ihrem Hochzeitstag, und warum auch? Hinter den hohen Fenstern fiel der Graupelregen in nebelhaften blauen Schwaden.

Sie blickte verstohlen zu Quinn, der neben ihr stand. Ihre Augen befanden sich in Höhe seiner Brust. Trotz ihrer Verzweiflung musste sie zugeben, dass er ein überwältigender Mann war. Königlich gekleidet in einen feierlichen Tartan, hatte er das lange Haar aus seinem markanten Gesicht zurückgekämmt. Die meisten Frauen wären begeistert, neben ihm stehen zu dürfen und die lebenslang bindenden Gelübde abzulegen, ihm als Herrin seines Besitzes zur Seite zu stehen, ihm hübsche blonde Kinder zu schenken und das Leben mit ihm bis ans Ende ihrer Tage zu genießen.

Doch er war der falsche Mann. *Er wird mich holen, er wird mich holen, ich weiß es,* wiederholte Jillian immer wieder schweigend, als handle es sich um einen magischen Spruch, der aus der schieren Wiederholung seine Macht schöpfte.

☆ ☆ ☆

Im Vorbeipreschen riss Grimm eine weitere Bekanntmachung von der Mauer einer Kirche. Er knüllte sie zusammen und verstaute sie in einem Beutel, der von zerknittertem Pergament überquoll. In dem kleinen Hochlanddorf Tummans hatte er die erste Bekanntmachung gesehen, angenagelt an eine baufällige Baracke. Zwanzig Schritte weiter hatte er die zweite gefunden, dann die dritte und die vierte.

Jillian St. Clair heiratete Quinn de Moncreiffe. Er fluchte

wütend. Wie lange hatte sie gewartet? Zwei Tage? In jener Nacht hatte er nicht schlafen können, verzehrt von einer Wut, die so mächtig war, dass die Gefahr bestanden hatte, ohne jedes Blutvergießen den Berserker in ihm wachzurufen.

Die Wut hatte sich nur noch gesteigert, hatte ihn auf Occams Rücken getrieben und ihn über die Highlands jagen lassen. Er war bis an die Grenze von Caithness geritten, hatte kehrtgemacht und war wieder zurückgekommen, wobei er auf dem ganzen Weg die Bekanntmachungen abgerissen hatte, während er wie ein verwundetes Tier vom Tiefland ins Hochland jagte. Dann war er erneut umgekehrt, von einer Kraft, die sein Verständnis überschritt, unwiderstehlich nach Caithness getrieben; einer Kraft, die ihm bis ins Mark fuhr. Grimm schleuderte sich die Zöpfe aus dem Gesicht und stöhnte auf. In dem nahen Wald antwortete ein Wolf mit einem klagenden Heulen.

In der letzten Nacht hatte er wieder diesen Traum gehabt. Den Traum, in dem Jillian ihn beobachtete, wie er zum Berserker wurde. Den Traum, in dem sie ihre Handfläche auf seine Brust legte, ihm in die Augen sah und sie miteinander verschmolzen – Jillian und das Untier. In seinem Traum hatte Grimm erkannt, dass das Untier Jillian genauso tief liebte wie der Mann und genauso unfähig war, ihr jemals etwas zuleide zu tun. Im Licht des Tages hatte er nicht länger die Befürchtung, dass er Jillian etwas antun könnte, nicht einmal angesichts der Bedrohung durch den Wahnsinn seines Vaters. Er kannte sich selbst gut genug, um zu wissen, dass er ihr nicht einmal in der wildesten Berserkerwut ein Haar krümmen würde.

Doch in seinem Traum, als Jillian ihm in die glühenden, Unheil verkündenden Augen sah, hatten Furcht und Abscheu ihre lieblichen Züge gezeichnet. Sie hatte ihm die Handfläche entgegengehalten, um ihn aufzuhalten, ihn aufzufordern, weit wegzugehen, so schnell, wie Occam ihn nur tragen konnte.

Der Berserker hatte ein mitleiderregendes Geräusch von sich gegeben, während das Herz des Mannes langsam vereiste, kälter als die eisblauen Augen, die Zeugen so vieler Verluste geworden waren. In seinem Traum war er in den Schutz der Dunkelheit geflohen, um sich vor ihrem ängstlichen Blick zu verstecken.

Einstmals hatte Quinn ihn gefragt, was einen Berserker umbringen konnte, und jetzt wusste er es.

Etwas so Harmloses wie ein Blick in Jillians Gesicht.

Voller Verzweiflung war er aus diesem Traum erwacht. Heute war Jillians Hochzeit, und wenn Träume eine Bedeutung hatten, würde sie ihm nie verzeihen, was er im Begriff war zu tun, sollte sie jemals sein wahres Wesen entdecken.

Aber müsste sie es überhaupt je erfahren?

Er würde für alle Zeiten den Berserker in sich verstecken, wenn es sein musste. Er würde nie wieder irgendjemanden retten, nie wieder kämpfen, nie wieder Blut sehen; er würde sich niemals offenbaren. Er würde als einfacher Mann leben. Sie würden bei Dalkeith Halt machen, wo Hawk ein beträchtliches Vermögen für Grimm verwaltete, und sich mit genügend Gold ein Schloss in irgendeinem Land der Welt kaufen. Sie würden den heimtückischen McKane und allen, die sein Geheimnis kannten, weit entfliehen.

Wenn sie ihn noch wollte.

Er wusste, dass das, was er vorhatte, nicht der ehrenhafte Weg war, aber, um die Wahrheit zu sagen, es störte ihn nicht länger. Gott möge ihm vergeben – er war ein Berserker, der wahrscheinlich den Wahnsinn seines Vaters im Blut hatte, aber er konnte nicht zusehen und gestatten, dass Jillian St. Clair einen anderen Mann heiratete, solange er noch atmete.

Nun begriff er, was sie schon vor Jahren instinktiv gewusst

hatte, als er aus dem Wald getreten war und sie angesehen hatte.

Jillian St. Clair war für ihn bestimmt.

☆ ☆ ☆

Es ging auf Mittag zu und er war nur noch drei Meilen von Caithness entfernt, als er in den Hinterhalt geriet.

Kapitel 24

Ihr Götter! Zutiefst beunruhigt riss Jillian sich aus ihren abschweifenden Gedanken. Der untersetzte Priester war schon fast bei dem »Ich will«-Teil angekommen. Jillian renkte sich den Hals nach ihrem Vater aus, ohne Erfolg. Der Hauptsaal war zum Bersten gefüllt; die Gäste drängten sich auf der Treppe, beugten sich über die Balustrade und quetschten sich in jede Ritze und Nische.

Panik ergriff sie. Was, wenn ihre Mutter die Geschichte vom Plan ihres Vaters nur als List gewählt hatte, um sie dazu zu bewegen, erhobenen Hauptes vor die Menge zu treten? Was, wenn ihre Mama sie absichtlich belogen hatte, weil sie damit rechnete, dass Jillian, sollte es erst einmal zum Ehegelübde kommen, nicht den Mut haben würde, ihren Eltern und Quinn Schande zu bereiten – ganz zu schweigen von sich selbst –, indem sie sich weigerte, ihn zu heiraten?

»Wenn einer der hier Anwesenden einen Grund kennt, weshalb dieses Paar nicht in den heiligen Stand der Ehe treten sollte, so möge er nun sprechen oder für immer schweigen.«

Der Saal war totenstill.

Die Pause dauerte einige Herzschläge.

Als sie sich unerträglich über Minuten ausdehnte, begannen einige Leute zu gähnen, mit den Füßen zu scharren und sich ungeduldig zu strecken.

Stille.

Jillian blies gegen ihren Schleier und lugte zu Quinn hinüber. Er stand stocksteif neben ihr, die Hände gefaltet. Sie flüsterte seinen Namen, doch entweder hörte er es nicht oder er wollte es nicht hören. Sie sah den Priester an, der in Trance gefallen zu sein schien und auf das gebundene Buch in seinen Händen starrte.

Was um alles in der Welt ging hier vor? Sie tappte mit dem Fuß auf den Boden und wartete darauf, dass ihr Papa sich zu Wort meldete, um das Debakel mit einem großen Knall zu beenden.

»Ich sagte, wenn irgendeiner der hier Anwesenden einen Grund kennt ...«

Der Priester intonierte dramatisch.

Stille.

Jillians Nerven waren zum Zerreißen gespannt. Was tat er da? Wenn ihr Vater sie da nicht rausholte, zur Hölle mit ihm. Sie weigerte sich, sich aus Furcht vor einem Skandal einschüchtern zu lassen. Sie war die Tochter ihres Vaters, bei Gott, und er hatte niemals vor dem trügerischen Götzenbild des Anstandes das Knie gebeugt. Sie blies gegen ihren Schleier, warf ihn ungeduldig zurück und sah den Priester finster an. »Oh, um Gottes willen ...«

»Nicht frech werden, Fräulein«, fuhr der Priester sie an. »Ich tue hier nur meine Pflicht.«

Jillians Courage war durch seine unerwartete Zurechtweisung augenblicklich verflogen.

Quinn ergriff ihre Hand. »Stimmt etwas nicht, Jillian? Fühlst du dich nicht wohl? Dein Gesicht ist gerötet.« Sein Blick war besorgt und voller ... Sympathie?

»Ich – *ich kann dich nicht heiraten*«, hob sie an zu sagen, als die Türen zum Hauptsaal aufkrachten und einige überraschte Gäste an die Wand drückten. Ihre Worte gingen unter in dem Getöse aus empörtem Kreischen und spitzen Schreien.

Alle Augen richteten sich auf den Eingang.

Ein großer grauer Hengst stand im Türrahmen und sein Atem mattierte die Luft mit Dampfstößen. Es war eine Szene wie aus den Liebesmärchen, die sie gelesen hatte: Der schöne Prinz stürmte auf seinem edlen Hengst ins Schloss, entflammt von Verlangen und Ehre, und erklärte vor aller Augen seine unsterbliche Liebe. Ihr Herz schien vor Freude zu zerspringen.

Dann legte sich ihre Stirn in Falten, als sie sich ihren Prinzen genauer betrachtete. Nun, es war fast wie im Märchen. Nur dass dieser Prinz mit nichts als einem durchnässten und verschlammten Tartan bekleidet war, blutverschmiert im Gesicht und an den Händen und mit Kriegsflechten im Haar, die an seinen Schläfen baumelten. Obwohl sein Blick vor Entschlossenheit sprühte, schien für ihn die Erklärung unsterblicher Liebe nicht das Wichtigste zu sein.

»Jillian!«, dröhnte er.

Ihre Knie gaben nach. Seine Stimme brachte sie wieder ins Leben zurück. Der ganze Raum trat in den Hintergrund und es gab nur noch Grimm, glühende blaue Augen und seine beeindruckende Gestalt, die den Türrahmen ausfüllte. Er war majestätisch, erhaben und unbarmherzig. *Hier* stand ihr wilder Krieger, bereit, es für ihre Liebe mit der ganzen Welt aufzunehmen.

Er drängte Occam in die Menge und hielt auf den Altar zu.

»Grimm«, flüsterte sie.

Er blieb neben ihr stehen, glitt von Occams Rücken und stand neben Braut und Bräutigam. Er sah zu Quinn. Die beiden Männer blickten sich einen spannungsgeladenen Moment in die Augen, dann nickte Quinn kaum wahrnehmbar mit dem Kopf und trat einen Schritt zurück. Der Hauptsaal verstummte, als fünfhundert Menschen gebannt dem packenden Schauspiel zusahen.

Plötzlich fehlten Grimm die Worte. Jillian war so schön, eine Göttin, gekleidet in glänzenden Satin. Er dagegen war voller Blut, schlammverschmiert und verfilzt, während hinter ihm der unvergleichliche Quinn stand, perfekt herausgeputzt, geadelt und vornehm – Quinn, der alles das hatte, was ihm fehlte.

Das Blut, das an seinen Händen klebte, war eine unbarmherzige Mahnung, dass es trotz seiner innigen Schwüre, den Berserker verborgen zu halten, immer noch die McKane gab. Sie hatten ihm heute aufgelauert. Was, wenn sie angriffen, wenn er mit Jillian unterwegs war? Vier waren ihm entkommen. Die anderen waren tot. Aber jene vier bedeuteten Gefahr genug – sie würden weitere Männer zusammentrommeln und Grimm so lange jagen, bis entweder er oder der letzte McKane tot war. Und jeder, der sich in Grimms Nähe befand.

Was hoffte er zu gewinnen, indem er Jillian jetzt holte? Welcher Narrentraum hatte sich seiner bemächtigt, dass er heute hierher gekommen war? Welche verzweifelte Hoffnung hatte ihn davon überzeugt, dass er seine wahre Natur vor ihr verstecken konnte? Und wie würde er den Ausdruck in ihrem Gesicht überleben, wenn sie ihn so sah, wie er wirklich war? »Ich bin ein verdammter Narr«, murmelte er.

Ein Lächeln umspielte Jillians Lippen. »Ja, das bist du mehr als einmal gewesen, Grimm Roderick. Du warst der größte Narr, als du mich verlassen hast. Aber ich denke, ich könnte dir vergeben, jetzt, da du zurückgekommen bist.«

Grimm atmete vernehmlich ein. Zum Teufel mit dem Berserker, er musste sie haben.

»Willst du mit mir kommen, Jillian?« *Sag ja, Frau,* betete er.

Ein schlichtes Nicken war ihre unmittelbare Antwort.

Seine Brust schien vor unerwarteten Gefühlen zu platzen.

»Es tut mir Leid, Quinn«, sagte Grimm. Er wollte noch mehr sagen, aber Quinn schüttelte den Kopf, neigte sich zu ihm und flüsterte Grimm etwas ins Ohr. Grimms Kiefer spannte sich, dann sahen sich beide schweigend an. Schließlich nickte Grimm.

»Dann geht mit meinem Segen«, sagte Quinn laut und deutlich.

Grimm streckte Jillian die Hände entgegen und sie ließ sich in seine Umarmung fallen. Bevor er dem drängenden Verlangen nachgeben konnte, sie besinnungslos zu küssen, hob er sie auf Occams Rücken und setzte sich hinter sie.

Jillian überflog die besorgten Gesichter um sie herum. Ramsay starrte Grimm mit erschreckend hasserfüllten Augen an und sie war zutiefst bestürzt über die Intensität dieses Blickes. Quinns Gesichtsausdruck war eine Mischung aus Besorgnis und widerwilligem Verständnis. Endlich erblickte sie ihren Papa, der in einiger Entfernung bei ihrer Mutter stand. Elizabeths Gesicht war verfinstert. Gibraltar sah ihr einen Augenblick in die Augen, dann nickte er aufmunternd.

Jillian lehnte sich an Grimms breite Brust und gab einen kleinen Freudenseufzer von sich. »Ich würde jedem Leben zustimmen, solange es mir nur vergönnt ist, es mit dir zu teilen, Grimm Roderick.«

Das war alles, was er hören wollte. Seine Arme umschlossen ihre Taille, seine Knie trieben Occam vorwärts und gemeinsam flohen sie von Caithness.

☆ ☆ ☆

»Nun, das entspricht genau meiner Vorstellung, wie ein Mann eine Frau zum Weib nehmen sollte«, merkte Gibraltar zufrieden an.

Eine Prophezeiung der McIllioch

Die Legende kündet davon, dass der Clan der Illioch für tausend Jahre erblühen und Krieger hervorbringen wird, die zum Ruhme Albas beitragen werden.
In dem fruchtbaren Tale zu Tuluth, angelehnt an die Halle der Götter, wird eine Festung sein und viele werden nach jenen trachten, die Schottlands edelster Rasse angehören.
Die Seher warnen davor, dass ein neidischer Clan den Illioch nachstellen wird, bis nur noch drei übrig bleiben. Die drei werden zerschlagen werden wie Samenkörner, entwurzelt vom Sturm des Verrates, weit über die Lande verstreut, und sie alle werden als verschollen gelten. Viel Trauer und Verzweiflung wird über das geheiligte Tal hereinbrechen.
Doch lauscht der Hoffnung, Söhne Odins, denn die drei werden durch seine große Macht wieder vereint werden. Sollte der junge McIllioch die wahre Gefährtin finden, so wird sie ihn heimbringen, der Feind wird vernichtet werden und das Geschlecht der Illioch wird noch einmal tausend Jahre erblühen.

Kapitel 25

Sie hatten einen harten Ritt hinter sich, als Grimm am frühen Abend an einer Baumgruppe anhielt. Als sie Caithness verlassen hatten, hatte er ein Plaidtuch aus seinen Satteltaschen gezogen und es eng um Jillian gelegt, um sie vor den Elementen zu schützen.

Seither war ihm kein Wort über die Lippen gekommen. Sein Gesicht war so verhärtet gewesen, dass sie geschwiegen hatte, was ihm Zeit und Gelegenheit gab, seine Gedanken zu ordnen. Sie hatte sich an ihn gekuschelt und zufrieden den Druck seines harten Körpers genossen. Grimm Roderick hatte sie geholt. Auch wenn ein Anfang unter solch unheilvollen Vorzeichen nicht gerade der perfekte Weg in ein gemeinsames Leben sein mochte, so war es doch immerhin ein Anfang. Denn wenn Grimm Roderick eine Frau von ihrer Hochzeit entführte, musste er schon vorhaben, sich für den Rest seines Lebens um sie zu kümmern, und das war genau das, was sie sich erträumt hatte – ein Leben mit ihm.

Als er Occam zum Stehen brachte, hatte der kalte Regen nachgelassen, aber die Temperatur war gesunken. Der Winter bahnte sich seinen Weg und sie vermutete, dass sie sich auf direktem Weg in die Highlands befanden, wo die kalten Winde doppelt so stark bliesen wie im Tiefland. Sie zog das Plaid eng um ihren Körper und entzog sich so der Kälte.

Grimm stieg ab, hob sie aus dem Sattel und sah sie einen Moment lang an. »Gott, ich habe dich vermisst, Jillian.« Die Worte brachen aus ihm hervor.

Voller Freude blickte sie ihm in die Augen. »Was hat dich so lang fern gehalten, Grimm?«

Sein Gesichtsausdruck war unmöglich zu deuten. Verunsichert blickte er auf seine Hände, die dringend einer Reinigung bedurften. Für eine Weile widmete er sich einem Wasserbehälter und einem Stück sauberen Tuchs und entfernte die gröbsten Flecken. »Ich hatte auf dem Weg ein kleines Geplänkel und ...«, grummelte er unverständlich.

Sie betrachtete seine zerzauste Kleidung, entschloss sich jedoch, ihm keine Fragen zu stellen. Der Schlamm und das Blut schienen von einem kürzlichen Kampf herzurühren, doch es ging ihr nicht darum, was in den letzten paar Tagen passiert war. »Das meinte ich nicht. Du hast mehr als einen Monat gebraucht. War es so schwer für dich zu entscheiden, ob du mich wolltest?« Sie zwang sich zu einem neckischen Lächeln, um die tief sitzenden Verletzungen in ihrem Herzen zu vertuschen.

»Das darfst du niemals denken, Jillian. Ich wache auf mit dem Verlangen nach dir. Ich schlafe ein mit dem Verlangen nach dir. Ich sehe einen traumhaften Sonnenuntergang und kann einzig daran denken, ihn gemeinsam mit dir zu genießen. Ich sehe ein Stückchen Bernstein und denke an deine Augen. Jillian, ich bin von einer Krankheit befallen und das Fieber flaut nur ab, wenn ich in deiner Nähe bin.«

Sie schenkte ihm ein strahlendes Lächeln. »Es ist dir bereits vergeben. Doch sage mir – wieso hast du so lange gebraucht? Etwa weil du denkst, du wärst nicht gut genug für mich, Grimm Roderick? Weil du nicht adlig bist?« Als er nicht antwortete, beeilte sie sich, ihn zu beruhigen. »Es ist mir egal, musst du wissen. Ein Titel macht nicht den Mann und du bist mit Sicherheit der beste Mann, den ich je kennen gelernt habe. Was um alles auf der Welt meinst du könnte mit dir nicht stimmen?«

Sein halsstarriges Schweigen erfüllte nicht den Zweck der Abschreckung, auf den er gehofft hatte; forsch unternahm sie den nächsten Anlauf. »Quinn hat mir erzählt, dass du der Meinung bist, dein Vater sei wahnsinnig, und dass du Angst hast, du hättest seinen Wahnsinn geerbt. Er sagte mir, dass es Unsinn sei, und ich muss dir sagen, dass ich ihm zustimme, denn du bist der intelligenteste Mann, dem ich je begegnet bin – außer dann, wenn du mir nicht vertraust, was der Beweis dafür ist, dass du dich in deiner sonst so unfehlbaren Einschätzung offensichtlich auch irren kannst.«

Verunsichert starrte Grimm sie an. »Was hat Quinn dir sonst noch erzählt?«

»Dass du mich liebst«, sagte sie schlicht.

Mit einer schnellen Bewegung schloss er sie in die Arme. Er vergrub seine Hände in ihrem Haar und küsste sie voll Verlangen. Sie genoss den steinharten Druck seines Körpers, seine lockende Zunge, seine kraftvollen Hände, die ihr Gesicht umschlossen. Jillian verschmolz mit ihm und verlangte wortlos nach mehr. Der vergangene Monat ohne ihn, gefolgt von den Stunden, die sie auf ihrem Ritt gegen seinen muskulösen Körper gedrückt verbracht hatte, hatte in ihrem Körper ein langsam aufloderndes Feuer des Verlangens entfacht. Während der letzten Stunde hatte ihre Haut an jedem Berührungspunkt mit seinem Körper angefangen zu kribbeln, und eine bebende Hitze hatte sich in ihrer Körpermitte angesammelt, war in tiefere Gefilde gesickert und hatte erschreckend intensive Gefühle der Lust erweckt. Sie hatte der Landschaft keinerlei Beachtung geschenkt, als ihre Gedanken ganz und gar damit beschäftigt waren, sich bis ins Kleinste die ihr die Schamesröte ins Gesicht treibenden Details, die vielen verschiedenen Möglichkeiten auszumalen, wie sie mit ihm schlafen wollte.

Jetzt vibrierte sie vor Verlangen und gab sich hemmungslos seinem Kuss hin. Ihr Körper wartete schon auf ihn und sie presste sich aufreizend gegen seine Hüften.

Er hörte so plötzlich mit dem Küssen auf, wie er begonnen hatte. »Wir müssen weiter«, sagte er knapp. »Wir haben noch einen weiten Weg vor uns, Mädchen. Ich möchte dich nicht länger hier draußen in der Kälte lassen als unbedingt nötig.«

Er zog sich so plötzlich von ihr zurück, dass Jillian ihn verblüfft anstarrte und vor Enttäuschung beinahe aufschrie. Sie war dermaßen erhitzt von seinem Kuss, dass die kalte Luft ihr keine Kühlung brachte, und sie wollte nicht eine Sekunde länger warten, ihn wieder zu lieben.

Sie ließ langsam ihre Augenlider zuflattern und schwankte ein wenig. Grimm sah sie aufmerksam an. »Fühlst du dich wohl, Mädchen?«

»Nein«, antwortete Jillian und warf ihm unter niedergeschlagenen Augenlidern einen Blick zu. »Um ehrlich zu sein, fühle ich mich ausgesprochen merkwürdig, Grimm, und ich weiß nicht, was ich davon halten soll.«

Er trat unverzüglich wieder an ihre Seite und sie bereitete sich darauf vor, die Falle zuschnappen zu lassen.

»Wo fühlst du dich nicht gut, Jillian? Habe ich –«

»Hier.« Sie ergriff seine Hand und legte sie an ihren Busen. »Und hier.« Sie legte seine andere Hand an ihre Hüften.

Grimm atmete einige Male tief durch, um sein hämmerndes Herz zu beruhigen, damit es aufhörte, alles Blut in seine Lenden zu pumpen, und stattdessen vielleicht noch genug für sein Hirn übrig ließ, um einen zusammenhängenden Gedanken bilden zu können. »Jillian«, sagte er und atmete mühsam aus.

»Du meine Güte«, sagte sie schelmisch und streichelte seinen Körper. »Du scheinst ja an denselben Symptomen zu leiden.« Über seinem Plaid schloss sich ihre Hand um ihn und ihm entfuhr ein tiefes, kehliges Stöhnen.

Sie sprachen beide gleichzeitig.

»Es friert hier draußen, Mädchen. Ich werde dich nicht ...«

»Ich bin nicht ...«

»... meinen egoistischen Bedürfnissen aussetzen ...«

»... zerbrechlich, Grimm. Und was ist mit *meinen* egoistischen Bedürfnissen?«

»... und ich kann hier draußen nicht anständig mit dir schlafen!«

»Oh, du willst mich *anständig*?«, neckte sie ihn.

Sie sahen sich tief in die Augen und sein Blick verdunkelte sich vor Verlangen. Er schien erstarrt zu sein, dumpf über die Kälte nachzudenken und über ihre Bedürfnisse – bis auf das eine, um das es ging.

Mit leiser Stimme sagte sie: »Tu es. Nimm mich. *Jetzt.*«

Seine Augen verengten sich und er atmete heftig ein. *»Jillian.«* Ein Sturm braute sich in seinen eisblauen Augen zusammen und sie fragte sich für einen Augenblick, was sie da heraufbeschworen hatte. Ein Tier – *ihr* Tier. Und sie wollte ihn genauso, wie er war.

Die Gewalt seiner Leidenschaft traf sie wie ein Sturmwind auf dem Meer, heiß und salzig und ursprünglich in seiner Kraft; nichts zurückhaltend. Sie verschmolzen ineinander, pressten ihre Körper so eng zusammen, wie sie nur konnten. Er lehnte sie gegen einen Baum, riss ihr Kleid hoch und zog sein Plaid zur Seite, wobei er unaufhörlich ihre Augenlider, ihre Nase, ihre Lippen küsste und seine Zunge so tief in ihren Mund stieß, dass sie das Gefühl hatte, in der Sinnlichkeit dieses Mannes zu ertrinken.

»Ich brauche dich, Jillian St. Clair. Seit ich dich auf mein

Pferd setzte, wollte ich nichts anderes als dich wieder herunterziehen und mich in dir zu begraben, ohne ein Wort der Entschuldigung oder Erklärung – weil ich dich brauche.«

»Ja«, flüsterte sie glühend. »*Das ist es*, was ich will!«

Mit einem schnellen Stoß drang er tief in sie ein und der Sturm war in ihrem Körper und tobte mit der verheerenden Wildheit eines Orkans.

Sie warf den Kopf zurück und ließ ihrer Stimme freien Lauf, schrie ihm entgegen, was nur die Kreaturen der Wildnis hören konnten. Drängend bewegte sie sich ihm entgegen, ihre Hüften hoben sich, um jeden seiner Stöße zu empfangen. Ihre Hände klammerten sich an seine Schultern und sie hob die Beine, legte sie eng um seine Taille und verschränkte sie an den Knöcheln über seinen muskulösen Hüften. Mit jedem Stoß presste er ihren Po gegen den Baumstamm, und sie stieß gegen ihn zurück, um ihn so tief in sich aufzunehmen, wie sie nur konnte. Nur die Geräusche der Leidenschaft entflohen ihren Lippen; Worte waren nicht nötig. Gefesselt und gebunden in der Vereinigung, sprachen ihre Körper eine uralte und unmissverständliche Sprache.

»Jillian!«, dröhnte er, als er sich in ihr entlud. Ein entfesseltes Lachen der Wonne entfloh ihr, als der Ansturm seiner flüssigen Wärme in ihrem Inneren sie über den Rand der Verzückung stieß, und sie zuckte gegen ihn.

Eng umschlungen verharrten sie für einen ehrfürchtigen Moment. Sanft an sie gepresst, schien er nicht gewillt zu sein, sich zu bewegen, als wolle er für alle Zeiten mit ihr verbunden bleiben. Und als er sich erneut in ihr zu versteifen begann, wusste sie, dass sie ihn davon überzeugt hatte, dass ein bisschen kalte Luft gut war für die Seele.

☆ ☆ ☆

Grimm pfiff nach Occam. Als sein Pferd aus dem Wald zurückgekommen war, zurrte er die Packtaschen zusammen. Es war bereits dunkel und sie mussten sich auf den Weg machen. In dieser Nacht würden sie keine Unterkunft haben, aber am nächsten Tag würden sie bereits so weit in den Highlands sein, dass er jede kommende Nacht für einen Unterschlupf sorgen konnte. Er sah über die Schulter zu Jillian. Es stand für ihn außer Frage, dass er dafür zu sorgen hatte, dass sie glücklich, warm und sicher war. »Hast du Hunger, Jillian? Bist du trocken genug? Ist dir warm genug?«

»Nein, ja und ja. Wohin gehen wir, Grimm?«, fragte sie, immer noch verträumt von ihrem intensiven Liebesspiel.

»Es gibt eine verlassene Hütte einen Tagesritt von hier entfernt.«

»Ich meine nicht jetzt, ich meine, was ist das Ziel unserer Reise?«

Grimm dachte über die Antwort nach. Ursprünglich hatte er geplant, sich direkt nach Dalkeith zu begeben und von dort aus weiterzureiten, sobald er sein Vermögen an sich genommen und die Pferde beladen hatte. Doch auf dem Weg von Caithness hatte er viel Zeit damit verbracht, über etwas nachzugrübeln, was Quinn gesagt hatte. *Zur Hölle, Mann, stelle eine Armee auf und mach den McKane ein für alle Mal den Garaus. Ich kenne haufenweise Männer, die für dich kämpfen würden. Ich würde es.* Genau wie die Armee von Hawk und wie viele Männer, die er am Hof kennen gelernt hatte, Männer, die für Sold kämpften.

Grimm verabscheute die Vorstellung, Jillian aus Schottland wegzubringen, weg von ihrer Familie. Er kannte das Gefühl, ohne Clan zu leben. Wenn er jedoch über die McKane triumphierte, konnte er einen Besitz in der Nähe ihrer Familie kaufen und hätte nur noch einen einzigen Dämon zu bekämpfen. Er könnte seine Energie darauf verwenden, seine wahre Natur zu verbergen und für Jillian einen feinen Gatten abzugeben.

Versprich mir, dass du ihr die Wahrheit sagst, hatte Quinn leise und eindringlich in sein Ohr geflüstert.

Grimm hatte genickt.

Aber er hatte nicht gesagt, wann, lautete seine faule Ausrede, während er ihr unschuldiges Gesicht betrachtete. Vielleicht nächstes Jahr oder am Ende ihres Lebens. In der Zwischenzeit hatte er andere Schlachten zu schlagen.

»Dalkeith. Mein guter Freund und seine Frau herrschen dort. Bei ihnen wirst du sicher sein.«

Jillian war sofort hellwach, als ihre Träumereien von dem Gedanken an eine bevorstehende Trennung zerschlagen wurden. »Was willst du damit sagen, ich werde dort sicher sein? Meintest du nicht, *wir* werden dort sicher sein?«

Grimm hantierte an Occams Sattel herum.

»Grimm – *wir*, nicht wahr?«

Bewusst unverständlich murmelte er vor sich hin.

Jillian beobachtete ihn einen Augenblick und schnaubte vernehmlich.

»Grimm, du hast nicht etwa vor, mich nach Dalkeith zu bringen und mich dort allein zurückzulassen, oder?« Ihre Augenbrauen zogen sich zusammen und kündigten ein Unwetter an, sollte dies seine Absicht sein.

Ohne den Blick von einer intensiven Überprüfung von Occams Sattelgurt abzuwenden, antwortete er: »Nur für eine Zeit, Jillian. Es gibt da etwas, was ich tun muss, und ich muss wissen, dass du in Sicherheit bist, während ich es tue.«

Jillian beobachtete, wie er hantierte, und überdachte ihre Möglichkeiten. Sein guter Freund und seine Frau, hatte er gesagt, Menschen, die womöglich einiges über ihren mysteriösen Mann wussten. Das klang verheißungsvoll, wenn es auch nicht unbedingt das war, was sie wollte. Sie wünschte, er würde sich ihr anvertrauen, ihr erzählen, was ihn in seiner Einsamkeit hielt, aber sie würde sich an das halten, was sie kriegen konnte. Vielleicht war das, was ihm in seiner Vergangenheit widerfahren war, zu schmerzhaft für ihn, um darüber zu reden. »Wo liegt Dalkeith?«

»In den Highlands.«

»In der Nähe deines Geburtsortes?«

»Dahinter. Wir müssen Tuluth umgehen, um nach Dalkeith zu kommen.«

»Warum umgehen? Warum können wir nicht hindurchreiten?«, hakte Jillian nach.

»Weil ich niemals nach Tuluth zurückgekehrt bin und es auch jetzt nicht vorhabe. Außerdem wurde das Dorf zerstört.«

»Nun, wenn es zerstört wurde, ist es doch umso unverständlicher, es zu umgehen. Wieso einer Sache aus dem Weg gehen, die gar nicht da ist?«

Grimm zog eine Augenbraue hoch. »Musst du immer so logisch sein?«

»Musst du immer so ausweichend sein?«, konterte sie und hob ihrerseits eine Augenbraue.

»Ich wünsche nicht hindurchzureiten, in Ordnung?«

»Bist du sicher, dass es in Schutt und Asche liegt?«

Als Grimm eine Hand in sein Haar grub, hatte Jillian endlich verstanden. Grimm fing nur an, in seinem Haar zu wühlen, wenn sie ihm eine Frage stellte, die er nicht beantworten wollte. Sie musste sich ein Lachen verkneifen; wenn sie ihn weiter ausfragte, würde er sich möglicherweise büschelweise Haare ausreißen. Aber sie brauchte Antworten und gelegentlich stieß sie bei ihren Grabungen auf ein paar Schätze. Was konnte ihn nur dazu veranlassen, Tuluth wie die Pest zu meiden? »O mein Gott«, hauchte sie, als die Eingebung unzweideutig mit dem Finger auf die Wahrheit deutete. »Deine Familie lebt noch, nicht wahr, Grimm?«

Eisblaue Augen flogen zu ihren, und sie beobachtete, wie er sich wand, um ihrer Frage auszuweichen. Er spielte mit seinen Kriegsflechten und sie biss sich auf die Lippe, abwartend.

»Mein Vater lebt noch«, gab er zu.

Obwohl sie selbst schon zu diesem Schluss gekommen war, warf sein Eingeständnis sie aus dem Gleichgewicht. »Was hast du mir sonst noch verschwiegen, Grimm?«

»Dass Quinn dir die Wahrheit gesagt hat. Er ist ein wahnsinniger alter Mann«, sagte Grimm verbittert.

»Wirklich wahnsinnig, oder meinst du damit, dass ihr bei gewissen Dingen unterschiedlicher Auffassung seid, wie es den meisten Menschen mit ihren Eltern ergeht?«

»Ich möchte nicht darüber reden.«

»Wie alt ist dein Vater? Hast du sonst noch Familie, von der ich nichts weiß?«

Grimm wandte sich ab und begann umherzuschreiten. »Nein.«

»Nun, und wie ist dein Heim, Tuluth?«

»Es befindet sich nicht in Tuluth«, sagte er durch zusammengebissene Zähne. »Mein Heim ist eine öde, düstere Festung, die in den Berg oberhalb von Tuluth gehauen ist.«

Jillian fragte sich, welche erstaunlichen Dinge noch ans Tageslicht kämen, wenn er weiterhin ihre Fragen beantwortete. »Wenn die Festung dein Heim war, dann musst du entweder ein Diener sein ...« Sie betrachtete ihn kopfschüttelnd vom Scheitel bis zur Sohle, bis es ihr schließlich wie Schuppen von den Augen fiel. »Oh! Ich plappere hier von Titeln und du sagst kein Wort! Du bist der Sohn eines Clanführers, nicht wahr? Du bist nicht zufällig der älteste Sohn, oder?«, fragte sie, mehr zum Spaß. Als er unverzüglich seinen Blick abwandte, rief sie aus: »Willst du damit sagen, dass du eines Tages der Fürst sein wirst? Dass es einen Clan gibt, der deine Rückkehr erwartet?«

»Niemals. Ich werde niemals nach Tuluth zurückkehren und das ist das Ende dieser Unterhaltung. Mein Vater ist ein verrückter alter Bastard und die Burg liegt in Trümmern. Zusammen mit dem Dorf ist vor Jahren auch mein halber Clan vernichtet worden und ich bin sicher, dass sich die Überlebenden in alle Winde zerstreut haben, um dem alten Mann zu entkommen und um woanders neu anzufangen. Ich bezweifle, ob es überhaupt eine Menschenseele in Tuluth gibt – wahrscheinlich nichts als Ruinen.« Er sah verstohlen zu Jillian, um festzustellen, wie sie sein Geständnis aufnahm.

In Jillians Kopf ging es drunter und drüber. Irgendwo war da ein Haken und sie wusste, dass es ihr an wichtigen Informationen mangelte. Das Heim von Grimms Kindheitstagen lag zwischen hier und ihrem Bestimmungsort und die Antworten lagen in der vermodernden alten Ruine. Ein verrückter alter Vater und Erkenntnisse, die ihr den Weg in die tiefsten Abgründe von Grimms Herz weisen würden.

»Warum gingst du fort?«, fragte sie sanft.

Er sah sie an und seine blauen Augen funkelten in dem schwindenden Licht. »Jillian, bitte. Nicht so viele Fragen auf einmal. Diese Dinge ... ich habe nicht mehr darüber gesprochen, seit sie geschehen sind.« Seine Augen baten sie wortlos um Geduld und Verständnis.

»Zeit kann ich dir geben. Ich werde geduldig sein, aber ich werde niemals aufgeben.«

»Versprich mir das.« Er wurde plötzlich sehr ernst. »Versprich mir, dass du niemals aufgeben wirst, egal was auch geschehen mag.«

»Dich? Niemals. Mein Gott, so gemein du auch zu mir gewesen bist, als ich noch ein kleines Mädchen war, ich habe dich trotzdem nicht aufgegeben«, sagte sie unbeschwert, in der Hoffnung, seinen ernsten Gesichtsausdruck aufheitern zu können.

»*Uns*, Jillian. Versprich mir, dass du uns niemals aufgeben wirst.« Er zog sie wieder in seine Arme und blickte so eindringlich zu ihr hinunter, dass es ihr fast den Atem verschlug.

»Ich verspreche es«, hauchte sie. »Und ich stehe zu meiner Ehre wie jeder Krieger.«

Er entspannte sich unmerklich und hoffte, sie nie an ihre Worte erinnern zu müssen.

»Bist du sicher, dass du noch nicht hungrig bist?« Er wechselte schnell das Thema.

»Ich kann warten, bis wir zum Schlafen anhalten«, versicherte sie ihm geistesabwesend, viel zu beschäftigt mit ihren Gedanken, um über körperliche Bedürfnisse nachzudenken. Sie fragte sich nicht mehr, weshalb er so spät, blutüberströmt und schlammverschmiert aufgetaucht war. Er war gekommen und das war erst einmal genug.

Es gab andere, schwerwiegendere Fragen, die sie beantwortet haben musste.

Als sie wieder aufstiegen, zog er sie eng an sich, und sie entspannte sich und genoss das Gefühl seines harten Körpers.

Ein paar Stunden später traf sie eine Entscheidung. *Eine Frau muss tun, was eine Frau tun muss*, sagte sie sich fest entschlossen. Am Morgen würde sie von einer plötzlichen, unerklärlichen Krankheit befallen werden, die es verlangte, dass sie sich einen festen Unterschlupf suchten, lange bevor sie Dalkeith erreichten. Sie hatte keine Ahnung, dass am Morgen ein glücklicher Zufall mit einem seltsamen Sinn für Humor die Sache für sie in die Hand nehmen würde.

Kapitel 26

Jillian drehte sich um, reckte sich und blickte in dem schummerigen Licht zu Grimm. Felle hingen vor den Fenstern der Hütte. Sie versperrten dem bitterkalten Wind den Zutritt, ließen aber auch nur wenig Licht eindringen. Das Feuer war schon vor Stunden zu Glut heruntergebrannt und in dem bernsteinfarbenen Schein, den es noch ausstrahlte, sah er aus wie ein in Bronze gegossener Krieger, ein heroischer, mächtiger Wikinger, der ausgestreckt auf einer Matratze aus Fellen lag, einen Arm hinter den Kopf gewinkelt, den anderen um ihre Taille geschlungen.

Bei allen Heiligen, was für ein schöner Mann! Schlafend wirkte sein Gesicht so makellos, dass es an einen Erzengel denken ließ, erschaffen von einem gut gelaunten Gott. Seine Augenbrauen wölbten sich in schwarzen Bögen über den Augen, die von dichten Wimpern umrahmt waren. Obwohl sich winzige Fältchen von seinen Augenwinkeln abspreizten, hatte er nur wenige Lachfalten um den Mund, ein Makel, den sie vorhatte zu beheben. Seine Nase war so ebenmäßig und stolz, seine Lippen ... sie könnte einen ganzen Tag damit verbringen, nur diese festen, rosafarbenen Lippen anzusehen, die sich selbst im Schlaf sinnlich wölbten. Sie hauchte einen Kuss auf die störrische Kluft in seinem Kinn.

Als sie in der vorherigen Nacht angekommen waren, hatte

Grimm ein gewaltiges Feuer entzündet und eimerweise Schnee für ein Bad geschmolzen. Sie hatten sich den Zuber geteilt und in der kalten Luft gezittert, bis die Hitze der Leidenschaft sie bis ins Mark erwärmt hatte. Auf einem üppigen Stoß von Fellen hatten sie wortlos ihr gegenseitiges Versprechen erneuert. Der Mann war offensichtlich unerschöpflich, dachte sie zufrieden. Ihr Körper schmerzte wohltuend von dem ausdauernden Liebesspiel. Er hatte ihr Dinge gezeigt, die ihre Wangen entflammen ließen, und ihr Herz begann, in froher Erwartung nach mehr zu rasen.

Ihre heißen Gedanken nahmen jäh Reißaus, als ihr Magen ausgerechnet diesen Moment wählte, um beängstigend zu schlingern. Von der plötzlich auftretenden Übelkeit momentan atemlos, rollte sie sich auf ihre Seite und wartete darauf, dass das Gefühl nachließ. Da sie in der letzten Nacht wenig gegessen hatten und sehr aktiv gewesen waren, schloss sie, dass es der Hunger war. Bauchweh würde ihrem Plan, Grimm davon zu überzeugen, dass sie zu krank war, um nach Dalkeith zu reiten, sicherlich Vorschub leisten. Doch welche Krankheit könnte sie noch vorschieben? Ein verdorbener Magen wäre vielleicht nicht überzeugend genug, ihn dazu zu bewegen, in einem Dorf Halt zu machen, das er sich geschworen hatte nie wiederzusehen.

Praktischerweise wurde sie von einem weiteren Anflug von Übelkeit ergriffen. Sie verzog das Gesicht, als sie sich der Möglichkeit bewusst wurde, dass sie nur deshalb krank geworden war, weil sie geplant hatte, so zu tun als ob. Reglos wartete sie darauf, dass sich ihre Beschwerden legten, und beschwor Visionen von ihren Lieblingsspeisen herauf, in der Hoffnung, so die Hungerschmerzen ertränken zu können.

Beim Gedanken an Kaleys Schweinebraten musste sie sich fast übergeben. Gebackener Fisch in Weinsoße ließ sie unverzüglich würgen. Brot? Das klang nicht übel. Je knuspriger, desto besser. Sie versuchte, sich zentimeterweise von Grimm fortzubewegen, um an den Beutel zu gelangen, worin sie letzte Nacht einen Laib Brot gesehen hatte, doch im Schlaf schlang Grimm den Arm noch enger um ihre Taille. Verstohlen bearbeitete sie seine Finger, aber sie waren wie ein eiserner Schraubstock. Als ein erneuter Anfall von Übelkeit sie überkam, stöhnte sie auf und rollte sich zu einer Kugel zusammen, wobei sie sich den Bauch hielt. Das Geräusch weckte Grimm augenblicklich auf.

»Geht es dir gut, Mädchen? Habe ich dir wehgetan?«

In der Annahme, dass er ihr exzessives Liebesspiel meinte, beeilte sie sich, ihn zu beruhigen. Sie wollte ihm nicht den leisesten Anlass geben, es sich beim nächsten Mal zweimal zu überlegen, bevor er ihr wieder ein solches Vergnügen bereitete. »Mir ist nur ein bisschen schlecht«, sagte sie und stöhnte laut auf, als ihr Magen sich erneut aufbäumte.

»Was hast du?« Grimm schoss vom Bett hoch und trotz ihres Elends bewunderte sie seine Schönheit. Das schwarze Haar fiel ihm ins Gesicht, und obwohl der Gedanke an Nahrung ihr Brechreiz verursachte, sahen seine Lippen immer noch einladend aus.

»Habe ich dir im Schlaf wehgetan?«, fragte er mit belegter Stimme. »Was ist es? Sprich mit mir, Mädchen!«

»Ich fühle mich einfach nicht wohl. Ich weiß nicht, was ich habe. Mein Bauch tut weh.«

»Möchtest du etwas essen?« Eilig wühlte er sich durch die Vorräte. Er holte ein großes Stück fettigen, gesalzenen Rindfleischs hervor und hielt es ihr unter die Nase.

»Oh, *nein*!«, jammerte sie und wälzte sich auf die Knie. Sie kroch so schnell wie möglich weg von ihm, schaffte aber nur ein kleines Stück, bevor sie sich übergab. Im gleichen Moment war er bei ihr und strich ihr sanft das Haar aus dem Gesicht. »Nicht«, weinte sie. »Sieh mich nicht an.« Jillian war in ihrem Leben nicht häufig krank gewesen, aber wenn sie es war, hasste sie es, so gesehen zu werden, geschwächt von Kräften, auf die sie keinen Einfluss hatte. Ein unerträgliches Gefühl der Hilflosigkeit.

Wahrscheinlich wurde sie dafür bestraft, dass sie vorgehabt hatte zu betrügen. Doch das war nicht fair, dachte sie verärgert. In ihrem ganzen Leben hatte sie noch nie gelogen und ein einziges Mal konnte man ihr das doch zugestehen, besonders, weil es doch für einen guten Zweck war. Sie mussten unbedingt in Tuluth Halt machen. Sie brauchte Antworten, von denen sie vermutete, dass sie sie nur finden konnte, wenn sie zu Grimms Wurzeln zurückging.

»Schsch, Mädchen, es ist gut. Was kann ich tun? Was brauchst du?« Es konnte unmöglich Gift sein, dachte Grimm rasend. Er hatte letzte Nacht selbst das Essen zubereitet. Wildbret, das er eigenhändig gejagt und eingepökelt hatte, als er im Hochland war. Was war es dann?, fragte er sich, überwältigt von einer Flut von Gefühlen: Hilflosigkeit, Angst, die Erkenntnis, dass diese Frau in seinen Armen alles für ihn bedeutete und dass er jede Krankheit gerne an ihrer Stelle auf sich nehmen würde, wenn er nur könnte.

Sie krampfte sich erneut in seinen Armen zusammen und er hielt ihren zitternden Körper.

Es dauerte einige Zeit, bevor sie aufhörte, sich zu übergeben. Als sie schließlich zur Ruhe kam, wickelte er sie in ein warmes Bettlaken und erhitzte etwas Wasser über dem Feuer. Sie lag absolut still, während er ihr das Gesicht wusch. Er war von ihrer Schönheit gebannt; trotz ihrer Krankheit erschien ihm Jillian immer noch umwerfend schön, ihre Haut schimmerndes Elfenbein, ihre Lippen tiefrosa, ihre Wangen rosenfarben gerötet.

»Fühlst du dich besser, Mädchen?«

Sie machte einen tiefen Atemzug und nickte. »Ich denke

schon. Aber ich bin nicht sicher, ob ich heute noch weit reiten kann. Gibt es einen Ort zwischen hier und Dalkeith, an dem wir Halt machen könnten?«, fragte sie wehleidig.

»Vielleicht sollten wir überhaupt nicht weiterziehen«, wich er aus, aber sie mussten weiter, und er wusste es. Hier noch einen weiteren Tag zu verweilen war das Gefährlichste, was er tun konnte. Wenn die McKane ihnen folgten, könnte ein weiterer Tag sie leicht das Leben kosten. Er schloss die Augen und grübelte über das Dilemma nach. Was, wenn sie sich wieder auf den Weg machten und sie noch kränker wurde? Wohin konnte er sie bringen? Wo konnten sie sich verstecken, bis es ihr gut genug ging, um weiterzureisen?

Natürlich, dachte er resigniert.

Tuluth.

Kapitel 27

Als sie sich seinem Geburtsort näherten, verfiel Grimm in tiefes Schweigen.

Sie waren in einer bequemen Gangart den Tag hindurch geritten und Jillian hatte schnell ihre übliche Lebensfreude wieder gefunden. Trotz ihrer Genesung zwang sie sich jedoch, ihre Scharade weiterzuspielen. Sie waren schon viel zu nahe an Tuluth, als dass sie jetzt aufgeben könnte.

Sie mussten unbedingt nach Tuluth. Es war unumgänglich, ob sie ihre Methoden nun guthieß oder nicht. Sie war sich völlig darüber im Klaren, dass Grimm liebend gern umkehren würde. Wenn es nach ihm ginge, würde er vergessen, dass das Dorf je existiert hatte. Und obwohl sie sich in die Tatsache fügte, dass Grimm es nicht über sich bringen konnte, über seine Vergangenheit zu sprechen, hatte sie die Vermutung, dass seine Rückkehr nach Tuluth für ihn wichtiger sein könnte als für sie. Vielleicht war es nötig, dass er sich mit seinen Erinnerungen auseinander setzte, um sie endlich zu Grabe tragen zu können.

Sie für ihren Teil musste die Umstände mit eigenen Augen und Händen prüfen, musste mit seinem verrückten Vater sprechen und nach Informationen graben. In dem Schutt und den Überresten der zerstörten Burg würde sie vielleicht Hinweise finden, die ihr halfen, den Mann, den sie liebte, zu verstehen.

Jillian sah hinunter auf seine Hand, die so groß war, dass sie beinahe ihre beiden Hände bedeckte, während er mit der anderen Occam lenkte. Warum nur glaubte er, dass mit ihm etwas nicht stimmte? Er war edel und ehrlich, außer wenn er über seine Vergangenheit sprach. Er war stark, furchtlos und einer der besten Krieger, den sie je gesehen hatte. Dieser Mann war tatsächlich unbesiegbar. Er hatte wahrhaftig die Legenden jener sagenumwobenen Untiere, der Berserker, in den Schatten gestellt.

Jillian lächelte und dachte daran, dass solche Legenden aus Männern wie Grimm geboren werden. Nun ja, er hatte sogar die legendären feurigen blauen Augen. Wenn solche Wesen tatsächlich existierten, so hätte er einer jener mächtigen Krieger sein können, dachte sie träumerisch. Sie war nicht überrascht gewesen zu erfahren, dass er der Sohn eines Clanführers war; Vornehmheit strahlte aus jedem Zug seines erhabenen Gesichtes. Sie seufzte vor Vergnügen und lehnte sich gegen seine Brust.

»Wir sind fast da, Mädchen«, sagte er tröstend, den Seufzer missverstehend.

»Werden wir zur Burg gehen?«

»Nein. Es gibt da ein paar Höhlen auf einem Felsen, der Wotan's Cleft genannt wird. Ich habe als Junge dort gespielt. Ich kenne sie gut.«

»Wäre es in der Burg nicht wärmer? Mir ist so kalt, Grimm.« Sie zitterte und hoffte, dass es überzeugend genug war.

»Wenn mich meine Erinnerung nicht täuscht, ist Maldebann ein Trümmerhaufen.« Er zog das Plaid noch fürsorglicher um ihre Schultern und wärmte sie mit der Hitze seines Körpers. »Ich bin nicht sicher, ob überhaupt noch eine Mauer steht. Abgesehen davon – wenn mein Vater noch hier ist, geht er wahrscheinlich in jenen verfallenen Hallen um.«

»Nun gut, wie wäre es mit dem Dorf? Bestimmt sind ein paar von deinen Leuten da geblieben?« Sie lehnte es ab, endlich nach Tuluth zu gelangen, aber keine Gelegenheit zu bekommen, die Leute kennen zu lernen, die vielleicht etwas über ihren Highland-Krieger wussten.

»Jillian, das gesamte Tal wurde ausgelöscht. Ich vermute, es wird völlig verlassen sein. Wir können von Glück sagen, wenn die Höhlen noch passierbar sind. Viele der Durchgänge haben sich verschoben, sind in den Jahren, als ich dort spielte, zu Schutt zusammengefallen.«

»Ein Grund mehr, zur Burg zu gehen«, sagte sie schnell. »Es hört sich an, als seien die Höhlen gefährlich.«

Grimm atmete tief aus. »Du bist hartnäckig, nicht wahr, Mädchen?«

»Mir ist nur so kalt«, wimmerte sie und stieß die Schuldgefühle über ihre Hinterlistigkeit weit von sich. Es diente einem guten Zweck.

Seine Armen umschlossen sie. »Ich werde mich um dich kümmern, Jillian, ich verspreche es.«

☆ ☆ ☆

»Wo sind sie, Gilles?«, fragte Ronin.

»Nur noch drei Meilen östlich, Mylord.«

Ronin zupfte nervös an seinem Tartan herum und wandte sich seinem Bruder zu. »Wie seh ich aus?«

Balder grinste. »›Wie seh ich aus?‹«, machte er sich in Falsettstimme lustig und brüstete sich vor einem imaginären Publikum.

Ronin schlug ihm auf den Arm. »Hör auf damit, Balder. Das hier ist wichtig. Ich lerne heute die Frau meines Sohnes kennen.«

»Du triffst heute deinen *Sohn*«, korrigierte Balder.

Ronin sah zu Boden. »Jawohl, das tue ich«, antwortete er schließlich. Sein Kopf hob sich und er sah Balder besorgt in die Augen. »Aber was ist, wenn er mich immer noch hasst, Balder? Was ist, wenn er mir ins Gesicht spuckt und geht?«

Das Grinsen auf Balders Lippen erstarb. »Dann werde ich den Bengel besinnungslos prügeln und ihn festbinden und wir zwei werden mit ihm reden. Überzeugend und in aller Ruhe.«

Ronins Miene hellte sich sichtlich auf. »Nun, ich habe einen Plan«, sagte er voller Zuversicht. »Könnten wir das nicht vielleicht gleich so machen, was hältst du davon?«

»Ronin.«

Ronin zuckte mit den Schultern. »Es scheint mir einfach der beste Weg zu sein«, sagte er zu seiner Verteidigung.

Balder taxierte seinen Bruder, seine nervösen schwieligen Finger, die den festlichen Tartan glatt strichen. Sein säuberlich gekämmtes schwarzes Haar, das beträchtlich silberdurchwirkt war. Sein mit Juwelen besetztes *sgain dubh* und die samtene Felltasche. Seine breiten Schultern und die nicht mehr ganz so schlanke Taille. Er stand aufrechter und stolzer, als Balder ihn seit Jahren gesehen hatte. Seine blauen Augen spiegelten Freude, Hoffnung und ... Furcht. »Du siehst durch und durch aus wie ein edler Fürst, Bruder«, sagte Balder sanft. »Jeder Sohn wäre stolz, dich Pa nennen zu dürfen.«

Ronin atmete tief durch und nickte kurz. »Hoffen wir, dass du Recht hast. Sind die Banner aufgehängt, Gilles?«

Gilles grinste und nickte. »Ihr seht wirklich königlich aus, Mylord«, fügte er voller Stolz hinzu. »Und ich muss sagen, dass ganz Tuluth sich richtig herausgeputzt hat. Das Tal glänzt förmlich. Jeder Junge wäre hocherfreut, so etwas als sein zukünftiges Erbe betrachten zu dürfen.«

»Und die Hall of Lords, wurde sie gesäubert und geöffnet? Sind die Fackeln entzündet?«

»Ja, Mylord, und ich habe das Porträt in den Speisesaal gehängt.«

Ronin verschluckte einen Atemzug und begann umherzuschreiten. »Die Dorfbewohner sind in Kenntnis gesetzt worden? Alle?«

»Sie warten auf den Straßen, Ronin, und überall in Tuluth hängen die Banner. Es ist eine prächtige Rückkehr, die du da vorbereitet hast«, sagte Balder.

»Wollen wir hoffen, dass er genauso denkt«, murmelte Ronin, während er weiter umherschritt.

☆ ☆ ☆

Grimms Finger spannten sich an Jillians Taille, während sich Occam vorsichtig seinen Weg den Pass hinauf zu Wotan's Cleft suchte.

Er hatte nicht die Absicht, Jillian in die kalten, feuchten Höhlen zu bringen, wo ein Feuer sie ausräuchern konnte, wenn der Wind die Richtung änderte und durch die Höhlengänge blies. Aber von den Felsen aus konnte er das Dorf und die Burg in Augenschein nehmen. Wenn auch nur irgendetwas davon übrig geblieben war, würde er von dort vielleicht die Rauchschwaden eines Kamins ausmachen können, sollte noch jemand in dem Geisterdorf hausen. Außerdem zog er es vor, Jillian von Anfang an zu zeigen, was für ein trostloser Ort das war, damit sie sich wünschen möge, sich eiligst wieder auf den Weg nach Dalkeith zu begeben, sobald sie dazu wieder in der Lage war. Sie schien sich schnell zu erholen, obwohl sie immer noch schwach war und in unregelmäßigen Abständen über Übelkeit klagte.

Die Sonne stand hoch über dem Felsen. Sie würde erst in einigen Stunden untergehen, was ihm genügend Zeit gab, alle möglichen Gefahren abzuschätzen und in den Dorfruinen einen sicheren Unterschlupf zu finden. Wenn es Jillian morgen früh wieder gut ging, konnten sie im Galopp die Gestade von Dalkeith erreichen. Um die McKane nicht auf den Besitz der Douglas zu führen, hatte er vor, in einem nahe gelegenen Dorf Halt zu machen und einen Boten zu Hawk zu schicken. Sie würden sich heimlich treffen, die Möglichkeiten besprechen, eine Armee aufzustellen, und Jillians und seine Zukunft planen.

Als die hoch aufgerichteten Felsen von Wotan's Cleft in Sichtweite kamen, zog sich Grimms Brust schmerzhaft zusammen. Er zwang sich, langsam und gleichmäßig durchzuatmen, als sie dem felsigen Pfad folgten. Er hätte sich nie träumen lassen, mit welcher Macht die bitteren Erinnerungen wieder an die Oberfläche traten. Jenen Pfad hatte er das letzte Mal vor fünfzehn Jahren erklommen und das hatte sein Leben für immer verändert. *Hör mich an, Odin! Ich rufe den Berserker* ... Er war als Junge hinaufgestiegen und als Monster zurückgekehrt.

Seine Hände ballten sich zu Fäusten. Wieso nur war er hierher zurückgekehrt? Aber Jillian kuschelte sich an ihn und suchte nach Wärme und er wusste, um sie sicher und warm zu halten, würde er Tuluth selbst dann bereitwillig betreten, wenn es von Horden von Dämonen bevölkert wäre.

»Geht es dir gut, Grimm?«

Wie typisch für Jillian, dachte er. Trotz ihrer eigenen Krankheit sorgte sie sich um ihn. »Mir geht es gut. Wir werden es bald warm haben, Mädchen. Ruh du dich nur aus.«

Er klang so besorgt, dass Jillian sich auf die Zunge beißen musste, um zu verhindern, dass ihr augenblicklich ein Geständnis entschlüpfte.

»Gleich kannst du sehen, wo einmal das Dorf gestanden hat«, sprach er, und Trauer machte seine Stimme rau.

»Ich kann mir nicht vorstellen, wie es wäre, wenn ich Caithness zerstört sehen würde. Ich wollte dich nicht an einen Ort zurückbringen, der so schmerzvoll ...«

»Es geschah vor vielen Jahren. Es ist fast so, als wäre es in einem anderen Leben geschehen.«

Als sie den Kamm erreichten, richtete Jillian sich auf und suchte mit neugierigen Augen die Landschaft ab.

»Dort.« Grimm richtete ihre Aufmerksamkeit auf den Felsen. »Von diesem Felsvorsprung aus kann man das ganze Tal überblicken.« Er lächelte schwach. »Früher pflegte ich hier hochzukommen und über das Land zu schauen, mit dem Gedanken, dass es keinen glücklicheren Jungen als mich geben könnte.«

Jillian zuckte zusammen. Occam ging stetigen Schrittes weiter. Jillian hielt den Atem an, als sie die Felskante erreichten.

»Die Höhlen liegen hinter uns, hinter jenen Felsen, wo der Berghang am steilsten ist. Mein bester Freund Arron und ich schworen uns einmal, jeden Gang, jede Kammer in diesem Berg aufzuzeichnen, aber die Gänge schienen endlos zu sein. Wir hatten fast ein Viertel davon aufgezeichnet, als ... als ...«

Reue überfiel sie, dass sie ihn an den Ort gebracht hatte, wo er seinen Dämonen begegnete. »Wurde dein Freund in der Schlacht getötet?«

»Ja.«

»Wurde dein Vater in der Schlacht verwundet?«, fragte sie sanft.

»Er hätte eigentlich sterben müssen«, sagte Grimm gepresst. »Die McKane schlugen ihm eine Streitaxt bis ans Heft in die Brust. Es ist verwunderlich, dass er überlebt hat. Einige Jahre lang war ich der festen Überzeugung, dass er tot sei.«

»Und deine Mutter?«, fragte sie flüsternd.

Es entstand eine Stille, die nur durch das Geräusch des unter Occams Hufen knirschenden Schiefers durchbrochen wurde. »Gleich können wir es sehen, Mädchen.«

Jillian richtete ihren Blick auf die Kante der Klippe, wo der Fels steil abfiel und zum Horizont wurde. Tief unten würde sie die Ruinen von Tuluth sehen. Sie richtete sich noch weiter auf, so dass sie vor Ungeduld fast vom Pferd fiel, und wappnete sich für den grässlichen Anblick.

»Halte aus, Mädchen«, beruhigte sie Grimm, als sie die letzten Schritte zur Felskante nahmen und über das leblose Tal blickten.

Fast fünf Minuten lang sagte er kein Wort. Jillian war sich nicht sicher, ob er überhaupt noch atmete. Andererseits war sie sich da bei sich selbst auch nicht so ganz sicher.

Unter ihnen, an einem glitzernden Fluss und mehreren kristallklaren Seen gelegen, strotzte eine geschäftige Stadt vor Lebendigkeit. Weiße Hütten, von der Nachmittagssonne in sanfte Bernsteinfarbe getaucht. Hunderte von Behausungen bevölkerten in gleichmäßigen Reihen an penibel genau gezogenen Straßen das Tal. Spiralförmig stieg träger Rauch behaglicher Feuer aus den Rauchfängen, und obwohl sie die Stimmen nicht hören konnte, konnte sie Kinder laufen und spielen sehen. Menschen spazierten die Straßen auf und ab, auf denen auch gelegentlich eine Kuh oder ein Lamm trotteten. Zwei Wolfshunde spielten in einem kleinen Garten. Entlang der Hauptstraße, die ins Zentrum der Stadt führte, wehten Banner in leuchtenden Farben und flatterten in der leichten Brise.

Voller Erstaunen überflog sie das Tal und folgte mit dem Blick dem Fluss bis zur Flanke des Berges. Er entsprang sprudelnd einer unterirdischen Quelle am Fuße des Berges und die Burg thronte steinern darüber. Ihre Hand flog an ihre

Lippen, um einen Aufschrei der Verwunderung zu dämpfen. Das war nicht das, was sie erwartet hatte.

Eine öde und trostlose Burg, so hatte er es genannt.

Nichts hätte der Wahrheit weniger entsprechen können. Burg Maldebann war das schönste Schloss, das sie je erblickt hatte. Mit seinen vortrefflich geformten Türmen und dem herrschaftlichen Antlitz wirkte es wie von einem imaginären Bildhauer mit Hammer und Meißel aus dem Berg gehauen. Aus hellgrauem Stein erbaut, erhob sich das Schloss in mächtigen Bögen in Schwindel erregende Höhen. Der Berg bildete an jenem Ende des Tals eine regelrechte Mauer und die Burg erstreckte sich über die gesamte Breite des Berges. Nach Osten und Westen erstreckten sich die Flügel des eigentlichen Schlosses.

Seine mächtigen Türme ließen Caithness wie ein Sommerhäuschen erscheinen – nein, eher wie das Baumhaus eines Kindes. Kein Wunder, dass Burg Maldebann Ziel eines Angriffs gewesen war; es war eine unglaubliche, beneidenswerte Festung. Der Wachgang auf der Spitze war mit jeder Menge uniformierter Gestalten gespickt. Das große Tor war hinter den Fallgittern und Seitentüren sichtbar und maß gewaltige fünfzehn Meter. Fröhlich gekleidete Frauen bevölkerten die unteren Gehwege und eilten mit Körben und Kindern hin und her.

»Grimm?«, krächzte Jillian seinen Namen. Ruinen? Ihre Stirn legte sich vor Bestürzung in Falten und sie fragte sich, wie so etwas nur möglich sein konnte. War es möglich, dass Grimm missverstanden hatte, wer vor Jahren die Verlierer jener schicksalhaften Schlacht gewesen waren?

Ein riesiges Banner mit großen Buchstaben kräuselte sich über dem Eingang zur Burg. Jillian kniff die Augen zusammen und blinzelte genauso, wie sie es Zeke immer untersagte, doch sie konnte die Worte nicht entziffern. »Was steht da,

Grimm?«, fragte sie mit einem gedämpften Flüstern, überrascht von dem unerwarteten Anblick von Frieden und Wohlstand, der sich vor ihren Augen ausbreitete.

Für einen langen Moment antwortete er nicht. Sie hörte ihn krampfhaft schlucken, und sein Körper war so unnachgiebig wie die Felsen, auf denen Occam mit seinen Hufen scharrte.

»Glaubst du, dass vielleicht ein anderer Clan dieses Tal übernommen und wieder aufgebaut hat?«, äußerte sie zaghaft, nach irgendeiner Begründung suchend, um den Dingen einen Sinn zu geben.

Er stieß einen pfeifenden Atemzug aus und unterstrich ihn mit einem Stöhnen. »Das bezweifle ich, Jillian.«

»Es wäre doch möglich, oder?«, beharrte sie. Wenn nicht, so litt Grimm wohl wirklich an der Geisteskrankheit seines Vaters, denn nur ein Verrückter konnte diese großartige Stadt eine Ruine nennen.

»Nein.«

»Warum nicht? Ich meine, wie kannst du von hier aus sicher sein? Ich kann nicht einmal ihre Plaids erkennen.«

»Weil das Banner besagt: ›Willkommen zu Hause, Sohn‹«, flüsterte er voller Entsetzen.

Kapitel 28

»Wie soll ich mir nun darauf einen Reim machen, Grimm?«, fragte Jillian, als das angespannte Schweigen zwischen ihnen wuchs. Er starrte blicklos in das Tal hinunter. Sie fühlte sich plötzlich und über alle Maßen verwirrt.

»Wie *du* dir einen Reim darauf machen sollst?« Er glitt von Occams Rücken, half ihr hinunter und stellte sie neben sich auf die Füße. »Du?«, wiederholte er ungläubig. Er wusste selbst nicht, was er davon halten sollte. Nicht nur, dass sein Zuhause kein Trümmerhaufen auf dem Boden des Tales war, wie er sich das vorgestellt hatte, zu allem Überfluss flatterten auch noch verfluchte Willkommensbanner von den Türmchen.

»Ja«, bestärkte sie. »Ich. Du hast mir erzählt, dieser Ort wäre zerstört.«

Grimm konnte die Augen nicht von dem Anblick im Tal abwenden. Er war wie betäubt, jede Hoffnung auf Logik war durch den Schock zerstört worden. Tuluth war fünfmal so groß, wie er es in Erinnerung hatte, das Land wurde in säuberlich abgeteilten Parzellen bestellt und die Häuser waren doppelt so groß geworden. Wirkten die Dinge nicht für gewöhnlich kleiner, wenn man selbst größer wurde? Sein Verstand erhob Einspruch, mit wachsender Unsicherheit. Er überflog die Felsen hinter sich und suchte nach dem versteckten Höhleneingang, um sich zu vergewissern, dass er sich auf Wotan's Cleft befand und dass das unter ihm tatsächlich Tuluth war. Der Fluss, der durch das Tal floss, war doppelt so breit, blauer als Lapislazuli – zur Hölle, selbst der Berg schien gewachsen zu sein.

Und dann Burg Maldebann. Hatte sie die Farbe gewechselt? In seiner Erinnerung war sie ein riesiger Monolith, gemeißelt aus schwärzestem Obsidian, voller Ecken und Kanten und Moos und unheimlichen Wasserspeiern. Sein Blick wanderte ungläubig über die fließenden Linien der hellgrauen, einladenden Architektur. Voll besetzt, von einer unbeschwerten Wehrhaftigkeit und – bei Gott – mit Bannern dekoriert.

Banner, auf denen stand: »Willkommen zu Hause«.

Grimm sank auf die Knie, öffnete die Augen, so weit er nur konnte, schloss und rieb sie und öffnete sie dann erneut. Jillian beobachtete ihn interessiert.

»Es ist immer noch da, nicht wahr?«, sagte sie schlicht und ergreifend. »Ich habe es auch schon probiert«, setzte sie mitfühlend hinzu.

Grimm warf ihr einen schnellen Blick zu und war verblüfft, ein leichtes Lächeln auf ihren Lippen zu sehen. »Was ist daran so komisch, Mädchen?«, fragte er, unnötigerweise beleidigt.

Sofort überflutete Mitgefühl ihre Gesichtszüge. Sie legte ihm sanft eine Hand auf den Arm. »O nein, Grimm. Glaube nicht, dass ich mich über dich lustig mache. Ich mache mich nur darüber lustig, wie verblüfft wir beide sind, und das nicht ohne Erleichterung. Ich hatte mich auf einen schrecklichen Anblick eingestellt. Auf so etwas waren wir nicht gefasst. Ich weiß, dass der Schock dich doppelt so schwer getroffen hat, aber ich fand es komisch, weil du so aussiehst, wie ich mich fühlte, als du nach Caithness zurückkamst.«

»Und wie wäre das, Mädchen?«

»Nun ja, als ich klein war, schienst du so groß zu sein. Ich meine riesig, monströs, der größte Mann der Welt. Und als du zurückkamst, da ich ja nun größer geworden war, erwartete ich, dass du endlich kleiner aussehen würdest. Nicht kleiner als ich, aber zumindest kleiner als das letzte Mal, als ich dich aus der Nähe gesehen hatte.«

»Und?«, ermutigte er sie.

Verwirrt schüttelte sie den Kopf. »Du tatest es nicht. Du sahst größer aus.«

»Und was willst du damit sagen?« Er wandte seinen Blick vom Tal ab und sah sie an.

»Nun, du hast etwas Kleineres erwartet, nicht wahr? Ich vermute, dass das Schloss heute viel größer ist. Schockierend, oder?«

»Ich verstehe immer noch nicht, worauf du hinauswillst, Mädchen«, sagte er unterkühlt.

»Ich muss feststellen, dass man dir in der Kindheit mehr Sagen hätte erzählen sollen«, neckte sie ihn. »Der Punkt ist der, dass das Gedächtnis einem schon mal einen Streich spielt«, klärte sie ihn auf. »Vielleicht ist das Dorf nie gänzlich zerstört worden. Vielleicht hatte es nur den Anschein, als du fortgingst. Bist du bei Nacht gegangen? War es zu dunkel, um klar sehen zu können?«

Grimm nahm ihre Hände in seine, während sie zusammen am Rande der Klippe knieten. Es war *tatsächlich* Nacht gewesen, als er Tuluth verlassen hatte, und dichter Rauch hatte in der Luft gehangen. Für den vierzehnjährigen Jungen war es ein furchtbarer Anblick gewesen. Er war in dem Glauben gegangen, dass sein Dorf und sein Zuhause zerstört waren und dass aus ihm ein gefährliches Untier geworden war. Er war voller Hass und Verzweiflung fortgegangen und hatte nicht mehr viel vom Leben erwartet.

Heute, fünfzehn Jahre später, kauerte er auf demselben Grat, hielt die Hand der Frau, die er mehr liebte als sein Leben, und hatte einen undenkbaren Anblick vor Augen. Wenn Jillian nicht bei ihm wäre, würde er möglicherweise den Schwanz einziehen und davonrennen; niemals würde er sich erlauben, darüber nachzudenken, welch seltsamer Zauber in diesem Tal gewirkt hatte. Er hob ihre Hand an seine Lippen und küsste sie. »Meine Erinnerung an dich war niemals trügerisch. Ich erinnerte dich immer als das Beste, was das Leben zu bieten hatte.«

Jillians Augen weiteten sich. Sie versuchte zu sprechen, doch stattdessen brachte sie nur ein würgendes Geräusch hervor. Grimm versteifte sich, denn er hielt den Laut für einen Ausdruck des Unwohlseins. »Hier stehe ich nun und halte dich von der Wärme fern, wo du doch krank bist.«

»Das ist nicht, was ... nein«, stammelte sie. »Ehrlich, ich fühle mich schon viel besser.« Als er sie misstrauisch ansah, fügte sie hinzu: »Ooooh, aber ich muss irgendwo ins Warme, bald, Grimm. Und die Burg sieht zweifellos warm aus.« Sie sah ihn hoffnungsvoll an.

Grimms Blick schoss zurück zum Tal. Die Burg sah tatsächlich warm aus. Und wehrhaft. Vermutlich der sicherste Ort, an den er sie bringen konnte, und warum auch nicht? Überall waren Banner aufgezogen, auf denen »Willkommen zu Hause« stand. Wenn die McKane ihm folgten, welchen besseren Platz gäbe es, sich ihnen entgegenzustellen und zu kämpfen? Wie seltsam war es doch, nach all diesen Jahren nach Tuluth zurückzukehren, wieder einmal mit den McKane auf den Fersen. Würde sich der Kreis endlich schließen? Vielleicht würde es nicht mehr nötig sein, nach Dalkeith zu gehen, um eine Armee gegen die McKane aufzustellen.

Aber er musste seinem Vater gegenübertreten. Er atmete mühsam durch und überdachte die verschiedenen Möglichkeiten. Wie sollte er in das Tal hinabsteigen, in dem all seine tiefsten Ängste gebettet waren? Andererseits, wie sollte er es Jillian erklären, wenn er kehrtmachte und fortritt? Was, wenn ihre Krankheit zurückkehrte? Was, wenn die McKane sie fingen? All diese Fragen ohne klare Antworten brachten ihn durcheinander. Tuluth zu entdecken als diesen ... diesen wunderschönen Ort ... das war zu viel für seinen Verstand.

Jillian wimmerte und rieb sich den Leib. Seine Hände legten sich fester um ihre und er bot seine legendäre Willenskraft auf, wobei er sich vollkommen bewusst war, dass er vor Ende dieses Tages noch jedes Quäntchen davon brauchen würde.

Er hatte keine Wahl. Eilig stiegen sie auf und begannen den Abstieg.

☆ ☆ ☆

»Sie kommen!«

Ronin sah aus, als wollte er sich aus dem Staub machen.

»Ganz ruhig, Mann«, wies Balder ihn zurecht. »Es wird alles glatt gehen, du wirst schon sehen.«

Ronin McIllioch verzog das Gesicht. »Du hast leicht reden. Er ist nicht dein Sohn. Ich sage dir, er wird mir ins Gesicht spucken.«

Balder schüttelte den Kopf und versuchte, nicht zu lachen. »Wenn das deine schlimmste Befürchtung ist, Alter, brauchst du dir keine Sorgen zu machen.«

☆ ☆ ☆

Sie stiegen von Wotan's Cleft hinab, umkreisten den Fuß des Felsens und begaben sich auf die gewundene Straße zur Mündung des Tales. Fünf gewaltige Berge bildeten eine natürliche Festung um das Tal, indem sie sich wie die entspannten Finger einer ruhenden Hand erhoben. Die Stadt füllte die geschützte Handfläche aus, mit frischem Grün bedeckt und strotzend vor Leben. Jillian schloss schnell, dass die McKane, wenn sie vor Jahren Tuluth angegriffen hatten, entweder vollkommen übergeschnappt gewesen sein mussten oder zahlenmäßig weit überlegen.

Als habe er ihre Gedanken gelesen, sagte Grimm: »Wir waren nicht immer so viele, Jillian. In den vergangenen fünfzehn Jahren scheint Tuluth nicht nur die Anzahl der Männer wiedergewonnen zu haben, die in der Schlacht mit den McKane fielen, sondern es scheint«, sein verwunderter Blick überflog das Tal, »fast fünfmal so groß geworden zu sein.« Er stieß einen Pfiff aus und schüttelte den Kopf. »Jemand hat es wieder aufgebaut.«

»Bist du sicher, dass dein Vater wahnsinnig ist?«

Grimm verzog das Gesicht. »Ja.« *So sicher, wie ich im Augenblick sein kann,* fügte er stillschweigend hinzu.

»Nun, für einen Verrückten scheint er hier zweifellos Wunder vollbracht zu haben.«

»Ich glaube nicht, dass er es war. Irgendetwas anderes ist hier geschehen.«

»Und das ›Willkommen zu Hause, Sohn‹-Banner? Ich dachte, du hättest keine Brüder?«

»Ich habe keine«, erwiderte er steif. Er erkannte, dass die ersten Banner nicht mehr fern waren, und er hatte Jillian nicht die Wahrheit gesagt: dass es überhaupt keinen Zweifel geben konnte, wer gemeint war, und dass er vorhin nicht so ganz ehrlich zu ihr gewesen war – die unzähligen Banner, die überall in der Stadt hingen, trugen die Aufschrift ›Willkommen zu Hause, Gavrael‹.

Jillian wand sich bei dem Versuch, eine bessere Sicht zu bekommen. Trotz seiner Sorgen schickten ihre aufreizenden

Hüften, die sich an seinen Lenden rieben, Lustschauer durch seine Adern. Erinnerungen an die letzte Nacht kamen hoch, doch er konnte sich keine Ablenkungen leisten. »Beweg dich nicht so«, stöhnte er.

»Ich will doch nur etwas sehen.«

»Du wirst auf dem Rücken liegend den Himmel sehen, wenn du dich weiter so windest, Mädchen.« Er zog sie an sich, damit sie spüren konnte, was sie angerichtet hatte. Er hätte nichts lieber getan, als sich Jillians Leidenschaft hinzugeben und sie dann, wenn sie übersättigt schlief, meilenweit in die entgegengesetzte Richtung zu schaffen.

Sie waren nahe genug an die Banner herangekommen, um sie entziffern zu können, als Jillian sich erneut nach vorne lehnte. Grimm schluckte und wappnete sich für die Fragen, die gewiss folgen würden.

»Aber die Banner haben überhaupt nichts mit dir zu tun, Grimm«, sagte sie verwundert. »Auf diesem Banner steht nicht ›Willkommen zu Hause, Sohn‹. Dort steht ›Willkommen zu Hause, Gavrael‹.« Sie hielt inne und knabberte an ihrer Lippe. »Wer ist Gavrael? Und wie konntest du es aus so großer Entfernung lesen und dennoch das Wort ›Sohn‹ mit ›Gavrael‹ verwechseln? Die beiden Wörter sehen sich kein bisschen ähnlich.«

»Musst du so logisch sein?«, sagte er seufzend. Er dachte noch einmal daran, Occam zu wenden und ohne jede Erklärung in die andere Richtung zu jagen, aber er wusste, dass ihm das nur einen vorläufigen Aufschub bringen würde. Letztendlich würde Jillian ihn wieder zurückbringen, so oder so.

Es war an der Zeit, seinen Dämonen entgegenzutreten – offensichtlich allen auf einmal. Denn auf der Straße schlängelte sich ihm eine Prozession von Menschen entgegen, mitsamt einer Kapelle aus Bläsern und Trommlern, und – wenn er seinen Erinnerungen überhaupt noch trauen konnte – der Mann an der Spitze wies eine bemerkenswerte Ähnlichkeit mit seinem Vater auf. Genau wie der Mann, der an seiner Seite ritt. Grimms Blick schoss zwischen den beiden hin und her und suchte nach einem Hinweis, der ihm sagen würde, wer von beiden sein Vater war.

Plötzlich überkam ihn eine noch schlimmere Erkenntnis, eine Erkenntnis, die er, seit er durch den überraschenden Anblick seines Zuhauses in einen Zustand zeitweiliger Besinnungslosigkeit verfallen war, völlig außer Acht gelassen hatte. In dem Moment, als er das blühende Tuluth erblickt hatte, hatte die Überraschung seine tiefsten Ängste trügerisch in die hintersten Ecken seines Verstandes verbannt. Nun kehrten sie mit der Kraft einer Flutwelle zurück, die ihn in stille Verzweiflung tauchte.

Wenn ihn seine Erinnerung nicht täuschte – und das schien heute alles andere als sicher –, näherten sich bekannte Gesichter, was bedeutete, dass einige der Menschen, die auf sie zuritten, wussten, dass er ein Berserker war.

Sie könnten Jillian sein schreckliches Geheimnis preisgeben und er würde sie für immer verlieren.

Kapitel 29

Grimm zügelte Occam so plötzlich, dass der Hengst erschrak und sich aufbäumte. Die beruhigendsten Laute aufbietend, zu denen er in seiner aufgewühlten Stimmung fähig war, beschwichtigte Grimm den aufgeschreckten Grauen und glitt von seinem Rücken.

»Was tust du?« Jillian war von seinem schnellen Absteigen verwirrt.

Grimm blickte angestrengt zu Boden. »Ich möchte, dass du hier bleibst, Mädchen. Komm, wenn ich dir zuwinke, aber nicht vorher. Versprich mir, dass du warten wirst, bis ich dich rufe.«

Jillian betrachtete sein gebeugtes Haupt. Nach einem kurzen inneren Disput streckte sie die Hand aus und strich ihm über das dunkle Haar. Er legte sein Gesicht in ihre Hand und küsste ihre Handfläche.

»Ich habe diese Menschen fünfzehn Jahre nicht mehr gesehen.«

»Ich werde hier warten, ich verspreche es.«

Er schenkte ihr mit den Augen ein wortloses Danke. Er wurde von widersprüchlichen Gefühlen zerrissen, dennoch wusste er, dass er sich allein nähern musste. Erst wenn er den Bewohnern den Eid abgerungen hatte, sein Geheimnis zu wahren, würde er Jillian in die Stadt führen und ihr Behaglichkeit bieten. Wäre sie ernsthaft krank, würde er ihre Liebe riskieren, um ihr Leben zu retten, aber so schlecht ging es ihr nicht, und obwohl er jede Unannehmlichkeit bedauerte, die er ihr zumuten musste, war er nicht willens, sich der Furcht und Ablehnung ausgesetzt zu sehen, die er in seinen Träumen erfahren hatte. Er konnte kein Risiko eingehen.

Erleichtert, dass sie in sicherer Entfernung warten würde, bis er sie rief, drehte Grimm sich um und sprintete über die Aschenstraße der wogenden Menge entgegen. Sein Herz schien sich in der Nähe seiner Kehle festgesetzt zu haben, und er fühlte sich, als würde er in zwei Hälften gerissen. Hinter ihm war die Frau, die er liebte; vor ihm befand sich die Vergangenheit, von der er sich geschworen hatte, ihr niemals bei Tageslicht zu begegnen.

An der Spitze der Menge ritten zwei Männer von ähnlicher Statur, beide trugen einen Schopf aus dichtem schwarzem Haar, das bereits von silbrigen Strähnen durchzogen war. Beide hatten kräftige, schroffe Gesichter und beide hatten einen ähnlich freudigen Gesichtsausdruck. Was ging hier vor? Grimm war verwirrt.

Es war, als sei alles, woran er geglaubt hatte, ein Irrtum gewesen. Tuluth war zerstört worden, doch Tuluth war eine pulsierende Stadt. Sein Vater war verrückt gewesen, aber irgendjemand mit einem stabilen Verstand und einem starken Rückgrat hatte das Land wieder aufgebaut. Sein Vater schien außerordentlich glücklich zu sein, ihn zu sehen, und obwohl Grimm nicht vorgehabt hatte zurückzukehren, hatte sein Vater ihn offensichtlich erwartet. Wie? Warum? Tausende von Fragen jagten in der kurzen Zeit, die er brauchte, um die Entfernung zwischen ihnen zu überbrücken, durch seinen Verstand.

Die Menschenmenge begann zu toben, als er sich näherte, und die Gesichter strahlten. Wie sollte ein Mann es schaffen, mit Hass im Herzen in eine so überschwängliche Menge zu treten?

Und warum waren sie so verflucht glücklich, ihn zu sehen?

Einige Meter vor der Spitze des Zuges blieb er stehen. Unfähig stillzustehen, ging er dazu über, auf der Stelle zu traben. Sein Atem jagte, nicht wegen des schnellen Laufes, den er hinter sich hatte, sondern wegen der gefürchteten Begegnung, die ihm bevorstand.

Die beiden Männer, die sich so ähnlich sahen, lösten sich aus der Menge. Einer der beiden hob den Arm, und die Menge verfiel in Schweigen und hielt einen respektvollen Abstand, als sie vorritten. Grimm gönnte sich einen kurzen Blick über die Schulter, um sicherzugehen, dass Jillian ihm nicht gefolgt war. Mit Erleichterung sah er, dass sie seinem Wunsch gehorchte, obwohl er sie von der Straße würde auflesen müssen, wenn sie sich noch weiter über Occams Kopf nach vorn lehnte.

»Gavrael.«

Die tiefe Stimme, die der seinen so ähnlich war, ließ seinen Kopf zurückfahren. Er starrte die beiden Männer an, unsicher, welcher von beiden gesprochen hatte.

»Grimm«, korrigierte er unverzüglich.

Der Mann zu seiner Rechten tobte sofort los. »Was für ein verfluchter Schwachsinnsname soll Grimm denn sein? Warum nennst du dich nicht Kummer oder Melancholie? Nein, ich hab's – Trübsal.« Er bedachte Grimm mit einem wütenden Blick und schnaubte.

»Besser als McIllioch«, sagte Grimm starrköpfig.

»Warum hast du deinen Namen geändert, Junge?« Der Mann zur Linken tat wenig, seine Betroffenheit zu verbergen.

Grimm erforschte ihre Gesichter und versuchte verzweifelt dahinter zu kommen, welcher von beiden sein Vater war. Er wusste nicht genau, was er tun würde, wenn er es herausbekäme, aber er wollte zumindest wissen, auf wen er seine Giftpfeile richten würde, die er so zahllose Jahre gehortet hatte. Nein, nicht zahllos, verbesserte er sich selbst – fünfzehn Jahre wütender Worte, die er dem Mann an den Kopf werfen wollte, Worte, die sein halbes Leben an ihm genagt hatten.

»Wer bist du?«, fragte er den Mann, der als Letzter gesprochen hatte.

Mit traurigem Blick wandte der sich an seinen Begleiter.

»Wer ich bin, fragt er mich, Balder. Kannst du das glauben? Wer ich bin?«

»Zumindest hat er nicht gespuckt«, sagte Balder milde.

»Du bist Ronin«, sagte Grimm anklagend. Wenn der eine Balder hieß, musste der andere sein Vater sein, Ronin McIllioch.

»Ich bin für dich nicht Ronin«, rief der Mann gekränkt aus. »Ich bin dein Vater.«

»Du bist für mich kein Vater«, bemerkte Grimm mit einer Stimme, die so kalt war, dass sie es mit dem bittersten Hochlandwind aufnehmen konnte.

Ronin sah vorwurfsvoll zu Balder. »Ich habe es dir gesagt.«

Balder schüttelte den Kopf und hob eine buschige Augenbraue. »Er hat immer noch nicht gespuckt.«

»Was zum Teufel hat es mit dieser verdammten Spuckerei auf sich?«

»Siehst du, Junge«, sprach Balder gedehnt, »das Spucken ist die Entschuldigung, auf die ich warte, um deinen aufsässigen Arsch zusammenzubinden und dich zurück zur Burg zu schleppen, wo ich ein bisschen gesunden Menschenverstand und Respekt vor dem Alter in dich hineinprügeln werde.«

»Du glaubst, das könntest du?«, forderte Grimm ihn kühl

heraus. Die gefährliche Mischung unterschiedlichster Gefühle schrie lauthals nach einem Kampf.

Balder lachte und es war ein freudiges Poltern tief aus seiner gewaltigen Brust. »Ich liebe einen guten Kampf, Junge, aber ein Mann wie ich könnte einen Bengel wie dich mit einem Bissen verspeisen.«

Grimm sah Ronin düster an. »Weiß er, was ich bin?«, fragte er kühl.

»Weißt du, was *ich* bin?«, konterte Balder sanft.

Grimms Augen wanderten zurück zu seinem Gesicht. »Was meinst du damit?«, fragte er so schnell, dass es klang wie ein einziges Wort. Er sah Balder durchdringend an. Spöttische blaue Augen hielten seinem Blick stand. *Unmöglich!* In all den Jahren hatte er noch niemals einen anderen Berserker getroffen!

Balder schüttelte den Kopf und seufzte. Ronin und er tauschten Blicke. »Der Junge ist beschränkt, Ronin. Ich sage dir, er ist durch und durch verblödet.«

Ronin warf sich empört in die Brust. »Das ist er nicht. Er ist mein Sohn.«

»Der Junge weiß nicht das Geringste von sich, selbst nach all diesen ...«

»Nun, wie sollte er auch, wenn er so ...«

»Jeder Schwachkopf hätte herausfinden können ...«

»Das bedeutet nicht, dass er beschränkt ...«

»Haltet den Mund!«, brüllte Grimm.

»Es ist nicht nötig, mir den Kopf wegzubrüllen, Knabe«, wies Balder ihn zurecht. »Es ist nicht so, als wärst du hier der Einzige mit dem Temperament eines Berserkers.«

»Ich bin kein Knabe. Ich bin kein Junge. Ich bin kein Schwachkopf«, sagte Grimm ruhig, fest entschlossen, die ausufernde Unterhaltung unter Kontrolle zu halten. Er würde noch Zeit genug haben herauszufinden, wie Balder zum

Berserker geworden war. »Und wenn die Frau hinter mir näher kommt, werdet ihr netterweise den Dienern, den Dorfbewohnern und dem gesamten Clan klarmachen, dass ich *kein* Berserker bin, ist das klar?«

»Kein Berserker?« Balders Augenbrauen hoben sich.

»Kein Berserker?« Ronins Stirn legte sich in Falten.

»Kein Berserker.«

»Aber du *bist* einer«, argumentierte Ronin dumpf.

Grimm funkelte Ronin an. »Aber sie weiß es nicht. Und wenn sie es herausbekommt, wird sie mich verlassen. Und wenn sie mich verlässt, wird mir nichts anderes übrig bleiben, als euch beide umzubringen«, sagte Grimm schlicht und ergreifend.

»Also gut«, polterte Balder, zutiefst aufgebracht. »Es gibt keine Veranlassung, sich danebenzubenehmen, Junge. Ich bin sicher, wir werden einen Weg finden, die Dinge zu regeln.«

»Das bezweifle ich, Balder. Und wenn du mich noch einmal Junge nennst, steckst du in Schwierigkeiten. Ich werde spucken und dir den Grund geben, auf den du wartest, und dann werden wir sehen, ob ein alternder Berserker es mit einem aufnehmen kann, der in der Blüte seiner Jahre steht.«

»Zwei alternde Berserker«, korrigierte Ronin ihn voller Stolz.

Grimms Kopf fuhr herum und er starrte Ronin an. Identische eisblaue Augen. Dieser Tag brachte ihm eine verwirrende Offenbarung nach der anderen. Er rettete sich in Sarkasmus: »Was zum Teufel ist das hier, das Tal der Berserker?«

»So ungefähr, Gavrael«, murmelte Balder und wich einem Rippenstoß Ronins aus.

»Mein Name ist *Grimm.*«

»Wie willst du deiner Gattin den Namen auf den Bannern erklären?«, fragte Ronin.

»Sie ist nicht meine Gattin«, wich Grimm aus. Er hatte nicht den leisesten Schimmer.

»Was?« Aufgebracht stellte sich Ronin in die Steigbügel. »Du hast eine Frau in Unehre hierher gebracht? Mein Sohn macht mit seiner Gefährtin keine Kapriolen, ohne ihr die angemessene eheliche Verbindung zu offerieren!«

Grimm grub die Hände ins Haar. Sein ganzes Weltbild war zusammengebrochen. Dies war die absurdeste Unterhaltung, die er je geführt hatte. »Ich hatte noch nicht die *Zeit,* sie zu heiraten! Ich entführte sie erst vor kurzem ...«

»Sie entführt?« Ronins Nasenflügel bebten.

»Mit ihrer Zustimmung!«, sagte Grimm zu seiner Verteidigung.

»Ich dachte, auf Caithness hätte es eine Hochzeit gegeben«, brachte Ronin vor.

»Fast, aber nicht mit mir. Aber es wird eine geben, sobald ich kann. Fehlende Zeit ist der einzige Grund, dass sie noch nicht meine Frau ist. Und du«, er zeigte wutentbrannt auf Ronin, »du bist fünfzehn Jahre lang für mich kein Vater gewesen, also bilde dir nicht ein, du könntest jetzt anfangen, dich wie einer aufzuführen.«

»Ich bin für dich kein Vater gewesen, weil du nicht nach Hause kommen wolltest!«

»Du weißt, warum ich nicht nach Hause kommen wollte«, sprach Grimm wütend, und seine Augen glühten.

Ronin zuckte zusammen. Er atmete tief durch, und als er erneut sprach, schien er unter Grimms Wut geschrumpft zu sein. »Ich weiß, dass ich dich enttäuscht habe«, sagte er, die Augen voller Reue.

»Mich enttäuscht ist nett formuliert«, murmelte Grimm. Die Antwort seines Vaters hatte ihn aus dem Gleichgewicht gebracht. Er hatte von dem alten Mann erwartet, dass er ebenso wütend zurückschlug, ihn vielleicht angriff wie der verrückte Bastard, der er nun einmal war. Aber da war echte Reue in seinem Blick. Wie sollte er damit umgehen? Wenn Ronin wütend zurückgeschlagen hätte, so hätte er seine aufgestaute Wut herauslassen können, indem er mit ihm kämpfte. Doch Ronin tat es nicht. Er saß einfach nur auf seinem Pferd und sah traurig zu ihm hinunter, so dass Grimm sich nur noch schlechter fühlte.

»Jillian ist krank«, sagte Grimm schroff. »Sie braucht eine warme Unterkunft.«

»Sie ist krank?«, posaunte Balder. »Bei Odins Speer, Junge, musstest du bis jetzt warten, um das Wichtigste zu sagen?«

»Junge?« Die Art, in der Grimm dieses einzelne Wort aussprach, machte seine Drohung deutlich.

Doch Balder blieb unbeeindruckt. Sein Mund verzog sich zu einem höhnischen Lächeln. »Hör gut zu, Sohn des McIllioch, du machst mir keine Angst. Ich bin viel zu alt, um von dem Knurren eines kleinen Bengels aus der Fassung gebracht zu werden. Ich darf dich nicht mit deinem von Gott gegebenen Namen ansprechen und ich weigere mich, dich mit dieser lächerlichen Benennung anzureden, die du dir gewählt hast, also wird es entweder Junge sein oder Arschloch. Was ist dir lieber?« Das Grinsen des alten Mannes war bedrohlich.

Grimm musste ein Lächeln unterdrücken. Wäre er nicht so erpicht darauf gewesen, diesen Ort zu hassen, er hätte den großmäuligen alten Balder gemocht. Der Mann gebot Respekt und ließ sich von niemandem etwas vormachen.

»Du kannst mich Junge nennen, unter einer Voraussetzung«, lenkte er ein. »Kümmere dich um meine Frau und wahre mein Geheimnis. Und sorge dafür, dass die anderen es dir gleichtun.«

Ronin und Balder tauschten Blicke und seufzten. »Gemacht.«

»Willkommen zu Hause, Junge«, fügte Balder hinzu.

Grimm verdrehte die Augen.

»Ja, willkommen ...«, begann Ronin, doch Grimm hob warnend den Finger.

»Und du, alter Mann«, sagte er zu Ronin. »Wenn ich du wäre, würde ich mir viel Platz zum Atemschöpfen lassen«, warnte er ihn.

Ronin öffnete den Mund, dann schloss er ihn wieder, und seine blauen Augen waren von Schmerz getrübt.

Kapitel 30

Jillian konnte nicht aufhören zu lächeln, was inmitten einer solchen Begeisterung auch fast unmöglich war. Wie Grimm es schaffte, weiterhin so finster dreinzuschauen, blieb ihr ein Rätsel.

Sie sah flüchtig zu ihm hinüber, was sie fast im gleichen Moment bereute, denn überall sonst bot sich ihr ein Bild der Freude, während Grimm so unglücklich aussah, dass es sie traurig machte. Sie wusste, dass sie mehr Verständnis für seine Misere aufbringen sollte, aber es war schwierig, dieses Mitgefühl zu entwickeln, wenn seine ganze Familie so überglücklich war, ihn wieder in der Gemeinschaft willkommen heißen zu können. Und was für eine grandiose Gemeinschaft das war.

Gavrael, wiederholte sie im Stillen. Anstatt ihr zu bedeuten, zu ihnen zu stoßen, nachdem er seinen Vater begrüßt hatte, war er zu ihr zurückgesprintet, um zusammen mit ihr einzureiten. Umgeben von der jubelnden Menge hatte er ihr erklärt, dass er einen neuen Namen angenommen hatte, als er vor Jahren Tuluth verließ. Sein wirklicher Name, obwohl er darauf bestand, weiterhin Grimm genannt zu werden, war Gavrael Roderick Icarus McIllioch.

Sie seufzte verträumt. Jillian Alanna McIllioch. Laut ausgesprochen war der Name ein Purzeln von *Ls*, das wohlklingend rollte. Sie hatte keinen Zweifel, dass Grimm sie heiraten würde, sobald sie sich irgendwo niedergelassen hatten.

Grimm verstärkte seinen Griff um ihre Hand und flüsterte ihren Namen, um ihre Aufmerksamkeit zu erregen. »Jillian, komm zurück, wo auch immer du dich gerade befindest. Balder wird uns unsere Gemächer zeigen und dann wirst du es bald warm und trocken haben.«

»Oh, ich fühle mich schon viel besser, Grimm«, sagte sie abwesend und bestaunte eine wunderschöne Skulptur, die die Halle schmückte. Sie trudelte hinter Balder und einer Auswahl von Dienstmädchen her und hielt glücklich Grimms Hand. »Diese Burg ist gewaltig, atemberaubend. Wieso nur hast du geglaubt, sie sei düster und öde?«

Er sah sie mürrisch an. »Ich habe nicht die leiseste Ahnung«, murmelte er.

»Hier ist dein Zimmer, Gavrael ...«, begann Balder.

»*Grimm.*«

»*Junge.*« Balder sah kühl auf ihn hinab. »Und Merry hier wird Jillian zu ihrem geleiten«, sagte er nachdrücklich.

»Was?« Grimm war wie vom Donner gerührt. Nun, da sie sein war, wie sollte er schlafen ohne Jillian in seinen Armen?

»Zimmer«, knurrte Balder unwirsch. »Deines.« Er wandte sich zu einem zierlichen Dienstmädchen. »Und Merry wird Jillian in *ihres* bringen.« Seine blauen Augen versprühten eine kühle Herausforderung.

»Ich werde Jillian selbst in ihr Zimmer geleiten«, willigte Grimm nach einer spannungsgeladenen Pause schweren Herzens ein.

»Solange du dich sofort und ohne Umschweife wieder selbst hinausgeleitest, Junge, nur zu. Aber ihr seid nicht verheiratet, also glaubt nicht, ihr könntet euch so verhalten, als ob ihr es wärt.«

Jillian errötete.

»Das soll kein Vorwurf gegen dich sein, Mädchen«, beeilte sich Balder zu versichern. »Ich kann sehen, dass du eine feine Dame bist, aber dieser Junge schwirrt um dich herum wie ein geiler Bock, das ist offensichtlich. Wenn er die Freuden ehelicher Wonnen sucht, soll er dich heiraten. Ohne Heirat keine Wonnen.«

Grimm errötete. »Das reicht, Balder.«

Balder zog eine Augenbraue hoch und runzelte die Stirn. »Und versuche ein wenig netter zu deinem Vater zu sein, Junge. Der Mann hat dir immerhin das Leben geschenkt.« Mit diesen Worten drehte er sich um und eilte durch die Halle davon, das stolze Kinn vorgestreckt wie der Bug eines Schiffes, das die Wellen brach.

Grimm wartete, bis er außer Sichtweite war, dann gab er der Magd Anweisungen. »Ich werde Jillian zu ihren Gemächern geleiten«, ließ er die elfenähnliche Merry wissen. Zu den übrigen Dienstmädchen sagte er: »Kümmert euch darum, dass wir ein heißes Bad bekommen und ...«, er sah besorgt zu Jillian, »– welche Nahrung kann dein Magen verkraften, Mädchen?«

Egal was, alles, dachte Jillian. Sie war ausgehungert. »Viel«, sagte sie kurz und bündig.

Grimm lächelte, gab den Dienstmädchen letzte Anweisungen und geleitete Jillian zu ihren Gemächern.

Als sie den Raum betraten, jauchzte Jillian vor Vergnügen. Ihre Gemächer waren ebenso luxuriös ausgestattet wie der Rest von Maldebann. Vier hohe Fenster zierten die Westseite ihres Schlafzimmers, durch die sie den Sonnenuntergang über den Bergen beobachten konnte. Schneeweiße Lammfellteppiche bedeckten den Boden. Das Bett war aus glattem Kirschholz geschnitzt, das zu lebendigem Glanz poliert und mit schlichtem weißem Leinen bedeckt war. Ein munteres Feuer brannte in einem riesigen Kamin.

»Wie fühlst du dich, Jillian?« Grimm schloss die Tür und zog sie in die Arme.

»Es geht mir schon viel besser«, versicherte sie ihm.

»Ich weiß, das alles muss für dich ziemlich überraschend ...«

Jillian erstickte weitere Worte mit einem Kuss, den er nach anfänglicher Verblüffung so innig erwiderte, dass ihre Zehen sich in freudiger Erwartung zusammenzogen. Sie dehnte den Kuss aus, so lange sie konnte, und versuchte, ihn mit Beherztheit und Liebe zu durchtränken, da sie vermutete, dass er beides bitter nötig hatte. Dann vergaß sie ihre noblen Absichten, als das Verlangen zwischen ihnen aufloderte.

Ein kräftiges Poltern an der Tür dämpfte es schnell.

Grimm löste sich von ihr und stapfte zur Tür, nicht überrascht, Balder dort anzutreffen. »Ich vergaß, dir zu sagen, Junge, wir essen um acht zu Abend«, sagte Balder und sah an ihm vorbei zu Jillian. »Hat er dich geküsst, Mädchen? Sag es mir ruhig und ich werde mich darum kümmern.«

Grimm schloss die Tür, ohne zu antworten, und verriegelte sie. Balder seufzte so laut, dass Jillian ein Lachen unterdrücken musste.

Als Grimm wieder an ihre Seite trat, studierte sie ihn eindringlich. Die Anspannung des Tages war klar zu erkennen; selbst seine sonst so stolze Haltung wirkte gebeugt. Wenn sie darüber nachdachte, was dieser Mann in den vergangenen Stunden alles durchgemacht hatte, empfand sie großes Mitgefühl. Er kümmerte sich aufopferungsvoll um sie, wo er doch wahrscheinlich nichts dringlicher brauchte als einige Zeit für sich allein, um all die Neuigkeiten zu verarbeiten, die der Tag ihm gebracht hatte. Sie strich ihm mit der Hand über die Wange. »Grimm, wenn es dir nichts ausmacht, könnte ich mich vielleicht ein wenig ausruhen, bevor ich mit noch mehr Menschen zusammentreffe? Vielleicht könnte ich in meinem Zimmer zu Abend essen und mir morgen die Burg ansehen?«

Sie hatte nicht falsch gelegen. Sein Ausdruck war eine Mischung aus Besorgnis und Erleichterung.

»Bist du sicher, dass es dir nichts ausmacht, allein zu sein? Bist du sicher, dass es dir gut geht?«

»Grimm, ich fühle mich wundervoll. Was auch immer mit mir heute Morgen nicht stimmte, es ist vorbei. Jetzt würde ich mich einfach gern ausruhen, ein ausgiebiges Bad genießen und schlafen. Ich vermute, dass es Menschen und Orte gibt, mit denen du dich wieder bekannt machen möchtest.«

»Du bist unglaublich, weißt du das, Mädchen?« Er streichelte ihr Haar und klemmte ihr eine verirrte Strähne hinters Ohr.

»Ich liebe dich, Grimm Roderick«, sagte sie eindringlich. »Geh und triff deine Leute und sieh dir dein Heim an. Nimm dir Zeit. Ich werde hier für dich da sein.«

»Womit habe ich dich nur verdient?« Die Worte brachen aus ihm hervor.

Sie strich leicht mit ihren Lippen über seine. »Dieselbe Frage stelle ich mir auch schon die ganze Zeit.«

»Ich möchte dich heute Nacht sehen, Jillian. Ich muss dich sehen.«

»Ich werde meine Tür nicht verschließen.« Sie schenkte ihm ein betörendes Lächeln, das den Mond und die Sterne versprach, wenn er käme.

Er sah sie ein letztes Mal zärtlich an und ging.

☆ ☆ ☆

»Geh du zu ihm. Ich kann nicht«, sagte Ronin eindringlich.

Die beiden Männer sahen aus dem Fenster zu Grimm, der

sich über die Burgmauer beugte und auf das Dorf hinabblickte. Die Nacht war angebrochen, und winzige Lichter im Dorf glitzerten wie eine Spiegelung der Sterne, die den Himmel übersäten. Die Burg war so gebaut worden, dass ein ungehinderter Blick über das Dorf gewährleistet war. Eine breite Steinterrasse säumte die äußere Umgrenzungslinie sowohl nach Osten als auch nach Westen. Sie fiel stufenförmig zu den Befestigungsmauern ab und die Terrasse selbst wurde von einer niedrigen Mauer umgeben. Sie befand sich in einer solchen Höhe, dass man von oben das gesamte Tal überblicken konnte. Grimm hatte seit Stunden allein auf der Mauer gesessen und abwechselnd auf die Burg hinter ihm und in das Tal vor ihm geblickt.

»Was soll ich ihm denn sagen«, grunzte Balder. »Er ist dein Sohn, Ronin. Irgendwann musst du mit ihm reden.«

»Er hasst mich.«

»Also rede mit ihm und versuche ihm zu helfen, diesen Hass zu überwinden.«

»So einfach ist das nicht!«, fauchte Ronin, doch in seinen blauen Augen erkannte Balder die Angst. Angst, seinen Sohn aufs Neue zu verlieren, wenn er mit ihm sprach.

Balder betrachtete seinen Bruder einen Augenblick und seufzte dann. »Ich werde es versuchen, Ronin.«

☆ ☆ ☆

Grimm sah zu, wie das Tal sich zur Nachtruhe begab. Die Dorfbewohner hatten begonnen, Kerzen anzuzünden und die Fensterläden zu schließen, und von seinem Ausguck auf der kleinen Mauer konnte er schwach die Rufe der Eltern vernehmen, die ihre Kinder in behagliche Häuschen heimriefen, und die der Bauern, die ihr Vieh zusammentrieben, bevor sie sich selbst zu Bett begaben. Es war eine Atmosphäre voll Frieden und Harmonie. Gelegentlich blickte er verstohlen über die Schulter zur Burg, aber nicht ein Wasserspeier war zu entdecken. Es war möglich, räumte er ein, dass er mit vierzehn voller Phantasien gewesen war. Es war möglich, dass Jahre der Flucht seine Empfindungen gefärbt hatten, bis alles nur noch düster und öde schien, selbst eine Vergangenheit, die einst glücklich gewesen war. Sein Leben hatte sich an jenem schicksalhaften Tag so brutal verändert, dass es sehr wohl auch seine Erinnerungen entstellt haben könnte.

Er konnte sich damit abfinden, dass er vergessen hatte, wie Tuluth wirklich gewesen war. Er konnte sich damit abfinden, dass die Burg nie wirklich bedrohlich gewesen war. Aber was sollte er von seinem Vater halten? Er hatte mit eigenen Augen gesehen, wie er über der Leiche seiner Mutter kauerte. Hatte er, in seinem Entsetzen und seiner Trauer, auch dieses Ereignis falsch beurteilt? Nachdem sich diese Möglichkeit aufgetan hatte, betrachtete er sie aus allen Blickwinkeln, und seine Verwirrung wuchs.

Er hatte seinen Vater früh am Morgen in den südlichen Gärten angetroffen, zu der Zeit, als Jolyn gewöhnlich über das Gelände schlenderte und den Tag begrüßte. Er hatte sich auf dem Weg zu Arron befunden, um mit ihm fischen zu gehen. Die Szene hatte sich schmerzhaft in sein Hirn gebrannt: Jolyn geschlagen und entstellt, ihr Gesicht voller Quetschungen, Ronin über ihr kauernd, knurrend, überall Blut, und dieses verfluchte, belastende Messer in seiner Hand.

»Schön, nicht wahr?«, unterbrach Balder seinen inneren Disput.

»Ja«, antwortete Grimm, leicht überrascht, dass Balder sich zu ihm gesellte. »Ich habe es so nicht in Erinnerung, Balder.«

Balder legte ihm ermutigend eine Hand auf die Schulter.

»Das liegt daran, dass es nicht immer so war. Tuluth ist über die Jahre gewaltig gewachsen, dank der Bemühungen deines Vaters.«

»Wo wir gerade davon sprechen, ich kann mich auch an dich nicht erinnern«, sagte Grimm nachdenklich. »Habe ich dich als kleiner Junge gekannt?«

»Nein. Ich habe die meiste Zeit meines Lebens auf Reisen verbracht. Ich besuchte Maldebann zweimal, als du klein warst, aber nur kurz. Vor sechs Monaten kenterte das Schiff, auf dem ich mich befand, in einem Sturm und ich wurde an die Küste des guten alten Schottland gespült. Ich erkannte das als Zeichen, dass es an der Zeit war nachzusehen, was aus meinem Clan geworden war. Ich bin der ältere Bruder deines Vaters, aber ich hatte es mir in den Kopf gesetzt, die Welt zu sehen, also zwang ich Ronin, Clanchef zu werden, und er hat seine Sache gut gemacht.«

Grimm runzelte die Stirn. »Darüber lässt sich streiten.«

»Geh nicht so hart mit Ronin ins Gericht. Er wünschte sich nichts mehr, als dass du nach Hause kommst. Vielleicht sind deine Erinnerungen an ihn so verfärbt wie deine Erinnerungen an Tuluth.«

»Vielleicht«, antwortete Grimm verkniffen. »Vielleicht aber auch nicht.«

»Gib ihm eine Chance, das ist alles, worum ich dich bitte. Lerne ihn erneut kennen und bilde dir ein frisches Urteil. Es gibt Dinge, die er dir bisher nicht erklären konnte. Gib ihm die Gelegenheit, sie dir jetzt zu sagen.«

Grimm schüttelte die Hand von seiner Schulter. »Genug, Balder. Lass mich allein.«

»Versprich mir, dass du ihm die Chance gibst, mit dir zu reden, Junge«, beharrte Balder, unbeeindruckt von Grimms Abweisung.

»Ich bin noch nicht weg, oder?«

Balder neigte den Kopf und zog sich zurück.

☆ ☆ ☆

»Na, das hat ja nicht lange gedauert«, beschwerte sich Ronin.

»Ich habe mein Teil gesagt. Jetzt bist du dran«, grummelte Balder.

»Morgen«, zauderte Ronin.

Balder sah ihn durchdringend an.

»Du weißt, dass es töricht ist, mit völlig übermüdeten Leuten über wichtige Dinge reden zu wollen, und der Junge muss erschöpft sein, Balder.«

»Berserker werden nur müde, wenn sie gewütet haben«, entgegnete Balder trocken.

»Hör auf, dich wie ein großer Bruder zu benehmen«, fuhr Ronin ihn an.

»Nun, dann hör du auf, dich wie ein kleiner Bruder zu benehmen.« Zwei eisblaue Augenpaare kämpften miteinander, schließlich zuckte Balder mit den Schultern. »Wenn du dich der Sache nicht stellen willst, habe ich noch etwas anderes für dich. Merry hat mit angehört, wie Jillian dem Jungen gesagt hat, sie würde ihre Tür unverschlossen halten. Wenn uns nicht etwas einfällt, wird dein Junge die Vergnügungen kosten, ohne den Preis zu zahlen.«

»Aber er hat sie doch schon gekostet. Das wissen wir doch.«

»Das macht es noch lange nicht rechtens. Außerdem wird unerfülltes Verlangen ihn möglicherweise ermutigen, sie umso schneller zu heiraten«, führte Balder aus.

»Was schlägst du vor? Sie in den Turm sperren? Der Knabe ist ein Berserker, er wird alles überwinden.«

Balder dachte einen Augenblick nach und grinste dann. »Gerechten Zorn wird er nicht überwinden können, oder?«

☆ ☆ ☆

Es war schon nach Mitternacht, als Grimm den Korridor entlang zu Jillians Gemächern eilte. Merry hatte ihm versichert, dass Jillian einen ruhigen Abend ohne weitere Anzeichen von Unwohlsein verbracht hatte. Sie hatte wie eine Ausgehungerte gegessen, hatte die elfenhafte Magd gesagt.

Er erlaubte seinen Lippen, sich zu dem breiten Lächeln zu verziehen, das ihn stets befiel, wenn er an Jillian dachte. Er musste sie berühren, ihr sagen, dass er sich wünschte, sie zu heiraten, wenn sie ihn noch immer wollte. Und er sehnte sich danach, sich ihr anzuvertrauen. Sie besaß einen logischen Verstand; vielleicht konnte sie ihm helfen, die Dinge zu verstehen, die er nicht begreifen konnte, weil er zu sehr darin verwickelt war. Er war noch immer davon überzeugt, dass sie niemals erfahren durfte, was er wirklich war, aber er konnte mit ihr über vieles sprechen, was vor fünfzehn Jahren geschehen war – oder *scheinbar* geschehen war –, ohne sein Geheimnis preiszugeben. Sein Schritt beschleunigte sich, als er die Halle durchschritt, die zu ihren Gemächern führte, und er rannte beinahe um die Ecke.

Er hielt jäh inne, als er Balder erblickte, der energisch eine Spalte im Mauerwerk mit einer Mischung aus Ton und zerstoßenen Steinen kittete.

»Was machst du denn hier?« Grimm runzelte empört die Stirn. »Es ist mitten in der Nacht.«

Balder zuckte unschuldig mit den Schultern. »Eine Burg in Schuss zu halten ist eine Vollzeitbeschäftigung. Glücklicherweise brauche ich nicht mehr viel Schlaf. Aber wo wir gerade darüber sprechen, was machst du eigentlich hier? Deine

Zimmer liegen in dieser Richtung.« Er deutete mit einer halb vollen Kelle in die entgegengesetzte Richtung. »Für den Fall, dass du es vergessen haben solltest. Du hattest nicht zufällig vor, ein unschuldiges junges Mädchen zu verderben, oder?«

Ein Muskel in Grimms Kiefer zuckte. »Richtig. Ich muss mich in der Richtung geirrt haben.«

»Nun gut, dann mach also kehrt und geh schlafen, Junge. Ich schätze, ich habe die Nacht über an dieser Wand zu tun«, sagte Balder gelassen. »Die *ganze* Nacht.«

☆ ☆ ☆

Zwanzig Minuten später steckte Jillian den Kopf aus der Tür. »Balder!« Sie zog sich ihr Tuch über die Schultern und sah ihn mürrisch an.

Balder grinste. Sie war bezaubernd, rosig vom Schlaf und offensichtlich entschlossen, sich in Grimms Zimmer zu stehlen.

»Brauchst du etwas, Mädchen?«

»Was um alles in der Welt macht Ihr da?«

Er gab ihr dieselbe lahme Ausrede, die er Grimm gegeben hatte, und kittete beherzt drauflos.

»Oh«, sagte Jillian leise.

»Wünschst du, dass ich dich in die Küche begleite, Mädchen? Kann ich dich zu einem kleinen Rundgang einladen? Ich bin für gewöhnlich die ganze Nacht auf den Beinen, und das Einzige, was ich mir für heute vorgenommen habe, ist, diese Wand zu kitten. Kleine Ritzen zwischen den Steinen werden innerhalb kürzester Zeit zu großen Rissen, wenn man sich nicht darum kümmert.«

»Nein, nein.« Jillian winkte ab. »Ich hörte nur ein Geräusch und wunderte mich, was es wohl war.« Sie wünschte ihm eine gute Nacht und zog sich zurück.

Nachdem sie die Tür geschlossen hatte, rieb Balder sich die Augen. Bei allen Heiligen, das würde eine verflucht lange Nacht werden.

☆ ☆ ☆

Hoch über Tuluth versammelten sich Männer. Zwei von ihnen lösten sich aus der Gruppe und gingen auf die Felskante zu, um sich leise zu unterhalten.

»Der Hinterhalt ist fehlgeschlagen, Connor. Warum zum Teufel hast du so wenige Männer einem Berserker nachgeschickt?«

»Weil du gesagt hast, dass er sich wahrscheinlich auf dem Weg zurück nach Tuluth befände«, schoss Connor zurück. »Wir wollten nicht zu viele Männer verlieren, die wir später noch brauchen könnten. Außerdem, wie viele Fässchen von deinem schwarzen Pulver hast du vergeudet, nur um selbst zu versagen?«

Ramsay Logan blickte finster. »Ich hatte es nicht so gut durchdacht, wie ich es hätte tun sollen. Das nächste Mal wird er nicht entkommen.«

»Logan, wenn du Gavrael McIllioch tötest, wird es so viel Gold geben, dass es bis ans Ende deiner Tage reicht. Wir versuchen das schon seit Jahren. Er ist der Einzige, der noch zeugen kann. So viel wissen wir«, fügte er hinzu.

»Werden alle ihre Kinder als Berserker geboren?« Ramsay beobachtete, wie im Tal die Lichter eines nach dem anderen verlöschten.

Connors Lippe kräuselte sich vor Abscheu. »Nur die Söhne, die in direkter Linie vom Fürsten abstammen. Der Fluch beschränkt sich auf die erstgeborene väterliche Linie. Über die Jahrhunderte hat unser Clan so viel Wissen über die McIllioch zusammengetragen, wie wir nur konnten. Wir wissen, dass sie nur eine wahre Gefährtin haben, und wenn diese Gefährtin stirbt, so leben sie für den Rest ihrer Tage wie im Zölibat. Deshalb ist der alte Mann keine Bedrohung mehr. Soweit wir wissen, ist Gavrael sein einziger Sohn. Wenn er stirbt, bedeutet das das Ende. Allerdings ist es ihnen zu verschiedenen Zeiten über die Jahrhunderte immer wieder gelungen, einige von ihnen vor uns zu verbergen. Deshalb ist es unumgänglich, dass du auf Burg Maldebann gelangst. Ich will den letzten McIllioch vernichtet sehen.«

»Denkst du, dass in der Burg versteckte blauäugige Knaben herumkrabbeln? Ist es möglich, dass Ronin außer Gavrael noch andere Söhne hat?«

»Wir wissen es nicht«, gab Connor zu. »Im Laufe der Jahre haben wir erfahren, dass es eine Halle gibt, einen Ort heidnischer Verehrung für Odin. Sie soll sich mitten im Herzen des Berges befinden.« Sein Gesicht verzerrte sich vor Wut. »Verfluchte Heiden, das hier ist jetzt ein christliches Land! Wir haben gehört, dass sie dort heidnische Zeremonien abhalten. Und eines der Dienstmädchen, die wir gefangen nahmen, erzählte uns – bevor sie starb –, dass sie jeden Einzelnen ihrer unheiligen Brut in jener Halle der Nachwelt überliefern. Du musst sie finden und sicherstellen, dass Gavrael der Letzte ist.«

»Du erwartest von mir, dass ich in das Lager solcher Kreaturen eindringe und spioniere? Wie viel Gold, sagtest du, würde für mich dabei herausspringen?«, feilschte Ramsay gerissen.

Connor betrachtete ihn mit dem glühenden Blick eines Fanatikers. »Wenn du beweisen kannst, dass er der Letzte ist, und ihn tötest, kannst du deinen Preis nennen.«

»Ich werde in die Burg eindringen und den letzten Berserker umbringen«, sagte Ramsay genüsslich.

»Wie? Du hast jetzt schon dreimal versagt.«

»Keine Sorge. Ich werde nicht nur in die Halle gelangen,

ich werde mir seine Gefährtin, Jillian, holen. Es ist möglich, dass sie schwanger ist ...«

»Bei Jesu seligen Tränen!« Connor schauderte vor Abscheu. »Nachdem du sie gebraucht hast, töte sie«, befahl er.

Ramsay hob die Hand. »Nein. Wir werden abwarten, ob sie schwanger ist.«

»Aber sie ist besudelt ...«

»Ich will sie. Sie ist Teil meines Preises«, beharrte Ramsay. »Wenn sie sein Kind trägt, werde ich sie unter strengste Bewachung stellen, bis sie gebärt.«

»Wenn es ein Sohn ist, wirst du ihn töten, und ich werde dabei sein, um zuzusehen. Du sagst, dass du die Berserker hasst, aber vielleicht hoffst du ja, sie in deinen Clan einbringen zu können.«

»Gavrael McIllioch hat meine Brüder getötet«, sagte Ramsay knapp. »Religion hin oder her, ich werde keine Skrupel haben, seinen Sohn zu töten. Oder seine Tochter.«

»Gut.« Connor McKane sah hinunter ins Tal auf das schlafende Tuluth. »Die Stadt ist jetzt viel größer, Logan. Wie lautet dein Plan?«

»Du erwähntest, dass es in den Bergen Höhlen gibt. Sobald ich die Frau gefangen genommen habe, werde ich dir ein Kleidungsstück von ihr geben. Das nimmst du und hältst es dem alten Mann und Gavrael unter die Nase. Sie werden nicht kämpfen, solange sie wissen, dass ich Jillian habe. Du wirst ihn zu den Höhlen schicken und dort werde ich mich darum kümmern.«

»Wie?«

»Ich sagte, ich werde mich dort darum kümmern«, knurrte Ramsay.

»Ich will mit eigenen Augen seine Leiche sehen.«

»Das wirst du.« Aus dem Schutz eines Felsens heraus starrten die beiden hinunter auf Burg Maldebann.

»Solch eine Verschwendung von Schönheit und Macht an Heiden. Wenn sie besiegt sind, werden die McKane Maldebann übernehmen«, hauchte Connor.

»Wenn ich mein Versprechen erfüllt habe, werden die *Logan* Maldebann übernehmen«, sagte Ramsay mit einem eisigen Blick, der keinen Widerspruch zuließ.

Kapitel 31

Als Jillian am nächsten Morgen erwachte, fielen ihr sofort zwei Dinge auf: Sie vermisste Grimm furchtbar und sie hatte das, was Frauen Schwangerschaftsbeschwerden nennen. Als sie sich auf die Seite legte, sich zusammenrollte und sich den Leib hielt, konnte sie nicht glauben, dass sie am vorherigen Morgen ihre »Krankheit« nicht erkannt hatte. Trotz ihres Verdachts, schwanger zu sein, war sie durch ihren Plan, Grimm nach Maldebann zu manövrieren, dermaßen abgelenkt gewesen, dass sie die Anzeichen nicht richtig gedeutet und nicht erkannt hatte, dass sie an jener morgendlichen Übelkeit litt, über die die Dienstmädchen auf Caithness so oft geklagt hatten. Der Gedanke, von jetzt an womöglich jeden Morgen darunter zu leiden, war wenig erfreulich, doch die Bestätigung, dass sie Grimms Kind trug, ließ ein Hochgefühl an die Stelle ihrer Unannehmlichkeiten treten. Sie konnte es nicht erwarten, die wundervolle Neuigkeit mit ihm zu teilen.

Ein plötzlicher, beunruhigender Schmerz in ihrem Bauch ließ sie ihre Freude beinahe überdenken. Sie gab sich einem lauten Stöhnen voller Selbstmitleid hin. Das Zusammenrollen zu einer Kugel half, ebenso der Trost, dass die Beschwerden nach allem, was sie wusste, für gewöhnlich nur von kurzer Dauer waren.

Und so war es auch. Nach ungefähr dreißig Minuten

hörten die Schmerzen ebenso plötzlich wieder auf, wie sie angefangen hatten. Sie war überrascht festzustellen, dass sie sich gesund und munter fühlte, als habe sie nicht eine Sekunde unter Übelkeit gelitten. Sie bürstete ihr langes Haar, band es zu einem Zopf und saß dann da und betrachtete traurig die Überreste ihres Hochzeitskleides. Sie hatte Caithness mit nichts als diesem Kleid an ihrem Körper verlassen. Die einzigen Kleidungsstücke in ihren Gemächern waren das Kleid und das Plaidtuch, in das Grimm sie eingehüllt hatte. Nun, sie hatte nicht vor, wegen mangelnder Bekleidung das Frühstück zu versäumen, entschied sie sogleich. Schon gar nicht, wo ihr Magen so vehement nach Nahrung verlangte.

Ein paar Augenblicke und einige wenige strategische Knoten später war sie in schottischem Stil in ein Plaid gehüllt und bereit, sich auf den Weg zum Hauptsaal zu machen.

☆ ☆ ☆

Ronin, Balder und Grimm saßen bereits beim Frühstück und aßen in angespannter Stille. Jillian zwitscherte ein fröhliches guten Morgen; die verdrießliche Gruppe brauchte dringend eine gute Portion Heiterkeit.

Die drei Männer sprangen auf und drängelten sich um die Ehre, sie zu ihrem Platz geleiten zu dürfen. Sie gewährte sie Grimm mit einem breiten Lächeln. »Guten Morgen«, schnurrte sie, und ihre Augen verschlangen ihn hungrig. Sie fragte sich, ob ihr frisch erlangtes Wissen über ihr gemeinsames Kind, das in ihr heranwuchs, in ihren Augen glitzerte. Sie musste ihn unbedingt bald allein erwischen!

Er hatte ihren Stuhl halb herausgezogen und hielt inne. »Morgen«, flüsterte er heiser, von ihrer Ausstrahlung völlig verwirrt. »Ach, Jillian, du hast überhaupt keine anderen

Kleider, oder?« Er betrachtete sie, wie sie in sein Plaid gekleidet vor ihm stand, und lächelte zärtlich. »Ich erinnere mich, dass du dich schon als kleines Mädchen so angezogen hast. Du wolltest unbedingt genauso sein wie dein Papa.« Sie setzte sich und seine Hände verweilten auf ihren Schultern. »Balder, kannst du die Mädchen anweisen, etwas ausfindig zu machen, was Jillian tragen könnte?«

Es war Ronin, der antwortete. »Ich bin sicher, dass einige von Jolyns Kleidern geändert werden könnten. Ich habe sie weggeschlossen ...« Seine Augen bewölkten sich vor Trauer.

Jillian war erstaunt, als Grimms Kiefer sich verspannte. Er ließ sich auf seinen Stuhl fallen und ballte seine Hand so fest um seinen Becher, dass die Fingerknöchel weiß hervortraten. Obwohl Grimm ihr einiges über seine Familie erzählt hatte, hatte er nicht erwähnt, wie Jolyn gestorben war. Noch hatte er ihr erzählt, was Ronin getan hatte, um eine solche Kluft zwischen beiden entstehen zu lassen. Nach dem zu urteilen, was sie von seinem Vater gesehen hatte, war er nicht im Entferntesten seltsam oder verrückt. Er schien ein sanfter Mann zu sein, voller Reue, der sich nach einer besseren Zukunft mit seinem Sohn sehnte. Sie bemerkte, dass Balder Grimm ebenso aufmerksam beobachtete wie sie selbst.

»Hast du je von der Fabel vom Wolf im Schafspelz gehört, Junge?«, fragte Balder und sah Grimm mit Missfallen an.

»Ja«, knurrte er. »Ich habe diese Lehre in jungen Jahren sehr wohl kennen gelernt.« Erneut schickte er einen wütenden Blick in Ronins Richtung.

»Dann solltest du auch begreifen, dass es sich manchmal genau umgekehrt verhält – dass es auch so etwas gibt wie ein Schaf im Wolfsfell. Manchmal kann der Schein trügen. Manchmal muss man die Tatsachen mit erwachsenen Augen neu prüfen.«

Jillian betrachtete die beiden neugierig. Dort wurde eine Nachricht übermittelt, die sie nicht verstand.

»Jillian liebt Fabeln«, murmelte Grimm und lenkte das Thema in eine andere Richtung.

»Na los, erzähl uns eine, Mädchen«, forderte Ronin sie auf.

Jillian wurde rot. »Nein, wirklich, das könnte ich nicht. Die Kinder sind es, die die Fabeln so sehr lieben.«

»Pah, Kinder sagt sie, Balder!«, rief Ronin aus. »Meine Jolyn liebte Fabeln und hat uns oft welche erzählt. Komm schon, Mädchen, erzähl uns eine Geschichte.«

»Nun ...«, wand sie sich.

»Erzähl uns eine. Fang an«, drängten die Brüder sie.

Neben ihr nahm Grimm einen tiefen Schluck aus dem Becher und knallte ihn auf den Tisch.

Jillian zuckte zusammen, enthielt sich aber einer Bemerkung. Seit ihrer Ankunft war er die ganze Zeit über gereizt gewesen und sie konnte nicht ergründen, wieso. Auf der Suche nach einem Weg, die greifbare Spannung zu lösen, durchstöberte sie ihren Vorrat an Fabeln und entschied sich, getrieben von einem schelmischen Impuls, für ein Märchen.

»Es war einmal ein mächtiger Löwe, heldenhaft und unbesiegbar. Er war der König der Tiere und das wusste er wohl. Ein wenig arrogant, könnte man meinen, aber ebenso war er ein guter König.« Sie machte eine Pause, um Grimm liebevoll anzulächeln.

Er blickte finster drein.

»Dieser mächtige Löwe ging eines Abends in den Wäldern des Tieflands umher, als er ein liebliches Weib entdeckte ...«

»Mit Locken goldenen Haares und bernsteinfarbenen Augen«, warf Balder ein.

»Aber ja! Wie konntest du das nur wissen? Du hast die Geschichte schon einmal gehört, nicht wahr, Balder?«

Grimm verdrehte die Augen.

Jillian verkniff sich ein Lachen und fuhr fort. »Der mächtige Löwe wurde von ihrer Schönheit, ihren anmutigen Bewegungen und dem bezaubernden Lied, das sie sang, in den Bann gezogen. Er tappte leise vor, um sie nicht aufzuschrecken. Aber die Jungfrau hatte keine Angst – sie sah den Löwen als das, was er war: ein kraftvolles, mutiges und ehrenhaftes Wesen mit einem oft Furcht einflößenden Gebrüll und einem reinen, furchtlosen Herzen. Über seine Überheblichkeit konnte sie hinwegsehen, denn sie hatte ihren eigenen Vater beobachtet und wusste, dass Überheblichkeit oft wesentlicher Bestandteil außerordentlicher Stärke war.« Jillian warf einen schnellen Blick auf Ronin; er grinste übers ganze Gesicht.

Ermutigt von Ronins Begeisterung, sah sie Grimm direkt in die Augen und fuhr fort. »Der Löwe war hingerissen. Am nächsten Tag suchte er den Vater der Frau auf, öffnete sein Herz und hielt um ihre Hand an. Der Vater der Frau war besorgt wegen des bestialischen Wesens des Löwen, ungeachtet der Tatsache, dass seine Tochter damit bestens zurechtkam. Ohne Wissen der Tochter stimmte der Vater zu, die Werbung des Löwen unter der Voraussetzung zu akzeptieren, dass der Löwenkönig ihm gestattete, ihm seine Krallen herauszureißen und die Zähne zu ziehen, um ihn zahm und harmlos zu machen. Der Löwe war unsterblich verliebt. Er stimmte zu und so geschah es.«

»Noch ein Samson und eine Delilah«, murmelte Grimm.

Jillian schenkte ihm keine Beachtung. »Als der Löwe danach sein Recht geltend machen wollte, jagte ihn der Vater mit Stöcken und Steinen aus dem Haus, denn das Tier war keine Bedrohung mehr, keine Furcht erregende Kreatur.«

Jillian hielt bedeutungsvoll inne und Balder und Ronin klatschten in die Hände. »Wunderbar erzählt!«, rief Ronin aus. »Das war auch die Lieblingsgeschichte meiner Frau.«

Grimm schaute finster. »Das ist das Ende? Was zum Teufel war die Pointe dieser Geschichte?«, fragte er beleidigt. »Dass die Liebe einen Mann schwächt? Dass er die Frau, die er liebt, verliert, wenn sie ihn entmannt sieht?«

Ronin sah ihn geringschätzig an. »Nein, Junge. Die Pointe dieser Fabel ist, dass die Liebe selbst den Mächtigen bescheiden werden lässt.«

»Wartet – es geht noch weiter. Die Tochter«, sagte Jillian leise, »von seiner Bereitschaft, so uneingeschränkt zu vertrauen, zutiefst bewegt, floh aus dem Haus ihres Vaters und heiratete den Löwenkönig.« Sie verstand jetzt Grimms Angst. Welches Geheimnis auch immer er barg, er hatte Angst, dass sie ihn verlassen würde, sobald sie es entdeckte.

»Trotzdem ist das eine ausgesprochen schlechte Geschichte!«, donnerte Grimm und fuchtelte ärgerlich mit der Hand umher. Er traf seinen Becher, der flog über den Tisch und sein Inhalt ergoss sich über Ronin. Grimm starrte einen langen, angespannten Moment auf den nassen Fleck, der sich auf dem weißen Leinenhemd seines Vaters ausbreitete. »Entschuldigt mich«, sagte er schroff, stieß seinen Stuhl zurück und verließ mit großen Schritten den Raum, ohne sich umzublicken.

»Ach, Mädchen, er kann manchmal ziemlich anstrengend sein, fürchte ich«, sagte Ronin mit entschuldigendem Blick und tupfte mit einem Tuch sein Hemd ab.

Jillian stocherte in ihrem Frühstück herum. »Ich wünschte, ich würde verstehen, was eigentlich los war.« Sie blickte die Brüder hoffnungsvoll an.

»Du hast ihn nicht gefragt, stimmt's?«, bemerkte Balder.

»Ich will ihn ja fragen, aber ...«

»Aber du ahnst, dass er dir möglicherweise keine Antworten geben kann, weil er sie selbst nicht kennt, richtig?«

»Ich wünschte nur, er würde mit mir darüber reden! Wenn

nicht mit mir, dann doch wenigstens mit *Euch*«, sagte sie zu Ronin. »Da ist so viel in ihm eingeschlossen, ich habe keine Ahnung, was ich tun soll, außer ihm Zeit zu geben.«

»Er liebt dich, Mädchen«, versicherte ihr Ronin. »Es steht in seinen Augen, in der Art, wie er dich berührt, in der Art, wie er sich bewegt, wenn du in der Nähe bist. Du bist der Mittelpunkt seines Herzens.«

»Ich weiß«, sagte sie schlicht. »Ich zweifle nicht daran, dass er mich liebt. Aber Vertrauen ist ein wesentlicher Bestandteil von Liebe.«

Balder sah seinen Bruder mit stechendem Blick an. »Ronin wird heute mit ihm reden, nicht wahr, Bruder?« Er erhob sich von der Tafel. »Ich werde dir ein frisches Hemd holen«, fügte er hinzu und verließ den Hauptsaal.

Ronin zog sein von Cidre durchtränktes Hemd aus, hängte es über einen Stuhl und wischte seinen Körper mit einem Leinentuch ab. Der Cidre hatte ihn völlig durchnässt.

Jillian beobachtete ihn neugierig. Sein Oberkörper war gut geformt und kräftig. Er hatte eine breite Brust, gebräunt von Jahren in der Hochlandsonne und behaart wie Grimms. Und wie Grimms war sie frei von Narben oder Muttermalen, eine weite, makellose Fläche olivfarbener Haut. Sie konnte sich nicht helfen, sie starrte ihn an, völlig verwirrt ob der Tatsache, dass nicht eine einzige Narbe den Oberkörper eines Mannes zierte, der angeblich unzählige Schlachten geschlagen hatte, bei denen er zu seinem Schutz nicht mehr getragen hatte als ein Plaid, wenn er auf die übliche schottische Art kämpfte. Selbst ihr Vater trug ein oder zwei Narben auf der Brust. Sie starrte ihn verständnislos an, bis sie bemerkte, dass Ronin bewegungslos dastand und beobachtete, wie sie ihn beobachtete.

»Das letzte Mal, dass ein hübsches Mädchen auf meine Brust starrte, ist fünfzehn Jahre her«, zog er sie auf.

Jillian sah ihm ins Gesicht. Er blickte sie zärtlich an. »Ist damals Eure Frau gestorben?«

Ronin nickte. »Jolyn war die bezauberndste Frau, die ich je getroffen habe. Und ein treueres Herz habe ich nie gekannt.«

»Wie habt Ihr sie verloren?«, fragte sie sanft.

Ronin sah sie blicklos an.

»War es in der Schlacht?«

Ronin untersuchte sein Hemd. »Ich fürchte, das Hemd ist ruiniert.«

Sie versuchte es auf einem anderen Weg, auf den er sich möglicherweise einlassen würde. »Aber gewiss habt Ihr in fünfzehn Jahren andere Frauen kennen gelernt, nicht wahr?«

»Es gibt für uns nur die eine, Mädchen. Und wenn sie fort ist, kann es nie wieder eine andere geben.«

»Ihr meint, Ihr wart nie wieder mit ... in fünfzehn Jahren habt Ihr ...« Sie verstummte, verlegen ob der Richtung, die das Gespräch nahm, aber sie konnte ihre Neugier nicht unterdrücken. Sie wusste, dass viele Männer nach dem Tod ihrer Frau noch einmal heirateten. Wenn sie es nicht taten, wurde es als natürlich angesehen, dass sie sich Geliebte nahmen. Wollte dieser Mann sagen, dass er fünfzehn Jahre lang völlig allein gewesen war?

»Hier drinnen gibt es nur eine.« Ronin schlug sich mit der Faust gegen die Brust. »Wir lieben nur einmal und ohne Liebe sind wir für eine Frau wertlos«, sagte er mit stiller Würde. »Mein Sohn weiß das, zumindest das.«

Jillians Augen richteten sich wieder auf seine Brust und sie machte eine Bemerkung zu dem Grund ihrer Bestürzung. »Grimm sagte, die McKane hätten Eure Brust mit einer Streitaxt gespalten.«

Ronin wich ihrem Blick aus. »Ich habe gutes Heilfleisch. Und es ist fünfzehn Jahre her, Mädchen.« Er zuckte mit den Schultern, als ob das als Erklärung ausreichte.

Jillian trat auf ihn zu und streckte verwundert eine Hand aus.

Ronin wich ihr aus. »Die Sonne hat meine Haut verdunkelt, das verdeckt viele Narben. Und dann ist da noch das Haar«, sagte er schnell.

Zu schnell für Jillians Seelenfrieden. »Aber ich sehe nicht die leiseste Spur einer Narbe«, protestierte sie. Nach Grimms Worten war die Axt bis zur Verdickung des Keils am Heft eingegraben gewesen. Nicht nur, dass kaum ein Mensch so etwas überleben konnte, eine solche Verwundung hätte eine dicke Furche harten, weißen Gewebes hinterlassen müssen. »Grimm sagte, Ihr hättet in vielen Schlachten gekämpft. Man sollte meinen, dass Ihr zumindest ein oder zwei Narben vorzuweisen hättet. Jetzt, wo ich darüber nachdenke«, wunderte sie sich laut, »Grimm hat ebenfalls keine Narben. Nirgendwo. Ich glaube, niemals auch nur den kleinsten Schnitt an diesem Mann gesehen zu haben. Verletzt er sich nie? Rutscht er nie ab, wenn er sich sein stures Kinn rasiert? Stößt er nirgendwo an? Reißt er sich nie einen Niednagel?« Sie wusste, dass sie die Stimme hob, aber sie konnte nichts dagegen tun.

»Wir McIllioch erfreuen uns einer ausgezeichneten Gesundheit.« Nervös hantierte Ronin an seinem Tartan, entrollte eine Bahn und drapierte sie über seine Brust.

»Offensichtlich«, antwortete Jillian und war mit ihren Gedanken ganz woanders. Sie zwang sich mit Mühe zurück. »Mylord ...«

»Ronin.«

»Ronin, gibt es irgendetwas, was Ihr mir über Euren Sohn erzählen möchtet?«

Ronin seufzte und sah sie schwermütig an. »Ach, es gibt da etwas«, gab er zu. »Aber ich kann nicht, Mädchen. Er muss es dir selbst sagen.«

»Warum vertraut er mir nicht?«

»Es ist nicht, dass er dir nicht vertraut, Mädchen«, sagte Balder, als er mit einem frischen Hemd in der Hand den Hauptsaal betrat. Wie Grimm bewegte er sich lautlos. »Es liegt daran, dass er sich selbst nicht traut.«

Jillian sah Grimms Onkel an. Ihr Blick wanderte zwischen ihm und Ronin hin und her. Da war etwas, was tief in ihrem Verstand aufbegehrte, aber sie konnte es einfach nicht zu fassen kriegen. Beide beobachteten sie aufmerksam, beinah hoffnungsvoll. Doch worauf hofften sie? Verwirrt trank Jillian ihren Cidre und stellte den Becher auf einen Tisch in der Nähe. »Ich glaube, ich sollte zu Grimm gehen.«

»Nur suche ihn nicht im Großen Saal, Jillian«, sagte Balder schnell und beobachtete sie aufmerksam. »Er geht selten dorthin, doch wenn er es tut, dann, weil er ungestört sein möchte.«

»Der Große Saal?« Jillian legte die Stirn in Falten. »Ich dachte, dies sei der Große Saal.« Sie machte eine ausholende Geste über den Hauptsaal, wo sie gegessen hatten.

»Nein, das ist der Vordersaal. Ich meine den, der sich an der Rückseite der Burg befindet. Er ist mitten ins Herz des Berges geschlagen. Dahin pflegte er zu laufen, als er noch ein kleiner Junge war.«

»Oh.« Sie neigte den Kopf. »Danke«, fügte sie hinzu, ohne zu wissen, wofür sie ihm dankte. Seine kryptische Bemerkung war vordergründig als Verbot geäußert, klang jedoch verdächtig nach einer Einladung zum Herumschnüffeln. Verwirrt schüttelte sie den Kopf und empfahl sich, platzend vor Neugier.

Nachdem sie gegangen war, grinste Ronin Balder an. »Er ist als kleiner Junge nie dorthin gegangen. Er hat die Hall of Lords noch nie gesehen! Du bist ein gerissener Bastard, das bist du wirklich«, rief er voller Bewunderung aus.

»Ich habe dir immer gesagt, dass ich in unserer Familie den Löwenanteil an Verstand mitbekommen habe.« Selbstzufrieden goss er ihnen beiden noch ein Glas Cidre ein. »Sind die Fackeln entzündet, Ronin? Ist die Halle unverschlossen?«

»Natürlich! Du hast nicht den *ganzen* Verstand mitbekommen. Aber Balder, was ist, wenn sie sich keinen Reim darauf machen kann? Oder schlimmer noch, wenn sie sich nicht damit abfinden kann?«

»Diese Frau trägt einen Kopf auf ihren Schultern, Bruder. Sie platzt fast vor Fragen, aber sie hält ihre Zunge im Zaum. Nicht weil sie demütig ist, sondern aus Liebe zu deinem Jungen. Sie brennt darauf zu erfahren, was vor fünfzehn Jahren hier geschehen ist, und sie wartet geduldig, dass Gavrael es ihr erzählt. Also werden wir ihr auf einem anderen Weg die Antworten zukommen lassen, um sicher zu sein, dass sie vorbereitet ist, wenn er schließlich den Mund aufmacht.« Balder hielt inne und sah seinen Bruder ernst an. »Du warst früher nicht so ein Feigling, Ronin. Hör auf, darauf zu warten, dass er zu dir kommt. Geh zu ihm, wie du dir wünschst, dass du es schon vor Jahren getan hättest. Tu es, Ronin.«

☆ ☆ ☆

Jillian ging schnurstracks zum Großen Saal, oder beinahe schnurstracks, denn sie musste feststellen, dass das Herumwandern auf Burg Maldebann dem Durchstreifen einer unbekannten Stadt glich. Sie folgte verwirrenden Korridoren in der Richtung, von der sie hoffte, dass sie in den Berg führte, fest entschlossen, den Großen Saal zu finden. Es war offensichtlich, dass Balder und Ronin wünschten, dass sie ihn sah. Würde sie dort etwas über Grimm erfahren?

Nach dreißig Minuten erfolglosen Suchens wanderte sie durch eine Reihe gewundener Korridore, die sich hinter einer

Ecke zu einem zweiten Hauptsaal öffneten, der sogar noch größer war als der, in dem sie gefrühstückt hatte. Zögernd trat sie näher. Der Saal war offensichtlich uralt – vielleicht so alt wie die stehenden Steine, die von den sagenumwobenen Druiden errichtet worden waren.

Günstigerweise hatte jemand Fackeln entzündet – die rührigen Brüder, schloss sie dankbar –, denn es gab kein einziges Fenster in diesem Teil des Gebäudes. Der Große Saal befand sich tief im Inneren des Berges. Sie erschauderte bei dieser Vorstellung. Langsam durchquerte sie den riesigen Raum auf die gewaltigen doppelflügligen Türen zu, die in die gegenüberliegende Wand eingelassen waren. Sie erhoben sich hoch über ihr, eingefasst von stählernen Beschlägen, und oberhalb der gewölbten Öffnung waren kühn geschwungene Buchstaben eingemeißelt.

»*Deo non fortuna*«, flüsterte sie in demselben Impuls, der sie in der Kapelle von Caithness nur mit gedämpfter Stimme sprechen ließ.

Sie drückte gegen die massiven Türen und hielt den Atem an, als sie nach innen schwenkten und den Großen Saal offenbarten, von dem Balder gesprochen hatte. Mit großen Augen bewegte sie sich mit dem träumerischen Gang einer Schlafwandlerin, gefesselt von dem, was vor ihr lag. Die fliehenden Linien der Halle gaben ihren Augen den Befehl, nach oben zu blicken, und sie drehte sich langsam, den Kopf in den Nacken gelegt, und bewunderte die Decke. Bilder und Wandgemälde bedeckten die weite Fläche, einige von ihnen so lebendig, dass ihre Hände sie berühren wollten. Ein Frösteln überkam sie, als sie versuchte zu verstehen, was sie sah. Blickte sie auf Jahrhunderte der Geschichte der McIllioch? Sie zwang ihren Blick nach unten, nur um neue Wunder zu entdecken. An den Wänden der Halle hingen Porträts. Hunderte von Porträts!

Jillian wanderte an der Wand entlang. Sie brauchte nur kurze Zeit, um zu erkennen, dass sie an einem historischen Stammbaum entlanglief, an einer Zeitreise in Porträts. Die ersten Bilder waren in Stein gehauen, einige direkt in die Wand, darunter waren Namen gemeißelt – seltsame Namen, die sie nicht einmal ansatzweise aussprechen konnte. Als sie sich durch die Halle vorarbeitete, wurden die Methoden der Abbildung moderner, ebenso die Bekleidung. Es war klar erkennbar, dass viel Mühe darauf verwendet wurde, die Porträts nachzumalen und zu restaurieren, um sie über die Jahrhunderte zu erhalten.

Als sie der Zeitreise in die Gegenwart hinein folgte, wurden die Porträts detaillierter in der Darstellung, was ihre wachsende Verwirrung nur noch steigerte. Die Farben waren leuchtender und gewissenhafter aufgetragen. Ihre Augen schossen zwischen den Porträts hin und her, sie bewegte sich vor und wieder zurück und verglich Kinderporträts mit den darauf folgenden Porträts derselben Personen als Erwachsene.

Sie musste sich irren.

Ungläubig schloss Jillian für eine Minute die Augen, öffnete sie dann wieder und trat ein paar Schritte zurück, um mehrere Bilder auf einmal ihren prüfenden Blicken zu unterziehen. Es konnte nicht sein. Sie griff sich eine Fackel, trat näher und betrachtete eindringlich eine Gruppe von Jungen an den Rockschößen ihrer Mutter. Es waren hübsche Jungen, dunkelhaarige, braunäugige Jungen, die gewiss zu gefährlich gut aussehenden Männern heranwachsen würden.

Sie ging zu den nächsten Porträts und da waren sie wieder: dunkelhaarige, blauäugige, gefährlich gut aussehende Männer.

Augen änderten nicht die Farbe.

Jillian verfolgte ihre Schritte zurück und sah sich die Frau auf dem letzten Porträt an. Sie war eine blendend aussehende Frau mit nussbraunem Haar und fünf braunäugigen Jungen an ihrem Rocksaum. Jillian trat vor das Bild daneben; es war entweder dieselbe Frau oder ihre Zwillingsschwester. Fünf Männer waren in verschiedenen Posen um sie herum gruppiert, alle sahen direkt den Künstler an, was keinen Zweifel an ihrer Augenfarbe aufkommen ließ. Eisblau. Die Namen unter den Porträts waren dieselben. Verwirrt ging sie weiter durch die Halle.

Bis sie im sechzehnten Jahrhundert ankam.

Unglücklicherweise warfen die Porträts mehr Fragen auf, als sie beantworteten, und so sank sie für eine lange Zeit in der Halle auf die Knie und dachte nach.

Stunden vergingen, bevor sie alles zu ihrer Zufriedenheit geordnet hatte. Als sie damit fertig war, gab es für sie keine offenen Fragen mehr – sie war eine intelligente Frau, in der Lage, ihre Fähigkeiten zur logischen Beweisführung bestmöglich anzuwenden. Und die Logik sagte ihr, obwohl es ihrem ganzen rationalen Denken widerstrebte, dass es keine andere Erklärung gab. Sie hockte auf ihren Knien, bekleidet mit einem zerzausten Plaid, eine fast heruntergebrannte Fackel umklammernd, in einer Halle voller Berserker.

Kapitel 32

Grimm schritt über die Terrasse und fühlte sich wie ein Narr. Er hatte mit seinem Vater an einem Tisch gesessen und mit ihm gegessen. Er hatte sich sogar höflich mit ihm unterhalten, bis Jillian aufgetaucht war. Dann hatte Ronin Jolyn erwähnt und er hatte gespürt, wie die Wut so schnell in ihm hochkam, dass er beinahe über den Tisch gelangt hätte und dem alten Mann an die Gurgel gegangen wäre.

Doch Grimm war klug genug, um zu erkennen, dass ein Großteil der Wut, die er verspürte, gegen sich selbst gerichtet war. Unzählige Fragen plagten ihn, und er hatte Angst, sie zu stellen. Er musste mit Jillian reden, doch was hätte er ihr sagen sollen? Er hatte selbst keine Antworten. *Stelle dich deinem Vater*, forderte sein Gewissen. *Finde heraus, was wirklich geschah.*

Der Gedanke erschreckte ihn. Wenn er erführe, dass er all die Jahre im Irrtum gewesen war, würde das seine ganze Welt vollkommen verändern.

Davon abgesehen gab es andere Dinge, die ihm Sorgen bereiteten. Er hatte sicherzustellen, dass Jillian nicht erfuhr, was er war, und er musste Balder warnen, dass ihm die McKane auf den Fersen waren. Er musste Jillian irgendwo in Sicherheit bringen, bevor sie angriffen, und er musste herausfinden, weshalb er, sein Onkel und sein Vater alle Berserker waren.

Es konnte unmöglich ein Zufall sein, und Balder machte immer wieder Anspielungen auf Wissen, das er nicht besaß. Wissen, das er nicht erfragen konnte.

»Sohn.«

Gavrael wirbelte herum. »Nenn mich nicht so«, fauchte er, doch sein Protest kam nicht mit der üblichen Giftigkeit.

Ronin atmete vernehmlich aus. »Wir müssen reden.«

»Es ist zu spät. Du hast vor Jahren alles gesagt, was du zu sagen hattest.«

Ronin überquerte die Terrasse und gesellte sich zu Gavrael an die Mauer. »Tuluth ist schön, nicht wahr?«, fragte er leise.

Grimm antwortete nicht.

»Junge, ich ...«

»Ronin, hast du ...«

Die beiden Männer sahen sich forschend an. Keiner von ihnen bemerkte, wie Balder auf die Terrasse trat.

»Warum bist du gegangen und nie wieder zurückgekommen?« Die Worte brachen mit der Gewalt eines fünfzehn Jahre lang eingesperrten Schmerzes aus Ronin hervor.

»Warum ich gegangen bin?«, wiederholte Grimm ungläubig.

»War es, weil du dich vor dem fürchtetest, was du geworden warst?«

»Was *ich* geworden war? Ich bin nie das geworden, was du bist!«

Ronin gaffte ihn an. »Wie kannst du das sagen, wo du die blauen Augen hast? Du hast den Blutrausch.«

»Ich weiß, dass ich ein Berserker bin«, antwortete Grimm gelassen. »Aber ich bin *nicht* wahnsinnig.«

Ronin blinzelte. »Das habe ich nie behauptet.«

»Das hast du wohl. In der Nacht der Schlacht hast du mir gesagt, dass ich genauso wäre wie du«, erinnerte er ihn verbittert.

»Und das bist du.«

»Bin ich nicht!«

»Doch, du bist ...«

»Du hast meine Mutter getötet!«, brüllte Grimm mit dem ganzen Schmerz, der sich in fünfzehn langen Jahren aufgestaut hatte.

Balder bewegte sich unverzüglich nach vorn und Grimm fand sich plötzlich in dem unangenehmen Brennpunkt zweier intensiver blauer Augenpaare wieder.

Ronin und Balder tauschten einen Blick des Erstaunens. »*Das* ist der Grund, weswegen du nie nach Hause gekommen bist?«, fragte Ronin vorsichtig.

Grimm atmete schwer. Fragen platzten aus ihm hervor, und nun, da er begonnen hatte, sie zu stellen, glaubte er, nie mehr damit aufhören zu können. »Wie habe ich blaue Augen bekommen? Wie kommt es, dass auch ihr beide Berserker seid?«

»Oh, Junge, du bist wirklich beschränkt!«, schnaubte Balder. »Komm schon, kannst du immer noch nicht zwei und zwei zusammenzählen?«

Jeder Muskel in Grimms Körper verkrampfte sich. Tausende von Fragen prallten auf Hunderte von Vermutungen und Dutzende verdrängter Erinnerungen und alles verschmolz zu dem Undenkbaren. »Ist jemand anders mein Vater?«, fragte er.

Kopfschüttelnd sahen Ronin und Balder ihn an.

»Nun, warum hast du meine Mutter getötet?«, brüllte er. »Und erzähl mir ja nicht, dass wir so geboren werden. Du bist vielleicht mit dem Wahnsinn geboren worden, deine eigene Frau umzubringen, aber ich nicht.«

Ronins Gesicht verhärtete sich vor Wut. »Ich kann nicht glauben, dass du denkst, ich hätte Jolyn umgebracht.«

»Ich fand dich über ihrer Leiche«, beharrte Grimm. *»Du hattest das Messer in der Hand.«*

»Ich entfernte es aus ihrem Herzen«, knirschte Ronin. »Warum sollte ich die einzige Frau töten, die ich je geliebt habe? Wie konntest du, ausgerechnet du, auf die Idee kommen, ich könnte meine einzig wahre Gefährtin umbringen? Könntest du Jillian töten? Selbst inmitten äußerster Berserkerwut, könntest du sie töten?«

»Niemals!«, donnerte Grimm los.

»Dann begreif endlich, dass du alles missverstanden hast!«

»Du hast nach mir gegriffen. Ich wäre der Nächste gewesen!«

»Du bist mein Sohn«, hauchte Ronin. »Ich *brauchte* dich. Ich musste dich berühren, um zu wissen, dass du lebtest; um mich zu vergewissern, dass die McKane nicht auch dich umgebracht hatten.«

Grimm starrte ihn verständnislos an. »Die McKane? Willst du damit sagen, dass die McKane Mutter umbrachten? Die McKane griffen nicht vor Sonnenuntergang an. Mutter starb am Morgen.«

Ronin betrachtete ihn mit einer Mischung aus höchster Verwunderung und Wut. »Die McKane hatten den ganzen Tag auf den Hügeln gewartet. Die McKane hatten einen Spion in unseren Reihen und hatten erfahren, dass Jolyn wieder schwanger war.«

Ein Ausdruck des Entsetzens überflog Grimms Gesicht. »Mutter war schwanger?«

Ronin rieb sich die Augen. »Ja. Wir dachten, sie könne keine Kinder mehr bekommen – es war unerwartet. Sie war seit dir nicht mehr schwanger geworden und das war schon fast fünfzehn Jahre her gewesen. Es wäre ein Nachzügler geworden, aber wir freuten uns so sehr auf noch ein ...« Ronin verstummte jäh. Er schluckte einige Male. »Ich verlor alles an einem einzigen Tag«, sprach er und seine Augen glitzerten. »Und all die Jahre dachte ich, dass du nicht nach Hause kommen wolltest, weil du nicht verstandest, was du warst. Ich habe mich dafür verachtet, dass ich dich im Stich gelassen hatte. Ich glaubte, dass du mich hasstest, weil ich dich zu dem gemacht hatte, was du bist, und nicht bei dir war, um dich zu lehren, damit umzugehen. Jahrelang habe ich meinen Drang bekämpft, dir zu folgen und dich als meinen Sohn zu beanspruchen, um die McKane nicht auf deine Fährte zu bringen. Es war dir sehr gut gelungen zu verschwinden. Und jetzt ... jetzt erfahre ich, dass du mich die ganzen Jahre über, in denen ich dich beobachtet, darauf gewartet habe, dass du heimkommst, gehasst hast. Du warst da draußen und hast gedacht, ich hätte Jolyn getötet!« Verbittert wandte Ronin sich ab.

»Die McKane haben meine Mutter getötet?«, flüsterte Grimm. »Warum hätte es sie kümmern sollen, dass sie schwanger war?«

Ronin schüttelte den Kopf und sah Balder an. »Wie ist es möglich, dass mein Sohn so schwer von Begriff ist?«

Balder zuckte mit den Schultern und verdrehte die Augen.

»Du bist immer noch nicht dahinter gekommen, Gavrael? Was ich dir vor all den Jahren versucht habe zu sagen ist: Wir – die McIllioch – sind *geborene* Berserker. Jeder Sohn in direkter Abstammung vom Fürsten ist ein Berserker. Die McKane jagen uns schon seit tausend Jahren. Sie kennen unsere Legenden fast so gut wie wir selbst. Die Prophezeiung lautet, dass wir beinah vernichtet werden, zurückgestutzt bis auf drei.« Er machte eine ausholende Geste, die die drei einschloss. »Doch ein Junge wird heimkehren, seine wahre Gefährtin mitbringen und die McKane vernichten. Die McIllioch werden mächtiger sein als je zuvor. Der Junge bist *du.*«

»G-g-geborene Berserker?«, stotterte Grimm.

»Ja«, antworteten beide Männer wie aus einem Munde.

»Aber ich habe mich in einen verwandelt«, stammelte Grimm. »Oben auf Wotan's Cleft. Ich rief Odin an.«

Ronin schüttelte den Kopf. »So schien es nur. Es war das erste Blut im Kampf, das den Berserker in dir erweckte. Normalerweise verändern sich unsere Söhne nicht vor ihrem sechzehnten Geburtstag. Die erste Schlacht hat deine Veränderung beschleunigt.«

Grimm sank auf einen Sitz an der Mauer und begrub das Gesicht in den Händen. »Warum hast du mir nie gesagt, was ich bin, bevor ich mich veränderte?«

»Sohn, es ist nicht so, als hätten wir es vor dir verheimlicht. Wir haben schon früh angefangen, dir die Legenden zu erzählen. Du warst fasziniert, erinnerst du dich?« Ronin brach ab und lachte. »Ich erinnere mich, wie du herumranntest und jahrelang ›ein Berserker werden‹ wolltest. Wir waren glücklich, dass du dein Erbe mit solch offenen Armen willkommen heißen würdest. Geh, geh und schau in die verdammte Hall of Lords, Gavrael ...«

»Grimm«, korrigierte Grimm starrköpfig, um wenigstens an einem Teil seiner Identität festhalten zu können.

Ronin fuhr fort, als wäre er nicht unterbrochen worden. »Es gibt Zeremonien, die wir abhalten, um die Geheimnisse weiterzugeben und unsere Söhne zu lehren, mit der Berserkerwut umzugehen. Deine Zeit war bereits nahe, doch plötzlich griffen die McKane an. Ich verlor Jolyn, und du gingst fort, ohne auch nur ein einziges Mal gen Westen zu blicken, zu mir. Und jetzt weiß ich, dass du mich hasstest, weil du mich des abscheulichsten Verbrechens für schuldig hieltst, das ein Mann nur begehen kann.«

»Wir bilden unsere Söhne aus, Gavrael«, sagte Balder. »Eiserne Disziplin: mentale, emotionale und körperliche Übungen; wir bringen ihnen bei, den Berserker zu beherrschen und nicht von ihm beherrscht zu werden. Du hast diese Ausbildung nicht genossen, dennoch muss ich sagen, dass du auch auf eigene Faust erfolgreich warst. Ohne jegliche Ausbildung, ohne jegliches Wissen über deine Natur bist du ehrenhaft geblieben und hast dich zu einem vortrefflichen Berserker entwickelt. Du solltest dich nicht damit quälen, dass du mit vierzehn die Dinge mit den halb offenen Augen eines Vierzehnjährigen gesehen hast.«

»So bin ich also dazu auserkoren, Maldebann wieder mit Berserkern zu bevölkern?« Auf einmal kamen Grimm Ronins Worte von der Prophezeiung in den Sinn.

»So ist es in der Hall of Lords vorhergesagt worden.«

»Aber Jillian weiß nicht, was ich bin«, sagte Grimm verzweifelt. »Und jeder ihrer Söhne wird so sein wie ich. Wir können niemals ...« Er war unfähig, den Gedanken laut zu Ende zu bringen.

»Sie ist stärker, als du denkst, Junge«, antwortete Ronin. »Vertraue ihr. Gemeinsam könnt ihr unser Erbe kennen lernen. Es ist eine Ehre, ein Berserker zu sein, kein Fluch. Die meisten von Albas größten Helden waren von unserer Art.«

Grimm war lange Zeit schweigsam und versuchte, seine Überzeugungen aus fünfzehn Jahren in einem anderen Licht zu betrachten. »Die McKane kommen«, sagte er schließlich, indem er sich an die eine unumstößliche Tatsache klammerte, die in seiner ansonsten vollkommen überfluteten inneren Landschaft übrig geblieben war.

Die Augen beider Männer richteten sich auf die umliegenden Berge. »Hast du eine Bewegung in den Bergen gesehen?«

»Nein. Sie sind mir gefolgt. Sie haben jetzt dreimal versucht, mich zu töten. Sie sind mir auf den Fersen, seit ich Caithness verlassen habe.«

»Wundervoll!« In freudiger Erwartung rieb Balder sich die Hände.

Ronin sah entzückt aus. »Wie weit waren sie hinter dir?«

»Ich vermute, einen knappen Tag.«

»Also können sie jederzeit hier eintreffen. Junge, du musst losgehen und Jillian finden. Bring sie ins Herz der Burg und erkläre es ihr. Vertraue ihr. Gib ihr die Chance, sich mit den Dingen auseinander zu setzen. Hättest du vor Jahren die Wahrheit gewusst, wären fünfzehn Jahre vergeudet worden?«

»Sie wird mich hassen, wenn sie erfährt, was ich bin«, sagte Grimm verbittert.

»Bist du dir da genauso sicher, wie du sicher warst, dass ich Jolyn umgebracht habe?«, fragte Ronin bissig.

Grimm blickte ihm in die Augen. »Ich bin mir über gar nichts mehr sicher«, sagte er niedergeschlagen.

»Du bist sicher, dass du sie liebst, Junge«, sagte Ronin. »Und ich bin sicher, dass sie deine Gefährtin ist. Niemals hat eine unserer wahren Gefährtinnen unser Erbe zurückgewiesen. Niemals.«

Grimm nickte und ging auf die Burg zu.

»Sorge dafür, dass sie in der Burg bleibt, Gavrael«, rief Ronin ihm nach. »Wir können in der Schlacht nicht ihr Leben aufs Spiel setzen.«

Nachdem Grimm im Inneren Maldebanns verschwunden war, lächelte Balder. »Er hat dich nicht verbessert, als du ihn Gavrael genannt hast.«

Ronins Lächeln war voller Freude. »Ich habe es bemerkt«, sagte er. »Bereite die Dorfbewohner vor, Balder, und ich werde die Wachmannschaft aufrütteln. Wir werden der Fehde heute ein Ende bereiten. Ein für alle Male.«

Kapitel 33

Es war früher Nachmittag, als Jillian sich schließlich in der Hall of Lords erhob. Ein Gefühl des Friedens überkam sie, als sie auch die letzte ihrer Fragen zur Ruhe bettete. Plötzlich ergaben so viele Dinge einen Sinn, die sie in Gesprächen zwischen ihren Brüdern und Quinn mit angehört hatte, als Grimm noch bei ihnen wohnte, und wenn sie darüber nachdachte, hatte ein Teil von ihr es wohl schon immer gewusst.

Ihre große Liebe war ein legendärer Krieger, der gelernt hatte, sich selbst zu verachten, weil er seiner Wurzeln beraubt worden war. Aber nun, da er zu Hause war und die Zeit hatte, diese Wurzeln zu erforschen, würde es ihm vielleicht gelingen, nach so langer Zeit endlich Frieden mit sich zu schließen.

Sie schlenderte ein letztes Mal durch die Halle, nicht ohne noch einmal in die strahlenden Gesichter der McIllioch-Frauen zu blicken. Sie stand einen langen Moment unter dem Porträt von Grimm und seinen Eltern. Jolyn war eine Schönheit mit kastanienbraunem Haar gewesen; ihr geduldiges Lächeln strahlte Liebe aus. Ronin sah sie voller Bewunderung an. Auf dem Porträt kniete Grimm vor seinen sitzenden Eltern und sah aus wie der glücklichste braunäugige Junge der Welt.

Ihre Hände strichen in einer zeitlosen, feierlichen Geste über ihren Bauch, als sie daran dachte, wie es sein würde, noch einen Jungen wie Grimm auf die Welt zu bringen. Wie stolz sie sein würde, und gemeinsam mit Grimm, Balder und Ronin würde sie ihm beibringen, was er sein würde und wie besonders er war – einer von Albas ureigensten Kriegern.

»Ach Mädchen, sag nicht, du bist schwanger!«, spuckte eine Stimme voller Ekel.

Jillians Schrei hallte von den kalten Steinwänden wider, als sich Ramsay Logans Hand mit einem schmerzhaften, eisernen Griff auf ihre Schulter legte.

☆ ☆ ☆

»Ich kann sie nicht finden«, sagte Grimm nervös.

Ronin und Balder drehten sich gleichzeitig um, als er in den Hauptsaal stürmte. Die Soldaten waren einsatzbereit, die Dorfbewohner waren alarmiert worden und Tuluth war bis zum letzten Mann bereit, gegen die McKane zu kämpfen.

»Hast du in der Hall of Lords nachgesehen?«

»Ja, ein kurzer Blick, genug, um mich zu vergewissern, dass sie nicht da war.« Wenn er länger hingesehen hätte, wäre er möglicherweise nicht mehr in der Lage gewesen, den Raum zu verlassen, so sehr hielt sein bislang unbekanntes Erbe ihn in Atem.

»Hast du die ganze Burg abgesucht?«

»Ja.« Er grub seine Hände ins Haar und sprach seine schlimmste Befürchtung aus: »Ist es möglich, dass die McKane sie entführt haben?«

Ronin atmete vernehmlich aus. »Alles ist möglich, Junge. Heute Nachmittag kamen Lieferungen aus dem Dorf. Hölle, jeder hätte sich mit einschleichen können. Wir sind in fünfzehn Jahren des Friedens ein bisschen nachlässig geworden.«

Ein plötzlicher Ruf vom Wachhaus erzwang ihre unmittelbare Aufmerksamkeit.

»Die McKane kommen!«

☆ ☆ ☆

Connor McKane ritt in das Tal ein und schwenkte eine Fahne aus einem Plaid der Douglas, was, während es die meisten der McIllioch verwirrte, Grimm mit Zorn und Furcht erfüllte. Das einzige Stück von Douglas-Plaid, das ein McKane sich verschafft haben konnte, war das an Jillians Körper. Heute Morgen hatte sie den blau und grau gefärbten Stoff getragen.

Die Dorfbewohner waren kampfeslustig, begierig, sich für den Verlust ihrer Lieben vor fünfzehn Jahren zu rächen. Als Ronin sich bereitmachte, sie in den Kampf zu schicken, legte Grimm Einhalt gebietend eine Hand auf seinen Arm.

»Sie haben Jillian«, sprach er mit einer Stimme, die wie der Tod klang.

»Wie kannst du da sicher sein?« Mit Entsetzen in den Augen sah Ronin ihn an.

»Das ist mein Plaid, das sie schwenken. Jillian trug es zum Frühstück.«

Ronin schloss die Augen. »Nicht noch einmal«, flüsterte er. »Nicht noch einmal.« Als er die Augen wieder öffnete, loderten sie mit dem Feuer der Entschlossenheit. »Wir werden sie nicht verlieren, Junge. Lasst den McKane passieren«, befahl er den Wachen.

Die Truppe der McIllioch strahlte Feindseligkeit aus, zog sich jedoch zurück, um ihm den Zutritt zu gewähren. Mit düsterer Miene baute Connor sich vor Ronin auf. »Ich wusste, dass du die Streitaxt überleben würdest, du Teufel, aber ich hätte nicht gedacht, dass du dich so gut von der Ermordung deiner hübschen Hure von Ehefrau erholen würdest.«

Connor entblößte mit einem Lächeln seine Zähne. »*Und* deines ungeborenen Kindes.«

Obwohl sich Ronins Hand um sein Breitschwert krampfte, zog er die Klinge nicht aus der Scheide. »Lass das Mädchen gehen, McKane. Sie hat nichts mit uns zu tun.«

»Das Mädchen könnte schwanger sein.«

Grimm erstarrte auf Occams Rücken. »Ist sie nicht«, entgegnete er kühl. *Das hätte sie ihm gesagt!*

Connor McKane sah ihm forschend ins Gesicht. »Das sagt auch sie. Aber ich traue keinem von euch.«

»Wo ist sie?«, fragte Grimm gebieterisch.

»In Sicherheit.«

»Nimm mich, Connor, nimm mich an ihrer Stelle«, bot sich Ronin an und versetzte Grimm in Erstaunen.

»Dich, alter Mann?« Connor spuckte aus. »Du bist keine Bedrohung mehr – dafür haben wir vor Jahren gesorgt. Du wirst keine weiteren Söhne zeugen. Aber er«, er zeigte auf Grimm, »um ihn geht es. Unsere Spione sagen, dass er der letzte lebende Berserker ist, und die Frau, die schwanger ist oder auch nicht, ist seine Gefährtin.«

»Was willst du von mir?«, fragte Grimm ruhig.

»Dein Leben«, antwortete der McKane lakonisch. »Den Letzten der McIllioch sterben sehen, das ist alles, was ich je gewollt habe.«

»Wir sind nicht die Monster, für die du uns hältst.« Ronin blickte den Clanführer der McKane finster an.

»Ihr seid Heiden. Barbaren, Gotteslästerer gegen die einzig wahre Religion …«

»Da bist du wohl kaum der geeignete Richter!«, rief Ronin.

»Glaube nicht, du könntest mit mir über Gottes Wort streiten, McIllioch. Die Stimme des Satans wird mich nicht von Gottes Weg abbringen.«

Ronins Oberlippe zog sich knurrend zurück. »Wenn ein Mensch glaubt, er kenne den Weg Gottes besser als Gott selbst, sterben Hunderte ...«

»Lass Jillian frei und du kannst mein Leben haben«, unterbrach Grimm. »Aber sie muss frei sein. Du wirst sie in die Obhut«, Grimm blickte zu Ronin, »meines Vaters geben.« Er versuchte Ronin bei diesen Worten in die Augen zu sehen, aber er konnte nicht.

»Ich habe dich nicht wieder gefunden, um dich erneut zu verlieren, Junge«, murmelte Ronin barsch.

»Welch ergreifende Szene«, bemerkte Connor kalt. »Aber du wirst ihn verlieren. Und wenn du sie willst, Gavrael McIllioch – Letzter der Berserker –, befreie sie selbst. Sie ist dort oben.« Er zeigte auf Wotan's Cleft. »In den Höhlen.«

Entsetzt überflog Grimm die zerklüftete Fläche des Felsens. »Wo in den Höhlen?« Grauen überkam ihn bei dem Gedanken, dass Jillian dort im Dunkel umherirrte, vorbei an Gefahren, von denen sie nicht einmal wusste, dass es sie gab: eingefallene Stollen, Felsstürze, gefährliche Abgründe.

»Finde sie selbst.«

»Woher weiß ich, dass das keine Falle ist?« Grimms Augen funkelten bedrohlich.

»Du kannst es nicht wissen«, sagte der McKane offen heraus. »Aber dort drinnen ist es sehr dunkel und es gibt viele gefährliche Abgründe. Außerdem, was hätte ich wohl sonst davon, dich in die Höhlen gehen zu lassen?«

»Sie könnten zur Explosion gebracht werden«, sagte Grimm.

»Dann würde ich vorschlagen, dass du sie so schnell wie möglich rausholst, McIllioch«, lockte ihn der McKane.

Ronin schüttelte den Kopf. »Wir brauchen einen Beweis, dass sie dort ist. Und lebt.«

Connor schickte einen Mann mit leise hervorgestoßenen Befehlen los.

Einige Zeit später wurde der Beweis geliefert. Jillians spitzer Schrei gellte durch die spannungsgeladene Luft des Tales.

☆ ☆ ☆

Ronin beobachtete schweigend, wie Grimm den felsigen Pfad zu Wotan's Cleft hinaufstieg.

Balder stand weit hinten in der Menschenmenge und verbarg sein Gesicht unter einer schweren Kapuze, damit die McKane nicht erfuhren, dass es noch einen weiteren ungebundenen Berserker gab. Ronin hatte darauf bestanden, dass sie seine Existenz nicht preisgaben, bevor sie ihn brauchten, um Leben zu retten.

Aus verschiedenen Blickwinkeln bewunderten die Brüder den jungen Mann, der den Felsen bestieg. Er hatte Occam zurückgelassen und erkletterte mit einer Geschicklichkeit und Leichtigkeit den blanken Fels, die die übernatürlichen Fähigkeiten eines Berserkers offenbarten. Nach Jahren des Versteckens seiner wahren Persönlichkeit zeigte er jetzt stolz dem Feind seine Überlegenheit. Er war ein Krieger, eins mit dem Tier, geboren, um zu überleben und zu überdauern. Als er die Felsspitze erreichte und über der Kante entschwand, stellten die beiden Clans ihre Pferde in Schlachtformation auf und starrten sich über den Freiraum, der sie trennte, mit einem Hass an, der so greifbar war, dass er so dicht und bedrückend in der Luft schwebte wie der Rauch, der das Tal vor fünfzehn Jahren erfüllt hatte.

Bevor nicht Jillian und Grimm – oder, Gott behüte, ein McKane – auf der Felsspitze erschienen, würde keine Seite sich bewegen. Die McKane waren nicht nach Tuluth gekommen, um noch mehr ihres Clans zu verlieren; sie waren gekommen, um sich Gavrael zu holen und den Letzten der Berserker auszulöschen.

Die McIllioch dagegen hielten sich aus Angst um Jillian zurück.

Die Zeit wurde unerträglich lang.

☆ ☆ ☆

Lautlos betrat Grimm den Tunnel. All seine Instinkte verlangten, dass er nach Jillian rief, aber das würde nur denjenigen alarmieren, der sie in seiner Gewalt hatte. Die Erinnerung an ihren furchtbaren Schrei ließ sein Blut zugleich gefrieren und vor Rachegelüsten kochen.

Er schlüpfte in den Schacht, lautlos wie ein Berglöwe und witternd wie ein Wolf. All seine tierischen Instinkte traten mit kalter, raubtierhafter Unfehlbarkeit zutage. Irgendwo brannten Fackeln, der Geruch war eindeutig. Er folgte ihm durch gewundene Korridore, die Hände in die Dunkelheit ausgestreckt. Obwohl es im Inneren der Höhlen stockdunkel war, erlaubte ihm sein übersteigertes Sehvermögen, den Verlauf der Gänge wahrzunehmen. Vorbei an tiefen Abgründen und bröckelnden Decken steuerte er durch die modrigen Gänge, dem Geruch folgend.

Er kam um eine Kurve, hinter der sich der Gang in einen langen, geraden Korridor öffnete, und dort war sie, ihr goldenes Haar schimmerte im Licht der Fackel.

»Bleib stehen«, warnte Ramsay Logan. »Oder sie stirbt.«

Es war eine Vision aus einem seiner schlimmsten Alpträume. Ramsay stand mit Jillian am Ende des Stollens, er hatte sie geknebelt und gebunden. Sie trug den Tartan der McKane, was ihn mit Wut erfüllte. Es quälte ihn die Frage, wer sie wohl entkleidet und wieder angezogen hatte. Mit einem schnellen Blick überzeugte er sich, dass sie nicht sichtbar verletzt war oder blutete. Die Klinge, die Logan an ihre Kehle hielt, hatte ihre zarte Haut nicht geritzt. Noch nicht.

»Ramsay Logan.« Grimm schenkte ihm ein schauriges Lächeln.

»Nicht überrascht, mich zu sehen, he, Roderick? Oder sollte ich sagen, McIllioch?« Er spie den Namen aus wie Essig.

»Nein, ich kann nicht sagen, dass ich überrascht bin.« Grimm bewegte sich vorsichtig näher. »Ich wusste schon immer, was für eine Art von Mann du bist.«

»Ich sagte, bleib stehen, du Bastard. Ich werde nicht zögern, sie zu töten.«

»Und was wirst du dann tun?«, konterte Grimm, blieb aber stehen. »Du wirst nie an mir vorbeikommen, was hast du also davon, Jillian zu töten?«

»Das Vergnügen, die Welt von zukünftigen McIllioch-Monstern zu befreien. Und außerdem werden die McKane dich vernichten, wenn du herauskommst.«

»Lass sie gehen. Schenk ihr die Freiheit und du kannst mich haben«, bot Grimm an. Jillian zappelte in Ramsays festem Griff, um deutlich zu machen, dass das für sie nicht in Frage kam.

»Tut mir Leid, aber das kann ich nicht tun, McIllioch.«

Grimm schwieg, seine Augen waren voller Mordlust. Nur wenige Meter lagen zwischen ihnen, und Grimm fragte sich, ob die Berserkerwut ihn schnell genug über die Entfernung bringen würde, um Jillian zu befreien, bevor Ramsay zustechen konnte.

Es war zu gefährlich, und Ramsay baute darauf, um ihn in Schach zu halten. Aber irgendetwas ergab keinen Sinn. Was hoffte Logan zu gewinnen? Ramsay wusste, wenn er Jillian tötete, würde Grimm zum Berserker werden und ihn in Stücke reißen. Was war Logans Plan? Er begann Fragen zu stellen, um wertvolle Minuten zu gewinnen. »Warum tust du das, Logan? Ich weiß, dass wir in der Vergangenheit Meinungsverschiedenheiten hatten, aber die waren doch kaum von Bedeutung.«

»Es hat nichts mit unseren Meinungsverschiedenheiten zu tun, sondern nur mit dem, was du bist«, höhnte Ramsay. »Du bist kein menschliches Wesen, McIllioch.«

Grimm schloss die Augen, nicht gewillt, den Ausdruck des Schreckens zu sehen, von dem er sicher war, dass er Jillian ins Gesicht geschrieben stand. »Wann hast du es herausgefunden?« Wenn er Ramsay zum Reden brachte, würde er möglicherweise einen Einblick gewinnen, was der Bastard überhaupt wollte. Wenn es sein Leben war und nur seins allein und er Jillian retten konnte, indem er es gab, so würde er mit Freuden sterben. Aber wenn Ramsay vorhatte, sie beide zu töten, würde Grimm bis zum Tod um sie kämpfen.

»Ich kam an dem Tag dahinter, als du die Wildkatze getötet hast. Ich stand hinter den Bäumen und sah dich nach deiner Verwandlung. Hatchard sprach dich mit deinem richtigen Namen an.« Ramsay schüttelte angewidert den Kopf. »All die Jahre bei Hofe hatte ich keine Ahnung. Oh, ich wusste, wer Gavrael McIllioch war – Hölle, jeder weiß es, außer deinem bezaubernden Flittchen hier.« Er lachte, als Grimm sich versteifte. »Schön ruhig bleiben, oder ich stoße zu.«

»Dann bist du also nicht derjenige, der versucht hat, mich zu vergiften?« Unmerklich pirschte Grimm sich Millimeter für Millimeter voran.

Ramsay brüllte vor Lachen. »Das war ein schöner Mist. Zur Hölle, ja, ich habe versucht, dich zu vergiften. Aber damals wusste ich noch nicht, dass du ein Berserker bist, sonst hätte ich nicht meine Zeit vergeudet.«

Grimm zuckte zusammen. Es war raus. Aber Jillians Gesicht war zur Seite gedreht, weg vom Messer, und er konnte ihren Gesichtsausdruck nicht erkennen.

»Nein«, fuhr Ramsay fort. »Ich hatte keine Ahnung. Ich wollte dich nur aus dem Rennen um Jillian werfen. Wie du weißt, brauche ich das Mädchen.«

»Ich hatte also Recht. Du brauchst ihre Mitgift.«

»Du kennst nicht einmal die halbe Geschichte. Ich bin bei Campbell so tief verschuldet, dass er die Titel auf meine Ländereien besitzt. In den vergangenen Jahren haben sich die Logan als Söldner verdungen, aber in letzter Zeit gab es keine guten Kriege mehr. Weißt du, wann wir das letzte Mal als Söldner gekämpft haben? Stehen bleiben!«, schrie er.

Ungerührt blieb Grimm stehen. »Wann?«

»Vor fünfzehn Jahren. Für die McKane, du Bastard. Und vor fünfzehn Jahren tötete Gavrael McIllioch meinen Vater und drei meiner Brüder.«

Das hatte Grimm nicht gewusst. Er konnte sich nur verschwommen an die Schlacht erinnern, an seine erste Berserkerwut. »In fairem Kampf. Und wenn dein Clan sich verdungen hatte, so kämpften sie nicht einmal für die Sache, sondern mordeten gegen Bezahlung. Wenn sie in Tuluth waren, so griffen sie mein Zuhause an und schlachteten mein Volk ab ...«

»Ihr seid kein Volk. Ihr seid nicht *menschlich.*«

»Jillian hat nichts damit zu tun. Lass sie gehen. Ich bin der, den du willst.«

»Sie hat etwas damit zu tun, wenn sie schwanger ist, McIllioch. Sie schwört, dass sie es nicht ist, aber ich denke, ich werde sie bei mir behalten, um sicherzugehen. Die McKane haben mir eine Menge über euch Monster erzählt. Ich weiß, dass die Jungen geborene Berserker sind, sich aber nicht verändern, bis sie älter werden. Wenn ein Junge aus ihrem Bauch kommt, ist er tot. Wenn es ein Mädchen ist, wer weiß. Vielleicht lasse ich es am Leben. Es könnte ein hübsches Spielzeug werden.«

Endlich gelang es Grimm, einen flüchtigen Blick auf Jillians Gesicht zu werfen. Es war verzerrt zu einer Maske des Schreckens. Es war also geschehen. Sie wusste es und es war vorbei. Die Furcht und der Abscheu, die er in seinen Alpträumen gesehen hatte, waren ein Vorzeichen gewesen. Die Seelenqualen ließen ihn beinahe die Flucht ergreifen, wäre sie nicht in Gefahr gewesen. Er konnte jetzt sterben. Das würde er sowieso, denn innerlich war er bereits tot. Nicht aber Jillian; sie musste leben.

»Sie ist nicht schwanger, Ramsay.«

Wirklich nicht? Erinnerungen an ihre plötzliche Übelkeit in der Hütte kamen in ihm hoch. Natürlich konnte Ramsay das nicht wissen, aber die bloße Möglichkeit, dass Jillian sein Kind unter dem Herzen trug, schickte ein urtümliches, jubilierendes Beben durch Grimms Körper. Sein Verlangen, sie zu schützen, das bereits allesverzehrend war, wurde zum einzigen Ziel seines Denkens und Handelns. Ramsay hatte vielleicht im Augenblick die Oberhand, aber Grimm war nicht bereit, ihm den Sieg zu überlassen.

»Als ob du mir die Wahrheit sagen würdest«, höhnte Ramsay. »Es gibt nur einen Weg, das herauszufinden. Und egal, ob sie schwanger ist oder nicht, sie wird mich so oder so heiraten. Ich will das Gold, das sie als Mitgift bringt. Mit ihr und mit dem, was die McKane mir zahlen, brauche ich mir nie wieder über Geld Gedanken zu machen. Keine Angst, ich werde sie am Leben lassen. Solange sie atmet, wird Gibraltar alles tun, um sie glücklich zu wissen, was mir einen endlosen Geldfluss bescheren wird.«

»Du Schwein. Lass sie los!«

»Du willst sie? Komm und hol sie dir«, höhnte Ramsay.

Grimm trat auf ihn zu und schätzte die Entfernung ab. In

dem Augenblick, als er zögerte, bewegte Ramsay die Klinge, ritzte Jillians Haut, und Tropfen tiefroten Blutes quollen hervor.

Der Berserker, kochend vor Wut, brach aus.

Während er sich noch wunderte, wieso Ramsay es wagte, den Berserker in Erscheinung treten zu lassen, trieb der Instinkt ihn vorwärts. Er hatte gerade daran gedacht, sich selbst zu schneiden, um die Wut hervorzurufen, als Ramsay ihm das abgenommen hatte. Ein Satz brachte ihn zehn Schritte nach vorn. Er versuchte anzuhalten, als er eine unbekannte Falle witterte, aber der Boden der Höhle gab unter seinen Füßen nach und er stürzte in einen Abgrund, der noch nicht existiert hatte, als er als Junge in diesen Gängen gespielt hatte. Ein Abgrund, tief genug, um selbst einen Berserker umzubringen.

»Endlich sind wir dich los, du Bastard«, sagte Ramsay mit einem Lächeln. Er hielt die Fackel über den zuvor verborgenen Schacht und spähte so tief hinein, wie die Flamme es zuließ. Er wartete ganze fünf Minuten, aber er hörte keinen Laut. Als er diese Falle ausgewählt hatte, hatte er Steine in den Abgrund geworfen, um die Tiefe festzustellen. Keiner der Steine hatte ein Geräusch verursacht, so tief war der Schlund, der ins Herz der Erde führte. Wenn Grimm nicht auf dem felsigen Grund zerschmettert wurde, würde allein der Fall ihm alle Knochen brechen. Ramsay zerrte Jillian aus der Höhle.

☆ ☆ ☆

»Es ist vollbracht!«, schrie Ramsay Logan. »Auf die McKane!«, brüllte er. Er stand auf der Felskante von Wotan's Cleft, hob seinen Arm und stieß einen Siegesschrei aus, der sofort von allen McKane erwidert wurde. Das Tal hallte wider von triumphierendem Donner. Im Überschwang löste Ramsay Jillians Fesseln und entfernte ihren Knebel. Er nahm ihren Mund in einem triumphierenden, brutalen Kuss. Sie versteifte sich und setzte sich gegen ihn zur Wehr. Verärgert über ihren Widerstand stieß er sie fort und Jillian fiel auf die Knie.

»Steh auf, du dummes Stück«, schrie Ramsay und trat sie. »Ich sagte, steh auf!«, brüllte er erneut, als sie sich nach seinem Tritt zusammenrollte. »Ich kann dich jetzt sowieso noch nicht gebrauchen«, murmelte er und blickte hinab in das Tal, das sein Zuhause sein würde. Lobgesänge legten sich über das Tal, zur Feier seiner gewaltigen Eroberung. Er winkte erneut mit dem Arm, durch seinen Triumph freudig erregt.

Ramsay Logan hatte eigenhändig einen Berserker erledigt. Sein Name würde in Legenden weiterleben. Der Abgrund war so tief, dass nicht einmal eines von Odins Monstern den Sturz überleben konnte. Er hatte ihn sorgfältig mit dünnem Reisig abgedeckt und dann Staub darüber gestreut. Es war brillant gewesen, das musste er schon sagen.

»Brillant«, ließ Ramsay die Nacht wissen.

Hinter Ramsay blinzelte Grimm bei dem Versuch, den roten Schleier des Blutrausches zu lüften. Ein Teil seines Verstandes, den er scheinbar in einem endlosen Korridor verloren hatte, erinnerte ihn daran, dass er den Mann attackieren wollte, der neben der zusammengekauerten Frau stand, nicht die Frau. Die Frau war sein Leben. Wenn er sprang, musste er vorsichtig sein, sehr vorsichtig, denn eine einzige Berührung mit der Kraft eines Berserkerganges konnte sie umbringen. Ein leichtes Streifen seiner Hand konnte ihren Kiefer zerschmettern, das leiseste Streicheln ihrer Brust ihr die Rippen brechen.

Für die, die unten im Tal auf ihren Pferden saßen und Ramsay Logans Siegesschrei lauschten, schien die Kreatur mit einer solchen Geschwindigkeit aus der Nacht hervorzuspringen, dass sie unmöglich zu erkennen war. Eine nebelhafte Bewegung schoss durch die Luft, packte Ramsay Logan bei den Haaren und trennte säuberlich seinen Kopf ab, bevor irgendjemand eine Warnung ausstoßen konnte.

Da sie am Boden lag, konnten die unten versammelten Clans nicht sehen, wie Jillian sich zur Seite rollte, erschreckt von dem zischenden Geräusch der Klinge, die die Luft zerteilte. Doch die Kreatur auf dem Felsen sah, wie sie sich bewegte, und erwartete ihren Richterspruch, bereit, sich dem Urteil zu beugen.

Es war das Schlimmste, was Jillian je von ihm zu sehen bekommen würde. Auf dem Höhepunkt seines Berserkerganges thronte er über ihr und seine blauen Augen leuchteten weiß glühend. Er war zerschunden und blutig von einem Sturz, der jäh von einem schroffen Felsvorsprung gebremst worden war, und hielt Ramsay Logans abgetrennten Kopf in der Hand. Er starrte sie an, pumpte tiefe Luftzüge in seine Brust und wartete. Würde sie schreien? Ihn anspucken, zischen und ihm entsagen? Jillian St. Clair war alles, was er je in seinem Leben gewollt hatte, und während er darauf wartete, dass sie in Panik vor ihm zurückschreckte, spürte er, wie etwas in seinem Inneren zu sterben versuchte.

Doch der Berserker war nicht so leicht in die Knie zu zwingen. Die Wildheit in ihm wuchs zu voller Größe an und starrte aus verwundbaren, eisblauen Augen auf sie hinunter, wortlos um ihre Liebe flehend.

Jillian hob langsam den Kopf und sah ihn lange schweigend an. Sie richtete sich auf und legte den Kopf zurück, die Augen weit aufgerissen.

Berserker.

Die Wahrheit, die er so lange versucht hatte zu verbergen, hing zwischen ihnen, unverhüllt.

Obwohl Jillian schon vor diesem Moment gewusst hatte, was Grimm war, war sie kurzzeitig durch seinen Anblick wie gelähmt. Es war eine Sache zu wissen, dass der Mann, den sie liebte, ein Berserker war – es war eine völlig andere Sache, es zu sehen. Er sah sie mit solch unmenschlichem Ausdruck an, dass sie, hätte sie nicht tief in seine Augen geblickt, möglicherweise ihren Grimm nicht in ihm wiedererkannt hätte. Dort aber, tief in den flackernden blauen Flammen, erblickte sie eine solche Liebe, dass es ihre Seele erschütterte. Sie lächelte durch ihre Tränen zu ihm auf.

Ein verwundeter Laut des Unglaubens entfuhr ihm.

Jillian schenkte ihm das strahlendste Lächeln, zu dem sie fähig war, und legte eine Faust auf ihr Herz. »Und die Tochter heiratete den Löwenkönig«, sagte sie klar und deutlich.

Ein Ausdruck des Unglaubens legte sich über das Gesicht des Kriegers. Seine blauen Augen weiteten sich und er starrte sie in staunendem Schweigen an.

»Ich liebe dich, Gavrael McIllioch.«

Als er lächelte, glühte sein Gesicht vor Liebe. Er warf den Kopf in den Nacken und schrie seine Freude in den Himmel.

☆ ☆ ☆

Der Letzte der McKane starb am 14. Dezember 1515 im Tal von Tuluth.

Kapitel 34

»Sie kommen, Hawk!« Adrienne eilte in den Hauptsaal, den Hawk, Lydia und Tavis emsig für die Hochzeit dekorierten. Da die Zeremonie an Weihnachten stattfinden sollte, hatten sie die üblichen Dekorationen mit den fröhlichen Grün- und Rottönen der Saison kombiniert. Exquisite Kränze, gefertigt aus Tannenzapfen und getrockneten Beeren, wurden mit leuchtenden samtenen Schleifen und glänzenden Bändern geschmückt. Die feinsten Wandteppiche zierten die Mauern, unter anderem einer, der unter Mitwirkung Adriennes im vergangenen Jahr gewebt worden war und eine Szene von Christi Geburt zeigte: eine strahlende Madonna, die den kleinen Jesus im Arm hielt, während der stolze Joseph und die Weisen aus dem Morgenland zusahen.

Heute war der Saal frei von Binsen und die Steine waren zu einem fleckenlosen Grau gescheuert. Später, nur Augenblicke vor der Hochzeit, würden sie getrocknete Rosenblätter über die Steine streuen, um die Luft mit beschwingendem Blumenduft zu erfüllen. Mistelzweige hingen von jedem Balken herab und Adrienne betrachtete das Blattwerk und sah auf zu Hawk, der auf einer Leiter stand und einen Kranz an der Wand befestigte.

»Was hat es mit all diesen hübschen Zweigen auf sich, die

du aufgehängt hast, Hawk?«, fragte Adrienne, die Unschuld in Person.

Hawk sah zu ihr hinunter. »Mistelzweige. Es ist eine Weihnachtstradition.«

»Worin besteht die Verbindung zum Weihnachtsfest?«

»Die Legenden sagen, dass der skandinavische Gott des Friedens, Balder, durch einen Pfeil, der aus einem Mistelzweig gefertigt war, getötet wurde. Die anderen Götter und Göttinnen liebten Balder so sehr, dass sie darum baten, er möge ins Leben zurückgerufen werden und dem Mistelzweig möge eine besondere Bedeutung zukommen.«

»Welche besondere Bedeutung?« Adrienne blinzelte erwartungsvoll zu ihm hoch.

Hawk glitt geschwind von der Leiter, glücklich, es vorführen zu können. Er küsste sie dermaßen leidenschaftlich, dass die glühenden Kohlen des Verlangens, die in der Nähe ihres Gatten ohnehin schon eine stetige Hitze ausstrahlten, zu lodernden Flammen aufstoben. »Wer unter dem Mistelzweig steht, muss gründlich geküsst werden.«

»Mmm. Diese Tradition gefällt mir. Aber was geschah mit dem armen Balder?«

Hawk grinste und setzte einen weiteren Kuss auf ihre Lippen. »Balder wurde ins Leben zurückgeholt, und die Göttin der Liebe wurde auserkoren, die Mistelzweige in ihre Obhut zu nehmen. Immer wenn unter dem Mistelzweig geküsst wird, fassen Liebe und Frieden in der Welt der Sterblichen stärker Fuß.«

»Wie bezaubernd«, rief Adrienne aus. Ihre Augen funkelten schelmisch. »Das heißt also im Wesentlichen, je öfter ich dich unter diesem Zweig küsse«, sie zeigte nach oben, »umso mehr Gutes tue ich für die Welt. Man könnte sagen, dass ich der ganzen Menschheit helfe, indem ich meine Pflicht tue ...«

»Deine Pflicht?« Hawk zog eine Augenbraue hoch.

Lydia lachte und zog Tavis ebenfalls unter einen Zweig. »Für mich klingt das nach einer guten Idee, Adrienne. Vielleicht können wir all die überflüssigen Fehden in diesem Land beenden, wenn wir uns nur lange genug küssen.«

Die nächsten Minuten gehörten den Liebenden, bis die Tür aufgestoßen wurde und eine Wache die Ankunft ihrer Gäste ankündigte.

Adriennes Blick schoss durch den Hauptsaal, um zu prüfen, ob irgendetwas übersehen worden war. »Wie sage ich es noch mal?«, fragte sie Lydia aufgeregt. Sie hatte versucht, ihr Gälisch zu verbessern, um die Gäste mit einem angemessenen »Frohe Weihnachten« begrüßen zu können.

»*Nollaig Chridheil*«, wiederholte Lydia langsam.

Adrienne wiederholte es einige Male, dann hakte sie sich bei Hawk unter und lächelte selig. »Mein Wunsch ist in Erfüllung gegangen, Hawk«, sagte sie zufrieden.

»Wie lautete der verfluchte Wunsch überhaupt?«, fragte Hawk leicht verstimmt.

»Dass Grimm Roderick die Frau finden möge, die sein Herz heilen würde, so wie du meins geheilt hast, mein Geliebter.« Adrienne würde einen Mann niemals ›strahlend‹ nennen; es schien ein weibliches Wort zu sein. Doch als ihr Ehemann mit liebevoll glühenden Augen auf sie hinunterblickte, flüsterte sie ein inbrünstiges ›Danke‹ in Richtung der Geburtsszene. Dann fügte sie ein stilles Dankgebet für sämtliche Wesen hinzu, die für die Vorgänge verantwortlich waren, die sie fünfhundert Jahre durch die Zeit getragen hatten, um ihn zu finden. Schottland war ein magischer Ort, reich an Legenden, und Adrienne umarmte sie alle, weil der zugrunde liegende Gedanke universell war: Liebe überdauerte und sie konnte alles heilen.

☆ ☆ ☆

Es war eine traditionelle Hochzeit, soweit davon bei einem Mann der Legende – keinem Geringerem als einem Berserker – in Anwesenheit zweier weiterer epischer Krieger die Rede sein konnte. Die Frauen machten jede Menge Aufhebens und die Männer brachten Trinksprüche aus. In letzter Minute kamen Elizabeth und Gibraltar St. Clair an. Sie waren geritten wie der Teufel, nachdem sie die Nachricht erhalten hatten, dass Jillian auf Dalkeith-Upon-The-Sea heiraten würde.

Jillian war überglücklich, ihre Eltern zu sehen. Elizabeth und Adrienne halfen ihr, sich anzukleiden, wobei sie sich darauf einigten, dass beide »Papas« die Braut an die Seite ihres Bräutigams führen sollten. Ronin war bereits für diese Ehre auserkoren worden, aber Elizabeth behauptete steif und fest, dass Gibraltar sich nie davon erholen würde, wenn es ihm nicht ebenfalls erlaubt wäre, sie zu führen. Ja, sie wusste sehr wohl, dass Jillian nicht damit gerechnet hatte, dass sie es rechtzeitig schaffen würden, aber sie hatten es geschafft und damit basta.

Die Braut und der Bräutigam sahen sich erst wieder, als Gibraltar und Ronin Jillian die kunstvoll gearbeitete Treppe zum Hauptsaal hinunterführten, nicht jedoch, ohne auf dem oberen Treppenabsatz eine lange Pause einzulegen, die allen und jedem die Gelegenheit gab, beim Anblick der strahlenden Braut ihre Bewunderung auszudrücken.

Jillians Herz bebte, als ihre beiden ›Papas‹ die Hände von ihren Unterarmen nahmen und ihren Arm in den Ellbogen des Mannes legten, der ihr Gatte werden würde. Grimm sah blendend aus, gekleidet in festlichem Tartan, das schwarze Haar sorgfältig zu einem Zopf geflochten. Jillian entging es nicht, wie Ronins Blick über das Plaid wanderte. Einen Augenblick lang sah er erstaunt aus, dann stolz, denn Grimm hatte für seinen Hochzeitstag die Farben der McIllioch angelegt.

Sie hatte nicht geglaubt, dass der Tag noch vollkommener werden könnte, bis der Priester mit der Zeremonie begann. Nach einer schier endlosen Reihe von traditionellen Danksagungen und Gebeten kam er zu den Gelübden:

»Willst du, Grimm Roderick, versprechen ...«

Grimms tiefe Stimme unterbrach ihn. Stolz unterstrich jedes Wort. »Mein Name ist Gavrael.« Er atmete tief durch, dann sprach er seinen Namen klar und deutlich aus. »Gavrael Roderick Icarus McIllioch.«

Schauer liefen ihr den Rücken hinab. Tränen benetzten Ronins Augen und der Saal verfiel für einen Augenblick in Schweigen. Hawk grinste zu Adrienne, und weit hinten im Saal, wo ihn bis jetzt erst wenige gesehen hatten, nickte Quinn de Moncreiffe zufrieden. Zum guten Schluss hatte Grimm Roderick seinen Frieden mit sich selbst gemacht.

»Willst du, Gavrael Roderick ...«

»Ich will.«

Jillian stieß ihn in die Rippen.

Er hob eine Augenbraue und runzelte die Stirn. »Nun, ich *will.* Müssen wir das alles über uns ergehen lassen? Ich will. Ich schwöre, dass nie ein Mann inbrünstiger *Ich will* wollte als ich. Ich will mit dir *verheiratet* sein, Mädchen.«

Ronin und Balder tauschten amüsierte Blicke. Sie voneinander getrennt zu halten hatte Gavraels Enthusiasmus für die ehelichen Bande sicherlich verstärkt.

Die Gäste kicherten und Jillian lächelte. »Jetzt ist der Priester an der Reihe, denn ich würde gerne hören, dass du das alles sagst. Besonders den ›Mich lieben und behüten‹ – Teil.«

»Oh, ich werde dich lieben und besteigen, Mädchen«, flüsterte Gavrael ihr ins Ohr.

»Behüten! Und benimm dich.« Sie hob neckisch die Hand

gegen ihn und nickte dem Priester aufmunternd zu. »Ihr könnt fortfahren.«

Und so wurden sie Mann und Frau.

☆ ☆ ☆

Kaley Twillow rempelte sich einen Weg frei, stellte sich auf die Zehenspitzen und linste bekümmert über die Köpfe hinweg. Ihre kostbare Jillian heiratete und sie konnte nichts sehen. So ging das nicht.

»Pass auf, wo du hinlangst«, fuhr ein erzürnter Gast sie an, als sie ihm den Ellbogen in empfindliche Stellen stieß, um sich vorbeizumogeln.

»Warte ab, bis du an der Reihe bist, die Braut zu begrüßen!«, beschwerte sich ein anderer, als sie ihm auf die Zehen trat.

»Ich habe die kleine Braut praktisch aufgezogen, und ich will verflucht sein, wenn ich hinten sitzen muss und nichts sehen kann, also beweg deinen Hintern!« Sie sah ihn finster an.

Ein kleiner Pfad tat sich auf, als die Menge ihr widerstrebend Platz machte.

Sie sorgte für ein gewisses Aufsehen, als sie ihren üppigen Busen und ihre ausladenden Hüften in eine Gruppe von Wachsoldaten drängte, die die wohlgeformte Frau äußerst interessiert betrachtete. Endlich hatte sie es geschafft, schob sich durch den letzten Wall von Gästen und kam neben einem Mann zu stehen, dessen stattliche Größe und Gestalt ihr den Atem nahmen. Sein dichtes schwarzes Haar war silbrig durchwirkt, was ihn als einen Mann in reifen Jahren auswies, was ihrer Erfahrung nach reife Leidenschaft mit sich brachte.

Sie beäugte den schwarzhaarigen Mann kokett aus dem

Augenwinkel, bevor sie ihm den Kopf zuwandte, um ihn im Ganzen betrachten zu können. »Meine Güte, wen haben wir denn da?« Bewundernd klimperte sie mit ihren langen Wimpern.

Balders eisblaue Augen leuchteten, als er die üppige Frau erblickte, die offensichtlich entzückt war, ihn zu sehen. »Den Mann, der sein ganzes Leben auf dich gewartet hat, Mädchen«, sprach er mit heiserer Stimme.

☆ ☆ ☆

Die Hochzeitsfeier begann in dem Moment, als die Gelübde gesprochen waren. Sobald die Zeremonie beendet war, verpürte Jillian ein unbändiges Verlangen, mit ihrem Ehemann zu entwischen. Da Balder und Ronin sie und Gavrael in den letzten zwei Wochen nicht aus den Augen gelassen hatten, war es ihnen nicht möglich gewesen, miteinander allein zu sein. Aber sie wollte Adriennes Gefühle nicht verletzen, denn die hatte sich offensichtlich große Mühe gegeben, Jillians Hochzeitstag zu einem traumhaften Erlebnis zu machen, also hielt sie pflichtbewusst aus, begrüßte die Gäste und lächelte. Als sie und Gavrael ihren Bund mit einem Kuss besiegelt hatten, war sie von seinen Lippen gerissen und von der fröhlichen Menge weggezogen worden und konnte nur hilflos zusehen, wie ihr Ehemann in die andere Richtung geschleppt wurde.

Sie waren verheiratet, die Alten und Weisen hatten ihre guten Ratschläge gegeben und sie würden noch viel Zeit miteinander verbringen können. Also setzte Jillian mit einem verzweifelten Blick gen Himmel ein Lächeln auf und bedankte sich für die Glückwünsche.

Schließlich wurde das Flachbrot gebrochen und das Fest nahm seinen Lauf, was die Aufmerksamkeit von den Frischvermählten ablenkte. Adrienne half Jillian, sich aus dem Saal zu stehlen, doch statt sie zu ihren Gemächern zu führen, wie sie es erwartet hatte, führte die erstaunliche, ungewöhnliche Frau sie in das Arbeitszimmer von Dalkeith. Das Licht von Öllampen und Dutzenden von Kerzen, zusammen mit einem behaglichen Kaminfeuer, machte den Raum trotz des Schneegestöbers vor dem Fenster zu einem willkommenen und warmen Zufluchtsort.

»Das sieht mir nach einem echten Schlamassel aus.« Adrienne schaute auf die vorbeistiebenden Schneeflocken, während sie geschäftig das Feuer schürte.

Jillian blinzelte. »Ein was?«

»Schlamassel. Oh ...« Adrienne hielt inne und lachte dann. »Ein großer Sturm. Möglicherweise werden wir eine Zeit lang eingeschneit sein.«

»Du stammst nicht aus diesem Teil des Landes, habe ich Recht?« Jillian runzelte die Stirn und versuchte, ihren merkwürdigen Akzent einzuordnen.

Wiederum lachte ihre Gastgeberin. »Nicht ganz.« Sie bedeutete Jillian, zu ihr ans Feuer zu kommen. »Sag mal, sind diese beiden nicht die knackigsten Männer, die du je zu Gesicht bekommen hast?« Adrienne betrachtete das Bild, das über dem Kaminsims aus Eichenholz hing, und seufzte verträumt.

Jillian folgte dem Blick ihrer Gastgeberin zu einem vortrefflichen Porträt von Gavrael und Hawk. »Meine Güte. Ich weiß zwar nicht, was ›knackig‹ bedeutet, aber das sind mit Sicherheit die schönsten Männer, die ich je gesehen habe.«

»So ist es«, stimmte Adrienne zu. »Und sie haben sich die ganze Zeit beschwert, als sie Modell sitzen mussten! Männer.« Sie verdrehte die Augen und deutete auf das Porträt. »Dabei sollten sie froh sein, dass eine Frau solch unverfälschte maskuline Pracht unsterblich machen wollte!«

Die Frauen vertieften sich in ein stilles Gespräch, ohne zu merken, dass Hawk und Gavrael hinter ihnen das Arbeitszimmer betreten hatten. Gavraels Augen verweilten auf seiner Frau, und er wollte gerade zu ihr gehen und sie in die Arme schließen, bevor irgendjemand sie erneut wegzerren konnte.

»Warte mal.« Hawk legte eine Einhalt gebietende Hand auf seinen Ärmel. Sie waren so weit von ihren Frauen entfernt, dass diese sie noch nicht gehört hatten, aber Adriennes Stimme war deutlich zu verstehen:

»Es war alles die Schuld dieses Feenwesens. Es hat mich durch die Zeit gerissen – nicht dass ich mich auch nur im Geringsten beschweren würde, wohlgemerkt. Ich liebe es hier und ich bete meinen Mann an, aber ursprünglich komme ich aus dem zwanzigsten Jahrhundert.«

Beide Männer grinsten, als bei Jillian plötzlich der Groschen fiel. »Fünfhundert Jahre später?«, rief sie aus.

Adrienne nickte und ihre Augen tanzten.

Jillian betrachtete sie eindringlich und lehnte sich dann zu ihr. »Mein Mann ist ein Berserker«, vertraute sie ihr an.

»Ich weiß. Er hat es uns erzählt, bevor er nach Caithness aufbrach, aber ich hatte keine Möglichkeit, ihm Fragen zu stellen. Kann er sich verwandeln?« Es hatte den Anschein, als wäre Adrienne kurz davor, nach Papier und Tinte zu greifen und sich Notizen zu machen. »Im zwanzigsten Jahrhundert gibt es eine große Debatte darüber, was genau ein Berserker war und wozu Berserker fähig waren.« Adrienne stockte, als sie die zwei Männer bemerkte, die im Türrahmen standen. Ihre Augen funkelten schelmisch und sie zwinkerte ihrem Ehemann zu. »In *einer* Sache allerdings herrscht allgemeiner Konsens, Jillian.« Sie lächelte verschmitzt. »Man ist sich einig, dass Berserker für ihre legendäre Ausdauer bekannt waren – sowohl in der Schlacht als auch im B –«

»Wir haben verstanden, Adrienne«, schnitt Hawk ihr das Wort ab, und seine schwarzen Augen sprühten vor Vergnügen. »Alles Weitere sollte Gavrael ihr selbst zeigen.«

☆ ☆ ☆

Gavraels und Jillians Gemächer befanden sich im zweiten Stockwerk von Dalkeith. Adrienne und Hawk begleiteten sie und ließen kaum verhohlene Bemerkungen fallen, dass die Frischvermählten so viel Lärm machen konnten, wie sie wollten; durch die dazwischenliegenden Stockwerke würden die Feiernden nichts mitbekommen.

Als sich die Tür hinter ihnen schloss und sie endlich allein waren, sahen sich Gavrael und Jillian über die flauschige Fläche eines breiten Mahagonibettes hinweg an. Im Kamin loderte und knackte ein behagliches Feuer, während draußen vor dem Fenster dicke Schneeflocken vorüberzogen.

Grimm sah sie zärtlich an, und seine Augen glitten hinunter zu ihrem kaum merklich geschwollenen Unterleib, wie sie es in letzter Zeit häufig getan hatten. Jillian bemerkte den Vaterstolz in seinem Blick und schenkte ihm ein betörendes Lächeln. Seit der Nacht der Schlacht, als sie ihm erzählt hatte, dass sie ein Kind bekommen würden, hatte sie ihn immer wieder bei verschiedensten Gelegenheiten ohne besonderen Grund lächeln sehen. Seine unglaubliche Freude über das Kind, das in ihr heranwuchs, entzückte sie. Als sie es ihm gesagt hatte, nachdem sie von den Höhlen nach Maldebann zurückgekehrt waren, hatte er blinzelnd dagesessen und den Kopf geschüttelt, als könne er es nicht glauben. Als sie sein Gesicht in die Hände genommen und seinen Kopf zu sich gezogen hatte, um ihn zu küssen, hatte der Schleier von Feuchtigkeit in seinen Augen sie in Erstaunen versetzt. Ihr Ehemann war der beste aller Männer: stark und dennoch einfühlsam, unerschütterlich und dennoch verwundbar – und wie sehr sie ihn liebte!

Als sie ihn nun beobachtete, wie seine Augen sich vor Verlangen verdunkelten, erschauderte sie vor freudiger Erwartung.

»Adrienne sagte, wir könnten für eine Weile eingeschneit sein«, sagte Jillian atemlos und kam sich plötzlich unbeholfen und linkisch vor. Dass sie in diesen letzten Wochen ständig unter Aufsicht gestanden hatte, hatte sie fast um den Verstand gebracht; um dagegen anzugehen, hatte sie versucht, ihre unkeuschen Gedanken in die hinterste Ecke ihres Verstandes zu verbannen. Jetzt lehnten sie sich gegen die Fesseln auf, brachen aus und verlangten nach Aufmerksamkeit. Sie wollte ihren Mann. *Jetzt.*

»Gut, ich hoffe, es schneit drei Meter hoch.« Gavrael kam um das Bett herum. Sein alles beherrschender Wunsch war es, sich in sie einzugraben, um sich zu vergewissern, dass sie tatsächlich sein war. Der heutige Tag war die Verwirklichung all seiner Träume – er war verheiratet mit Jillian St. Clair. Er sah auf sie hinunter und wunderte sich, wie sehr sie sein Leben verändert hatte: Er hatte ein Heim, einen Clan und einen Vater, die Frau, von der er immer geträumt hatte, ein unschätzbares Kind war unterwegs und er hatte eine glänzende Zukunft vor Augen. Er, der sich immer als Ausgestoßener gefühlt hatte, hatte seinen Platz gefunden. Und das alles verdankte er Jillian. Er blieb dicht vor ihr stehen und ließ ein genüssliches, sinnliches Lächeln aufblitzen. »Ich hoffe sehr, dass du irgendwelche Geräusche auf Lager hast, die du von dir geben könntest, während wir eingeschneit sind? Ich würde unsere Gastgeber ungern enttäuschen.«

Jillians Unbeholfenheit war blitzartig verflogen. Alle Feinheiten außer Acht lassend, ließ sie ihre Hand über seine muskulösen Hüften gleiten und riss ihm das Plaid vom Körper.

Ihre Finger flogen über seine Hemdknöpfe, und nach wenigen Augenblicken stand er vor ihr, wie die Natur ihn geschaffen hatte – ein mächtiger Krieger mit harten Kanten und muskulösen Flächen.

Ihr Blick senkte sich und blieb auf dem haften, was mit Gewissheit das großzügigste Geschenk der Natur war. Sie benetzte ihre Lippen, eine wortlose Geste der Lust, unwissend, welchen Effekt das auf ihn haben würde.

Gavrael stöhnte und griff nach ihr. Jillian glitt in seine Arme, legte ihre Hand um seinen dicken Schaft und schnurrte fast vor Entzücken.

Seine Augen funkelten, verengten sich dann, als er sie mit der Kraft und Geschmeidigkeit eines Berglöwen hinunter aufs Bett zog. Ein raues Seufzen entfuhr seiner Kehle. »Ah, ich habe dich vermisst, Mädchen. Ich glaubte, mein Verlangen nach dir würde mich um den Verstand bringen. Balder hat mir nicht einmal erlaubt, dich zu küssen!« Gavrael arbeitete zügig an den winzigen Knöpfen ihres Hochzeitskleides. Als sie ihre Finger fester um ihn legte, packte er geschwind ihre Hände und hielt sie mit einer Hand gefangen. »Ich kann nicht denken, wenn du das tust, Mädchen.«

»Ich hatte dich nicht gebeten zu denken, mein großer, starker Krieger«, neckte sie ihn. »Ich habe etwas anderes mit dir vor.«

Er warf ihr einen überheblichen Blick zu, der ihr unmissverständlich bedeutete, dass er im Augenblick das Sagen hatte. Jetzt, da ihre betörenden Hände für den Moment gezähmt waren, hielt er sich an ihren Knöpfen auf und setzte Küsse auf jeden Zentimeter Haut, der entblößt wurde. Als seine Lippen zu ihren zurückkehrten, küsste er sie mit wilder Leidenschaft. Ihre Zungen trafen sich, zogen sich zurück und trafen sich erneut. Er schmeckte nach Brandy und Zimt; Jillian folgte seiner Zunge, fing sie mit ihrer ein und zog sie tief in ihren Mund. Als er sich in voller Länge über sie legte, muskulöser Körper auf weicher Haut, und ihre Weichheit sich seiner Härte in perfekter Symmetrie anpasste, seufzte sie ihren Genuss heraus.

»Bitte«, flehte sie und bewegte verführerisch ihren Körper unter ihm.

»Bitte was, Jillian? Was hättest du denn gerne, das ich tun soll? Sag es mir genau, Mädchen.« Seine Augen glitzerten unter schweren Lidern.

»Ich will, dass du ...« Sie gestikulierte.

Er knabberte an ihrer Unterlippe, zog sich zurück und blinzelte unschuldig. »Es tut mir Leid, aber ich verstehe nicht. Was war das?«

»Hier.« Sie gestikulierte erneut.

»Sprich es aus, Jillian«, flüsterte er heiser. »Sag es mir. Ich stehe unter deinem Befehl, aber ich gehorche nur klaren Anweisungen.« Das sündhafte Lächeln, das er aufblitzen ließ, nahm ihr die letzten Hemmungen, und befreit gab sie sich ihrer eigenen Sündhaftigkeit hin.

Also sagte sie es ihm, dem Mann, der ihre eigene, ganz private Legende war, und er erfüllte ihr jedes geheime Verlangen, berührte und kostete und beglückte sie. Er huldigte ihrem Körper mit seiner Leidenschaft, feierte das gemeinsame Kind in ihrem Leib mit sanften Küssen, mit Küssen, die ihre Sanftheit verloren und an ihren Lippen heiß und hungrig wurden und zwischen ihren Schenkeln zu wallender Hitze aufbrandeten.

Sie tauchte ihre Hände in sein dichtes schwarzes Haar, bäumte sich an ihm auf und schrie immer wieder seinen Namen heraus.

Gavrael.

Und nachdem sie keine Wünsche mehr hatte – oder einfach nur über jeden zusammenhängenden Gedanken hinaus befriedigt war –, kniete er sich auf das Bett, zog sie rittlings auf sich und legte ihre langen Beine um seine Taille. Ihre Fingernägel strichen über seinen Rücken, als er sie Zentimeter um köstlichen Zentimeter auf seinen harten Schaft niederließ.

»Du kannst das Baby nicht verletzen, Gavrael«, versicherte sie ihm leise wimmernd, als er sie fern hielt und ihr nur eine winzige Kostprobe dessen gestattete, wonach sie sich so verzweifelt verzehrte.

»Darüber mache ich mir keine Sorgen«, versicherte er.

»Dann warum ... machst ... du ... so *langsam*?«

»Um dein Gesicht zu beobachten«, sagte er mit einem genüsslichen Lächeln. »Ich liebe es, deine Augen zu beobachten, wenn wir uns lieben. Dein ganzer Genuss, jedes Quäntchen Lust spiegelt sich darin wider.«

»Sie würden sogar noch besser aussehen, wenn du nur ...« Sie stieß mit den Hüften gegen ihn, doch er hielt sie lachend mit seinen starken Händen an ihrer Hüfte auf Entfernung.

Jillian schrie fast. »Bitte!«

Aber er kostete es aus – und wie köstlich es war –, bis sie glaubte, es nicht länger ertragen zu können. Dann grub er sich plötzlich tief in sie. »Ich liebe dich, Jillian McIllioch.« Sein Lächeln war ungehemmt und seine weißen Zähne blitzten in seinem dunklen Gesicht.

Sie legte einen Finger an seine Lippen. »Ich weiß«, versicherte sie ihm.

»Aber ich wollte es aussprechen.« Er fing ihren Finger mit den Lippen ein und küsste ihn.

»Ich verstehe«, neckte sie ihn, »du darfst die Liebesworte sprechen, während ich die ganzen unzüchtigen sagen muss.«

Aus seiner Kehle drang ein leises Grollen. »Ich *liebe* es, wenn du mir sagst, was ich für dich tun kann.«

»Dann tu dies ...« Ihr leiser Wortschwall entlud sich in einem befriedigten Aufschrei, als er ihrem Verlangen nachkam.

Stunden später war ihr letzter zusammenhängender Gedanke, dass sie nicht vergessen durfte, Adrienne gegenüber zu erwähnen, dass der ›allgemeine Konsens‹ über Berserker der Realität nur ansatzweise gerecht wurde.

Epilog

»Ich begreife das nicht«, sagte Ronin, als er kopfschüttelnd die Jungen beobachtete. »Das hat es vorher noch nie gegeben.«

»Ich begreife es ebenso wenig, Pa. Aber irgendetwas unterscheidet mich von allen früheren männlichen McIlliochs. Entweder das oder es hat mit Jillian zu tun. Vielleicht liegt es an uns beiden.«

»Wie um alles in der Welt kommt ihr mit ihnen zurecht?«

Gavrael lachte aus vollem Hals. »Jillian und ich, wir kommen schon klar.«

»Aber wenn sie schon so früh, du weißt schon, sind, was sie sind, stellen sie dann nicht permanent Unfug an?«

»O ja. Ganz zu schweigen von ihrem Faible für Kletterakrobatik. Ununterbrochen vollführen sie die unglaublichsten Kunststückchen, und wenn du mich fragst, sind sie ein kleines bisschen zu ausgefuchst, als einem lieb sein kann. Ein einzelner Berserker kann das kaum bewältigen. Deshalb glaube ich, dass es hilfreich wäre, wenn sie auch ihren Opa um sich hätten«, sagte Gavrael mit Nachdruck.

Das freudige Erröten auf Ronins Wangen war unmissverständlich. »Willst du damit sagen, du möchtest, dass ich hier bei dir und Jillian bleibe?«

»Maldebann ist dein Zuhause, Pa. Ich weiß, du bist der

Meinung, dass Jillian und ich die Zurückgezogenheit von Frischvermählten brauchen, aber wir wünschen uns, dass du für immer nach Hause kommst. Ihr beide, du und Balder; die Jungens brauchen auch ihren Großonkel. Erinnere dich, wir McIllioch sind Gegenstand unzähliger Legenden, und wie sollen sie die Legenden verstehen, wenn die edelsten unserer Berserker sie ihnen nicht beibringen? Hör auf, all diese Leute zu besuchen, die du in letzter Zeit abgeklappert hast, und *komm nach Hause.*« Gavrael studierte ihn aus dem Augenwinkel und wusste, dass Ronin Maldebann nicht wieder verlassen würde. Der Gedanke schenkte ihm eine große Zufriedenheit. Seine Söhne sollten ihren Großvater kennen lernen. Nicht nur als einen vorübergehenden Besucher, sondern als ständigen Einfluss.

In zufriedener Stille, die an Ehrfurcht grenzte, beobachteten Gavrael und Ronin die drei kleinen Jungen, die auf der Wiese spielten. Als Jillian ins Sonnenlicht hinaustrat, blickten ihre Söhne gleichzeitig auf, als hätten sie ihre Anwesenheit gespürt. Sie unterbrachen ihr Spiel und drängten sich um ihre Mutter, um ihre Aufmerksamkeit wetteifernd.

»Na, das ist ein schöner Anblick«, sagte Ronin ehrfürchtig.

»Ja«, stimmte Gavrael zu.

Jillian lachte, als sie ihren drei kleinen Söhnen das Haar zerzauste, und blickte lächelnd in drei eisblaue Augenpaare.

Eine Altnordische Legende

Die Legende kündet davon, dass *Ragnarök* – die letzte Schlacht der Götter – das Ende der Welt einläuten wird.
Zerstörung wird im Reich der Götter wüten. In der letzten Schlacht wird Odin von einem Wolf verschlungen werden.
Die Erde wird vom Feuer vernichtet werden und das Universum wird im Meer versinken.
Die Legende besagt, dass auf diese letzte Zerstörung eine Wiedergeburt folgen wird. Die Erde wird wieder aus dem Wasser auftauchen, üppig und strotzend vor neuem Leben.
Es ist prophezeit, dass die Söhne des toten Aesir nach Asgard, dem Sitz der Götter, zurückkehren und erneut herrschen werden.
In den Bergen Schottlands sagt der Rat der Weisen, dass Odin nichts dem Zufall überlassen wird und plant, seinem Schicksal zu trotzen, indem er seine Kriegerrasse der Berserker in die schottischen Blutlinien einbringt. Dort werden sie die Götterdämmerung erwarten, wenn er sie aufrufen wird, noch einmal für ihn zu kämpfen.
Die Legende kündet davon, dass die Berserker unter uns sind ... noch heute.

Kyss by rowohlt POLARIS